EDUQUE
A SUS HIJOS
SIN HACERLES
DAÑO

DR. KEVIN LEMAN

EDUQUE A SUS HIJOS SIN HACERLES DAÑO

Javier Vergara Editor

Buenos Aires / Madrid / Quito
México / Santiago de Chile
Bogotá / Caracas / Montevideo

Título original: *Bringing up Kids without Tearing them down*
Edición original: Delacorte Press
Traducción: Silvia Sassone
Diseño de tapa: Verónica López

© 1993   Dr. Kevin Leman
© 1994   Javier Vergara Editor S.A.
          Paseo Colón 221 - 6° - Buenos Aires - Argentina

ISBN 950-15-1797-7

Esta edición se terminó de imprimir en
VERLAP S.A. Comandante Spurr 653
Avellaneda - Prov. de Buenos Aires - Argentina
en el mes de noviembre de 1997.

Índice

Tercera Parte
Qué hacer cuando la disciplina de la realidad choca contra la realidad

Introducción

"Papi te extraño..."

La tarjeta llegó por correo y, cuando la abrió, el ansioso padre pudo comprobar que era de su hija que acababa de partir hacia la universidad.

—¿Ya necesita más dinero? —murmuró para sí mientras sacaba del sobre la tarjeta. Pero no había allí ninguna petición de dinero. En lugar de ello, leyó en la cubierta: "Gracias, papá, tu fortaleza me ha ayudado a crecer..." Y en el interior continuaba: "...Y tu confianza en mí me ha permitido ser yo misma."

Si la tarjeta se hubiera interrumpido con la simple firma de la hija, el padre se habría sentido conmovido, pero en lugar de ello, seguía una extensa nota:

"Papá, no me gustó nada decirte adiós. No creí que fuera tan difícil para ninguno de los dos, en especial, para ti. Papi, te echo mucho de menos. Es raro que en estas últimas dos semanas me haya sentido más cerca de ti de lo que jamás lo había estado, ya que me di cuenta de lo mucho que tú me extrañarías. Lo que más añoro es despertarme y leer el periódico contigo. *Me encantaba* tenerte todo para mí, por la mañana temprano, sentados los dos en el

9

mostrador, leyendo e intercambiando opiniones sobre las noticias del día. *En realidad* me gustaba la forma en que tú me pasabas las secciones de "Vida" y "Querida Abby" antes de que te las pidiera.

Papá, gracias por todo tu empuje. Siempre que me siento desanimada, pienso en todas las veces en que tú deseaste marcharte y sin embargo, no lo hiciste. Estoy muy orgullosa de ti y de todo lo que has conseguido en la vida.

¡Te quiero tanto, papá, eres el mejor padre de todo el mundo! Gracias por brindarme una educación. Jamás olvidaré lo mucho que significas para mí.

¡Te quiero!

Sé a ciencia cierta que el padre que recibió esta nota derramó una o dos lágrimas cuando la leyó, pero ¿quién podría culparlo por ello? Es el tipo de carta que cualquier padre desearía recibir, después de pasar dieciocho o más años criando a un hijo, desde el día en que este llega desde el hospital y comienza el increíble proceso de crecer. Una carta como esta dice que este padre hizo algunas cosas bien. Nos dice que él crió a su hija sin destruirla.

Este libro ha sido escrito y está dedicado a todos aquellos padres que, algún día, les gustaría recibir una carta así, cuando sus hijos dejen el hogar. Usted se estará preguntando cómo este padre (y su más que eficiente mujer) lo han logrado, cuáles podrían ser los secretos que determinan el éxito de la paternidad. Acompáñeme en las páginas que siguen y juntos descubriremos dichos secretos, aunque junto con ello, observaremos algo más importante: la forma de educar a cada uno de nuestros hijos para que tengan una buena autoimagen y un sentido de autoestima positivo y saludable, que les permita afrontar cualquier crisis o desafío que la vida les presente.

Primera Parte

¿AUTOIMAGEN? ¿POR QUÉ TANTO PROBLEMA CON LA AUTOIMAGEN?

...Dónde y cómo comprar un seguro de imagen para cada uno de sus hijos.

...Cómo se determinó hace tiempo su estilo de paternidad y lo que puede hacer para mejorarlo.

...Por qué la "disfuncionalidad" pueda ser un encasillamiento y cómo hacer que su familia funcione de la manera más efectiva posible.

...Algunas razones sensatas de por qué la paternidad no es un trabajo de tiempo parcial.

1

POR QUÉ LOS HIJOS NECESITAN TODO EL SEGURO DE IMAGEN QUE PUEDAN OBTENER

El invalorable A-B-C de la autoestima

Hace algún tiempo, cuando me disponía a abordar el vuelo que me llevaría a un seminario, pasé, camino hacia la puerta que me correspondía, junto a uno de esos conocidos puestos para la venta de seguros de vuelo. Se me ocurrió que, como psicólogo, yo también me encargaba de un seguro de vida muy especial. No es que los venda exactamente, pero ayudo a la gente a que encuentre la forma de conseguirlos.

El tipo de seguro del que hablo no se vende en los aeropuertos, ni en el piso treinta y dos de ningún banco. Ni tampoco lo puede conseguir a través de amistosos vendedores, ni en ninguna otra compañía grande o pequeña. El seguro del que yo me ocupo está simbolizado en la conversación que tengo con muchas madres, que típicamente podrían describirse como "Mamá que entra a mi consultorio con su hijito de dos años que la sigue." La madre arrastra las piernas como si tuviera un pesado grillete con cadenas atado al tobillo, y una rápida observación de sus extremidades me dice que el pequeño que se aferra a sus piernas pronto estará acompañado por algún hermanito o hermanita. Después de los saludos de rigor, la madre va derecha al grano.

—Doctor Leman, no estoy segura de estar preparada para ser madre de nuevo. Mi hijo de dos años me está volviendo loca, y mi otro hijo pronto lo hará, tal como puede ver. Tengo toda clase de dudas, pero lo más importante es que vivo preguntándome si soy una buena madre. Los estantes de la biblioteca de mi casa están llenos de libros sobre la paternidad, pero los expertos en el tema parecen no estar de acuerdo y yo me siento sumamente confundida. ¿Puede ayudarme? ¿Cómo puedo saber lo que debo hacer en cualquier situación? ¿Cómo puedo saber que eso es lo *correcto*?

—No estoy seguro de poder ayudarla para saber qué hacer en todas las situaciones —le respondo—. Eso sería ser un padre perfecto y no existe ninguno, que yo sepa. Todos los padres cometen errores. Yo he cometido muchísimos con mis cuatro hijos, y usted los cometerá con los suyos. Pero en lugar de preocuparse sobre lo que es correcto, me gustaría que piense en comprarle a cada uno de sus hijos un "seguro de imagen", tan pronto como le sea posible.

—¿Un seguro de imagen? ¿Qué es eso?

—No se trata de una póliza que usted pueda comprar en cualquier parte —trato de explicarle—. Simplemente se trata de su inquebrantable compromiso de desarrollar una saludable autoimagen en cada uno de sus hijos.

—¿Una saludable qué? —pregunta la madre.

—Una saludable autoimagen que implique que sus hijos sean responsables y capaces; seguros pero no arrogantes; sensibles a las necesidades de la gente pero no felpudos en donde los demás se limpien los pies; siempre tratando de hacer lo mejor, aunque jamás atándose al perfeccionismo.

—Ese es un objetivo muy exigente, doctor. Simplemente me contentaría con que el pequeño Tyler dijera sólo una vez "sí", en lugar de "¡No! ¡No! y ¡No!"

—Lo crea o no —le dije con una sonrisa irónica—, Tyler sólo hace lo que muchos respetables niñitos de dos años siempre hacen. Está probando sus límites, saliendo un poco de esas fronteras para poder valorar su recién descubierta independencia. No se trata de ningún reflejo de usted como madre. Es parte del desarrollo de su propia imagen.

—No estoy segura de comprender totalmente de qué se trata el desarrollo de la propia imagen, pero lo que usted acaba de decir, parece que es lo más importante en la vida del niño.

—De algún modo lo es. Nuestra propia imagen es la forma en que nosotros nos vemos o nos imaginamos que somos. Si vemos a un perdedor, seremos perdedores. Si vemos a alguien que es importante sólo cuando tiene el control, nos convertiremos en alguien agresivo, excesivamente provocador, dominante e insensible. Si vemos a alguien que es amado y aceptado, estaremos más preparados para amar y aceptar al prójimo. Como puede ver, cualquiera que sea la forma en que actuemos, incluso en nuestra más tierna infancia, está ligada a la imagen que tenemos de nosotros mismos. Esa es la razón por la cual les pido a todos los padres que saquen un seguro de imagen para sus hijos, que hagan todo lo que puedan para ayudarlos a crecer sintiéndose contentos de sí mismos, ya que eso implicará que se sentirán bien con los demás, y que en sus relaciones sociales se llevarán bien con la gente.

La razón por la que trabajo mucho para venderles a los padres novatos la idea sobre la importancia de tener un seguro de imagen para sus hijos, es porque he visto muchos resultados trágicos de lo que sucede cuando los hijos crecen con una imagen pobre de si mismos. En realidad, los padres no pueden esperar demasiado tiempo para aprender a desarrollar la propia imagen y el sentido de autoestima de sus hijos.

Tal como dice el doctor Don Dinkmeyer, colega del cual he aprendido mucho sobre la paternidad: "Un niño que se valora y se ve a sí mismo como útil no tiene necesidad de desarrollar patrones destructivos. No recurre a las drogas ni a la rebeldía. Posee un espíritu de cooperación, sentido de la responsabilidad y actitud positiva respecto de su familia.

La relación con sus padres se basa en el respeto y la confianza mutuas."[1]

La propia imagen es tan compleja como el A-B-C

Siempre que hablo con padres acerca de conseguir un seguro de imagen para sus hijos, comienzo con el A-B-C de la autoestima. Aunque pueda parecer simple, el desarrollo de los hijos lleva tiempo: toda una vida, para ser más exactos.

La "A " *representa aceptación y afirmación*. Los niños que se sienten aceptados y seguros, se dicen a sí mismos: "Soy un ser querido. Mamá y papá realmente se preocupan por mí". Junto con mi colega, Randy Carlson, intervengo en un programa diario de radio llamado "Diálogo con los padres" que se transmite a 130 estaciones de casi todos los estados del país. Hace poco, dedicamos todo un programa al tema de la propia imagen y del desarrollo de un buen sentido de autoestima. Durante dicho programa, llamó una mujer para decir lo siguiente:

> "Este es un aspecto en el que estoy contenta de que mi madre y mi padre hayan trabajado mucho... No soy una persona muy tranquila. No era graciosa. Ni rubia. Tampoco líder de grupo. No fui nada de esas cosas tan agradables, pero estudié música y podía actuar en la escuela. Mis padres me estimularon todos los días para que hiciera el mayor esfuerzo en esas cosas. Siempre me acompañaron y estuvieron allí presentes. Creo que ese ha sido el secreto con mis propios hijos. Mi marido y yo no sólo les dijimos que salieran y lo hicieran, sino que creo que es necesario que uno esté allí junto a ellos."

Esta madre describe de qué se trata la aceptación y afirmación. *Estar allí,* animar, abrazar, dar una palmadita, brindar soporte es aceptar y afirmar a un hijo. Todo este proceso debería comenzar temprano, cuanto antes mejor, tal como más adelante le explicaré.

En sus memorias, la actriz y humorista Carol Burnett recuerda cuando la bañaban en la pileta de la cocina de la vieja casa en la que vivía su familia, cuando sólo contaba con dos años de edad. Estaba segura de que no tenía más edad que esa ya que ¡cabía en la pileta! Su madre mantenía abierta la puerta de una vieja estufa de leña, mientras ella veía las bocanadas de calor que envolvían el aire cuando la sentaban en la pileta para tomar su baño. Sin embargo, lo que Carol Burnett recordaba mejor era a su madre secándola, sosteniéndola en brazos, besándola y arropándola en la cama. Resume todo simplemente diciendo: "Me sentía muy bien."[2]

La "B" *representa el sentido de pertenencia, que es la otra cara de la moneda de la aceptación.* Ese sentimiento de pertenecer es uno de los primeros ladrillos en la construcción de la autoimagen de cualquier persona. Cuando un niño siente que pertenece, se dice a sí mismo: "Valgo algo. Soy importante. Tengo mi lugar".

Los niños no llegan muy lejos en la vida antes de enfrentarse abruptamente con situaciones en las que se encuentran como "extraños de visita". No son bienvenidos en el "grupo formado". Tal vez se encuentran sin ningún amigo o alguien con quien hablar. Esto le sucede a veces a casi todos.

Una de las historias más conmovedoras que jamás haya oído es la de un pequeño que no se adaptaba a la escuela. Sus compañeros lo ignoraban. Jamás lo elegían para participar en un juego. Estaba obligado a quedarse allí mirando. Debía entrar y salir solo de la escuela. El día de San Valentín se aproximaba, y comenzó a sentirse ansioso al preguntarle su madre qué tarjeta había pensado regalar a cada uno de los chicos de su clase. Su madre sonreía, pero en su interior se preguntaba con preocupación, "¿Cuántos serían los que le regalarían una a él?"

Por fin llegó el gran día y su madre esperó enfrente de la casa para ver regresar a su hijo de la escuela. Un grupo de compañeros apareció en la calle, charlando animadamente y comparando las tarjetas que se habían regalado entre ellos. Luego, apareció su hijo, caminando solo como de costumbre. Pudo ver que tenía las manos vacías, pero cuando se le acercó, le dijo:

—Mami, les di una tarjeta a cada uno. No me olvidé de *ninguno.*

De alguna forma, el pequeño pudo sobrevivir a un rechazo increíblemente cruel. Todavía podía creer que él era importante y que valía algo. En realidad, tenía mayor interés en dar que en recibir. Me gusta pensar que sus padres tenían mucho que ver con eso. Cuando un niño siente que pertenece a su hogar, puede soportar el rechazo del mundo exterior.

La "C" *representa la capacidad.* Los niños que poseen una buena imagen de sí mismos son capaces y se dicen todo el tiempo, "¡Yo puedo hacerlo!"

Junto con mi madre y mi esposa, mi hermana mayor, Sally, ha sido siempre una de las personas claves de mi vida. Es autora por derecho propio[3] y un verdadero genio en la enseñanza de niños pequeños. Mi familia pasa todos los veranos en el oeste del estado de Nueva York, en una casa que se encuentra a orillas del lago Chautauqua, cerca de la ciudad donde Sally vive con su familia. El verano pasado nuestra pequeña hija Hannah, de cuatro años, acudió a una colonia de vacaciones dirigida por mi hermana. El nombre de la colonia era "Podemos hacerlo". Desde las canciones, el trabajo de memorización, hasta las manualidades, tenían el fin de demostrarles, incluso a los más pequeñitos, lo exclusivos que eran cada uno de ellos, y todo lo que podían conseguir si lo intentaban.

Todos los días Hannah regresaba a casa llena de emociones, ansiosa por enseñarme lo que podía hacer o lo que había hecho. Como parte del aprendizaje de que ellos eran especiales, todos los niños de la colonia "Podemos hacerlo" confeccionaron sus propias camisetas con su nombre y sus huellas dactilares estampados en la tela. El simbolismo de esto fue profundo. Las huellas digitales nos dicen que somos diferentes, únicos, distintos a los demás. Y, junto con eso, los niños aprendieron todos los días que ellos tenían capacidad, que podían hacer cosas, conseguir y fabricarlas con sus manos.

Me sentí satisfecho, ya que era obvio que Sally y su equipo estaban haciendo algo más que simplemente proporcionar un "buen cuidado del niño." En lo que a mí respecta, el principal objetivo de estas personas fue ayudar a formar la autoimagen de mi hija de una forma positiva y saludable.

Sentir que uno pertenece es importante, pero no hay nada como poder hacer algo, aunque sea algo simple o pequeño. En realidad, hacer cosas nos hace sentir valiosos y capaces. Uno de mis primeros recuerdos es cuando, a los cinco años, jugaba a la pelota con mis tíos y otros miembros de la familia. Recuerdo con claridad cuando golpeaba la pelota y corría por las bases *dos veces*. Mirando hacia atrás, es obvio que mis tíos y los otros jugadores mayores perdían la pelota deliberadamente o la arrojaban con demasiada fuerza, sonriendo luego cuando observaban a un niño de cinco años correr con determinación alrededor de las bases. Por supuesto que yo no me daba cuenta de lo que se proponían, pero puedo decirles que aquello me hacía sentir muy bien.

Una buena autoimagen no tiene precio

El A-B-C de la autoestima se suma a una saludable autoimagen. Tal como señala Dorothy Briggs, "Los niños tienen dos necesidades básicas. El respeto por sí mismos se basa en dos convicciones: Soy alguien querido y soy valioso."[4]

Cuando una saludable autoimagen nos ofrece un gran sentimiento de autoestima, es lo que Nathaniel Branden llama "la suma integrada de confianza y respeto en sí mismo. Es la convicción de que uno es capaz de vivir y es valioso para esa vida".[5]

Una buena autoimagen es una posesión que no tiene precio, pero el concepto todavía preocupa e incluso atemoriza a algunos padres. Cuando hablo en seminarios y talleres de trabajo, y menciono la propia imagen y la ayuda que podemos darles a nuestros hijos para que se sientan "alguien", algunas personas me responden con las reservas que les han sido enseñadas por *sus* padres.

19

Toda esta charla acerca de la autoimagen y la autoestima de un niño, ¿no hará que este sea desenfrenado, completamente independiente y simplemente un egoísta? La formación de la autoimagen de un niño ¿no será contraproducente y dará como resultado un pequeño caprichoso, consentido y arrogante que cuando crezca se transformará en un adulto de las mismas características?

Este tipo de tonterías se pueden incluir en la categoría que a mí me gusta llamar "Cháchara discursiva". Los niños malcriados, consentidos y arrogantes se transforman en adultos consentidos y arrogantes porque poseen una *pobre* autoimagen y no lo que consideraríamos una *buena*. Una autoimagen saludable no *origina* egoísmo o arrogancia, sino que lo *evita*.

Una pobre autoimagen puede llevar a un verdadero problema

Los jóvenes que crecen sintiendo que no son "nada" o que son "inservibles" se transforman en personas con problemas en la escuela y con dificultades para hacer amigos. O se hacen amigos de aquellos que tienen problemas similares. A menudo, crecen con miedos, sintiéndose inseguros, derrotados. No es raro que este tipo de niño termine en un reformatorio o en prisión. Numerosos estudios han demostrado que nuestros reformatorios y prisiones están repletos de jóvenes, tanto mujeres como varones, con terribles problemas de autoimagen. Ellos crecieron sintiendo que no eran nada ni nadie, de modo que para ser alguien se dedicaron a cometer delitos, siendo el resultado el arresto, juicio y encarcelamiento, todo lo cual sólo sirvió para hacer aún más fuerte el sentimiento negativo que tenían de sí mismos.

Nuestra invitada especial en "Diálogo con los padres" el día en que tratamos el tema de la formación de una saludable autoimagen en los niños fue Karen Johnson, directora del "Programa del explorador", a cargo de los Centros de tratamiento para una nueva vida, en el sur de California. Karen y su equipo trabajan con jovencitos de doce, trece y catorce años que han probado drogas o que tienen otros problemas similares. Cuando le preguntamos si los jóvenes que llegaban a los Centros de tratamiento para la nueva vida estaban allí debido a problemas de autoimagen, nos dijo:

—Probablemente la mayoría de los jóvenes que están en tratamiento en nuestro hospital, así como aquellos inscritos en nuestro programa Desierto, están allí por problemas de autoimagen.

—¿Tienen *algún* joven que posea una gran autoimagen? —pregunté.

Karen me respondió:

Yo diría que no.

El programa Desierto de los Centros para la nueva vida tratan de ayudar a levantar la autoimagen de los jóvenes, de cero o menos a un nivel respetable donde ya no se sientan inservibles o como personas que "no pueden hacer nada". El programa incluye un campamento en el desierto. Al principio, cuando ellos se enfrentan con desafíos tales como escalar una montaña y bajar por la pared de un acantilado, todos dicen, "No puedo... no puedo... no puedo."

—Lo que resulta fascinante en nuestro programa —nos contó Karen—, es que podemos hacer que pasen del "No puedo" al "Puedo". Nos concentramos en ayudarles a conseguir el éxito y todos se marchan con experiencias que nadie jamás podrá quitarles.

Karen trabaja con chicos que ya han cruzado esa línea crucial y que tienen problemas debido a que poseen una pobre autoimagen. Usted puede pensar que su hijo no está en peligro. Sin embargo, por favor, esto se debe pensar dos veces. Creo que sólo unos cuantos negarán el hecho de que *todos* los niños de los Estados Unidos se encuentran en peligro de ser tentados y posiblemente caer en el uso de drogas.

Una de las razones claves por las cuales los chicos caen en esta trampa se debe a que ellos sienten que no son aceptados, que no pertenecen, que no pueden hacer mucho. Todas estas razones se suman al sentimiento de falta de estima. Se les ofrece drogas, a veces por chicos que tienen una poco más de edad que ellos, que les prometen pasar buenos momentos, tener amigos y muchísimas diversiones. No es de extrañar que entonces prueben drogas. ¿Por qué no iban a hacerlo? Aquí se encuentra el visado necesario para ser *aceptados,* para sentir que ellos *pertenecen.*

Cuando un padre se sienta en mi consultorio y me dice: "Al hablar de autoimagen, usted parece querer decir que es lo más importante en la vida de un niño"; yo pienso que este padre no tiene idea de que cuán acertado está al hacer tal afirmación. Para todos los niños, una imagen propia positiva no es un ideal agradable, algo sobre lo que nosotros deseamos trabajar insistentemente, una vez que estamos seguros de que el niño o la niña aprende fonética. Simplemente diga:

Una autoimagen positiva es un deber.

Cuando un niño crece con una autoimagen pobre de sí mismo, él o ella serán incapacitados y posiblemente inválidos emocionales para enfrentarse a la vida. He tenido en mi consultorio a adultos que me dicen, "Estoy gordo", cuando en realidad son físicamente bastante delgados. Otros han dicho, "Soy feo", cuando, en realidad, son muy atractivos. Pero los casos más trágicos son los adolescentes que me dicen, "Soy estúpido... no valgo para nada... tengo defectos... soy un retrasado... un fracaso." Y luego, muy a menudo, agregan el aplastante argumento definitivo, "Mi padre (o mi madre) dice que soy así."

Por supuesto, es muy cierto que muchos de nosotros crecimos con una pobre autoimagen y ahora, de adultos, nos estamos "superando". Algunos de nosotros tal vez hayamos aprendido a rechazar sentimientos de baja autoestima y nos manejemos bastante bien. Pero cuánto mejor hubiera sido crecer sintiéndose afirmado y aceptado, perteneciendo a algún lugar, siendo útiles y capaces, aptos y competentes para realizar cualquier idea que nos viniera a la mente. ¿Qué sucede con nuestros propios hijos? ¿Qué podemos hacer para construirle a cada uno de ellos una buena autoimagen, en especial, si no poseemos una muy buena de nosotros mismos?

Para el seguro de imagen se necesita más que dinero

Desearía poder enviar a los padres sencillamente a comprar una póliza de seguro de imagen que se encargara de toda la cuestión, pero esa no es la forma en que esto funciona. Conceptos tales como "autoimagen" y "autoestima" son relativamente fáciles de describir, pero educar a un niño para que posea un sentimiento fuerte de autoestima es difícil y exigente. Los padres que vienen a pedirme ayuda, a menudo admiten que ellos no saben cómo "hacerlo correctamente". ¿Y por qué deberían saberlo? No poseen entrenamiento para la que podría ser la tarea que supone un mayor desafío de toda la vida: la paternidad.

Es irónico que en nuestra sociedad uno necesite una licencia prácticamente para hacer cualquier cosa, incluso para tener un perro, pero yo no tengo noticias de que se concedan "licencias para padres". Se espera que los padres "lo saquen adelante" y entonces ellos van al tuntún, con la esperanza de que, si sencillamente "aman lo suficiente al pequeño Buford", todo resultará bien.

Bueno, no todo resulta bien. Millones de niños crecen con una pobre imagen propia, con falta de buenos sentimientos respecto a ellos mismos. Y no es de sorprender, ya que están siendo educados por padres que tampoco poseen una buena autoimagen. No resulta inusual que los padres digan: "Bueno, deseo ayudar a mi hijo a que tenga una buena autoimagen, pero yo no tengo una muy buena de mí mismo. Mis padres (o maestros, entrenadores, etcétera.) me hicieron sentir siempre un inútil".

—Fenomenal —les digo bromeando—. Usted ya casi tiene resuelto el problema, ya que desea admitir su propia debilidad. Ahora, por lo menos, puede tener conciencia de cómo su inseguridad puede afectar la relación con sus hijos.

En este punto, en general, recibo una mirada de preocupación.

—¿Qué significa *eso* —pueden preguntarme mamá o papá—, en especial cuando mis hijos son unos malcriados que me vuelven loco? Obviamente que tengo debilidades, pero cuan-

23

do mis hijos se comportan tan mal, me siento incluso más inútil, tanto como padre como persona.

Cinco principios de seguro de imagen que se pueden utilizar todos los días

No hay necesidad de sentirse derrotado cuando los hijos se comportan mal y/o uno tiene un mal día. Para comenzar, cuando sus hijos cometen errores, se portan mal o actúan como si tuvieran planeado hacer que los historiadores se olviden de Atila, el Rey de los Hunos, recuerde el Principio Nº 1 del Seguro de imagen:

No tomar la falta de conducta como algo personal

A la hora de comer, en especial la hora antes de cenar, el recordar dos cosas puede servirle de ayuda: (1) *Todos los niños* se portan mal y desobedecen, por lo menos ocasionalmente; y (2) *todos los padres* a veces luchan sintiéndose no aptos e incluso inservibles. No existen padres perfectos y, cuando los hijos tienen un comportamiento bastante malo (lo cual es prácticamente siempre), yo repito que *no se debe tomar como algo personal*. Simplemente, hay que darse cuenta de que ellos están creciendo y que son niños mientras lo hacen.

Sé que esto no hace que la desobediencia, la holgazanería, el olvido o lo que fuera, sea menos molesto o irritante, pero realmente ayuda a comprender lo que sucede. ¿Por qué Billy no quiere hacer los deberes? ¿Por qué Janie tiene tal desorden en su habitación? ¿Por qué parece imposible hacer que Billy y Janie se vayan a dormir a una hora adecuada todas las noches? En lugar de retorcerse las manos con los problemas que los hijos causan, es necesario que los padres mantengan la serenidad y recuerden el Principio Nº 2 del Seguro de imagen:

Alfred Adler, el padre de la psicología individual, tomó como premisa básica que toda conducta humana tiene algún tipo de fin. Dijo: "Ningún ser humano podría pensar, sentir, desear, soñar sin que todas estas actividades estuvieran determinadas, fueran continuadas, modificadas y dirigidas hacia un objetivo siempre presente."[6] Mi colega adleriano, Don Dinkmeyer, lo explica de esta forma: "Se comprende mejor la conducta cuando se reconoce que un niño siempre toma decisiones que le sirven para su propósito."[7] En otras palabras, los niños elegirán ciertas conductas, ya que obtendrán los resultados que desean.

Por ejemplo, recuerdo que Buster, de seis años, tenía miedo de irse a dormir solo.

—Está muy oscuro —suplicaba Buster—. ¡Quédate conmigo! —Y así la madre y el padre (a veces los dos) se quedaban con Buster hasta que este se dormía. En general, lo hacía en pocos minutos, pero en ocasiones, los mantenía en vela durante media hora o más. Si el padre o la madre intentaban irse mientras Buster estaba despierto, él ponía en funcionamiento la "máquina del agua" para hacer que se quedaran.

Cuando trabajé con los padres de Buster, intenté explicarles lo que sucedía. Al temerle a la oscuridad, el miedo servía a un propósito en la vida de Buster. En síntesis, Buster tenía el control.

Buster era un muchachito con poder, pero no se podía comparar a otro niño que controlaba a su madre de manera tan total que a la hora de la siesta, la obligaba a tenderse con él en la alfombra y luego le tomaba los cabellos con los dedos, antes de quedarse dormido. Cuando la madre intentaba liberarse, una vez que lo hacía, el niño sentía el tirón de los cabellos y gritaba desenfrenadamente para hacer que se quedara con él.

Como padre, tenga conciencia de que su hijo, dulce y pequeño, siempre está pensando, midiendo, evaluando y decidiendo cómo actuar y, a menudo, cómo portarse mal.

Cuando sucede esto último, gran parte de esta conducta puede parecer insensata o sin un propósito, pero no lo crea.

Cuando el pequeño Buford intenta volver loca a la pequeña Hilda perturbándola, puede estar seguro de que existe método en su locura. Cuando Hilda no viene a la mesa después de haberla llamado quince veces, puede estar seguro de que tiene sus razones.

Al margen de lo que Buford o Hilda hagan o dejen de hacer, ellos están descubriendo cómo ven la vida y cómo se ven a ellos mismos insertos en el entorno que los rodea, en particular, en su familia. Para decirlo de otra forma, todo lo que el pequeño Buford o la pequeña Hilda hagan es un reflejo de su autoimagen, de cómo ellos se ven a sí mismos en su pequeño mundo.

Todos los niños pronto desarrollan su propia idea de cómo tener éxito y sobresalir. En efecto, son ellos los que deciden cómo "se harán de una reputación en el mundo". Don Dinkmeyer cree que cualquiera que sea lo que los hijos elijan ser, ellos desearán ser los mejores: "...el atleta más grande, la niña más bondadosa de la clase o el niño más cruel de toda la calle. Dado que vivimos en una cultura que enfatiza el valor de ser superior contra el de ser igual, el niño desarrolla una reputación que le otorgue prestigio, y entonces se comporta de forma tal que establece y fortifica su imagen".[8]

Si su hijo se porta mal, una de las primeras cosas que hay que buscar es lo que le motiva a comportarse de esa forma. Un aspecto crucial para comprender a su hijo es descubrir *cómo piensa un niño*. Siempre me gusta decir que debemos "Ver detrás de los ojos de un niño." Cuanto más se aprenda cómo los hijos ven la vida y cómo tratan de satisfacer sus necesidades, más se podrá hacer para cambiar su conducta, dirigiendo su búsqueda para conseguir posición social e importancia hacia metas que sean más productivas, beneficiosas y aceptables.

Si se aprende la lección básica de que toda conducta tiene un propósito, se estará en buen camino para manejar el Principio Nº 3 del Seguro de imagen, concepto que es fundamental para la construcción de una saludable autoimagen en cualquier niño:

En otras palabras, ame a sus hijos de manera *incondicional*. Todos los "expertos" (incluyéndome a mí) hablan mucho sobre el amor incondicional, que es básicamente diferente a "tener la esperanza de que amándolos lo suficiente, todo de alguna forma resultará bien". El amor incondicional es verdadero, fuerte y flexible. Puede cubrir un "sinfín de pecados", pero no se ama simplemente "teniendo esperanzas" de que suceda. Sólo sucederá si uno hace que así sea.

Nadie, y con esto quiero decir ninguna persona, ha logrado acercarse o incluso explicar el concepto de amor incondicional. Amar a un niño de manera "incondicional" es un ideal hermoso y un objetivo vital que todos los padres deben conseguir hacer a diario. ¿Logra uno dar en el blanco siempre? Por supuesto que no, pero cuanto mejor comprendan a sus hijos y la razón por la que actúan de la forma en que lo hacen, más frecuentemente habrán por lo menos llegado a acertar al borde de dicho blanco. En ocasiones, ¡incluso llegarán a acertar plenamente!

Debido a que el amor incondicional es tan importante, la mayor parte de este libro está pensado para ayudar a los padres a que sepan más sobre cómo funciona y cómo hacerlo mejor. (Por ejemplo, para obtener algunos consejos prácticos, consulte el capítulo 3.) Cuanto más acierte al blanco del amor incondicional, mejor será la autoimagen que sus hijos desarrollarán, ya que se sienten amados y seguros, incluso en los momentos difíciles, cuando usted ¡desearía retorcerles sus preciosos cuellos! Otra clave para lograr un seguro de imagen para sus hijos es valorarlos por lo que son, no por lo que a usted le gustaría que fueran. Jamás olvide el Principio Nº 4 del Seguro de imagen:

Los padres no son los dueños de sus hijos

En lugar de ello, los padres deben recordar que sus hijos son un regalo de Dios, que los tenemos en préstamo durante unos años en los cuales contamos con el privilegio y la oportunidad de educarlos para que se conviertan en adultos sanos y aptos. Por supuesto, todos hablamos de "nuestros hijos". Las madres en especial me dicen "mis hijos hacen esto o lo otro". En un sentido, nuestros hijos son nuestros para criarlos, protegerlos, educarlos y alimentarlos. Pero, en otro sentido mucho más importante, ellos no nos pertenecen en absoluto. *Cada niño es su propio dueño; son personas únicas y deben valorarse como tal.*

Una de las mejores formas de valorar a sus hijos es descubrir sus cualidades y fuerzas, y pasar tiempo animándolos y poniendo énfasis en ellos. A menudo digo que, si los hijos no poseen algo en lo cual sientan que son buenos cuando llegan al colegio secundario, su autoimagen se encuentra en peligro de pasar por malos momentos. Resulta absolutamente imperioso que se eduque a los hijos de una forma positiva, siempre encontrando y afirmando los pequeños logros que ellos tengan en la vida. Entonces, cuando entren en el mundo turbulento llamado adolescencia, podrán decir, "Soy alguien".

Para algunos chicos, ser alguien puede significar tocar el trombón en una banda durante un partido de fútbol el viernes por la noche. Para otros, puede ser marcar un gol después de un toque maestro en ese mismo partido de fútbol. Muchos chicos, por supuesto, no son tan destacados. Muchos son "simplemente normales" pero pueden desarrollar algún interés, destreza o capacidad, desde coleccionar estampillas hasta construir maquetas, desde ganar su propio dinero hasta desarrollar su propio negocio en el barrio, antes de tener diecisiete años.

El punto fundamental está en que todos deben acomodarse, y la pregunta es: ¿qué hace usted, el padre, hoy, para que sus hijos puedan encontrar su lugar? Recuerde a la mujer que llamó al programa "Diálogo con los padres" para decir que ella no era la más bonita, ni la más inteligente, ni la líder de nada "sobresaliente". En su caso, ella tenía la música y estaba interesada en la actuación. Eso fue lo que la convirtió en alguien, un alguien que creció, se casó, es madre y desarrolló a "alguien" propio. ¡Se puede hacer!

Si valora a sus hijos, los afirmará constantemente. Si una manzana al día da salud y alegría, por lo menos una afirmación positiva todos los días, mantendrá alejada una mala autoimagen. En otras palabras, eduque a sus hijos formándolos. No los destruya con una actitud crítica y negativa.

Sí, deberá corregirlos y señalarles allí donde hayan cometido errores y donde hayan lisa y llanamente sido desobedientes e irresponsables, pero existen muchas situaciones en las que usted puede decir que son positivos. ¡Son tantas las palabras que puede utilizar para formarlos y no para destruirlos! Y para cuando llegue el momento de la disciplina, recuerde el Principio N° 5 del Seguro de imagen:

No es la cola la que mueve al perro

En su libro *Bradshaw en vivo: La familia*, John Bradshaw, cuyos programas de televisión con el mismo nombre se vieron en todo en país por la cadena PBS, señala que la familia es un sistema y que cada miembro de ella juega un papel importante dentro de dicho sistema. Bradshaw escribe:

> "Como todo sistema social, la familia posee necesidades básicas: sentido del valor, de la seguridad física o de la productividad, de la intimidad y relación entre sus miembros, de estructura unificada, de responsabilidad, de necesidad de desafío y estímulo, de sentido de alegría y afirmación, de base espiritual. La familia también necesita de una madre y un padre comprometidos en una relación básicamente saludable y que sean lo suficientemente seguros como para ser padres de sus hijos sin ningún tipo de contaminación."[9]

Bradshaw tiene mucho que decir acerca de cómo las familias se pueden contaminar, en particular por una mala paternidad. En el capítulo 2 veremos dos estilos diferentes de paternidad que siempre contaminan a la familia: el autoritarismo y la permisividad.

Para evitar dicha contaminación y mantener a la familia en una nave tranquila, se debe comprender que ningún miembro de ella es más importante que la familia en su conjunto. Para decirlo de otra forma: el todo es siempre más importante que sus partes. Aunque, en el ejercicio de la autoridad, ni el padre ni la madre pueden anteponer los deseos personales al bien de toda la familia. Y cuando les toca a los hijos, la cola nunca mueve al perro. Cuando un niño es la estrella del espectáculo, él o ella rápidamente se transforman en malcriados y afectan a toda la familia.

Cuando los niños se crían de forma permisiva, se vuelven particularmente adeptos a romper los esquemas y rutinas que les convenga a ellos. La madre tal vez prepara huevos revueltos para el desayuno, pero el pequeño Harlan decide que él desea comer pasteles. Y así, con el deseo de complacer al pequeño, mamá le prepara un desayuno especial para él.

Los esquemas y el orden son herramientas claves para asegurar que la cola no mueva al perro. Recuerde, el todo siempre es más importante que cualquiera de las partes, incluso el pequeño y dulce Harlan.

Tal como ya señalé en el Principio Nº 2, un campo de batalla favorito de todos los niños es la hora de irse a dormir o de echar la siesta. Esta es una batalla que bien vale lucharla, no sólo porque los niños necesitan dormir, sino porque evita que piensen que su agenda es más importante que la del resto de la familia.

Cuando me enfrento con padres que se quejan diciendo, "Mi hijo no duerme la siesta", sonrío, ya que sé que esto no es del todo cierto. Sí, hay niños que parecen no estar cansados y que no desean dormir una corta siesta, pero generalmente se quedan dormidos en el suelo mientras ven la televisión. ¿Por qué? Porque están cansados. Lo cierto es que los niños *de verdad* se cansan. Necesitan verdaderamente de una siesta, tal vez no todos los días, pero la mayor parte de la semana puede ser útil el descanso.

Todos los niños de la familia Leman han seguido esquemas, algunos de ellos más convencidos que otros. Holly, nuestra primera hija, fue la más difícil de convencer de "esta es la hora de la siesta". Ella luchó en todo momento e incluso, cuando finalmente se dormía, se despertaba de peor humor que cuando se había ido a dormir. Holly fue una niña de "malos despertares", no lo que se llama de buen humor. A veces incluso se despertaba balanceándose.

Haciendo caso omiso de esta situación, mantuvimos a Holly en el esquema y este dio sus frutos. Hoy, siendo una estudiante universitaria, todavía admite que despertarse no es su deporte favorito, pero es una de las personas de mayor disciplina, organizada y carente de caprichos que yo conozco.

La disciplina de la realidad enseña responsabilidad y trabajo en equipo

Obviamente, el estilo de paternidad que más malcría a un niño es la permisividad, pero la respuesta no es caer en el otro extremo, el autoritarismo. La respuesta es ayudar a los niños a aprender a ser responsables y que respondan por sus propios actos, a través de un concepto de la paternidad que yo llamo disciplina de la realidad: "una forma coherente, decisiva y respetuosa para que los padres amen y disciplinen a sus hijos".[10]

La disciplina de la realidad es un sistema simple que puede funcionar en cualquier tipo de familia, donde la cooperación y el trabajo en equipo son necesarios para el éxito. En la película "Los de Indiana", el entrenador de baloncesto Norman Dale (Gene Hackman) regresa a la pequeña escuela de Hickory, donde él una vez jugó, para entrenar a un equipo de jugadores mediocres, cuya autoimagen colectiva era vacilante y derrotista. El entrenador Dale se anima cuando encuentra que uno de los muchachos, Jimmy, es un muy buen lanzador. El entrenador tiene la esperanza de formar un equipo ganador alrededor de Jimmy, pero tiene dificultades para hacer que todos sigan sus instrucciones de jugar en equipo.

Cuando Hickory juega uno de los partidos de principio de temporada, el entrenador Dale considera necesario dejar en el banquillo a uno de los jugadores que se iniciaban, un muchacho apodado "Rade", que siempre ignoraba la orden de hacer por lo menos cuatro pases antes de lanzar la pelota. El entrenador colocó a su sexto hombre, un muchacho que no era muy bueno, pero que se esforzaba por ser un buen jugador de equipo.

Sin embargo, a los pocos minutos, otro de los jugadores principiantes cometió una falta que lo dejó fuera del juego. Automáticamente, pensando que volvía al juego, Rade saltó del banquillo, pero el entrenador rápidamente le ordenó.

—¡Siéntate!

Fue entonces cuando el árbitro se acercó y dijo.

—Oye, entrenador, será mejor que pongas a otro. Sólo tienes cuatro hombres en juego.

El entrenador Dale miró a Rade con seriedad; entonces se volvió hacia el árbitro y le dijo:

—¡Mi equipo está en el juego!

Hickory pierde el partido, pero al entrenador Dale no le importa. Él tiene un objetivo que cumplir y su esperanza es que todos los jugadores hayan aprendido la lección. Dicha lección fue, "El todo es siempre más importante que las partes. Ningún jugador es más importante que todo el equipo".

La estrategia del entrenador da sus frutos. A medida que avanza la película, los jugadores se dan cuenta de lo que significa formar un equipo en el que todos sus miembros tiren juntos. En cada partido aumenta la confianza y llegan a ganar el campeonato estatal de los secundarios de Indiana, hazaña milagrosa para un colegio tan pequeño como Hickory.

Se puede ser o no un fanático del baloncesto, pero creo que uno puede ver cómo esta historia se aplica a la familia. Los jugadores son los "hijos" y el entrenador, el padre. Cuando uno de los jugadores comienza a hacer que todo el equipo gire a su alrededor, el trabajo en equipo, la cooperación y la unidad quedan atrás. Si esta situación continúa, el equipo se ve seriamente dañado, incluso hasta su destrucción.

Los jugadores de cualquier equipo deben saber y creer que el todo es más importante que las partes. Esta idea no desprecia a ninguna de las partes: en realidad, el todo existe para permitir que todas las partes desarrollen todo su potencial hacia la satisfacción personal. En otras palabras, cuando cada parte contribuye al éxito del todo, ellas disfrutan de mayores sentimientos de autoimagen y autoestima saludables. Para expresarlo en términos del A-B-C de la autoimagen, cuando cada miembro de una familia se comporta de manera responsable y servicial con el todo que es la familia, cada uno de ellos disfruta de sentimientos de aceptación, pertenencia y capacidad.

Es mejor responder que reaccionar

Otra cosa es tan importante que casi resulta ser otro principio en sí mismo: Cuando se ejerce la paternidad, siempre es mejor *responderle* a un hijo que *reaccionar*. Una respuesta significa que uno tiene el control, que elige y que no se rige simplemente por el viejo reflejo rotuliano cuando los hijos se comportan indebidamente o simplemente lo vuelven a uno loco, mientras actúan como los niños que son.

Los cinco principios enunciados forman las bases para saber cómo educar niños sin destruirlos. A medida que usted utilice estos cinco principios, desarrollará lo que Don Dinkmeyer llama un "repertorio de respuestas" para manejarse con sus hijos de manera cariñosa, coherente y efectiva. Cuanto mejor comprenda la conducta de sus hijos, más efectivamente podrá ejercer la paternidad en la infinidad de situaciones que suceden a diario. Tal como Dinkmeyer lo señala: "Los padres deben aprender a ampliar el repertorio de respuestas para los hijos y a seleccionar aquellas respuestas que sean efectivas".

Puede formar la autoimagen de su hijo sin perder completamente la suya, aunque el seguro de imagen realmente tenga un precio. Este proceso le exigirá dar lo mejor de sí mismo con compromiso, dedicación y persistencia. Muchas veces pensará que está en guerra con sus hijos. Existe algo de verdad en ello. A menudo lo digo de forma humorística en los seminarios: "Los niños son los enemigos". Pero, irónicamente, los verdaderos enemigos no son nuestros hijos. Pogo dijo hace mucho tiempo: "Hemos descubierto al enemigo, y este se encuentra en nosotros mismos". Debemos comprendernos nosotros mismos, de dónde venimos, cómo nos educaron nuestros padres y en qué nos hemos convertido. Nos dedicaremos a todos esos temas en el capítulo 2.

Algo para recordar...

- El seguro de imagen es su inquebrantable compromiso para desarrollar una autoimagen saludable en cada uno de sus hijos.

- Los niños con una imagen propia saludable son responsables y capaces, seguros pero no pedantes, sensibles a las necesidades de los otros pero no serviles, siempre dispuestos de hacer lo mejor pero no pendientes del perfeccionismo.

- Cuando los niños se ven a sí mismos valiosos y útiles, no tienen necesidad de desarrollar actitudes negativas y conductas destructivas.

- El A-B-C de la autoimagen consta de: sentir que uno es aceptado, que uno pertenece, que uno es capaz, que lo puede hacer.

- Una autoimagen saludable no alimenta egoísmo ni arrogancia, sino que lo evita.

- Cinco principios de seguro de imagen para recordar y utilizar constantemente:

  No tomar la falta de conducta como algo personal .
  Toda conducta tiene un propósito.

Amarlos sobre todas las cosas.
Los padres no son los dueños de sus hijos.
La cola no mueve al perro.

Acciones que intentar...

- Hable con su pareja acerca del concepto de seguro de imagen. ¿Cómo cada uno de ustedes intenta conseguir un seguro de imagen para sus hijos? Específicamente, ¿cómo hacen que ellos se sientan aceptados y afirmados, que pertenecen, que son capaces y que pueden hacerlo?

- Intente aplicar los cinco principios del seguro de imagen esta semana y anote lo que sucede. Hágase preguntas tales como:

Cuando mis hijos se portaron mal, ¿lo tomé como algo personal?
Cuando mis hijos me enloquecieron antes de cenar ayer por la noche, ¿recordé que toda conducta tiene un propósito?
¿He llevado bien a la práctica el amor incondicional? ¿Me intimida este término o deseo intentar "amar a mis hijos sobre todas las cosas"? Cuando no consigo hacerlo, ¿estoy dispuesto a admitir mis errores, dejarlos atrás y volver a intentarlo?
¿De qué formas específicas he intentado tratar a cada hijo como una persona única? ¿Cómo ayudo a cada uno de mis hijos a que aprendan a ser buenos en algo, sin importar lo simple o común que esto sea?
¿Ha movido hoy la cola al perro? Específicamente, ¿qué he hecho hoy para inculcarles a mis hijos el trabajo en equipo, la cooperación, que el todo es siempre más importante que las partes?

2

"¡Oh, no! Me dije que jamás les haría eso a mis hijos"

La forma en que lo educaron será la forma en que educará a sus hijos

Se llamaba Cindy. Tenía alrededor de treinta y cinco años, algo delgada, con ese aspecto algo cansado que se ve en tantas madres de niños pequeños. Yo terminaba de dar una clase abierta en un seminario para padres que se llevó a cabo un fin de semana, y ella me detuvo, se presentó y me dijo:

—Me ha gustado lo que ha dicho esta noche acerca de sacar un seguro de imagen para nuestros hijos, pero yo tengo un problema. Cuanto más intento formar a mis hijos, sigo haciendo aquellas cosas que juré jamás hacerlas, ya que ellas fueron las que mis padres hicieron conmigo cuando era una niña.

—Déme un ejemplo —le dije, y entonces esperé oír aquello que suponía sería una historia familiar.

—Bueno, mis padres siempre me gritaban. Jamás podía complacerlos, no importaba lo mucho que lo intentara. Incluso si traía a mi casa siete notas excelentes, mi padre siempre decía: "¿Qué ha pasado con este ocho?". Siempre exigían más y eso me enloquecía.

—¿Y ahora usted hace lo mismo con sus hijos? —le pregunté.

—No puedo creer que deba decir esto, pero sí, lo hago. Mi hija de nueve años saca sólo sobresalientes, pero yo la persigo para que sea mejor, de la misma forma en que lo hacían mis padres conmigo.

—¿Es ese su mayor problema? —pregunté.

—No, es mi hijo de cuatro años el que verdaderamente me preocupa. Él ha sido un problema desde que pudo gatear, incluso antes de eso. Se interesa por todo, tiene muchísima voluntad. Puede tener unas rabietas como usted ni siquiera pueda imaginar. Yo le pego y le pego, y a veces demasiado duro...

—¿A usted le pegaban cuando era niña?

—Mucho —admitió—. Y yo lo odiaba. Me prometí a mí misma que jamás les haría eso a mis hijos, pero aquí me tiene haciendo lo mismo. Tengo la sensación de que no tengo otra elección. Es como un gran imán que me lleva a hacer lo que no deseo hacer.

—Bueno, Cindy, estos son el tipo de problemas que yo atiendo en mi consultorio donde puedo tratarlos en profundidad. Pero le diría esto. No se dé por vencida. La analogía del imán está presente. Existe una perfecta explicación para lo que sucede. Si puede, no deje de venir a la sesión sobre estilos de vida de mañana por la mañana. Junto con muchas otras cosas, a usted sus padres le enseñaron un estilo de paternidad y no importa cuán diferentes desee hacer usted las cosas, vuelve a lo que aprendió a través de aquel ejemplo.

Mientras observaba a Cindy alejarse, tuve la seguridad de haber hablado con otro de los padres que había crecido bajo el control de padres autoritarios y que ahora luchaba por no aplicar el mismo estilo de paternidad destructiva que habían utilizado con ella.

Todos los estilos de paternidad se sintetizan en una pregunta:

¿Cómo utiliza usted su autoridad como padre?

Sí, *realmente* los padres tienen autoridad sobre sus hijos. La autoridad está claramente implícita en el hecho de ser padres. La palabra padre significa "fuente, progenitor, guardián y protector". La pregunta no es si tiene usted alguna autoridad. La verdadera pregunta es si utiliza dicha autoridad de una forma edificante. ¿Su estilo de paternidad es constructivo o destructivo?

El autoritarismo ha estado presente durante mucho tiempo

El concepto de autoritarismo en la paternidad (también llamado autocrático o dictatorial) ha estado presente desde que el primer hombre de las cavernas blandió un garrote ante sus hijos y dijo:

—Mientras ustedes vivan en *esta* cueva, harán las cosas a mi manera o los arrojaré a las fauces de los tigres.

Hoy, por supuesto, los padres autoritarios se han convertido en algo más sofisticado, pero la actitud básica es la misma. Los hijos educados por padres autoritarios reciben mensajes claros:

"Obedeced o veréis. No me contestéis. Los niños se deben ver pero no oír. Mientras viváis bajo mi techo, haréis lo que diga porque yo lo digo y ¡eso es todo!".

Los padres autoritarios adoran el siguiente lema "Suelta la vara y malcriarás a tu hijo", que con error creen que proviene del Antiguo Testamento. El Antiguo Testamento realmente habla de una vara, pero el versículo verdadero dice, "Aquel que suelta la vara odia a su hijo, pero aquel que lo ama debe disciplinarlo con cuidado."[1] Soy un convencido de que cuando el rey Salomón utilizó la palabra "vara", quiso decir que esta era una herramienta de corrección y guía antes que un arma para golpear e injuriar.

En el Salmo veintitrés, escrito por el padre de Salomón, el rey David, existe un versículo que dice: "Aun cuando camine por el valle de las sombras de la muerte, no temeré nada malo, ya que Tú estás conmigo; con tu vara y tu cayado para cuidarme."[2] Obviamente, no existe en esto ninguna idea de castigo ni dolor. Y no existe temor de que la vara será impuesta sobre nuestro cuerpo si en el camino damos algún paso en falso.

Los padres autoritarios, que creen en la filosofía de soltar la vara, son personas que necesitan desesperadamente ejercer el control sobre sus hijos. Ellos exigen obediencia, tan instantánea como sea posible. Cuestionar, preguntar "Por qué" y, el cielo no lo permita, desobedecer las reglas son causa de repentinos y a menudo severos castigos. Si los hijos intentan explicar lo que sucedió, se consideran "charlatanes e irrespetuosos".

Los padres autoritarios creen que el diálogo es perder el tiempo. No es casi necesario decir, que en un hogar autoritario no se anima el intercambio verbal. No sólo dicho intercambio es descartado, ¡ni siquiera se lo considera como una opción!

Todos los padres autoritarios tienen en común una característica básica: *siempre ejercen el control total de aquellos que están bajo su autoridad.* Ejercer el control significa tomar todas las decisiones. Estos padres están absolutamente seguros de que son los que más saben. Son fuertes en el ejercicio del control, pero débiles y a veces carentes de amor y compasión.

Un entorno de control es el común denominador en todos los casos de abuso de menores. Casi todos los meses nos enteramos de que se ha encontrado a un niño encadenado, encerrado en un armario o que ha sido castigado y golpeado tanto, que incluso pueden llegar a tener heridas permanentes o hasta sufrir la muerte. Uno de los casos más terribles en el que jamás haya estado involucrado fue el de una niña de cinco años que fue obligada a permanecer en el patio debajo de un sol abrasante sin agua ni comida. No se le permitió ir al baño y, cuando finalmente perdió el control de su vejiga, la golpearon con un cinturón de cuero y la obligaron a comer una pastilla de jabón mientras la mantenían desnuda, de pie en un rincón.[3]

Este tipo de sadismo es un ejemplo extremo de autoritarismo, pero ilustra gráficamente la *necesidad de ejercer el control absoluto* que está siempre presente cuando los padres actúan de una forma autoritaria. La escena más común que yo veo es la de la joven adolescente que irrumpe en mi consultorio después de haber sido "atada" por sus padres, en general el padre, que teme que ella se "meta en problemas". Más tarde, a los dieciocho o diecinueve años, esta muchacha se puede casar prematuramente, simplemente para escapar de sus padres. El matrimonio a menudo dura y, más tarde, cuando ella tiene casi treinta años o más, esta mujer se transforma en la adolescente que jamás tuvo la oportunidad de ser cuando tenía la edad para serlo.

Pero existen formas aún más sutiles de utilizar el "control absoluto" en los niños. Un día una mujer llamó a nuestro programa "Diálogo con los padres" para contarnos, rebosante de orgullo, que ella tenía el verano de su pequeño hijo de ocho años completamente organizado. Lo mantenía ocupado desde la mañana a la noche en una colonia de vacaciones, practicando la trompeta y un montón de otras actividades que no le dejaban tiempo para descansar. Le sugerí a esta madre que posiblemente estaba exagerando "un poquito" la situación. ¿Por qué no darle al niño la oportunidad de ser pequeño y disfrutar por lo menos parte de su veraneo dando patadas a una pelota o haciendo lo que deseara?

A la madre no le importó mucho mi sugerencia. Ella ya había hecho *sus* planes. En lo que a ella concernía, estaba haciendo un favor a su hijo al proporcionarle todas estas maravillosas actividades para que las disfrutara.

Una de las razones por las que el autoritarismo atrae a algunos padres es que parece funcionar, al menos por un tiempo. En realidad, puede parecer que funciona durante la mayor parte de los años de crecimiento del niño. Pero no se equivoque: los niños educados por padres autoritarios no lo olvidarán fácilmente y esperarán la oportunidad. Algún día, de una manera u otra, ellos tomarán la revancha y le harán saber a sus padres que, debajo de esa fachada de obediencia, están enojados, son seres humanos lastimados que están "hartos y que no están dispuestos a seguir aceptando dicha situación".

He atendido a más de una adolescente embarazada que sencillamente pagaba así a sus padres por los años de palizas y golpes, por el control dominante que se había ejercido en su vida. Cuando prestaba servicios como asistente del decano de la Universidad de Arizona, tuve contacto con una cantidad importante de jóvenes que provenían de hogares autoritarios y que al llegar a la universidad, por primera vez, se sintieron libres para tomar decisiones. Muchos de ellos decidieron volar hasta el cielo y volverse locos.

Tuvimos gran cantidad de problemas con los nuevos estudiantes que no podían creer que estuvieran fuera del alcance del dedo autoritario de mamá y papá. Solíamos decir que si eran capaces de pasar el primer semestre, las cosas tenían posibilidad de calmarse y así poder terminar el año.

Permisividad: amor echado a perder

El autoritarismo solía ser considerado como una forma anticuada y victoriana de criar niños. Sin embargo, en los últimos años, ha contado con un renacimiento entre muchos padres que se han cansado y hartado del otro extremo de estilo de paternidad: la permisividad.

Mientras que los padres autoritarios están absolutamente seguros de que son los que más saben, los padres permisivos están absolutamente convencidos de que el único concepto correcto en cuestión de paternidad es amar, amar y amar. Están dedicados a satisfacer todas las necesidades de su pequeño déspota en todas las etapas de su vida. La permisividad es el amor incondicional echado a perder. No es de sorprender que el padre permisivo sea fuerte en dar ayuda de amor, pero muy débil en su control.

El prototipo de lo que se dice en un hogar permisivo son afirmaciones tales como: "Lo que tú desees, mi amor... Bueno, supongo que puedes quedarte levantado y ver la película... sólo por esta vez... Bueno, supongo que tú necesitas el coche más que yo; tomaré el autobús... Sí, sé que es duro levantarse, te llevaré al colegio, paso por allí camino de la oficina".

En este tipo de afirmaciones, son obvios los intentos por parte de los padres de "sentirse nobles" o de aliviar su propio sentido de culpa. Después de todo, si tú deseas quedarte levantado y disfrutar de la película, ¿por qué negarle a tu hijo el mismo privilegio, en particular si la película es apta para menores? ¿Y dejar usar el coche al hijo adolescente mientras uno toma el autobús, no es una manera espléndida de satisfacer todas las necesidades del hijo, que, por supuesto, es su misión en la vida? Y, por supuesto, es una madre o un padre noble el que puede comprender la razón de que sea duro levantarse y que siempre es capaz de "estar allí" para ayudar al hijo.

Mientras estuve en la Universidad de Arizona, también tuve contacto con un gran número de nuevos alumnos que provenían de hogares permisivos, que no se podían comportar mejor que los que lo hacían de hogares autoritarios. Mientras que los hijos de hogares ultraautoritarios se metían en problemas debido a que finalmente tenían la oportunidad de rebelarse, los hijos de hogares ultrapermisivos se metían en problemas debido a que seguían haciendo lo que habían venido haciendo durante toda su vida: actuando de manera irresponsable, sin interés alguno ni por los demás ni por ellos mismos.

Tuve muchos padres que me llamaron, enojados y a la vez listos para volar hasta allí y ayudar a resolver las dificultades de su hijo o hija adolescente que se habían buscado un problema por actuar de manera irresponsable. Mi respuesta siempre fue la misma:

—Muchas gracias, pero por favor quédese allí y nosotros intentaremos solucionar esto. Si realmente lo necesitamos, lo llamaremos de inmediato.

Los padres permisivos siempre están ansiosos de limpiar la nieve del camino en la vida de sus hijos. Tan atractiva como pueda parecer la permisividad con sus aparentes aspectos de nobleza y sacrificio, comienza a hacer estragos muy temprano, en general, para cuando el niño tiene dos o tres años de edad. No existe un espectáculo más triste que los padres permisivos tratando de "razonar" con sus niños caprichosos y malcriados, que saben que tienen el control y que sus padres están a su merced.

Lo he visto una y otra vez, mientras recibía en consulta a padres con sus hijos:

La permisividad conduce directamente
a la rebeldía

Los padres que vienen a consultarme se preguntan: "¿Cómo puede el pequeño Henry tratarnos de esta forma? Le damos todo".

Exacto. Y debido a que Henry lo tiene todo, desea todavía más. Pueden existir algunos especialistas en educación infantil que crean que todos los niños son básicamente buenos, pero yo no me cuento entre ellos. Sí, los niños son inteligentes, dulces, adorables, pero también son básicamente egoístas, codiciosos y egocéntricos hasta que se los educa, entrena y disciplina con amor. Si nos limitamos a satisfacer sus necesidades de nutrición y entrenamiento, crearemos un pequeño Frankenstein que controla a toda la familia. En un hogar con padres permisivos, los niños poseen la autoridad y los padres son sus sirvientes. Por ejemplo:

Toda la familia se dispone a salir a comer pizza, pero la pequeña Hilda de cuatro años y medio, prefiere ir a MacDonald's. Cuando descubre que "vamos a comer pizza", se arroja al suelo y comienza a gritar hasta que todos se rinden y deciden que quizás ir a MacDonald's es una buena idea después de todo. Tal vez *él* puede manejar a Hilda, ellos, no.

Otro producto clásico de padres permisivos es el pequeño amiguito que podríamos llamar "Baxter el Bárbaro". Este niño es una completa amenaza, en particular en la sala de estar de algún extraño (qué mala suerte: ¡puede que sea *su* propia sala de estar!). Mientras mamá le implora a Baxter que deje ese florero o que no destroce el tocadiscos, uno se queda allí sentado apretando los dientes y tratando de pensar desesperadamente en una forma diplomática de decirle a la madre que su estilo de paternidad no funciona.

Otro ejemplo de los frutos de la permisividad es un pequeño amigo que observé justo el otro día en el supermercado. No fui presentado oficialmente, pero vamos a llamarlo "Freddy el Comprador Caprichoso". Mientras trataba de encontrar la estantería donde estaban los cereales, me encontré con mamá y Freddy de cuatro años, que estaba colgado del carrito de las compras y lo conducía como Ben Hur habría hecho con un carro de guerra.

—Oh, ¿quieres esto, querido? —le preguntó mamá. El niño señalaba una caja de galletas con sorpresa. Como Freddy no podía leer, supongo que podía decir cuáles eran las galletas por la etiqueta especial que tenía la caja, anunciando la gran sorpresa que contenía—. Sí, eso es —dijo mamá, mientras señalaba otro tipo de galletas—, esas no tienen sorpresa y estas, sí.

Me quedé por allí, como si yo también estuviera buscando galletas y escuché como mamá y su señor de cuatro años avanzaban por el pasillo hacia la sección de mantequilla de cacahuete. Nuevamente, mamá le preguntó a Freddy qué tipo de mantequilla deseaba comprar y el niño se mostró muy dispuesto a dar su opinión. Los seguí hasta la siguiente estantería, y cuando ya me retiraba con mis cereales, la madre le preguntaba a Freddy qué tipo de spaghetti podía comprar esta semana.

Tal vez esta madre pensaba que Freddy era astuto al hacer valer su opinión de manera tan contundente, pero en realidad, Freddy era el que estaba haciendo las compras. Él tomaba las decisiones y mamá aceptaba lo que él decía. No digo que un niño no pueda pedir determinado producto en algún momento, pero en este ejemplo en particular, la madre era la sirvienta y su hijo de cuatro años, emitiendo órdenes desde su carro de guerra, era el amo.

Y esa es siempre la señal de la permisividad. *El niño tiene el control en su poder.* Y como el niño posee el control, el padre a menudo recurre al chantaje para mantener la paz.

—Siéntate allí y deja que el peluquero te corte el pelo. Luego yo te daré un caramelo —le ruega mamá a su hijo de tres años. O nos encontramos con una madre y con el mismo hijo que no ha comido su cena y que ahora busca problemas para irse a dormir.

—Patatas fritas —grita con ansiedad el niño.

—No —dice con firmeza la madre.

—¡Pero si tengo hambre! —berrea el hijo de tres años.

—Oh, está bien —dice cansada la madre, y le da lo que deseaba.

La rutina es siempre la misma. El padre dice que no, el niño llora y el padre se rinde. Conozco un caso en el que una niña de doce años, que adoraba los caballos, lloró y se lamentó tanto de no poder tener su propio caballo que sus padres tuvieron que mudarse a muchos kilómetros del empleo del padre para comprar una casa en una zona apta para poder tener caballos. La niña se salió con la suya. Hoy tiene treinta y cuatro años, es soltera, adora a los caballos, pero emocionalmente se halla tan distante de la gente que necesita hacer terapia.

Entre los polos de autoritarismo y permisividad existen muchos matices del mismo tipo de errores. Algunos autoritarios, por ejemplo, pueden ser muy cariñosos; dictadores encantadores, por decirlo de alguna forma, que todavía dominan y controlan a sus hijos. Siguen utilizando un puño de hierro, pero lo cubren con un guante de terciopelo. Y algunos padres permisivos parecen ejercer el control, pero sus hijos saben que no es así. Los hijos prosiguen su camino la mayor parte del tiempo e incluso se muestran obedientes. Pero cuando llega el momento de la presión, saben exactamente qué botones pulsar para conseguir lo que desean.

Los padres que protegen cometen un gran error

Una raza especial de padres permisivos corresponde a la madre que yo llamo la "madre protectora". Los padres pueden demostrar esta misma clase de conducta, pero lo veo mucho más a menudo en las madres que se preocupan constantemente de que su hijo se lastime y de que debe recibir ayuda, asistencia y consuelo en todos sus movimientos.

Por ejemplo, el pequeño Billy, de trece meses de edad, se tambalea con sus piernecitas inseguras mientras se cuelga del borde de una mesita auxiliar. De pronto decide soltarse y logra dar tres pasos antes de terminar sentado en el suelo. Su madre tiene una gran oportunidad para dejar que Billy aprenda lo que es fracasar y luego volver a intentarlo. Pero, en lugar de eso, corre a rescatarlo, preguntándole si se ha hecho daño y llenándolo de abrazos y de todo tipo de mimos. Sin embargo, este no es el momento para ningún rescate; es el momento de sonreír y animar a Billy para que vuelva a intentarlo.

Tome esta escena de Billy y multiplíquela por cientos, incluso por miles, de ejemplos en los que el hijo es protegido, ayudado y consolado ante la menor adversidad, y entonces comprenderá lo que es el síndrome de la madre protectora.

Conozco a una de estas madres que no deja que sus hijos jueguen con los niños del barrio, porque teme que se puedan resfriar. Tiene dos hijas y un niño pequeño, pero ninguno de ellos juega con nadie. Esto no es una política estacional; ¡dura todo el año! La madre protectora "protege a sus hijos de los gérmenes", pero no es mucho lo que hace por su vida social o por su autoimagen.

Esta clase de sobreprotección no ayuda a los hijos; en realidad los daña, en particular más adelante en la vida, cuando ellos deben enfrentarse al mundo real. En una "carta de lectores" de nuestro periódico local, una mujer escribió acerca de otra madre que no dejaba que su hija de nueve años acudiera a una fiesta porque entre las diversiones se incluía patinar sobre hielo y ninguna de las niñas que iban habían patinado en su vida. La carta de la mujer continuaba así:

> Al haber sido yo una niña protegida, sé lo que significa llegar a la vida adulta y no estar preparada para la realidad. Es como sentir que todo es cálido y acogedor y de repente la arrojan a una a un estanque de agua helada. Me llevó casi veinte años sobreponerme al impacto y darme cuenta de que mis padres simplemente me aman demasiado y no pudieron nunca soportar que yo me lastimara.
> Todavía siento un miedo irrazonable por la gente. Pero a lo que más le temo es a ser lastimada. ¿Cómo podremos alguna vez crecer y aprender si no nos lastiman a veces? Mamá no siempre estará presente para besar nuestras heridas.[4]

Existe en Indonesia un árbol llamado upas que es venenoso y crece tan frondoso que mata cualquier vegetación que se atreva a crecer debajo de sus ramas. El upas abriga y da sombra, pero también destruye. Los padres protectores deben tener conciencia de no transformarse en upas. Tal vez no maten realmente a sus hijos, pero los convierten en inválidos y, en algunos casos, los hijos siguen siendo bebés durante toda la vida.[5] Mi consejo a los padres protectores es:

Ámelos pero déjelos ir.

Recuerde el Principio Nº 4 del Seguro de imagen: *Usted no es el dueño de sus hijos.* Déjelos ser individuos con ideas y pensamientos propios. Deje de verlos como extensiones suyas.

Ambos extremos destruyen
la autoimagen

La razón de haber descrito el autoritarismo y la permisividad con alguna extensión se debe a que, diferentes versiones de estos dos estilos de paternidad se encuentran a menudo en familias que vienen a mi consulta. Ambos estilos destruyen la autoimagen y autoestima de los hijos. El autoritarismo deja a los hijos sin el A-B-C de la autoimagen al no ser aceptados ni afirmados, ni tener sentido de pertenencia, ni sentimiento alguno de capacidad.

Los padres autoritarios pueden tener hijos que son extremadamente sumisos debido a las exigencias y a la fijación de límites severos. El problema radica en que las exigencias que son demasiado severas y los límites que son demasiado represivos anulan la curiosidad de los niños. Los hijos de padres autoritarios a menudo encuentran que aprender es una tarea desagradable. Siempre me siento un poco preocupado cuando los padres me dicen "el pequeño James es muy obediente". Cuando los niños son "muy obedientes", tal vez les hayan quitado toda la curiosidad. El pequeño James puede fácilmente caer en la triste categoría de los niños que no hablan mucho, que no llevan a cabo ninguna tarea a menos que esta esté claramente definida y minuciosamente detallada.

Los hijos de padres autoritarios a menudo crecen para ser pasivos, sin empuje, creatividad, ni iniciativa. Su autoimagen está tan golpeada y lastimada que se contentan con ser seguidores, tratando de obedecer los deseos de los demás.[6]

En el otro extremo del espectro, los permisivos padres protectores también destruyen el A-B-C de la autoimagen debido a que le roban al hijo la experiencia de aprender de sus propios errores y fracasos. Cuando estos padres les niegan a sus hijos la oportunidad de conquistar obstáculos o de lograr hacer cosas difíciles, estos niños pronto comenzarán a dudar de sí mismos. Este tipo de niño comienza a sentir el "Mi madre piensa que soy un bebé."

En lugar de sentirse afirmados, aceptados y valorizados

como personas, los hijos sienten el "No soy lo suficientemente bueno. Ellos lo hacen mucho mejor que yo, de modo que ¿por qué debería intentarlo?"

Cuando usted les enseña a sus hijos que los demás lo harán por ellos, ellos se repliegan en la vida en lugar de enfrentarse a los desafíos que tienen por delante. Los hijos de padres permisivos también carecen de sentimientos de pertenencia. Debido a que no se les exige nada, sus deseos son siempre cumplidos y pueden conseguir mucha ayuda, poseen pocas (por no decir ninguna) oportunidades para contribuir y disfrutar del sentimiento de "Vaya, yo he ayudado, ¡yo soy parte de esto!"

¿Qué es lo que hace que un padre se transforme en autoritario o permisivo? ¿Sucede esto cuando aparecen los hijos? ¿Intentan los padres ejercer la paternidad por un tiempo y luego deciden adoptar un cierto estilo para el resto del camino? Por supuesto que no. Todos llegan al matrimonio o a la paternidad con un conjunto de visiones y valores predeterminados, que se adquirieron hace mucho tiempo, tal vez desde la misma cuna. Es una verdad simple y aparentemente obvia:

De la forma en que usted fue educado por sus padres será como eduque a sus hijos

Tal vez esté en desacuerdo y me diga que hace muchas cosas diferentes a como las hacían sus padres, y estoy seguro de que es así. De todas formas, tengo la certeza de que fuerzas poderosas han moldeado su personalidad, y cuando llega el momento de la presión, usted volverá o estará muy tentado a volver a la forma que aprendió mientras crecía. Si tiene duda de esto, todo lo que debe hacer es mirar retrospectivamente a la atmósfera de su propia familia, el lugar que ocupó entre sus hermanos (lugar en la familia), y los primeros recuerdos de su infancia. Todos estos están integrados en un retrato de lo que usted es hoy y del estilo de paternidad que intenta utilizar con sus hijos.

¿Cómo era su atmósfera familiar?

A menudo le pregunto a clientes o a personas que participan en un seminario: "¿Cómo era su hogar cuando era niño?". ¿Era cálido, amistoso, de apoyo? ¿O era frío, indiferente, hostil o caótico? Cualquiera que fuera la atmósfera familiar o el estilo de paternidad que su madre y su padre utilizaron, usted lo absorbió como una esponja.

Volvamos a Cindy, la madre que conocí en el seminario de fin de semana que decidió visitarme y pedir una consulta para el lunes siguiente. Aparentemente ella acudió a la sesión de estilo de vida que yo le había recomendado, y esta la convenció de que estaba cometiendo con sus hijos los mismos errores que sus padres habían cometido con ella. También lo que motivaba a Cindy era el miedo de que sus errores pudieran desembocar en algo muy serio, posiblemente en un caso de abuso de menores.

Después de que Cindy llenó el formulario de información básica que nosotros utilizamos con nuestros clientes, la saludé con cordialidad y le dije:

—Bueno, supongo que sé porqué está usted aquí. Desea hablar acerca de lo que me comentó el otro día en el seminario.

—Eso es —me dijo—. ¿Por qué no puedo deshacerme de estos malos hábitos que mis padres me enseñaron? Me aterroriza, en especial la rabia que siento hacia el pequeño Billy. Esta mañana, antes de salir de la casa, me enojó tanto que lo sacudí hasta que sus dientes castañetearon.

—Todo esto la lleva a la atmósfera familiar de cuando usted era niña. Tan pronto como usted toma conciencia de su pequeño mundo, comienza a tomar decisiones acerca de cómo proseguir y resolver sus problemas. Como una chiquilla, usted desarrolla su propio "plan de vida," para decirlo de alguna forma, y por dicho plan se produce un cierto estilo de pensamiento y conducta que realiza con modelos bien definidos.

—¿Qué es lo que quiere decir con eso de modelos definidos? —preguntó Cindy.

—Es como el tema de una pieza musical. Existe

verdaderamente un ritmo que marca cómo usted se desenvuelve en la vida. Usted aprendió la melodía hace mucho tiempo, cuando era un bebé. Para cuando tuvo tres o cuatro años, como mucho, las bases fundamentales ya estaban establecidas, y eso es lo que hace que sea usted como es.

—¿Y dice que aprendí todo esto de mis padres? —preguntó Cindy.

—Creo que en el formulario de datos personales dice que usted es la hija mayor de su familia

—Sí, eso es. Tengo un hermano, Roy, que es cinco años menor que yo, y una hermana, Meryl, que es la pequeña de la familia. Ella tiene ocho años menos que yo.

—Como primogénita, una gran cuota de su estilo de vida básico proviene de la interacción con sus padres y posiblemente de otros adultos. Sus hermanos menores aprendieron de sus padres, pero también desarrollaron mucho de sus estilos de vida de la interacción con sus hermanos. Sin embargo, para volver a la pregunta original, sus padres son los que la influyeron la mayor parte de su vida y, a propósito, ellos le enseñaron muchísimo sobre paternidad, incluso cuando usted era muy joven.

—No veo cómo pude haber aprendido todo eso cuando era tan joven —me desafió Cindy—. ¿Puede explicarme cómo funciona?

—La forma en que, en general, intento explicar esto es hacer lo que yo llamo un "mini esquema del estilo de vida" de una persona. Comenzaré por pedirle que elija a uno de sus padres y me haga una breve descripción de él o ella. ¿Cómo eran?

—Bueno —comenzó lentamente Cindy—. Papá era muy estricto, pero realmente nos amaba. Trabajaba mucho y no nos faltaba de nada. No estaba mucho tiempo en casa, debido a que como era ingeniero trabajaba bastante, pero cuando estaba en casa, uno lo sabía. No osábamos replicarle de manera insolente. Podía hacer que me deshiciera en lágrimas con sólo mirarme.

—¿Algo más acerca de su padre? —pregunté.

—No le gustaba discutir mucho las cosas. Lo que decía, se hacía. Y podía llegar a tener un pésimo humor. Se podría afirmar que él era el jefe.

—Creo que cuando usted me habló en el seminario, me dijo que le habían pegado mucho cuando era niña.

—Sí, eso es cierto. Creo que al principio yo tenía una gran personalidad, pero mi padre me la quitó. Me pegó hasta casi los doce años.

El modelo comenzaba a salir a la superficie

A medida que hablábamos, yo había tomado una serie de notas: (1) Cindy eligió a su padre para describirlo primero, lo que me decía que él era el más importante de la pareja. (2) Utilizó la palabra "muy" varias veces. Eso me ofreció una pista de su propia personalidad, la cual yo ya me había imaginado.

—Muy bien, eso es bueno. Ahora hábleme de su madre.

—Bueno, mamá era una señora muy dulce —recordó Cindy—. Todavía lo es. Ella es lo que uno llama una buena madre, siempre presente para ayudar. Brindaba mucho apoyo tanto a papá como a todos nosotros. Siempre hacía todo lo posible por complacernos.

Después de tomar algunas notas acerca de su madre, continué:

—Bien, ahora quisiera que me hiciera una descripción de usted, cuando tenía entre cinco y doce años. ¿Cómo era la pequeña Cindy?

—Recuerdo que era una buena lectora, todavía lo soy. Y adoraba hacer crucigramas. Sólo tenía una buena amiga, se llamaba Jane. Era una buena alumna y jamás tuve problemas en la escuela, incluso un año fui seleccionada para recibir un premio. Supongo que si tuviera que etiquetarme, yo sería la Señorita Bondad.

Mientras Cindy hablaba, continué tomando notas y el modelo comenzó a aparecer claro. Su padre era:

ESTRICTO, PERO AMOROSO. TRABAJABA MUCHO, PERO NO EN LA CASA. TENÍA CARÁCTER Y ERA EL "JEFE": UN CONTROLADOR

En lo que concernía a la madre de Cindy, las notas incluían:

DULCE, BUENA MADRE, SIEMPRE PRESENTE, DABA APOYO, AMOROSA: UNA MADRE COMPLACIENTE

Mis notas sobre Cindy señalaban una niña callada, estudiosa, verdaderamente la Señorita Bondad:

LECTORA, SÓLO UNA AMIGA, BUENA ALUMNA, PREMIADA, PROBABLEMENTE UNA PERFECCIONISTA

—Todo esto resulta de gran ayuda —le dije a Cindy—. Ahora sólo necesito una cosa sobre su familia. Una breve descripción de su hermano y hermana menores.

Resultó ser que el hermano menor de Cindy, Roy, era el típico hijo mediano, pero con una diferencia interesante, ya que también era el primer hijo varón de la familia. Debido a que los hijos medianos siempre se sienten ahogados por los hermanos que tienen por encima y por debajo de ellos, en general son buenos negociadores y mucho mejores para llevarse bien con los demás. Roy había sido muy popular en la escuela, pero como primer hijo varón, también poseía un empuje competitivo muy fuerte, lo que complacía mucho a su padre. De acuerdo con Cindy, "Roy era obviamente los ojos de papá".

—Cuando era niño, siempre quería saber cómo funcionaban las cosas —recordó Cindy—. Siempre miraba el programa *Mr. Wizard* en televisión. Hoy es un profesor de química de la escuela secundaria muy popular entre sus alumnos.

—¿Cómo se lleva Roy con las mujeres? —pregunté.

—Bueno, supongo que bien; siempre se llevó bien con mamá y ahora está comprometido con una chica que también enseña en la escuela. La conoció hace poco más de un año y tienen planeado casarse pronto.

—¿Y qué me dice de su hermana pequeña, Meryl?

—Bueno, yo era mucho mayor y no estuvimos lo que se

dice muy unidas como hermanas. Para Meryl, yo era un poco otra madre. Fue el pequeño payaso de la familia y actuaba con impunidad. Mis padres le dejaban hacer muchas cosas que a Roy y a mí no nos dejaban. Le compraron un coche cuando cumplió los dieciséis, y yo casi no podía usar el automóvil de mi padre, a menos que él estuviera de buen humor, lo que no sucedía muy a menudo.

—¿Se siente resentida de haber tenido que cuidar tanto de Meryl cuando ella era pequeña?

Cindy hizo una pausa y luego admitió:

—A decir verdad, supongo que sí. Tuve que renunciar a muchas de las cosas que yo deseaba hacer con mis amigos, debido a que siempre tenía que cuidar a Meryl. Eso me enojaba mucho.

Ser la primogénita fue duro para Cindy

Cuando hice concordar mis anotaciones, por orden de nacimiento, de Cindy, Roy y Meryl, me encontré con la clásica familia de tres hijos. Como primogénita, Cindy siempre había estado bajo presión, debiendo cuidar a su hermanita pequeña además de tratar de sacarse las mejores notas y satisfacer las austeras esperanzas de su padre. Roy, el hijo mediano, resultó ser popular y querido entre la gente. Como primogénito varón (y único), consiguió la aprobación del padre y, de alguna forma, destronó a Cindy como la verdadera primogénita de la familia.

En lo que a Meryl respecta, fue la típica hija pequeña: una comediante que actuaba con impunidad. Como menor de mi propia familia que hacía lo mismo, puedo comprender el hecho con bastante facilidad. Pero lo más interesante acerca de Meryl era que había sido una fuente de irritación para Cindy. En cierto sentido, fue el símbolo de lo que era la paternidad. Cuando Cindy se casó y llegaron sus hijos, tuvo problemas para aceptarlos, en especial cuando hacían cosas que le recordaban su propia infancia.

La figura clave en todo el esquema del estilo de vida de Cindy era su padre. Debido a que Cindy fue la primogénita de la familia, su madre y su padre fueron los principales modelos y, de los dos, el padre extremadamente autoritario fue la figura más importante. Cuando Cindy hablaba, se hizo evidente que era una pensadora en blanco y negro, alguien que creía que algo es simplemente "correcto" o "incorrecto". Ella heredó este concepto de su padre y, el hecho de que hubiera utilizado la palabra "muy" para describir a su padre en los distintos ejemplos señalaban su naturaleza perfeccionista, que también había aprendido de él.

El perfeccionismo que aprendió de su padre constituía una gran parte de la razón por la que le resultaba tan difícil ser paciente con sus propios hijos. Las duras palizas que había recibido de su padre la dejaron marcada y, a pesar de lo mucho que las odiara, se habían transformado en un modelo para su propia forma de ejercer la paternidad. Afortunadamente, se dio cuenta de que los golpes que propinaba a Billy se estaban convirtiendo en algo demasiado serio, que de alguna forma se estaba pasando de la raya.

Finalmente, un viaje al banco de los recuerdos

Yo le explicaría todo esto a ella con bastante rapidez. Pero primero deseaba conocer unos cuantos recuerdos de su infancia. Otra parte importante de la terapia adleriana son los recuerdos que tenemos de cuando éramos muy niños, cuanto más jóvenes mejor. La infancia de una persona y las palabras y emociones utilizadas para describirlas sustentan las claves para la comprensión de quién es esa persona como adulto.

Los recuerdos de la infancia son una de las explicaciones más exactas de "por qué usted es como es". Dichos recuerdos son como cintas que pasan en su cabeza y se combinan con el estilo de vida básico que aprendió cuando era niño, para determinar cómo responderá a lo que le sucede todos los días. En el caso de Cindy, estas tenían que ver con la respuesta que ella le daba a sus hijos cuando estos se comportaban indebidamente, cometían errores o hacían cosas que la irritaban o enojaban.

—Cindy, usted me ha dado una información muy valiosa acerca de su padre, su madre y de usted misma, y ahora hay algo más que yo desearía saber. ¿Puede compartir conmigo dos o tres de los más tempranos recuerdos de su infancia?

Cindy se quedó en silencio durante casi un minuto antes de responder. Luego dijo:

—Recuerdo estar en este concurso de deletreo en cuarto grado. Todos habían sido eliminados, menos yo y Herman Miller, el chico más inteligente de la clase. La maestra me pidió que deletreara la palabra "himno" y yo me equivoqué. Herman lo hizo correctamente y yo perdí. Me sentí humillada.

—¿Algún otro recuerdo, algo posiblemente de cuando era más joven todavía?

—Recuerdo una clase de danza; creo que sólo tenía cinco años y era mi primer recital. Salí allí para hacer mi breve número de zapateado y en medio del baile me olvidé del paso siguiente. Sencillamente me quedé petrificada, y luego salí del escenario corriendo hecha un mar de lágrimas.

Los recuerdos de la infancia de Cindy confirmaban mis sospechas de su sentido del perfeccionismo. Aunque había sido una alumna sobresaliente y con éxito en muchos sentidos, los primeros recuerdos que le vinieron a la mente fueron de los fracasos que la habían devastado.

Qué diferencia existe entre Cindy y Karen Johnson, directora del "Programa del explorador". El día que entrevistamos a Karen en "Diálogo con los padres" (capítulo 1), pude sentir por su forma de hablar que la gente clave de su vida la había afirmado cuando era muy pequeña. Era una mujer joven, con éxito y segura de sí misma y, era de suponer que había tenido padres que la afirmaron, en particular, el padre. Cuando le pregunté a Karen acerca de su infancia, me dijo con mucha seguridad:

—Lo que supe al crecer fue lo que mis padres siempre me habían dicho de que podía hacer cualquier cosa que me viniera a la mente. Siempre que yo hiciera el mayor esfuerzo, podría conseguir lo que deseara en la vida. Nunca hubo nada como el "No, no puedes hacer eso".

Le pedí a Karen que buscara en su banco de recuerdos y nos contara, un par de los más tempranos, de su infancia. Aquí está lo que nos contó:

—Lo primero que recuerdo es cuando jugaba en la piscina con mi padre. A él le gustaba arrojarme al agua y a mí me encantaba. Lo segundo que recuerdo es una mañana de Navidad cuando recibí uno de estos animales de peluche, de tamaño real, más grande de lo que yo soy hoy. De alguna forma, tener mi propio animal gigante me hizo sentir apreciada y amada. Fue maravilloso.

En contraste con Cindy, Karen Johnson tenía recuerdos positivos de su infancia, en la piscina divirtiéndose con su padre... la mañana de Navidad, recibiendo un animal gigante de peluche y sintiéndose bien por eso. No era de extrañar que Karen tuviera tres diferentes profesiones antes de cumplir los treinta: en el noticiario de la televisión, en su propia empresa, y como directora del "Programa del explorador" para los Centros de tratamiento para la nueva vida. Los recuerdos de la infancia a menudo fracasan en confirmar que "el niño o la niña que una vez fueron, todavía lo son".

No fue difícil describir al marido de Cindy

Para completar nuestra primera sesión, decidí cubrir otra zona importante con Cindy.

—¿Le gustaría que yo le describiera a su marido? —le pregunté.

—¿Como podría saber cómo es Hank? No lo conoce.

—Oh, sí, sí que lo conozco —le aseguré—. No en persona, por supuesto, pero tengo una imagen bastante buena del hombre con el que usted se habría casado. Realizo muchos de estos esquemas de estilos de vida y, aún cuando me equivoco aquí y allá, en general estoy muy cerca de acertar. Si no le importa, me gustaría decirle cómo es su esposo por lo que he estado escuchando. Le ayudará a comprender su propio estilo de paternidad y lo que podemos hacer para cambiarlo.

—Muy bien, adelante —dijo Cindy, aceptado mi osadía de describirle con exactitud a su marido.

—Hank es una persona muy fuerte, un controlador en muchas maneras, pero supongo que puedo proseguir bastante bien... ¿Cómo lo he hecho hasta ahora?

—Está cerca —admitió—. Aunque no estoy totalmente segura de lo que significa un "controlador".

—Supongo que Hank es un "buscador de defectos"—continué—. La gente que controla es a menudo perfeccionista que encuentra defectos. ¿Critica Hank a usted y a sus hijos?

—De alguna forma, supongo que sí —dijo Cindy—. Es callado y suave cuando habla, pero me hace saber cuando algo no está bien cocinado o cuando sus camisas no están bien planchadas, o cosas por el estilo.

—¿Cómo trata a los niños? ¿Tiene los mismos problemas que usted?

—Bueno, les regaña por los malos modales en la mesa o por no mantener ordenadas las habitaciones, pero no se enoja tanto como yo. Yo tengo a mi cargo toda la disciplina debido a que estoy más tiempo con ellos que lo que él está. Se va todo el día a trabajar y yo me quedo todo el día en casa con Billy, que lentamente me va enloqueciendo. Cuando Jennifer regresa del colegio, supongo que me desquito un poco con ella.

—Si es posible, me gustaría que viniera con Hank a nuestra próxima cita. Quisiera conversar con él acerca de cómo ustedes dos se pueden transformar en un equipo más fuerte para educar a sus hijos. ¿Conoce él sus problemas con los niños, en especial los castigos a Billy, y lo que usted teme que suceda?

—No creo. No comparto con él esas cosas. Supongo que es por vergüenza.

—Puedo entenderlo. Cindy, usted es lo que yo llamo una gran complaciente, que, muy en el fondo de su ser, es una perfeccionista. Su padre le causó una gran impresión en su vida, pero jamás pudo complacerlo lo suficiente mientras crecía. Siempre la criticó y no la apoyó demasiado. De todos modos, le enseñó el perfeccionismo y también aprendió de él el concepto de paternidad autoritaria.

—Si aprendí tanto de este perfeccionismo autoritario de parte de mi padre, ¿por qué soy una complaciente? —deseó saber Cindy—. Eso realmente no parece concordar.

—Oh, sí, concuerda por dos razones. Primero, usted siempre trataba de complacer a su padre, pero no tenía éxito. Segundo, observaba el modelo de su madre que le indicaba cómo se suponía que debía ser una esposa, alguien que probablemente pasaba media vida tratando de complacer a su marido y brindar soporte a toda la familia. Todo esto combinado hizo de usted alguien que se decía a sí misma: "En la vida cuento sólo cuando complazco a la gente. Sólo cuento cuando hago lo correcto, cuando soy perfecta y cuando puedo conseguir algo que pruebe mi valor".

—Y esta es la razón por la que me casé con Hank —murmuró Cindy, tratando de colocar las piezas en su lugar.

—Exacto. Cuando usted se casó, buscó un hombre que fuera fuerte y controlador. Parece que se casó con un hombre que tiene una naturaleza crítica, pero afortunadamente también parece brindar soporte y amor a su familia. Lo que es necesario que él sepa es que debería ayudarla más en la paternidad, en lugar de dejar tanto sobre sus hombros.

—¿Entonces usted cree que yo puedo cambiar? —deseó saber Cindy.

—Sí, creo que hay muchas cosas que usted puede hacer y, ahora que tiene un cuadro un poco mejor de por qué es como es, creo que podemos ponernos en marcha. Pero la clave está en jamás olvidar que la pequeña que una vez fue, todavía lo es. Siempre estará tentada a regresar al estilo de vida que aprendió desde la cuna. Pero puede cambiar su conducta y es obvio que usted desea hacerlo, ya que sabe lo pesado que es cargar con todo esto en su vida. Esa es la razón principal por la que hoy estamos aquí hablando.

—Pero ¿qué se supone que debo hacer con todo esto? —preguntó Cindy.

—Para empezar, creo que puede hacer mucho para controlar las fuertes palizas a Billy, si simplemente aprende a tomarse la vida con más tranquilidad. Haga un verdadero esfuerzo; sencillamente, avance más despacio y deje de tratar de complacer a todos todo el tiempo. De esa forma se sentirá más relajada, menos cansada e irritable y más capaz de ser paciente con Billy.

Las buenas noticias pueden ser más importantes que las malas

A medida que pasaron los meses en el tratamiento de Cindy, resultó que el avance más lento y el tomarse la vida con más tranquilidad fueron la clave para mejorar su estilo de paternidad. Finalmente aprendió a ser más flexible con su primogénita y dejó de pegarle a Billy. Cindy aprendió otras formas de disciplinarlo que fueron mucho más efectivas. Muchas de estas técnicas se explican más adelante en el libro.

Aún cuando mi esquema del estilo de vida de Cindy tal vez no sea el adecuado para usted, sí demuestra como tenemos una visión de la vida y la forma en que esta opera en los primeros años. Este estilo de interacción con el mundo jamás nos abandona. Nos sigue en la escuela primaria, en la secundaria y en nuestra vida adulta.

Cuando nos transformamos en padres, nos encontramos con que hacemos ciertas cosas, preguntándonos la razón. No es de extrañar, entonces, que Cindy dijera, "Oh, no, me dije a mí misma que jamás trataría a mis hijos de esa forma." Y, por supuesto, "esa forma" fue la forma en que sus padres la trataron a ella. Lo veo una y otra vez. Es irónico: con todas las buenas intenciones del mundo, *los padres hacen exactamente lo contrario a lo que deberían hacer para conseguir buenos resultados.*

En el caso de Cindy, su perfeccionismo se plasmó con el concepto de autoritarismo que estaba a punto de desembocar en un caso de malos tratos a menores. Con usted el problema tal vez sea la permisividad o, tal como sucede con tanta gente, quizás oscila entre autoritarismo y permisividad, en una especie de péndulo de la incoherencia. Y, tal como lo expliqué en otro libro, *Formar la conciencia de los hijos sin perder la propia,* ser incoherente en su estilo de paternidad, oscilar entre uno y otro concepto, es algo que nunca da buen resultado.[7]

Sin embargo, suponga que un padre desee cambiar. ¿Se puede hacer? ¿O está un padre condenado a decir: "Oh, no, dije que jamás educaría a mis hijos de esa forma y estoy aquí atrapado por los modelos que yo aprendí de mis padres".

Bueno, hay una noticia buena y otra mala. La mala noticia es que nuestra forma de actuar ya está establecida. Su estilo de vida básico ya fue establecido hace mucho tiempo. El orden de nacimiento tiene mucho que ver con la elección de los papeles que deseaba desempeñar en su vida. Y los recuerdos de su infancia confirman el estilo de vida que elige y las percepciones que tenga del mundo, aún cuando su mundo de hoy sea el de un adulto.

La buena noticia es que puede cambiar su conducta. Puede "conocerse a sí mismo" lo suficiente como para ser capaz de reconocer lo que les hace a sus hijos y detenerse antes de comenzar. No debe dejarse oscilar en los vientos del autoritarismo y la permisividad. Puede aprender a ser firme pero justo, a ejercer una autoridad con cariño sobre su hijo, a controlar pero no a ser un controlador, con reglas flexibles, no rígidas. En resumen, puede tener una familia que funcione como tal. En el próximo capítulo, veremos qué significa esto.

Algo para recordar...

- El estilo de paternidad siempre se sintetiza en la forma en que usted utiliza la autoridad con sus hijos.

- Los autoritarios utilizan la vara y someten al hijo. Siempre tienen el control absoluto.

- La permisividad es el amor echado a perder y la "cosecha" siempre se arruina. Siembre permisividad y cosechará rebeldía.

- Los padres protectores pueden matar la autoimagen del hijo con demasiada amabilidad (o demasiado control).

- Tanto el autoritarismo como la permisividad destruyen la autoimagen del hijo.

- La atmósfera familiar, el orden de nacimiento y los recuerdos de la infancia pueden decirle el tipo de padre que será. En la mayoría de los casos, la forma en que lo educaron será en la que usted eduque a sus hijos.

- Aun cuando sus pautas de actuación estén establecidas, puede cambiar la conducta. Puede romper el ciclo de una paternidad pobre que ha pasado de generación en generación.

Acciones para probar...

- Hable con su pareja acerca de los estilos de paternidad. ¿Cuál de los dos es autoritario? ¿Permisivo? ¿Qué pueden hacer ambos para acercar sus estilos, de modo tal que formen un frente unido para ser padres?

- Si uno o ambos se encuentran en la categoría de "padres protectores", ¿qué pasos específicos podrían tomar para darle a su hijo mayores oportunidades que le permitan asumir riesgos y tener mayores posibilidades de aprender de sus propios errores?

- Trate de hacer este miniesquema de estilo de vida con usted, haciéndose las siguientes preguntas:

¿Cuál es su orden de nacimiento: hijo único; primogénito; hijo mediano; el benjamín de la familia?

Cuando usted crecía, ¿cómo era la atmósfera familiar: fría y/u hostil; cálida, amistosa, con apoyo; neutral, ni cálida ni fría?

Elija el padre que tenga mayor influencia en su vida y escriba algunas palabras o frases que lo o la describan.

Ahora elija a su otro padre y escriba palabras o frases para su descripción.

Luego, escriba palabras o frases que describan cómo era usted entre los cinco y doce años.

Escriba uno o tres de los más tempranos recuerdos de su infancia (preferentemente alguno antes de los cinco o seis años). Asegúrese de anotar las emociones que estén presentes en dichos recuerdos (¿era feliz, triste, etcétera?) así como también si era negativo o positivo.

Revise sus respuestas para ver si puede encontrar alguna señal que sea una pista acerca de cómo usted ejerce hoy la paternidad con sus hijos. Preste especial atención a cómo ha descrito a sus padres.

• Para comprender más la lectura del resto del libro, firme el compromiso que se expresa a continuación:

Aun cuando me doy cuenta de que "mis pautas de comportamiento están ya establecidas" y de que el estilo de vida que yo aprendí cuando niño ejerce verdadera influencia, aun en el día de hoy, deseo cambiar mi conducta, a fin de ser un padre más efectivo.

Firmado _____

3

¿CÓMO ES UNA FAMILIA
FUNCIONAL?

*Cómo escapar de la trampa
de la disfuncionalidad*

Una de las palabras favoritas de fines de los años ochenta y principios de los noventa ha sido la palabra "disfuncional". Las librerías están atestadas de tratados sobre la codependencia, la vergüenza y culpa, la adicción compulsiva y el "niño herido que llevamos adentro". Tal como John Bradshaw, cuyos programas de televisión han sido aclamados a nivel nacional (*Bradshaw en vivo: La familia*), observa: "La adicción se ha transformado en nuestro estilo de vida nacional".[1]

Mis pacientes a menudo revelan el conocimiento de las nuevas palabras en boga, durante mi primera entrevista de estilo de vida, a fin de obtener pistas de la atmósfera familiar en que crecieron (refiérase al capítulo 2). Por ejemplo, un paciente podría decir: "Doctor Leman, creo que usted debe saber que provengo de una familia disfuncional. Estoy concurriendo regularmente a las reuniones de ACOA (Hijos adultos de alcohólicos)".

—Entonces usted es uno de ellos —le respondo—. Yo soy republicano.

En este punto mi paciente tal vez se muestre sorprendido, pero tengo razones para hablar un poco en broma. Prosigo explicándole que siempre ayuda tener antecedentes del paciente. El hecho de que la madre o el padre de una persona fue o todavía pueda ser un alcohólico es una parte importante de los antecedentes de la atmósfera familiar. En este sentido, términos tales como "disfuncional" y "codependiente" son por cierto legítimos, pero yo intento que las personas eviten utilizar estas etiquetas. Por mi experiencia, es demasiado fácil para alguien decirse a sí mismo, consciente o inconscientemente, "Yo soy codependiente. Mi familia fue disfuncional. No es mucho lo que puedo hacer para cambiar".

Este tipo de charla es autoderrotista y encubrirá cualquier cambio que los pacientes podrían hacer. Es demasiado fácil etiquetarse como "disfuncional" y luego decir que no se puede cambiar, que uno es una víctima de la mala suerte o de la mala genética. Mi respuesta es siempre la misma:

—Muy bien, oigo lo que me dice. La vida lo ha pateado en los dientes, pero ¿qué podemos hacer por eso? ¿Piensa continuar allí sentado, señalando a sus padres, diciendo que es de ellos la culpa? ¿O se recobrará y avanzará para trabajar sobre algunas cosas?

Unos de los verdaderos peligros del movimiento de recuperación que se ha extendido por el país, en los últimos años, es hacer de los padres los chivos expiatorios, que son la causa de los problemas de todo el mundo. Incuestionablemente, los padres, e incluso los bien intencionados, pueden cometer errores y provocar una variada cantidad de daños en sus hijos, lo que tal vez no surja a la superficie hasta muchos años más tarde. Pero los padres no son la única causa de los problemas de un hijo. Una de las visiones verdaderamente tristes del presente es que haya tanta gente que se llame a sí misma hijos adultos de uno u otro problema. Según un artículo publicado en *USA Today,* "Existe un creciente apoyo, tanto entre profesionales como individuos comunes, de la premisa de mejor venta que dice que, de alguna manera, todos somos hijos adultos, productos dañados que necesitan reparar lo que sus bien intencionados padres les hicieron".[2]

Tal como la hija adulta de un alcohólico lo explicara, "Todos nosotros tenemos una historia... Pero hablar de lo que nuestros padres nos hicieron se ha transformado en una enfermedad, igual a la del problema original de los padres".[3]

Mi enfoque de consulta se basa en la convicción de que una persona *puede cambiar*. Tal como vimos en el capítulo 2, es cierto que para cuando la persona alcanza la adultez, su estilo de vida básico ya está determinado. El grano de la madera no cambia, *pero es la conducta la que puede cambiar.* La gente puede aprender a combatir las reacciones de reflejos rotulianos que provienen del estilo de vida aprendido cuando niños. Pero ellas no pueden cambiar si continúan diciéndose a sí mismas que son disfuncionales y, por lo tanto, que se encuentran atrapadas.

Debido a que supongo que mis pacientes me ven como una ayuda para hacer cambios, deseo dejar de lado lo disfuncional y concentrarme en cómo tornarse más funcional. Deseo que mis pacientes piensen en preguntas tales como: "¿Qué es lo que verdaderamente deseo cambiar? ¿Qué es lo que necesito para ser un esposo o un padre más funcional y ayudar a que mi familia sea más funcional? ¿Qué tan lejos deseo ir? ¿Estoy realmente preparado para cambiar o al menos modificar la forma de mirar la vida que aprendí en mi infancia?".

Observe que siempre utilizo la frase "más funcional". Todas las personas o familias son funcionales en algún grado. Sin embargo, una familia disfuncional opera sin ciertas cosas que son necesarias para el sentido de bienestar y los sentimientos de autoestima de todo el mundo. Cualquier psicólogo o consejero probablemente definiría la "disfuncionalidad" de manera algo diferente, pero creo que en la familia disfuncional existen ciertas necesidades insatisfechas. Esto incluye la necesidad de las personas de:

Ser amado y aceptado.
Sentirse seguro y relativamente libre de amenaza.
Pertenecer, sentirse parte de un grupo.

Ser aprobado y reconocido por la forma en que uno funciona.

Moverse hacia la independencia, responsabilidad y toma de decisiones.

Según Don Dinkmeyer, "cuando se satisfacen las necesidades de los hijos, estas atañen a la estabilidad psicológica. Los fracasos para sentir y percibirse como aceptados, amados, seguros, aprobados y responsables son fuerzas que estimulan la mala conducta".[4]

No debe ser difícil de ver que todas las necesidades psicológicas básicas recién detalladas se relacionan directamente con el A-B-C de la autoimagen, tema del que hablé en el capítulo 1. Si estas necesidades se ven satisfechas, la autoimagen y autoestima se erosionan rápidamente. Y, tal como ya hemos visto, la mala conducta y el eventual quebranto de la ley, están directamente relacionados con una pobre autoimagen.

Cuando una familia funciona bien, logrará la satisfacción de las necesidades básicas, obedeciendo ciertas reglas que harán a una convivencia exitosa. En la casa de los Leman, llamamos a estas reglas básicas para la familia funcional, las "Magníficas seis":

1 . Ser firme pero justo.

2. Pedir y dar respeto.

3. Aprender de nuestros errores.

4. Lo que se ve es lo que se obtiene.

5. El amor verdadero incluye límites.

6. Ejercitar, no sólo hablar, de los valores.

Estas son las mismas reglas que yo apoyo para cualquier padre que viene a verme con problemas en la crianza de sus hijos. El resto de este capítulo proporciona una breve descripción de dichas reglas y algunos casos de ejemplo para demostrar cómo funcionan. El resto del libro ilustra y desarrolla estas reglas con mayor detalle.

Regla Nº 1: Ser firme pero justo

Esta es la regla cardinal en la que se basan el resto de las reglas. Dediqué gran parte del capítulo 2 a la descripción de los dos mayores errores que cometen los padres y sus hijos en mi consultorio: autoritarismo y permisividad. Los autoritarios le dicen al hijo: "Mi camino o la carretera". Los padres permisivos dicen: "Ve por tu camino, cariño, ¿te puedo alcanzar a alguna parte?".

Ambos conceptos fracasan en satisfacer las necesidades psicológicas básicas, que detallé antes, en el presente capítulo. Dejan a los hijos con sentimientos de desamor, inseguridad, de falta de pertenencia, desaprobación, no reconocidos y actuando en una forma dependiente e irresponsable. Ambos destruyen y erosionan la autoimagen o el sentido de autoestima de los hijos. Cuando se utilizan los extremos, estos conceptos conducen directamente a una familia seriamente disfuncional.

La ira, por ejemplo, siempre es un problema, pero no hace ningún bien tratar la ira de los hijos con métodos autoritarios: "¡No te enojes! ¡Es una orden!". Tampoco ayuda ser permisivo: "Mami lamenta haberte enojado, pero por favor no golpees a tu hermanito con el camión, no es su culpa".

El acercamiento firme, pero justo, reconoce la ira de los hijos, "Puedo ver que estás molesto", y entonces busca una forma en la que ellos puedan expresar ese enojo sin ser destructivos ni abusivos: "Si deseas gritar, deberás hacerlo en tu cuarto. Cuando te calmes, puedes reunirte con nosotros y hablaremos de ello".

Ser firme pero justo es ser flexible, evitar los extremos de ser demasiado rígido o blando. En lugar de ello, usted desea escuchar, comprender y, en ocasiones, ceder un poco. Por ejemplo:

Roger, de once años, ha vuelto a descuidar las tareas que tiene asignadas con regularidad, limpiar su habitación y la cucha del perro. Se supone que tiene que tenerlas finalizadas los viernes por la noche, de cada semana, pero son ahora las ocho y media de la mañana del sábado y su partido de fútbol comienza en media hora. Su madre ha descubierto que las tareas no están hechas y ella ya llega tarde para uno de sus propios compromisos. Le cuenta a su marido lo que sucede. El papá llama a Roger y le dice:

—Tu cuarto no está limpio y la cucha del perro todavía está sucia. Nuestro trato es que estas tareas siempre deben estar listas para el viernes a la noche.

—Pero, papá, había un programa tan bueno en la televisión que me olvidé.

—Bueno, creo que lo mejor es que regreses a tu habitación y la limpies. Haz lo mismo con la cucha del perro, ahora mismo.

—Pero, papá, llegaré tarde a mi partido de fútbol. El equipo me necesita. ¡Soy el único goleador que tienen!

—Roger, viejo amigo, sé que llegarás tarde, pero lo harás más tarde si sigues discutiendo.

Roger mira hacia el techo y se retira farfullando a limpiar su cuarto y al perro. Veintiocho minutos más tarde está preparado para ir a su partido de fútbol. Para cuando su padre lo lleva hacia la cancha, él ya lleva treinta y cinco minutos de retraso y el partido se está jugando. El entrenador de Roger no está contento y decide dejarlo en el banco hasta el segundo tiempo. El equipo de Roger pierde por un gol, uno que se marcó en el primer tiempo, cuando él no jugó.

Volvamos a ver la situación, para descubrir por qué yo hablo de ser "firme pero justo". Si el padre de Roger hubiera deseado, podría haber sido estricto y decirle:

—No hay partido esta mañana. La regla es "Sin tareas, no hay fútbol."

En lugar de eso, sin embargo, cedió un poco y dejó que Roger hiciera sus tareas, luego lo llevó en auto al partido. La llegada tarde fue una consecuencia suficiente para Roger en esta situación, pero si él continúa no teniendo listas sus tareas

69

para el viernes por la noche, entonces su padre probablemente deberá decirle "No hay más ningún partido".

Ser firme pero justo deja al padre a cargo, pero proporciona una atmósfera flexible en la que los hijos pueden aprender de sus errores sin sentirse aplastados o bloqueados por una insensibilidad autoritaria. Ser firme pero justo se aplica a la Regla de oro de la paternidad:

Trata a tus hijos como te gustaría que te trataran a ti.

En una familia firme pero justa, todo está pensado para la formación funcional de una sensata autoimagen y sentido de la autoestima, en *todos* sus miembros, incluyendo a los padres.

Regla Nº 2: Pedir y dar respeto

A menudo los padres me dicen que desean que sus hijos aprendan a ser respetuosos. Algunas madres se han sentado llorando en mi consultorio, recitando la misma queja hecha famosa por Rodney Dangerfield:

—Doctor Leman, mis hijos no me respetan para nada. Se comportan como pequeños salvajes.

Me doy cuenta de que transformar a unos dulces pequeños salvajes en ciudadanos respetuosos y responsables no es tarea fácil, pero se puede hacer. La clave está en no exigir respeto de los hijos. A fin de ganar el respeto de los hijos, se los debe tratar con respeto también. En otras palabras,

El respeto es una calle de doble mano. Modele el respeto, siendo respetuoso de sus hijos.

Los padres autoritarios y autocráticos a menudo hacen que sus hijos "observen las reglas" demandando respeto, y se quejan del hijo que no los respeta. Lo que estos padres no se dan cuenta es de que ellos no están recibiendo respeto, sólo reciben de parte de sus hijos una obediencia rencorosa, que proviene del miedo. Los hijos esperan su oportunidad y algún día podrán pagar con la misma moneda. Es frecuente que trate a familias donde una hija "respetuosa" ha decidido pagarle a sus padres de manera dramática e incluso devastadora.

Al contrario, ser respetuoso de sus hijos no significa que los coloque a cargo de la situación. Después de todo, usted es un adulto y posee una autoridad sana sobre sus hijos. No olvide jamás eso. Puede aún mostrarse firme al establecer sus expectativas, pero recuerde al mismo tiempo que todas las expectativas del mundo no le harán nada bien si usted no actúa respetuosamente con sus hijos y los trata como ciudadanos de segunda, o peor.

A menudo sugiero a los padres que revean la forma en que le hablan a sus hijos, cuando intentan todos los días corregirlos y enseñarles, los modales en la mesa, por ejemplo. ¿Qué es lo que oye su hijo? En un hogar autoritario, está acostumbrado a oír comentarios ásperos, como:

—Antes de venir a cenar, lávate las manos. ¡Están mugrientas!

—Siéntate derecho, ¡quita los codos de la mesa!

—¡Será mejor que te comas toda la verdura o no habrá postre!

No digo que lavarse las manos antes de comer, sentarse derecho y comer verdura no sean importantes. Pero existe una forma amable y respetuosa de ayudar a los hijos a aprender modales en la mesa, y una que es áspera e irrespetuosa.

Linda Albert, que dirige el Centro de educación familiar de Florida, utiliza una frase que me gusta mucho: "el lenguaje del respeto". Si desea utilizar el lenguaje del respeto con su hijo, significa que usted:

deberá reconocer y deshacerse de las palabras irrespetuosas que la mayoría de nosotros tenemos en el vocabulario diario. Descarte las palabras que usted encontraría insultantes, humillantes y sarcásticas si alguien las utilizara al hablarle. Los niños también se sentirán lastimados con ellas. Descarte las órdenes, exigencias, y mandatos directos. Los niños se rebelan cuando las escuchan. Descarte los gritos y las expresiones en voz altisonante. Después de un tiempo, los niños se tornan sordos a lo que dicen sus padres.[5]

Resulta admisible que mantener un equilibrio entre ser demasiado áspero y demasiado suave no siempre es fácil, incluso para los psicólogos que escriben sobre el tema. No hace mucho tiempo, mi hija adolescente estaba jugando conmigo, pero se pasó de la raya cuando me llamó "imbécil" delante de varios de sus amigos. Con prontitud la advertí en frente de ellos y le hice saber que "ese tipo de lenguaje no es necesario, jovencita".

Después de que se fueron sus amigos, Krissy se sentó triste en su habitación. Para entonces yo me había calmado. No me había demostrado respeto, pero al mismo tiempo yo no fui respetuoso con ella. Simplemente le había contestado y utilizado mi autoridad paterna para castigarla por la falta de respeto.

Toqué a su puerta, entré y le dije:

—Lo siento, no debería haberte retado en frente de tus amigos. Cariño, sabes que me gusta jugar, pero tú fuiste demasiado lejos.

—Muy bien, papá. Lo siento... no volverá a suceder.

Cuando me volví para retirarme, Krissy agregó:

—Ah... papi...

—¿Qué?

—Gracias por disculparte. No lo olvidaré.

Regla Nº 3: Aprender de nuestros errores

La familia firme pero justa funciona haciendo que los hijos den cuenta y sean responsables de sus acciones. Esto no se hace para sancionar, sino con la actitud de "te estamos observando" ¡no lo arruines! En lugar de ello, los padres están siempre dispuestos a ayudar a que sus hijos aprendan de sus errores, mientras balancean con cuidado la necesidad de ser responsables, brindando perdón y amor. Los padres firmes pero justos señalan lo que está mal e invocan las consecuencias lógicas cuando es necesario, pero siempre dentro de un contexto de indulgencia llena de amor.

Por ejemplo, Betsy, de dieciséis años, ha sacado hace sólo tres semanas su licencia de conducir. El fin de semana de Acción de Gracias, mientras corría para recoger a una amiga que la acompañaba a hacer algunas compras de navidad, chocó el auto del abuelo que estaba estacionado en el extremo de la entrada de autos. Casi ni le abolló la defensa, pero, de todas formas, el daño costaría como mínimo 150 o 200 dólares, posiblemente más.

Betsy se sintió mortificada. Entró a la casa llorando, tratando de explicar lo que había sucedido. Sus padres permanecen calmos. No hay gritos, ni amenazas de quitarle la licencia o las llaves del auto. Mientras Betsy continúa lamentándose y jurando que jamás "volverá a conducir", el padre se le acerca, la rodea con los brazos y le dice:

—Cariño, es un accidente. Es sólo metal. Quedará como nuevo cuando se arregle. Todo va a estar bien.

Y luego el padre hace un trato con su hija. Hace arreglar el auto del abuelo y, debido a que tiene una prima de 500 dólares, eso significa que debe pagar la reparación de su bolsillo. Pero entonces arregla con Betsy que deberá pagarle la deuda en los meses siguientes.

Ser firme pero justo, siempre permite el fracaso. Cuando los hijos sienten que jamás pueden fracasar, se sienten inseguros y temerosos de intentar, arriesgarse, crear, crecer y aprender. Cuando los padres son comprensivos, pueden tornar un fracaso en una buena situación de aprendizaje.

Regla Nº 4: Lo que se ve es lo que se obtiene

Como el benjamín de la familia, jamás fui muy afecto al perfeccionismo. Encuentro una verdadera alegría en hacer todo lo que está a mi alcance para ayudar a los primogénitos (que

son los que conforman la mayor parte de mi práctica) a aflojar-
se y dejar de tener vidas libres de error. Y tengo la esperanza de
que todos los que lean este libro, en particular los padres que
son primogénitos, también se aflojarán, ya que simplemente no
existen padres sin defectos. Todos cometemos errores y algunas de estas personas pueden ser sobresalientes.

Todavía tengo vívido el recuerdo de cuando mantuve una
pelea con Holly sobre algo que ambos hemos olvidado. Pero
jamás podré olvidar el fuego en los ojos de mi hija de doce
años y lo que me dijo:

—¡Deberías leer algunos de tus libros!

He tenido más de una encuentro tenso con Holly, algunos de
los cuales han sido su responsabilidad y otros la mía. Pero esta
vez, para ser honesto, su comentario me dejó desconcertado y casi
me produce un colapso. Después de unos minutos, cuando se marchaba para la escuela, la detuve, la miré a los ojos y le dije:

—Sabes que tienes razón. *Debería* leer algunos de mis
libros. Estuve fuera de lugar y lo siento. Te pido perdón.

Tal como los niños suelen hacerlo, Holly trató de actuar
con desinterés como si realmente nada hubiera sucedido.

—Oh, está bien, papá, te veo luego —y así corrió hacia
el auto. Ella tal vez deseaba hacerme creer que no era importante, pero ambos sabíamos que no era así.

Lo que siempre me ha salvado la situación más de una
vez con Holly y con mis otros hijos (¡y ni qué decir con mi
esposa!) es ser transparente y admitir que no soy perfecto.
Muchos padres tratan de hacer lo que es correcto, decir lo propio y actuar bien. Irónicamente:

LA PRÁCTICA HACE LO IMPERFECTO.

Lo que quiero decir es que es demasiado fácil caer en lo
que uno es. El estilo de vida propio lo tomará a uno en todo
momento. Allí es donde la transparencia se transforma en una aliada
y herramienta poderosa. En lugar de encubrir los errores, hágalos
propios. Luego no deberá encubrirlos, ya que se tuvo cuidado
con ellos y se ha allanado el camino para el perdón.

Ser transparente es sólo una parte de la muy importante zona llamada "comunicación". Desafortunadamente, dicha palabra ha sido utilizada tanto que se ha transformado en un cliché. De todas formas, para tener una familia funcional, una interacción clara y abierta entre padres e hijos resulta una necesidad absoluta. Volveremos a tratar el tema con mayor profundidad en otro capítulo.

Regla Nº 5: El amor verdadero incluye límites

En el capítulo 1 hablé de la vital necesidad de los padres de amar a sus hijos de manera incondicional, pero admití que esto no resulta siempre fácil. Aún cuando ninguno de nosotros pueda amar incondicionalmente sobre una base regular, todos podemos demostrar verdadero amor haciendo balancear el amor con límites. El amor verdadero significa que somos amables y compasivos, pero también firmes y justos. En realidad, no podemos sentir verdadero amor por nuestros hijos sin límites sanos y razonables, que los guíen y nutran.

A veces un padre puede preguntar, "¿No son los límites condiciones? ¿Cómo se pueden fijar límites si se intenta amar a alguien en forma incondicional?" Los límites no establecen condiciones en el amor; estos ayudan a canalizar el amor y a nutrirlo de la sustancia que lo torna verdadero y durable, no artificial y temporario.

La trampa está en invocar límites sin hacer sentir a los hijos que "Mamá no los ama." Según Ross Campbell, autor del libro *Cómo amar verdaderamente a su hijo,* algunos estudios demuestran que el 93 por ciento de todos los adolescentes sienten que nadie los ama o se interesa por ellos. Campbell observa que seguramente más del 7 por ciento de todos los padres aman a y se interesan por sus hijos, pero el problema radica en que sus hijos no se *sienten* amados ni cuidados.

Campbell dice, "El amor que sentimos en nuestros corazones por nuestros hijos no se transfiere automáticamente a ellos por ósmosis. Los hijos no saben que los amamos simplemente porque sentimos amor por ellos. Debemos comunicarles nuestro amor, a fin de que ellos se sientan seguros."[6]

La comunicación sugiere palabras tales como hablar, escribir y cosas por el estilo. Creo, sin embargo, que los padres, en especial los padres de hijos jóvenes, pueden realmente comunicar el amor de manera más efectiva sin palabras. Todos los niños necesitan muchos abrazos, caricias, mimos y besos, lo que los libros llaman "estimulación por contacto físico". Luego hay que seguir con mucha conversación, palabras amables, llenas de amor, aprecio y ánimo. Sin embargo, hay que ser cauto en el halago ya que, extraño como pueda parecer, el halago en general no ayuda y puede incluso lastimar. Hablaré más de esto en el capítulo 7.

Otra forma de amar a sus hijos es simplemente disfrutarlos. Disfrutar de sus primeras sonrisas y risas, incluso sus boberías y accidentes. Observar a sus niños explorar, en particular desde los dieciocho meses a los tres años, puede realmente ser divertido, aun cuando esto incluya el no famoso período llamado "los terribles dos". Sí, los dos años pueden poner a prueba a cualquier padre, pero no deben ser terribles. Hablaremos más de esto en el capítulo 9.

Tal vez no pueda enfatizar lo suficiente que es necesario tocar a los hijos, en particular a los varones. Las investigaciones demuestran que, a pesar de que los niños necesitan mucho contacto físico, son pocos los que reciben el suficiente. Supuestamente son las niñas en edad prescolar las que reciben los mayores contactos y caricias. Algunos estudios dicen que ellas reciben cinco veces más que los varones a la misma edad. ¿Podría existir una conexión entre esto y el hecho de que los varones pequeños tienen seis veces más problemas psiquiátricos que las niñas?[7]

La conexión es obvia. Nuestra sociedad siempre enseñó que sus varones no tocaran ni abrazaran. Como regla, los padres creen que es más importante tocar y abrazar a las niñas que a los niños. Después de todo, se supone que los varones se transformarán en "hombres fuertes" que no necesitan todas estas caricias y abrazos. No es de sorprender que haya que pagar un precio por esta falta de estimulación por contacto y son los varones los que lo pagan.

Una de las bases para enseñar a los niños que ellos son aceptados y que pertenecen es el poder del tacto. Debido a que se toca menos a los varones, están más expuestos a crecer con dificultades para acercarse a la gente o para aprender a desarrollar la intimidad con los otros, con las esposas, por ejemplo. Muchos de los problemas psiquiátricos que los hombres desarrollan se conectan a menudo con el sentirse alienados, literalmente "no en contacto" con los demás.

No subestime jamás el maravilloso poder de un simple abrazo. Un médico estudió cuarenta y nueve culturas diferentes de todo el mundo para determinar qué efecto tenía el afecto físico y el contacto corporal en los niños y adultos. Se enteró de que las sociedades más violentas eran aquellas en las que no existían familias que se caracterizaban por mimar o acariciar.[8]

Me doy cuenta de que con todas las "historias de terror" que se publican hoy sobre incesto y abuso de menores, algunos padres sienten temor de acariciar y abrazar a sus hijos. Mi único comentario es que los padres que tienen predisposición a hacer el contacto equivocado lo harán de todas maneras. Los padres sanos harán el contacto que corresponda y sus hijos necesitan mucho de eso.

Junto con el contacto físico, puede demostrarle amor a sus hijos, observándolos y escuchándolos. ¿Cuán a menudo, en el día o incluso en la semana, usted se concentra en su hijo, lo mira a los ojos y le habla con amor y amabilidad? ¿Y con qué frecuencia se detiene para escucharlo hablar de sentimientos, en lugar de apurarlo para que le hable, de los hechos, de modo que usted pueda seguir con su ajetreado esquema?

Los padres a menudo se quejan de que no pueden hacer que sus hijos les cuenten lo que hacen en la escuela o que hablen mucho de algo. Tal vez, la mayor razón es que, cuando los niños son muy pequeños, son quitados del medio con tanta frecuencia que estos deciden que mamá y papá simplemente no están interesados. En una familia funcional, mamá y papá están siempre interesados y dejan que su hijos lo sepan.

Regla Nº 6: Ejercitar, no sólo hablar de los valores

Uno de los mayores errores que un padre puede cometer es pensar: "Todo lo que mis hijos necesitan es tener buenos cuidados y mucho amor. Cuando sean grandes podrán elegir su propia filosofía de vida y decidir por ellos mismos acerca de la forma en que desean vivir".

Eso puede parecer bueno en superficie, pero sólo porque se trata de un pensamiento superficial. Criar a los hijos sin valores sensatos, creencias y moral es criar hijos que no sepan en lo que creen o quiénes son, ambos conceptos vitales para una buena autoimagen. Cuando trato a adultos de treinta y cinco años que se quejan de tener algún tipo de crisis de identidad, a menudo puedo rastrear el problema hasta el hogar de su infancia donde la enseñanza de valores sensatos fue descuidada o simplemente ignorada. O los padres tenían pocos o ningún valor que desearan transmitir o hablaban de ellos sin llevarlos a la práctica. No existe una forma más fuerte de enseñar que mostrando el modelo o, más simplemente, predicando el ejemplo.

Los padres no se dan cuenta de que la forma en que viven cada día habla muchísimo acerca de lo que ellos realmente valoran. Las elecciones que hacen, las palabras que utilizan, los programas de televisión que miran, la forma en que tratan a los demás, la forma en que obedecen y desobedecen la ley, todos son inconfundibles comunicadores de lo que ellos creen que es verdaderamente importante. En un sentido, todos poseen "valores"; es cuestión sólo de saber de qué clase son.

Zig Ziglar, vendedor maestro y profesor en motivaciones, ha escrito varios éxitos de venta, incluyendo *Mire hacia la cima,* el cual representa la base para un curso titulado "Yo puedo", que se dictó en cinco mil escuelas, con más de 3 millones de participantes. En sus seminarios por el mundo, a menudo hace una encuesta entre el público para que identifiquen las cualidades de la gente más exitosa que conozcan. Según Ziglar, no importa dónde se encuentre, la edad del público o las profesiones u ocupaciones que representan. Las respuestas que más frecuentemente obtiene son:

HONESTIDAD... ACTITUD MENTAL POSITIVA... FE... AMOR... RESPONSABILIDAD... COMPROMISO... SENTIDO DEL HUMOR... PERSEVERANCIA...

En tanto que Ziglar llama a estas peculiaridades y características "cualidades de la gente exitosa", podrían fácilmente pasar por valores tradicionales y muchas de ellas se practican en la casa de los Leman. Asimismo, tal vez sean valores en su hogar. Otros valores que Ziglar a menudo oye nombrar en sus encuestas populares incluyen el carácter, la integridad, dedicación al trabajo, entusiasmo, compasión, lealtad, responsabilidad, cuidado y amistad.

Francamente, creo que valores tales como el carácter, la integridad, dedicación al trabajo y la compasión son más importantes que algunos de los "grandes ocho" que Ziglar afirma como los más populares en todo el mundo. Y, en nuestra casa, agregaríamos valores como el coraje, el intento de conseguir la excelencia (pero no el perfeccionismo), justicia, indulgencia, humildad, respeto, ser un buen amigo, comprensión y el saber detenerse para pensar.

Acordado que esto es una lista bastante importante. Usted puede confeccionar la suya. Podría incluir muchas de las características que ya he nombrado, así como otras que son de particular importancia en su hogar. El punto está en que todos nosotros conocemos valores que han "resistido la prueba del tiempo". Sabemos que son cosas valiosas de creer y practicar, aun cuando tal vez, no siempre las practicamos tanto como sería deseable. Algo acerca de los "valores eternos" hace que sean difíciles de ponerlos en práctica en forma coherente. La naturaleza humana no siempre desea cooperar.

Los valores eternos valen la pena

Algunos educadores y consejeros creen que los valores están donde uno los busque, esto es, cualquiera sea lo que nosotros sentimos que es un valor. Este punto de vista aboga por un sistema de pensamiento llamado "clarificación de valores". Según este sistema, la gente utiliza preguntas básicas para determinar cuáles son sus verdaderos valores.

Un exponente líder de la clarificación de valores es Sydney Simon de la Universidad de Massachusetts. Simon opina que la "aproximación tradicional se ha tornado cada vez menos efectiva, debido a que la transferencia directa de valores sólo funciona cuando existe una completa coherencia sobre lo que constituyen los valores deseables".[9] Para Simon, la clarificación de valores es un proceso que ayuda a la gente a que logre encontrar los VERDADEROS valores. Las personas no están interesadas en ningún conjunto fundamental de valores. En lugar de ello, deciden qué valores funcionan para ellas.

Concuerdo con Simon en que la gente no siempre lleva a la práctica los valores que afirman sostener, pero no estoy de acuerdo cuando dice que: "Las 'verdades eternas' parecen ser menos que eternas; el conocido 'no harás' a menudo no se relaciona con las complejidades de nuestra vida diaria."[10]

Después de dieciocho años de aconsejar a familias, estoy convencido de que todavía existen valores eternos que sí se relacionan con nuestra vida diaria. Más aún, los padres deberían y pueden intentar transmitir dichos valores, a fin de ayudar a sus hijos a desarrollar una autoimagen sólida y un buen sentido de la autoestima. Por ejemplo, el ser honesto jamás ha lastimado la autoimagen de nadie; el engaño, la mentira, el robo, el encubrimiento de la verdad y cosas por el estilo frecuentemente destruyen la autoimagen y autoestima.

Uno de los valores más preciados en nuestra familia es la fe. Por lo que yo he visto en mi consultorio, no existe mejor formador de autoimagen y sentido de la autoestima que saber que uno es el hacedor de un Creador todopoderoso, que uno es *alguien*, no un *ente* o accidente.

En esta era de constante movimiento en la cual nos toca vivir, la gente se aleja de sus raíces. A menudo recibo la consulta de padres que "solían concurrir a la iglesia cuando vivían en el este, pero ahora que están en Tucson, en parte se han alejado". Sin disculpas y también sin presiones o acercamiento juicioso, los insto a que regresen a una iglesia o sinagoga de su elección, ya que sé que es allí donde podrán volver a descubrir el sentido de quiénes realmente son y qué valor personal tienen.

Otra ventaja de practicar la fe es que puede ayudar a los niños a crecer con valores morales positivos. Tener una sólida fe en Dios puede ser una tremenda ventaja para los niños que deban crecer en una cultura donde el tenerlo todo, guiarse por el gusto y disfrutar de los placeres del presente sin preocuparse por lo que "vendrá" son todas las reglas con las que mucha gente se guía hoy.

La sola crisis del sida es razón suficiente para jamás rendirse en enseñarle a los hijos valores eternos tales como el ser juicioso, tierno, gentil, amable, comprometido y en tener moral, todo lo cual es parte de un sexo responsable. La tragedia de Earvin (Magic) Johnson, cuya carrera en el basketball de la NBA se vio interrumpida cuando contrajo sida después de años de practicar el "amor libre" y el sexo promiscuo, dejó anonadada a la nación.

Magic le contó de inmediato lo que le había sucedido a él y se retiró del deporte profesional, jurando predicar el mensaje del "sexo seguro" (el uso de preservativos) en todo lugar en donde tuviera oportunidad. Pocos días después, Johnson agregó que la mejor manera de prevenir el sida es abstenerse de mantener relaciones sexuales hasta el matrimonio. Aunque Magic Johnson no sea un buen modelo de abstinencia sexual hasta el matrimonio, por lo menos trató de hacerle saber a los jóvenes que la práctica de los valores tradicionales es la única forma de estar bien seguro en lo que al sexo se refiere. (Para obtener mayor información sobre el "sexo seguro", consulte el capítulo 11.)

El senador Chaplain Richard Halverson describe bien el estado de la moralidad de nuestro país cuando dice, "Demandamos libertad sin restricciones, derechos sin responsabilidad, elección sin consecuencias, placer sin dolor. En nuestra preocupación narcisista, hedonista, masoquista, sin valores, nos estamos transformando en personas dominadas por la lujuria, avaricia y codicia".[11]

Si los padres no desean tomar una posición y enseñarle a sus hijos valores eternos tales como la moralidad, ¿dónde los aprenderán esos hijos? ¿Los clarificarán de alguna manera a través de lo que les enseñen sus amigos del colegio, a los que tampoco les han enseñado dichos valores?

Es una ayuda que papá y mamá estén de acuerdo

Antes de dejar el tema de los valores, deseo puntualizar que es fundamental que un esposo con su mujer acerquen sus valores tanto como sea posible. Hace poco una mujer llamó a nuestro programa "Diálogo con los padres" para quejarse de que ella y su marido "veían la disciplina de una forma un tanto diferente". Su marido le había comprado a su hijo de tres años un disfraz completo de Batman y el pequeño se había vuelto un fanático del personaje. El padre pensaba que esto era bueno ya que él había crecido con Batman, admirándolo como a uno de sus héroes personales.

Sin embargo, la mamá no veía a Batman bajo la misma óptica. Sentía que el libro, así como la serie de televisión y la película, eran demasiado violentos para un niño de tres años. Y sus reservas habían probado que eran las correctas. El pequeño, que hasta entonces había sido muy sociable, desarrolló una actitud beligerante, comenzando a golpear a otros niños e incluso a adultos, a menudo sin existir una provocación mediante.

Mientras hablábamos con la madre por teléfono, le señalamos que no existía un desacuerdo sobre la disciplina con su marido. El verdadero problema era el conflicto de valores que había entre ambos. También le señalé que ahora ella tenía un hijo de tres años que exhibía una conducta poderosa. Y que esa sed de poder probablemente continuaría creciendo en tanto se animara al pequeño con héroes tan violentos como Batman.

Encima de todo esto, su suegra había planeado darle al niño todo tipo de elementos y parafernalia de Batman para cuando este cumpliera cuatro años, lo que sucedería en un mes. Le aconsejamos a esta madre que tratara de sentarse con su marido y hablara seriamente, pero con calma, acerca del desacuerdo de valores, que se centraban alrededor de un personaje aparentemente tan "inocente" como Batman.

—Haga todo lo que sea posible para explicarle a su marido que usted siente que Batman es un personaje demasiado violento para que lo imite un niño de tres años —le dije—. Simplemente porque su marido "creció con Batman", no lo convierte en un alimento adecuado para una mente de tres años. No hay forma de saber con seguridad que mirando a Batman dar sus "¡POW! ¡BIFF! ¡BANG! ¡SOCK!" lo transforme en un ser beligerante, pero es bueno decir que no lo ayuda a aprender a ser más amable y gentil. Recuerde, también, que donde haya un niño con poder, en general existe un padre con poder que con su ejemplo le enseña a su hijo la conducta del poder. Usted y su marido necesitan analizar lo que su hijo ve cuando los observa a ustedes dos interactuando, entre ustedes y el resto de la familia.

Esta conversación ilustra el imponente poder de formar o de "dar el ejemplo", bueno o malo. A menudo los padres creen que los hijos son "sordos" y que realmente no los escuchan cuando hablan. A veces los hijos pueden parecer que son sordos, en particular cuando uno trata de enseñarles algo, llamarlos a la mesa, pero en realidad no lo son. Sí los oyen, mucho más a menudo y con mayor claridad de lo que se pueda usted imaginar. Mientras usted habla y muestra ciertas conductas, ellos deciden sobre lo que es correcto y lo que no, lo que es bueno y lo que es malo, la forma en que desean vivir.

¿Existen valores absolutos?
¡Absolutamente!

Si los padres viven ante sus hijos sin ningún tipo de valor absoluto, estos crecerán creyendo que los absolutos no existen, que no existe ninguna creencia que valga la pena sostener y seguir de la mejor manera.

Las recientes generaciones han probado que esto es exactamente lo que ha sucedido. En *"El cierre de la mente norteamericana"*, que estuvo en los sucesos de venta, Alan Bloom escribió: "Existe una cosa de la que un profesor puede estar absolutamente seguro: casi todos los estudiantes que entran a la universidad creen o dicen que creen, que la verdad es relativa".[12]

En otras palabras, no existen los absolutos. Tenemos amigos que han tenido grandes problemas para enseñarles a sus hijos valores morales absolutos, tales como esperar hasta el matrimonio para mantener relaciones sexuales. Heather, la hija mayor, acaba de entrar a la universidad. Esta está sufriendo una especie de "impacto cultural" cuando se encuentra en su dormitorio con compañeras que no tienen problemas en acostarse con cualquier cantidad de distintas parejas. Heather está descubriendo de primera mano lo que es probar su autoimagen en el "mundo real". Sus padres no están allí y hay gente que constantemente golpea a su puerta, preguntando si ella desea salir a "buscar hombres y tomar unas copas".

Una de las jóvenes que se acuesta con este y aquel, se acercó a Heather para confiarse con ella y preguntarle por qué es tan diferente del resto. Es difícil para Heather manejar todo esto, pero está aprendiendo.

Para la familia funcional, *existen* absolutos, y es hora de que los padres lo digan. Su usted ha estado tratando de enseñar valores absolutos y sus hijos lo han mirado con cara extraña, no se sienta intimidado. Si un valor no es "absoluto", se lo puede valorizar mucho. No cometa errores, es importante lo que usted crea que es correcto y lo que no. La forma en que vive esas creencias es aún más importante.

Sólo porque trasmitir valores absolutos es difícil, no significa que los padres deban darse por vencidos y dejen que sus hijos decidan qué valores son los mejores para ellos. Para mí, esto se acerca mucho a "seguir sus sentimientos", y una de las razones por las que mi consultorio continúa teniendo pacientes es debido a que la gente hace eso. El hecho es que, "está mal lastimar a los demás, está mal mentir, está bien decir la verdad, está bien amar al prójimo, es una buena idea ser responsable y comprometido". Y así podría seguir enumerando.

No sólo los valores tradicionales son buenos y están bien, estos ayudan a que los hijos satisfagan las necesidades psicológicas básicas, que fueron citadas con anterioridad. Cuando los hijos mantienen valores sensatos, están más aptos para sentirse amados y aceptados, seguros, que pertenecen, que son aprobados porque pueden hacer elecciones responsables. El punto es que para ser amado se debe valorar el amor; para sentirse seguro, se debe valorar la seguridad y el hacer que los demás se sientan seguros. Para sentirse responsables, se necesita valorar la responsabilidad y ser responsables ante los demás. *Los valores no son una calle de una sola mano*. Lo que usted crea y la forma en que viva se devolverá muchas veces y formará la autoimagen o la destruirá.

Las familias funcionales no son perfectas. Pero funcionan lo suficientemente bien para obedecer ciertas reglas que las hacen funcionar mejor. Tal vez ha observado que llevar a la práctica y hacer funcionar estas reglas, lleva *tiempo*. En el capítulo 4, me concentro en este ingrediente indispensable para tener una familia funcional. En realidad no forma parte de las magníficas seis, pero no es sólo una regla, es, prácticamente, una filosofía. Está por encima de todas las reglas, ya que sin ella, aquellas no funcionarán muy bien, sino nada.

Algo para recordar...

• Las palabras "disfuncional" y "codependiente" son términos legítimos, pero tenga cuidado de utilizarlas como definiciones, ya que no demostraría tener voluntad de cambiar realmente su conducta o sus hábitos.

- No importa la clase de infancia que usted tuvo, recuerde que sus padres no son la única causa de sus problemas. Sólo usted puede decidir lo que desea cambiar.

- Cuando una familia es disfuncional, no se satisfacen las necesidades psicológicas básicas, incluyendo la de:

  Ser amado y aceptado.
  Sentirse seguro y relativamente libre de amenaza.
  Pertenecer, sentirse parte de un grupo.
  Ser aprobado y reconocido por la forma en que uno funciona.
  Moverse hacia la independencia, responsabilidad y toma de decisiones.

Las seis magníficas reglas para tener una familia funcional son:

1. Ser firme pero justo.

2. Pedir y dar respeto.

3. Aprender de nuestros errores.

4. Lo que se ve es lo que se obtiene.

5. El amor verdadero incluye límites.

6. Ejercitar, no sólo hablar de los valores.

La aproximación firme pero justa a la patemidad es lo suficientemente flexible para darle a su hijo la libertad de equivocarse.

- La Regla de oro de la paternidad es: *Trate a sus hijos como desearía que lo traten.*

- El respeto es una calle de doble mano. Forme el sentido del respeto siendo respetuoso hacia sus hijos.

- Se necesita un padre comprensivo para transformar el fracaso de un hijo en un buena situación de aprendizaje.

- Para ser un padre transparente, siempre esté deseoso de admitir ante sus hijos que usted no es perfecto.

- Recuerde que sus hijos no saben automáticamente que usted los ama. Ellos deben *sentirlo.*

- Criar a los hijos sin valores tradicionales sensatos significa criar hijos que no sepan en qué creen o quiénes son, ambos conceptos vitales para la formación de una buena autoimagen.

- Siempre sea cuidadoso con los ejemplos. Los niños oyen y observan a menudo mucho más de lo que usted pueda imaginarse.

Acciones para probar...

- Siéntese con su pareja y hable sobre qué tan bien satisfacen las necesidades psicológicas básicas de su familia. Qué es lo que hace cada uno de ustedes para que sus hijos se sientan amados y aceptados... seguros y libres de amenazas... que sientan que pertenecen y que son verdaderamente parte de la familia... que ambos los aprueban y reconocen por sus logros y capacidades... que los están ayudando a ser más independientes, responsables y capaces de tomar decisiones.

- Esta semana haga un gran esfuerzo para poner en práctica la Regla de oro de la paternidad con sus hijos en otras palabras, trátelos como a usted le gustaría que lo traten. Haga un esfuerzo deliberado por demostrarles respeto, de la misma forma en que espera que ellos lo respeten. Diga algo tan simple como "Por favor" cuando les pida algo, o "Gracias" cuando ellos hagan algo por usted. También intente ofrecerles elecciones y opciones en lugar de simplemente decirles lo que hacer.

- En la semana entrante, trate de ser más transparente delante de sus hijos. Esto es, admita "Mami se equivocó," o "Papi metió la pata." Sus hijos lo apreciarán.

- Haga un esfuerzo esta semana por disfrutar a sus hijos, no sólo cuando lo hagan sonreír, sino cuando cometan un error.

- Haga una lista de los valores eternos y tradicionales, tales como honestidad, indulgencia, humildad y ser un buen amigo, de lo que usted sostiene y desea comunicarles a sus hijos. Luego busque las formas de moldear estos valores.

4

¿TIENE TIEMPO PARA SER UNA FAMILIA FUNCIONAL?

La impronta en su hijo es de suma importancia

Si alguien le preguntara "¿es la paternidad un sacrificio o una inversión?" ¿Cómo respondería? Aparentemente las dos palabras serían aplicables. Para ser honesto, sin embargo, la palabra "sacrificio" me viene con más facilidad a la mente. Se necesita tiempo y energía para educar a los hijos, y dinero, *mucho* dinero.

He leído todo tipo de cifras sobre cuánto cuesta criar a un hijo hasta los dieciocho años, y 100.000 dólares es una cifra baja. Si añadimos los años de universidad, los números pueden crecer con rapidez. En algún lugar he oído que cubrir las necesidades de una familia de cuatro personas, (el padre, la madre y dos hijos) requiere un desembolso de un millón de dólares para cuando se finaliza con el período de estudios primarios y secundarios de los hijos. No lo dudo en absoluto, en especial después de recibir las facturas de mis dos hijas en la universidad.

Además, Kevin II está ahora en la escuela secundaria y nuestra pequeña Hannah tiene sólo cinco años. Aunque estamos encantados con nuestra benjamina, de vez en cuando nos resulta sobrecogedor darnos cuenta de que todavía estaremos criando hijos cuando tengamos sesenta años. El otro día me lamentaba a Sande, mi esposa:

—¿Puedes creerlo? Si tenemos en cuenta los estudios universitarios de Hannah, no habremos terminado con la educación de nuestros hijos hasta casi el año 2010.

—¿Dos mil diez? —dijo Sande distraída mientras amontonaba otra gran pila de ropa para la lavandería—. ¿No era eso una película de una computadora que manejaba una nave espacial?

—No, creo que eso fue *2001...* —Luego me detuve y simplemente me encogí de hombros. Pude ver que Sande no tenía interés en hablar de nuestro sacrificio. Ella estaba de buen humor, como siempre, contenta de tener una hija de cinco años aun cuando ya tenía algo más de cuarenta años. No parece que le importe gastar dinero y energías, y se trata de mucha energía, aunque me doy cuenta de que ha disminuido desde que Kevin era pequeño. Pero si el tener a Hannah ha puesto algo de manifiesto, esto es el tiempo que quiere ser padre. Y si uno desea ser un buen padre, realmente requiere muchísimo tiempo.

Por qué es tan esencial tomarse tiempo

En el capítulo 3 hice una lista de las seis leyes de una familia funcional, pero por encima de todas ellas se encuentra lo siguiente:

Sólo tiene un golpe, por lo tanto que sea uno bueno.

Para explicar lo que esto significa utilizaré una analogía con el pasatiempo favorito de los norteamericanos: el béisbol. En el colegio secundario, yo jugaba en la tercera base, siendo lo bastante bueno como para ganarme una buena nota, pero no lo suficiente como para obtener una beca universitaria. Sin embargo, aun así me gustaba mucho el "gran juego", y después de casarme y de colgar mi placa de psicólogo, me encontré dirigiendo uno de los equipos de las ligas menores de béisbol de la ciudad, donde jugué de tercero y en ocasiones ocupé el lugar del lanzador.

Existe un partido que siempre recuerdo en especial. Jugábamos por el campeonato de las ligas y se había llegado a la entrada final y a nuestro último turno para batear. Pudimos hacer varios tiros y anotar unos cuantos tantos, pero cuando se aclaró el polvo todavía estábamos con una carrera por debajo y hombres en la segunda y tercera base, y dos afuera. Camino de la base del bateador estaba Murph, nuestro hombre de la segunda base, que no había logrado golpear ni una en los últimos cinco partidos; en realidad, ni siquiera había logrado sacar la pelota del campo.

—Vamos, Murph —le gritamos todos, pero, para decir la verdad, no había mucho entusiasmo. La probabilidad de que Murph lograra golpear la pelota era igual que ganar la lotería con un billete viejo. Nuestros gritos de ánimo se convirtieron en gruñidos cuando el lanzador contrario pasó a Murph con dos golpes, dejándolo allí parado con el bate al hombro, como si estuviera paralizado por el miedo.

De pronto tuve una idea. No me animaría a llamarla una buena idea, en realidad; supongo que sería mejor describirla como una idea desesperada. Pidiendo tiempo de descuento, caminé hacia el campo y llamé a Murph a la tercera base donde pudiéramos hablar con tranquilidad, sin que nos oyeran los del equipo. Mirándolo fijamente a los ojos, que parecían brillantes, le dije:

—Murph, te queda un solo turno para lanzar.

—¿Qué quieres decir con un solo turno? —preguntó, mirándome nervioso.

—Pégale a la siguiente bola o te saco del juego y te mando de bateador suplente —le dije.

A pesar de los errores que cometía para batear, Murph era un excelente corredor y uno de los jugadores sobresalientes de nuestro equipo. La idea de salir del juego era casi más de lo que podía soportar. Pude ver el brillo de rabia en los ojos que hasta hace un momento estaban llorosos. En silencio, caminó de regreso a la base. Yo regresé al banquillo para mirar y rezar para que mi estrategia funcionara.

Sonriendo con anticipación, el lanzador giró el brazo con el conocido lanzamiento utilizado por tantos jugadores de béisbol. La bola se lanzó hacia la base, y Murph bateó enviándola sobre una línea profunda del centro izquierda del campo. Dos carreras anotadas y nuestro equipo ganó. Murph era un héroe y yo un genio de la manipulación.

Más tarde Murph me detuvo mientras me dirigía hacia el auto y me preguntó:

—¿Por qué me dijiste que acertara en la siguiente jugada o que de lo contrario me sacarías del juego? ¿Cómo sabías que lo lograría?

—No lo sabía —le dije—. Pero tenía que hacer algo para despertarte. Era mejor que lo intentaras que quedarte allí con el bate al hombro y perder el partido con toda seguridad.

Creo que esta historia contiene una enseñanza para todos los padres, una que tiene que ver cómo ellos pasan el tiempo. Educar a los hijos es bastante parecido a estar en una base con dos pelotas afuera y todo dependiendo del siguiente lanzamiento. Se puede quedar allí con el bate al hombro, esperando ganar una base después de cuatro lanzamientos malos. Incluso se puede pedir ser un bateador suplente, pero la verdad es que uno sólo tiene un golpe cuando se es padre, y sería mejor que este se hiciera bien.

Los primeros cinco a siete años son cruciales

Si está esperando su primer hijo o tiene hijos pequeños menores de siete años, la siguiente sección va dirigida especialmente a usted ya que:

No hay tiempo más importante en la vida de su hijo que ahora.

La mayoría de los padres saben, o por lo menos recuerdan haberlo oído en alguna parte, que los primeros cinco a siete años de la vida de un niño son los más importantes en el desarrollo de su personalidad, carácter y equilibrio emocional. En el capítulo 2 vimos cómo los niños desarrollan su propio estilo de vida, su forma de ver el mundo y responderle. La pregunta es, ¿hasta qué punto desea usted ayudar a sus hijos a desarrollar un estilo de vida durante esos primeros siete años? ¿Es esa su principal prioridad o su carrera o algún interés personal tienen mayor importancia?

Tal como traté de expresar en mi ilustración del partido de béisbol, sólo se tiene un golpe para formar la autoimagen de su hijo en el momento más crucial de su vida. Admito que mi analogía del béisbol se resiente un poco, ya que la paternidad dura mucho más que un partido de béisbol. Y, en realidad, los padres entran a la base de lanzamiento muchas más veces mientras tienen hijos a su cuidado. Roma no se construyó en un día y tampoco en un día se construye el sentido de autoimagen positiva de un hijo. Se necesitan años para formar una buena autoimagen, y esos años deben dividirse en períodos concentrados: semanas, horas y minutos que uno pasa guiando, enseñando, amando, abrazando, acariciando y sencillamente disfrutando de los hijos.

Sin embargo, la analogía de un solo golpe tiene muchísimo sentido cuando uno se da cuenta de que existen momentos críticos en la vida de un niño, cuando se cuenta con una sola oportunidad para dejarle una marca positiva. Cualquier libro básico de psicología en general contiene un resumen del trabajo de Konrad Lorenz, quien es reconocido como el primero que acuñó el término "impronta", debido a sus estudios acerca de los patos y cómo estos aprenden a seguir a su madre. Lo que Lorenz y otros psicólogos que trabajaron antes y después que él aprendieron es que el período para que una cría de pato aprenda a seguir a su madre sólo dura alrededor de veinticuatro horas. Según Lorenz, la impronta de una cría de pato alcanza su máximo punto a las diecisiete horas; de las veinte a las veintitrés, el efecto de esta simplemente llega a su consumación.[1]

Otro estudio sobre el canto de los pájaros hecho por un psicólogo llamado Konishi en los años sesenta, demostró que "el aprendizaje del canto en los pájaros está también limitado a un período muy corto y es irreversible. No se puede repetir más tarde, ni ser conseguido después, si dicho período se perdió antes. Tampoco se lo puede cambiar".[2]

Lorenz y muchos otros psicólogos creen que existen verdaderas semejanzas en el concepto de impronta en lo que a seres humanos se refiere. Admite que el salto desde patos y cantos de pájaros hasta niños humanos es muy grande, pero que la correlación está allí presente.[3]

Creo que Lorenz tiene razón. Obviamente, los bebés humanos tienen períodos de impronta más largos que los patos. La impronta, en especial de la madre, mientras esta está en contacto con su bebé, continúa a lo largo de toda la infancia, en particular durante el primer año de vida. Si mamá no está allí para marcar dicha impronta, alguien debe estarlo.

Las investigaciones demuestran que la impronta comienza inmediatamente en el nacimiento. Por ejemplo, un estudio determinó que si una madre está con su recién nacido la primera hora que sigue al nacimiento y por lo menos cinco horas en cada uno de los tres días siguientes, ella tendrá una oportunidad mucho mayor de ser una madre efectiva. En realidad, esta clase de estudio ha demostrado que, cuando una madre aumenta su contacto con el bebé en los primeros días después del alumbramiento, el bebé llora menos y crece más rápidamente. Asimismo, la madre ve acrecentarse el afecto por su bebé, y se siente más segura y mucho menos tentada a infligir malos tratos a su hijo en los años que siguen.[4]

Ventajas y desventajas de las madres que trabajan

Por otro lado, si una madre tiene a su bebé y regresa a trabajar después de unos días, semanas o incluso meses, tiene menos oportunidad de establecer un nexo con su hijo. Otras personas a cargo del cuidado del bebé serán las que marcarán la mayor parte de la impronta, y la madre sólo podrá tener la esperanza de haber elegido a gente emocionalmente estable, cariñosa y capacitada.

A lo largo de la década de los ochenta, en particular, y a principios de los noventa, el debate ha continuado acerca de las ventajas y desventajas de las "madres que trabajan". La encuesta más grande sobre cuidado de los hijos que se haya llevado a cabo en los Estados Unidos reveló que en los programas de atención diaria de niños hay más niños que nunca, aunque la calidad de vida de los mismos haya disminuido. Según un informe de *USA Today*, en 1990, el 46 por ciento de las madres pertenecían a la población activa comparado con el 26 por ciento de 1970, y alrededor de 8 millones de niños menores de trece años se encuentran en la actualidad en alguna clase de programa diario de atención.

En la encuesta, realizada por la NAEYC (Asociación nacional para la educación de niños) y por otros departamentos oficiales, fueron encuestados 2.089 directores de centros de atención diaria, junto con 583 asistentes sociales en casas de familia. La proporción promedio recomendada de niños por adulto es de un adulto por cada tres a ocho niños, según la edad de que se trate. Pero en la mayoría de los lugares de atención, las proporciones de niños y personal es casi el doble de eso.

Según el informe, el salario medio de la persona a cargo ha caído desde 1976 en un 25 por ciento con ajuste de inflación, con valores que varían desde 5,43 a 7,40 dólares por hora. Además, casi el cincuenta por ciento de los programas dieron parte de un cambio medio de la *mitad* de su personal por año. Uno de los portavoces de la NAEYC dijo: "Cuando los salarios son bajos y los cambios de personal altos, se consiguen programas de calidad más baja, peor desarrollo social y peores resultados académicos".[5]

A pesar de los tristes números de la atención diaria, el autor Faye Crosby ha publicado un libro que ha sido alabado como "una nueva perspectiva para la pareja que trabaja de los años noventa". En *Juegos malabares: las inesperadas ventajas de equilibrar la carrera y el hogar para las mujeres y sus familias,* la tesis de Crosby es que las mujeres con sus maridos, hijos y trabajos tienen una vida más feliz.

Según Crosby, la investigación que ella realizó muestra pocas evidencias de que las mujeres que hacen "juegos malabares" con sus carreras al ser esposas y madres demuestran más tensión que las otras mujeres. No sólo eso, sino también que aquellas que cumplen papeles diferentes parecen estar menos deprimidas que las demás. Las "malabaristas", tal como Crosby las llama, tienen, en general, una valoración más alta de su autoestima y felicidad. La autora cree que cuando una mujer se limita a ejercer un solo papel, no importa lo agradable que este pueda parecer, tal vez sufra de insatisfacción emocional y psicológica.[6]

Se pueden encontrar investigaciones que apoyan una u otra posición, pero lo que realmente cuenta es lo que sucede en una casa. He recibido a muchas mujeres en consulta que se sienten culpables por sus trabajos. A veces deben trabajar por presiones económicas; en otros casos simplemente se trata de una elección personal debido a que quedarse en casa criando niños las deja frustradas e insatisfechas.

Comprendo a las madres que trabajan, pero...

Siempre he comprendido a las madres que trabajan, ya que mi propia madre fue una de esas mujeres. Recuerdo claramente el día (yo tenía alrededor de doce años), en que tuve una pelea con uno de mis amigos mientras estábamos charlando después de haber montado en bicicleta. Me produjo una gran impresión cuando comentó:

—Tu madre no debe quererte, o de lo contrario no trabajaría. —Lo siguiente que recuerdo es haberlo dejado tendido en el suelo con su bicicleta y yo sintiendo que me dolían los nudillos. ¿Por qué lo había golpeado? Obviamente, su comentario me enfadó. Yo sabía que mi madre me amaba. Pero tal vez también le di un puñetazo porque deseaba que ella estuviera conmigo más a menudo mientras yo crecía.

De modo que, por más que no comprenda a las madres que deben trabajar, en especial las que están solas y que no tienen otra elección, todavía estoy a favor de que los padres hagan todo lo posible para que, por lo menos uno de ellos, se quede en su casa a cargo del cuidado de los hijos cuando estos se encuentren en la escuela primaria y preferentemente hasta bien avanzada la secundaria. Y, si es posible, esta persona debería ser la madre.

Tengo conciencia de muchos padres que han decidido llenar el vacío de paternidad en las familias en las que ambos padres trabajaban. En lugar de pedirle a su esposa que desempeñe su papel como madre, el marido se hace cargo de su papel como padre y deja de lado su propia carrera durante unos años en los que él se transforma en la persona a cargo del hogar. Aplaudo a estos padres, pero dudo de que su pequeña tribu pueda aumentar mucho.

Me doy cuenta de que algunos creen que los hombres y las mujeres poseen las mismas capacidades para criar y cuidar a los hijos, pero en mi experiencia como consejero familiar he encontrado pocas evidencias de ello. He trabajado con miles de parejas durante años y sencillamente no he encontrado pruebas de esta igualdad. Por el contrario, observo que los hombres y las mujeres son muy diferentes en sus necesidades y capacidades naturales. Creo que ambos piensan, actúan y se comunican de manera diferente.

Todo niño que nace tiene derecho a una buena madre

Incluso cuando pueda ser verdad que algunos hombres se queden en su casa y hagan un buen trabajo en la crianza de sus hijos, creo que se adaptan a un papel que es mucho más adecuado a una mujer, en particular cuando los niños son muy pequeños, en los primeros meses y años de vida. La doctora Brenda Hunter, una psicóloga especializada en los vínculos infantiles y en los efectos del cuidado infantil en los niños, hace que la diferencia básica entre hombres y mujeres sea una de las premisas claves en su libro, *El hogar por elección*. Este libro es uno de los mejores que he visto hasta la fecha sobre cómo se ve afectada la vida de un niño por el trabajo de su madre, ya sea en jornada completa o a tiempo parcial.

Hunter recuerda lo que fue ser criada por su propia madre, que trabajaba todo el día.[7] No es de sorprender que ella se transformara en una madre que trabaja durante los primeros años de vida de sus propias hijas, de modo que ha experimentado en persona los lugares vacíos que pueden dejar las madres que no están allí para hacer su irreemplazable trabajo en la vida de su hijo.

A los cuarenta años, Hunter se licenció en Psicología, y tomó conciencia de la fascinante y enormemente compleja naturaleza de los niños y de los vínculos que ellos establecen con sus padres. Se dio cuenta de los errores que había cometido como madre, y también de los que su madre había cometido por estar demasiado tiempo fuera del hogar. Hunter se convenció de que "una buena madre es un derecho que todo niño tiene por nacimiento".[8]

En su libro, Hunter menciona con frecuencia el trabajo de un psiquiatra de origen británico, John Bowlby, que escribió sobre la centralidad del vínculo o nexo emocional del bebé con su madre. Bowlby llama a este vínculo la "piedra fundamental de la personalidad", y sigue diciendo: "El apetito del niño por el amor y presencia de su madre es tan grande como el apetito que puede sentir por alimento. Cuando una madre no está presente, el niño inevitablemente genera un poderoso sentido de pérdida y cólera".[9]

Una psicóloga, Evelyn Thoman, utiliza la metáfora del "baile" para describir el diálogo que se entabla entre un bebé y su madre. Dicho baile "es una eterna forma de comunicación infinitamente más compleja, sutil y significativa que un refinado vals. El baile del bebé, que en realidad es la comunicación en su forma más elemental, consta de movimientos rítmicos de brazos, ojos, inclinaciones de cabeza, caricias, gritos, juegos, miradas y docenas de otras conductas".[10]

Brenda Hunter establece el punto clave en que el bebé "se mueve rítmicamente en respuesta a la voz y a las expresiones faciales de la madre. Cuando mamá le comunica su estado emocional al bebé, él baila sincrónicamente en respuesta a los mensajes que recibe".[11] Ella continúa diciendo algo en lo que creo que todas las madres deberían pensar:

El bebé de una mujer está programado para enamorarse de ella.

"Durante el primer ano de vida", escribe Hunter, "una madre no sólo alimenta, cambia los pañales y juega con su bebé. Le enseña lecciones de amor e intimidad que él necesita conocer durante toda su vida. Si una madre está ausente, él se enamorará o tratará de hacerlo de la persona encargada de cuidarlo. La madre que decida regresar a su trabajo deberá resolver este problema y decidir si puede vivir con las consecuencias".[12]

Lo veo en mi consultorio; lo leo y escucho en los medios de comunicación y lo compruebo de primera mano cuando converso con padres de todo el país: cada vez son más las mujeres que deciden que el precio que pagan por trabajar es demasiado alto. Durante un programa de televisión en Chicago, se realizó la siguiente pregunta a un público de doscientas personas: "Si el dinero no es un problema, ¿debería una madre permanecer en el hogar con sus hijos?". El ochenta y dos por ciento del público, la mayoría mujeres, contestaron afirmativamente.

Una encuesta de junio de 1989, realizada por el *New York Times,* entre alrededor de 1.500 adultos, reveló que un 83 por ciento de madres que trabajan y un 72 por ciento de padres dijeron que se sentían divididos por las exigencias de sus trabajos y el deseo de pasar más tiempo con sus familias. Una encuesta de 1987 realizada entre 800 mujeres arrojó un 88 por ciento que estaba de acuerdo con la siguiente afirmación: "Si pudiera permitírmelo, preferiría quedarme en casa con mis hijos".[13]

Según un artículo aparecido en el *Washington Post,* las cifras reveladas por el Ministerio de Trabajo de los EE.UU. a principios de 1991, mostraron que por primera vez desde 1948, hubo un ligero descenso en la cantidad de mujeres que se incorporaron a la población activa. De acuerdo con el presidente del Instituto de Familia y Trabajo, que realiza muchas investigaciones sobre las mujeres y el trabajo, esta organización ve que cada vez más mujeres dicen que no vale la pena tratar de ser madres y mantener empleos de jornada completa.[14]

Yo estoy comprobando la misma tendencia. Una de mis clientas, una abogada que me dijo "Yo *amo* el derecho," admitió que ella deseaba una carrera. Antes de tener un hijo, juró que siempre trabajaría: "Estar en casa no es para mí." Luego tuvo a su primer hijo, un varón, y se tomó los tres meses de permiso por maternidad. Pero al finalizar el permiso, descubrió que después de todo, no deseaba regresar a su bienamada práctica del derecho.

—Me enamoré de mi hijo —me dijo—. La idea de tener que dejarlo con alguien en todos los momentos especiales, para cuando se pusiera de pie por primera vez, los primeros pasos, las primeras palabras, era más de lo que podía soportar. Lo hablé con mi marido y le dije "creo que deseo quedarme en casa con nuestro bebé". Él estuvo de acuerdo y eso fue todo lo que hizo.

Lo cierto que esta abogada debió seguir lo que en el mundo de las corporaciones y negocios se llama con desprecio "el camino de la madre". En la firma donde trabajaba, su decisión hizo que fuera etiquetada como alguien que prefería ser madre a subir peldaños en la escalera de la corporación. Pero ella se sintió contenta de hacerlo así y todo se redujo a un solo hecho básico: "Me enamoré de mi hijo".

Y mientras tanto, por supuesto, el hijo se fue enamorando de la madre. Simplemente no existe sustituto para una madre.

Los sentimientos de culpa son
el verdadero tema

Supongo que todo lo que estoy diciendo aquí podría llamarse "crear sentimientos de culpa en las madres que trabajan". Repito: siento una gran comprensión por las madres que trabajan, y lo último que deseo hacer es hacerlas sentirse culpables. Supongo que si ellas en realidad se sienten culpables, ya lo hacían mucho antes de encontrarse con este libro o con cualquier otro comentario sobre los problemas que surgen cuando ambos padres trabajan. Pero lo que deseo es que si usted aún tiene la oportunidad de elegir, se pare a pensar con detenimiento cómo crecerán sus pequeños. ¿Estará o no usted presente para imprimirles su indeleble e irremplazable marca?

No tengo espacio aquí para adentrarme en el tema de las madres que trabajan. Existen muchos libros buenos que si lo hacen. Sin embargo, diré, que a pesar de toda nuestra moderna tecnología y bibliotecas llenas de material acerca de cómo educar a los hijos, los bebés necesitan hoy exactamente lo que necesitaban hace cincuenta años. Las necesidades básicas de un bebé no han cambiado en lo más mínimo. Por lo tanto, les doy las siguientes recomendaciones:

Si existe alguna posibilidad, sólo debería trabajar un solo padre durante los primeros años de la vida de un hijo, y eso se aplica también por lo menos a los tres primeros años de la escuela secundaria. Es ideal que el padre sea el que salga a trabajar y la madre, por muchas de las razones ya explicadas, sea la que se queda en el hogar. Si esto implica que la madre debe interrumpir momentáneamente su carrera, que así sea. Esta puede ser una decisión muy difícil y no le quito la más mínima importancia. Pero los hechos son sencillos: al elegir ser padre, uno da un paso que permite evitar otras cosas. Si usted es padre, su primera prioridad son los hijos. Contrariamente al dicho popular, No se puede tener todo.

Si ambos padres deben trabajar, entonces trate de mantener las horas de trabajo de uno de los padres (preferentemente la madre) a un mínimo, como mucho a la mitad de la jornada.

En *El hogar por elección,* Brenda Hunter declara que, si una madre trabaja aunque sólo sean veinticuatro horas por semana, su hijo corre riesgos; pero a veces una madre no tiene elección y debe hacer lo que considere mejor.

Haga el mayor de los esfuerzos por conseguir el mejor cuidado para sus hijos. No salga del apuro simplemente corriendo hacia el jardín maternal más próximo y depositando allí a sus hijos por la mañana temprano y recogiéndolos doce horas más tarde, suponiendo que ellos reciben buen cuidado todo el día. Cuando busque cuidado para su hijo, coloque las agencias encargadas de esto en el final de su lista. Comience primero con los abuelos de los niños. Si ellos lo desean, son capaces y están dispuestos a brindar cariño, pueden ser los mejores sustitutos que tenga una madre.

Si los abuelos no pueden hacerse cargo, trate de encontrar una mujer mayor que cuide de sus niños en su casa mientras usted trabaja. Asegúrese de que posea referencias buenas y completas, pero no descarte aparecer por sorpresa, si puede hacerlo, para ver cómo van las cosas.

Si debe utilizar un jardín de infancia u otro tipo de lugar por el estilo, verifique hasta el último detalle. Hable con los padres que hacen uso de dicho lugar y vea lo que piensan. (Para obtener más detalles, consulte en las páginas 116-119 la "Lista de comprobación para encontrar un buen cuidado/jardín de infancia para su hijo".

Haga usted lo que haga, asegúrese de no elegir cualquier "guarda niños" que se haya anunciado recientemente por televisión. En este tipo particular de jardín de infancia, los pequeños son llevados a las maestras en los asientos de coche para niños y luego los *dejan en esos asientos todo el día.* No hay abrazos, caricias, cantos, besos ni cualquier otro tipo de estimulación por contacto físico. Este tipo de situación en los famosos "guarda niños" es de lo peor. Los perros y otras mascotas a menudo reciben mucho mejor trato.

La impronta es mucho más
que la nostalgia

Recuerde, no obstante, que no importa lo bueno que tal vez sea el jardín maternal o de infancia; este no puede reemplazar la impronta especial de mamá. Imagine la escena. Una ciudad pequeña del medio oeste un día frío y ventoso de enero. Mamá ha planeado hacer algunas compras; sin embargo ahora decide quedarse en casa, encender el fuego de la chimenea y sentarse a acunar al pequeño Festus mientras le canta. Eso es la impronta.

Dos años más tarde, encontramos a mamá acurrucada en un sofá colocado enfrente de la chimenea, en un día de enero, leyéndole al pequeño Festus un libro de cuentos. Eso es la impronta.

Ahora, varios años después, el pequeño Festus llega a casa desde la escuela donde cursa el primer grado. Golpea la puerta diciendo:

—¡Mami, mami! ¿Ves lo que he dibujado en la escuela? —El olor a galletas recién horneadas invade el aire y allí también está mamá con un vaso de leche. Este es otro aspecto más de la invalorable impronta.

Avancemos dos años más y vemos a papá abandonando temprano el trabajo y encontrándose con mamá en el auditorio, justo a tiempo para ver al pequeño Festus protagonizar un papel en la obra del colegio. Eso también es impronta.

Estos no son simplemente escenarios acogedores y llenos de nostalgia. Son el tipo de impronta positiva que debería ser una realidad para todos los niños. A medida que estos crecen, van sacando conclusiones sobre quiénes son, qué tipo de mundo los rodea, cómo desean ser tratados y cómo van a tratar ellos a los demás. Si de su mundo recibe apoyo, amor, cariño y calidez, crecerán entonces con una autoimagen positiva. Creerán que tienen un verdadero valor y tratarán a los demás de acuerdo a esto.

¿Existe en el hecho de trabajar algo positivo?

Me doy cuenta de que me he puesto del lado de las madres que se quedan en sus casas para marcar en toda oportunidad la impronta de sus hijos, pero no se haga a la idea de que una madre que trabaja no puede marcar también esta impronta. Puede hacer mucho, sencillamente le exigirá mayor planificación, esfuerzo y sacrificio. El que esté al cuidado del niño, ya sea un jardín de infancia o alguna persona, influirá algo en la impronta, pero la madre que trabaja puede hacer varias cosas para hacer que la situación sea lo más positiva posible. Si usted se encuentra en esta situación, considere las siguientes opciones, que yo llamo "el lado positivo de trabajar".

Primero, intente trabajar en su casa. Las ventajas son obvias: usted se encuentra más cerca de los chicos, evita el problema del traslado y sus horarios son más flexibles. Tal vez lo mejor de todo sea que evita aquellos momentos en los que se siente culpable por dejar a su hijo enfermo o triste en el centro de atención.

En *El hogar por elección,* Hunter dedica todo un capítulo para describir madres que se las ingenian para aplicar su capacidad y educación en carreras rentables que se puedan llevar a cabo en la casa.

Hunter misma recuerda cuando se trasladó a Seattle desde Londres y necesitó dinero para mejorar sus ingresos. Trató de encontrar el "trabajo de medio día" perfecto, pero no apareció nada.

Justo cuando pensaba que probablemente debería trabajar fuera de casa a tiempo completo, recibió la llamada de un amigo. Se enteró de que la organización para la cual él trabajaba deseaba publicar un boletín trimestral y buscaban a alguien con conocimientos editoriales para producirlo. Hunter, que había estado enseñando inglés durante varios años y escribía a nivel universitario, creyó que su capacidad literaria calificaba para el trabajo, pero debería aprender a trabajar con las imprentas.

En pocos días nació su empresa editorial. Pudo producir el boletín sobre la base de un trabajo de medio día, dedicando suficiente tiempo a sus hijas y también saliendo en busca del contacto y estímulo por parte de adultos que ella necesitaba.[15]

Tal vez piense que eso es maravilloso para Brenda Hunter. Pero que usted no posee ninguna capacidad editorial... y entonces se pregunta qué podría hacer en su casa.

¿Ha pensado en comenzar a ofrecer un servicio de contabilidad, en clases de aerobic o en un servicio de mensajería? Algunas otras ideas podrían ser un servicio de cama y desayuno, decoración de tartas, preparación de comidas por encargo o servicio de limpieza. También piense en el cuidado de animales, posiblemente de mascotas fuera de lo común; clases de música; servicio de compras; confección de juguetes; maestra particular; consejera de modas u ofrecer servicios de secretaria tales como procesamiento de textos y otras tareas. Existen muchísimas otras ideas.[16]

Antes de lanzarse a una carrera en la casa, debe hacerse algunas preguntas: ¿Qué es lo que realmente le gusta hacer? ¿La ve la gente con algún tipo de talento o capacidad en particular? ¿Posee algún talento escondido o que no haya probado antes? Y posiblemente lo más importante: ¿Posee los elementos para trabajar en casa? ¿Tiene el tipo de personalidad que se caracteriza por iniciar ideas? ¿Sabe organizarse? ¿Consigue las metas y le gusta trabajar sola?[17]

El trabajo en la casa no es para todo el mundo. Algunas mujeres lo han probado y decidieron que era mejor regresar a la oficina. Pero si para usted funciona, puede transformarlo en algo bueno para usted y sus hijos.

Si trabajar en la casa no es factible, piense en llevarse a su hijo al trabajo. Conozco madres que toman a sus bebés por la mañana y los llevan a la oficina o al negocio, en una cuna portátil o en un corralito. Allí ellas atienden el trabajo y a los hijos durante todo el día. Vi hacer esto en una floristería y en una sedería. Nuevamente vuelvo a decir que no es para todo el mundo. Tal vez el trabajo que usted realiza no permite interrupciones, a veces frecuentes, por parte de su hijo. Pero el tema es que alguna gente lo hace. Tal vez también usted podría hacerlo.

Suena muy bien, dice usted, pero en las oficinas en general no se permite la presencia de niños. ¿Qué hacer entonces?

Recientemente he adquirido una nueva empatía por este tipo de pregunta cuando hablo en seminarios para padres. Durante parte de mi charla, pongo énfasis en la necesidad de la presencia de las madres para la impronta de sus hijos y en la necesidad de que estas se queden en sus casas, si es posible. Después de decir esto, una mujer se aproximó al frente del auditorio y con lágrimas en los ojos, dijo:

—Doctor Leman, he escuchado lo que usted ha dicho sobre quedarse en la casa con los hijos. Tengo dos niñas y me encantaría hacer eso, pero soy una madre sola y debo trabajar jornadas de ocho horas para poder pagar las cuentas. No me queda mucho tiempo para mis hijas.

Luego comenzó a gemir, muy suavemente, como si no deseara molestar a nadie. La rodeé con mis brazos y le dije:

—Usted sabe, los Kevin Leman de este mundo deberían recordar que hay muchísimas madres como usted. —Hablé brevemente con esta madre y traté de brindarle seguridad acerca de lo que podía hacer, aún cuando ella se encontraba en lo que algunos llamaban una situación imposible.

Un punto muy importante fue: *No importa lo mucho que usted deba trabajar; hágale siempre saber a sus hijos lo mucho que los ama, todos los días.* Ayúdelos a comprender por qué debe irse a trabajar. No es en realidad lo que desea hacer. Sus hijos están primero a la hora de elegir, pero por ahora no puede hacer otra cosa. También, aún una madre que trabaja una jornada de ocho horas tiene *algo* de tiempo libre. Una madre que trabaja debe administrar con sumo cuidado su tiempo. Si es necesario deje de hacer algunos de los quehaceres domésticos para concentrarse en los hijos. No importa cuán imposible sea la situación, lo importante es que sus hijos se sientan amados.

He dedicado gran parte de este capítulo para hablar de la importancia de las madres en las vidas de los hijos. ¿Significa esto que el padre está fuera del círculo de paternidad, libre para concentrarse en su carrera y no participar de la tarea del hogar? ¡Absolutamente no! El padre juega un papel igualmente importante aunque diferente en la tarea de ejercer la paternidad, lo que, como ideal, debería ser una tarea en equipo. Todo lo que digo en este libro se basa en la idea del trabajo en equipo. La mejor crianza que un niño puede tener está basada en ambos padres que cumplen concienzudamente con sus respectivas tareas.

A menudo digo a mi público de los seminarios que, así como los hijos necesitan imperiosamente del amor de sus padres, los hijos tienen aún una mayor necesidad de ver que sus padres se aman. Las investigaciones demuestran que cuando se pregunta qué es a lo que más se teme, los niños no hablan de la guerra nuclear o de un peligro extraño. Su miedo mayor es que "mamá y papá se divorcien".

No importa si uno tiene una familia de dos carreras, una de una carrera y media o una de una sola. Ninguna de estas puede funcionar a menos que los padres recuerden que sus verdaderas prioridades deben estar en el amor mutuo para luego amar a sus hijos con todo lo que posean.

Retrato del padre funcional

Si le pidieran que realizara un bosquejo de un padre funcional, aquel que estuviera haciendo su trabajo razonablemente bien, ¿cómo sería? Estoy seguro de que su retrato incluiría palabras tales como:

CARIÑOSO... FIRME PERO JUSTO... COHERENTE... AFECTUOSO... INDULGENTE... SACRIFICADO... ANIMOSO... SABIO... HUMILDE... FUERTE...

Muchas serían las palabras que se podrían añadir, pero yo tengo dos que tal vez no estarían necesariamente en una lista convencional:

Agenda
Abra una agenda (o equivalente) de un padre funcional y verá ciertas fechas subrayadas. Según el período del año, dirá

"Juego del equipo de Johnny, a las dos," "Partido de fútbol de Janie, a las cuatro," "Partido de baloncesto de Trent, a las diez de la mañana." Sea lo que fuera que jueguen Johnny, Janie o Trent, mamá y papá lo tendrán anotado y tendrán planeado estar presentes. También estarán anotadas en su agenda las fiestas de fin de curso de los hijos, sin mencionar cumpleaños y acontecimientos especiales. En una familia funcional, las prioridades son claras:

LAS PERSONAS SON SIEMPRE MÁS IMPORTANTES QUE LAS COSAS.

Las personas, en particular las de la familia, son más importantes que las reuniones, los informes de ventas, los partidos de golf, el quedarse a trabajar fuera de hora, almuerzos o salidas de compras. Los padres funcionales valoran a sus familias y viven por dichos valores todos los días.

—Papá, te veo allí a las cuatro menos diez

Estar presente para los hijos no se hace más fácil cuando estos crecen. En realidad, puede hacerse aún más apremiante. No puede decirse a sí mismo que se concentrará en ellos los primeros meses de sus vidas o de sus primeros años para *luego* poder desentenderse. Su disponibilidad debe continuar a lo largo de toda la vida de los hijos, si desea marcar una impronta que permita formar la autoimagen y el sentido de la autoestima. En realidad, cuanto más grandes son los hijos, serán más las fechas que deberá marcar en su calendario. Los hijos necesitan de su amor toda la vida. A medida que crecen, necesitan más, no menos, amor para llenar su tanque emocional.

Recuerdo con claridad cuando Krissy, en ese momento de los últimos años de la escuela secundaria, me recordó que pronto llegaría el día de reconocimiento de los estudiantes superiores. Ella jugaría un partido de voleibol aparte de participar en otras actividades, y deseaba estar segura de que yo me encontraría con Sande y estaría allí presente.

—Papá, mamá y tú debéis estar allí a las cuatro menos diez —me dijo. Antes del partido de voleibol hay un acto en el que todos los estudiantes reciben flores y presentan a sus padres.

Me mostré agradecido por habérmelo recordado. Sabía que el partido de voleibol comenzaba a las cinco y media. Hubiera sido bastante fácil llegar allí tarde para el resto de la programación.

Hoy Krissy toma especial cuidado en señalarme la hora en que debo llegar para cada uno de los partidos y acontecimientos. No sólo ella desea que yo me encuentre presente para el partido, sino que me quiere allí en el *precalentamiento*. Los tiempos han cambiado. Cuando Krissy era una adolescente más joven, era "fría". Cuando yo iba a los partidos de baloncesto o de voleibol, no demostraba abiertamente su alegría por mi presencia. Como la mayoría de los padres de adolescentes, debí aprender a ser una especie de persona anónima.

En otro de mis libros describo cómo llegué hasta el desierto de Arizona que estaba a cientos de kilómetros de distancia, para ver un partido de baloncesto de Krissy, que se jugaba en una pequeña escuela, en un gimnasio de lo más insignificante. Entré justo cuando terminaban el precalentamiento y Krissy no me miró ni una sola vez. Pero cuando el juego avanzó y le cometieron una falta, se colocó en la línea de lanzamiento, directamente opuesta a mi asiento. Nuevamente no me miró, pero pude ver que llevaba una de las manos a la espalda y que con el dedo me hacía un divertido saludo, como si dijera, "Hola, papá... me alegro de verte."

Debí acostumbrarme a los saludos con el dedo mientras estuvo en los primeros años de la escuela secundaria, pero cuando llegó a los últimos, comenzó a sonreírme y a saludarme directamente con la mano cuando yo entraba. Fue un sentimiento de mucha alegría. Por lo tanto, si usted es padre de adolescentes que prefieren ahora ignorarlo en público, tenga paciencia. Algún día las cosas pueden cambiar.

La calidad resulta cantidad

Unos de los azotes de la actualidad es un término que fue introducido hace varios años: "tiempo de calidad". No estoy seguro de quién acuñó dichas palabras, pero supongo que fue alguien que no deseaba pasar mucho tiempo con sus hijos, de modo que soñó en un concepto mítico que sonara bien. El tiempo de calidad se basa en presuponer que uno no tiene mucho tiempo para estar con sus hijos y, por lo tanto, desea "ofrecer todo lo que uno tiene" en los pocos minutos que le queden disponibles. Esto tal vez sea cierto para algunas personas: aquella madre de la que hablé que trabajaba una jornada de ocho horas, por ejemplo, pero para mucha gente, el tiempo de calidad no sólo es un mito, sino que es una vía de escape.

Por lo que he visto, uno se reúne con su hijo, pulsa algún botón imaginario y conecta el tiempo de calidad. Los momentos de calidad con su hijo no suceden en serie: suceden a su propio ritmo mientras se está con ellos. Yo soy un firme convencido de que hay que pasar con ellos la máxima cantidad de tiempo como pueda, en la esperanza de que los momentos de calidad sucedan.

Uno de los mejores ejemplos de cómo ocurre el tiempo de calidad es la historia que contó Zig Ziglar en su libro, *Educar niños positivos en un mundo negativo*. Era un domingo por la noche, bien pasadas las nueve, cuando Zig, su hijo Tom y uno de los amigos de Tom, Sam, decidieron salir a correr juntos. Terminaron su ejercicio: Sam se dispuso a irse a su casa y luego el hijo de Zig dijo:

—Papá, vamos a dar un paseo.

Los dos caminaron "tranquilizándose" durante otros diez minutos. Según Ziglar, esos diez minutos fueron los más significativos en los que ellos hayan hablado, pero recuerda especialmente que jamás se sintió más cerca de su hijo que durante esos preciosos momentos. Ese fue verdaderamente "tiempo de calidad". Pero, ¿cómo sucedió? Ziglar señala que ese día, más temprano, habían ido juntos a la iglesia. Luego almorzaron y pasaron toda la tarde juntos. También cenaron, y luego salieron a correr. Ziglar dijo, "Nos sentíamos completamente relajados, en paz, y nos comunicamos: eso fue lo que hizo que esos diez minutos fueran tan maravillosos."[18]

Tim Hansel, autor de *Lo que los hijos necesitan más de un padre*[19], definió un concepto sobre pasar el tiempo con los hijos que realmente dio en el blanco conmigo cuando lo leí. Al parecer encontró un artículo cuyo título decía "Si tiene 35 años, sólo le quedan 500 días de vida." El autor del artículo señalaba que si una persona resta el tiempo que pasa trabajando, haciendo la higiene personal, limpiando la casa y haciendo todas las tareas que se presentan en la vida, dicha persona sólo tiene 500 días para hacer lo que desee.

Asombrado por esta revelación, Hansel decidió desarrollar algunas estadísticas para el tiempo de paternidad que él tenía. Suponiendo que un padre tiene a los hijos desde el nacimiento hasta los dieciocho años y se le da al padre una o dos horas por día (lo que él suponía que era generoso), le quedaban 273 días para que los padres pasaran con cada uno de sus hijos.[20]

No sé qué sucede con usted, pero cuando me doy cuenta de que dispongo (en algunos casos tenía) sólo de 273 días para ser padre de mis hijos, las distinciones entre tiempo de calidad y cantidad de tiempo se tornan bastante confusas. Holly y Krissy están en la universidad, de modo que mis 273 días con ellas ya se han ido. Kevin está en la escuela secundaria, de modo que la mitad de ese tiempo con él ya ha pasado. Hannah, sin embargo, todavía no ha cumplido los seis años, y me quedan bastantes de esos preciosos días para pasar con ella. El asunto principal está en que yo deseo pasar todo el tiempo que pueda con cada uno de mis hijos, y esa es la razón por la que la agenda se vuelve tan importante.

Mensaje para todas las madres (y padres)

Hace mucho tiempo, una de las lectoras de Ann Landers envió un ensayo que ella creyó conveniente que leyeran todas las madres de todas partes. Este fue escrito por una madre a su hijita de cuatro años en forma de apología por haber perdido

111

gran parte de los primeros meses de vida de su bebé, al "haber deseado que creciera más rápidamente". El ensayo, por supuesto, no es para los ojos de un niño de cuatro años. Esta madre tenía planeado guardarlo y dárselo a su hija cuando fuera adulta, estuviera casada y tuviera sus propios hijos. Landers publicó todo el ensayo y, a medida que lo lea, entenderá la razón. Es un mensaje que todas las madres (y padres) deberían atender:

"Querida hija: aunque sólo tienes cuatro años y no comprendas lo que te estoy diciendo, siento la necesidad de escribirte esta carta y guardarla para que puedas leerla dentro de unos cuantos años.

Cuando eras un bebé y la novedad de ser madre se fue desvaneciendo, no podía esperar a verte ya crecida. Al principio me encontré deseando, '¡Si pudiera comenzar a caminar!' Y luego, '¡Si pudiera comenzar a hablar!' Un día, de repente, me di cuenta de que caminabas y hablabas y, muy pronto, te habrías ido al colegio.

Recuerdo la mañana en que tu padre y yo te trajimos desde el hospital. Tú y yo habíamos estado separadas seis días. Cuando se abrió la puerta, te vi allí parada sonriendo con esa sonrisa angelical. Parecías muy grande comparada con el bebé que yo había tenido en brazos. Era difícil imaginar que una vez habías sido pequeña.

De pronto me di cuenta de que había deseado que tus primeros meses de vida pasaran pronto. Ser madre es algo que exige mucho. Le roba a una gran parte de sus libertades, y yo me quejaba del hecho de tener tantas responsabilidades adicionales. Y luego miré esos rizos suaves y esos ojitos confiados. Me sentí de repente avergonzada. Mi corazón casi se partió del dolor.

No puedo volver a vivir esos primeros años, pero he tratado de buscar una recompensa, tanto para ti como para mí. Tengo la esperanza y rezo para que cuando tú tengas tu primer hijo, seas más inteligente y madura de lo que yo fui. Espero que disfrutes de cada una de las etapas del crecimiento de tu hijo y no desees que estas pasen deprisa para verte libre de las "responsabilidades" de la maternidad.

Tú y yo tendremos que compartir nuestras palabras acaloradas y nuestras batallas de nervios en los años que nos esperan por delante. Habrá días en que encontraremos que es imposible complacernos mutuamente. En secreto, desearé que te des prisa en terminar el colegio secundario, de modo que pueda enviarte a la universidad y así deshacerme de ti.

La vida corre muy deprisa, mi querida hija, en especial los días agradables y los momentos hermosos. Sé más inteligente de lo que lo fue tu madre. No dejes que un solo momento se te escape sin antes haberlo saboreado y apreciado. Estos días no tienen precio y te aportan las mayores oportunidades de realización. Nunca, jamás sentirás tanta plenitud en tu corazón. Todo mi amor para ti,

Mamá"[21]

La madre que escribió este ensayo jamás oyó hablar del seguro de imagen, pero ella no sólo habla de asegurar la autoimagen de su hija, sino que también asegura la propia. El primer y más grande pago del seguro de imagen es el tiempo del padre. No conozco las edades de sus hijos. Tal vez sean bastante pequeños y usted tenga mucho que imprimir en ellos. O quizá sean adolescentes que estén a punto de partir del nido y sus oportunidades de marcar la impronta ya se hayan acabado. Pero estoy seguro de una cosa: si la impronta no se marca ahora, no podrá marcarla más tarde. No existe una segunda oportunidad para usted como padre, y las palabras más tristes que un padre podría llegar a pronunciar son "Si hubiera pasado más tiempo con mis hijos cuando tenía la oportunidad..."

Cualquiera que sea la edad de sus hijos, todavía hay tiempo para marcar la impronta en sus mentes y corazones, con todo su amor y su guía. Usted está en la base de lanzamiento y el partido está en marcha. El bateador está girando el bate. Sólo tiene una oportunidad, de modo que no la desaproveche.

Algo para recordar...

* La regla principal para tener una familia funcional dice: "Sólo tiene un golpe (tanto tiempo), de modo que haga uno bueno (páselo con aquellos que ama)."

* Aun cuando lleva años formar una buena autoimagen en cada uno de sus hijos, los primeros cinco o siete años son los más importantes.

* Existen momentos críticos cuando uno sólo tiene una oportunidad para dejar una marca positiva en el hijo. Si usted no está presente, esas oportunidades habrán desaparecido para siempre.

* La impronta está especialmente a cargo de la madre cuando ella se vincula con su bebé, y es crítica durante los primeros meses y años de vida.

* El nexo o vínculo emocional del bebé con su madre es lo que un psiquiatra llama "la piedra fundamental de la personalidad".

* Se pueden encontrar todo tipo de ventajas y desventajas en las madres que trabajan. La cuestión fundamental es: los hijos pagan un precio cuando la madre no está presente.

* Cuando los años ochenta quedaron atrás y llegaron los noventa, encuesta tras encuesta demostró que las mujeres que trabajan prefieren quedarse en la casa con sus hijos. Cada vez más parejas están bajando su nivel de consumo para que la madre se pueda quedar con los hijos en el hogar.

- Si fuera posible, sólo uno de los padres debería trabajar durante los años de crecimiento del niño, que se extienden por lo menos hasta los tres primeros años de la escuela secundaria.

- Si ambos padres deben trabajar, deberían hacer un esfuerzo para que el niño tuviera el mejor cuidado que pudieran encontrar.

- Si no tiene elección y ambos deben trabajar, hágales saber a sus hijos cuánto los ama, todos los días, y dé prioridad al tiempo que usted tenga para concentrarse en sus hijos tanto como sea posible.

- Los padres funcionales son cariñosos, firmes pero justos, coherentes, afectuosos, indulgentes, sacrificados, alentadores, sabios, humildes, y fuertes También poseen agendas o calendarios con muchas fechas planificadas por sus hijos.

- Los momentos de calidad con sus hijos son resultado de todo el tiempo que usted pasa con ellos.

Acciones para probar...

- Siéntese con su agenda y mire con cuidado cuántas fechas ha planificado realmente para pasar con sus hijos. Si llegar a los partidos, recitales y obras de teatro del colegio está condicionado por otros asuntos ajenos sus hijos, está perdiendo la batalla de ser la persona más importante para marcar la impronta en sus vidas.

- Siéntese con su pareja y hable de los planes de su familia. Háganse siempre la pregunta, "En nuestra familia, ¿las personas son más importantes que las cosas?"

Lista de comprobación para encontrar un buen cuidado/jardín de infancia para su hijo

Aun cuando la línea divisoria entre jardines maternales y jardines de infancia se vuelven cada vez más confusas, la diferencia esencial es que los padres envían a sus hijos a los jardines de infancia en general no más de veinticuatro horas semanales, para ofrecerles una preparación tanto para el aprendizaje como para las oportunidades de relacionarse con otros niños. Un jardín maternal proporciona cuidado adecuado y supervisión durante el tiempo que sea necesario, en general cuando ambos padres trabajan. Estos jardines a menudo proporcionan actividades de aprendizaje, pero ese no es su objetivo principal.

Se deben establecer varios criterios básicos tanto para los jardines maternales como para los de infancia:

1. El lugar debe poseer horarios de visita flexibles que permitan a los padres entrar y observar el cuidado de sus hijos en cualquier momento. Además, debería poseer un buen plan de seguridad que incluya un sistema de entrada y salida por firma, de modo que nadie extraño pueda entrar de la calle aduciendo que es un amigo o pariente lejano.

2. Los lugares con buena reputación comprueban escrupulosamente la excelencia de su personal. Esto puede incluir la verificación de huellas digitales con el servicio de inteligencia o, por lo menos, con el departamento de policía de la localidad. La razón obvia de esta clase de verificación es asegurarse de que el lugar no esté contratando a un infanticida o a una persona que tenga algún antecedente criminal.

3. El lugar debe tener una política definida para dar permiso de salida a los niños. ¿Quién se lleva a los niños todos los días? En la actualidad, con tantos divorcios y separaciones todos los jardines al cuidado de niños deben ser extremadamente cautelosos. Algunos lugares incluso disponen de listas de personas que no están autorizadas a llevarse a los niños bajo ninguna circunstancia.

4. La condiciones físicas y el aspecto del lugar son extremadamente importantes. ¿Es ordenado y limpio? ¿Está el material limpio y actualizado? ¿La decoración es alegre? ¿Existen muchos juguetes en buen estado: bloques, muñecas, camiones, coches, pelotas y cosas por el estilo? Asimismo, ¿qué sucede con los materiales para manualidades, tales como arcilla, arena, acuarelas, cualquier cosa que permita que los niños desarrollen la creatividad? Pregúntese, "si tuviera cuatro años, ¿me gustaría jugar aquí?"

5. ¿Cuáles son los procedimientos que ha implantado el lugar en caso de emergencia o enfermedad repentina? ¿Y cuáles son las políticas relativas a los niños que están enfermos o "tienen algún problema"? Manténgase alejado de los lugares que son demasiado permisivos al aceptar niños que no estén del todo sanos. Algunas escuelas o jardines poseen lugares especiales donde pueden aislar a los niños que no se sienten bien, pero el mejor lugar para un niño que está enfermo es la cama de su casa.

6. ¿Cuáles son las calificaciones del personal? Esto es especialmente importante en lo que respecta a los jardines de infancia. Nunca está de más pedir las calificaciones, o por lo menos el currículum de cualquiera que esté a cargo de su hijo. La cuestión básica está en saber si las personas que cuidarán de su hijo saben cómo hacerlo. Asimismo, recuerde que el cambio de personal es más frecuente en los jardines maternales que en los de infancia. En ocasiones, encontrará que algunos empleados de jardines de infancia han estado en el mismo lugar durante años.

7. ¿Cuál es la política del lugar en lo que se refiere a la disciplina de los niños? ¿Permite el director del lugar que los miembros del personal griten o utilicen medidas de castigo severas con los niños? Esto es extremadamente difícil de evaluar en una sola entrevista o llamada telefónica. Si fuera posible, trate de pasar algún tiempo en el lugar, observando lo que sucede antes de matricular a su hijo allí para su cuidado permanente.

Como ideal, debería tratar de pasar todo un día y ver lo que sucede con los niños de todas las edades. Dé por supuesto que el personal se comportará inmejorablemente mientras usted esté allí, pero puede enterarse un poco sobre lo pacientes que son y sobre cómo reaccionan ante las distintas situaciones. Observe especialmente si los niños más pequeños son tomados en brazos y si se les habla.

Esté atento ante cualquiera de los lugares en los que se muestren dudas para permitirle entrar y observar. Si usted siente que no es bienvenido, pruebe en otro lugar.

8. ¿Cuál es la proporción de niños por adultos? Como regla, con niños de dos o tres años, por ejemplo, no debería haber más de ocho niños por cada miembro adulto del personal.

Con respecto a los jardines de infancia recomiendo:

1. Inscribir a su hijo de tres o cuatro años (nunca antes) por un máximo de tres horas al día cuatro días a la semana. Cuatro horas al día cinco días a la semana es demasiado para los pequeños.

2. Elija un jardín que no preste excesivo interés a la parte académica. Algunos padres llegan a extremos increíbles para matricular a sus hijos en prestigiosos colegios para niños y universidades para chiquillos, pero existe una larga evidencia de que esto no provoca en los niños más que una gran tensión y presión. Creo que las actividades creativas y el desarrollar los hábitos sociales del niño es mucho más importantes que tratar de preparar a pequeños de tres o cuatro años para que puedan aprobar un examen de la escuela secundaria.

3. Junto con el excesivo énfasis en lo académico, cuídese de los jardines que ofrecen demasiados trabajos especializados, hojas llenas de elementos para que los niños pinten o punteadas para que los niños unan, y cosas por el estilo. Un poco de esto está bien, pero asegúrese de que también la escuela ofrezca la oportunidad de ser creativo.

4. No busque el perfeccionismo en el jardín de infancia. Algunas maestras de preescolar "retocan" los trabajos de arte de los niños de modo que se vean más perfectos. Este tipo de maestra no desea que nada vaya a la casa a menos que "se vea perfecto". Haga saber en el jardín que usted elija que desea asegurarse de que todo lo que llegue a su casa sea el producto del "trabajo de su hijo", no de la maestra.

5. No admita un jardín de infancia donde la maestra da muchas instrucciones directas mientras los niños absorben pasivamente los conocimientos. Busque escuelas que animen a los niños a que hablen y compartan sus ideas y opiniones.

6. Los jardines de infancia deben organizar "caminatas" para los niños en lugar de enviarlos en excursiones muy elaboradas donde pasan todo el tiempo en el autobús. Un paseo por la plaza más cercana, por el vecindario o incluso por el patio del jardín, con todos tomados de la mano y observando las maravillas que los rodean, puede ser una experiencia fabulosa para los pequeños.

7. Por último, cuando busque jardines de infancia para su hijo, no haga que la "situación conveniente" del mismo sea lo prioritario. Un lugar mejor que quede un poco más lejos bien vale el esfuerzo que se necesitará para llegar hasta allí y para regresar. Recuerde, usted está tratando de beneficiar a sus hijos y proporcionarles las mejores situaciones posibles, antes que simplemente hacer que las cosas le resulten a usted convenientes.

Segunda Parte

¡TAL VEZ NO SEAN PERFECTOS, PERO USTED PUEDE AYUDARLES A SER ADMIRABLES!

...Por qué todos los niños son "el enemigo"; la conspiración para atraer su atención.

...Cómo educar a los hijos para que sean responsables, serviciales, razonables y varias fantasías más de los padres.

...Por qué un "jefe a ratos" tiene sólo parte de razón.

...Cómo dejar de elogiar a sus hijos y comenzar a hacer algo beneficioso para cambiar.

...Por qué el escuchar es verdaderamente bueno y cómo hacerlo.

5

"Si existen lo que llamamos 'niños buenos', ¿por qué nos hacen trepar por las paredes?"

Cuatro causas claves de la mala conducta

La extravagante estrella del tenis André Agassi es bien conocido por varios motivos, incluyendo un anuncio de televisión que hizo para una gran firma de cámaras que finaliza con André, con gafas de sol recitando la famosa frase: "¡La imagen lo es todo!"

Jamás aprecié las exageraciones egocéntricas de este anuncio comercial. Sin embargo, mientras lo miro, me siento conmovido por lo cierto que resultan estas palabras con relación a la imagen *interna* de cada persona. Tal como dije en el capítulo 1, los padres deben sacar todo el seguro de imagen que puedan para cada uno de sus hijos, ya que la voluntad de desarrollar una autoimagen determinará, en el verdadero sentido de la palabra, sus destinos. La autoimagen afectará a sus ideas y sentimientos, a la capacidad para desenvolverse en un mundo que es exigente e incluso peligroso. La autoimagen formará sus actitudes y tendrá mucho que ver con su conducta o con la falta de ella, según cada caso.

Todos los casos de mala conducta infantil que llaman mi atención pueden tener su origen en cómo el niño o la niña se ven a sí mismos en oposición al mundo. ¿Recuerda el principio Nº 2 del Seguro de imagen? Toda conducta tiene un propósito.

En este capítulo deseo hablarles especialmente sobre por qué la "mala conducta" tiene un propósito. A menudo, la falta de conducta es simplemente un esfuerzo para ganar la atención que se ha perdido o, tal vez para ser más exactos, un esfuerzo que ha llegado demasiado lejos.

Rudolf Dreikurs, especialista en psiquiatría infantil que comprendió a los niños, como ninguno pudo jamás haberlo hecho, creía que cuando los niños se portan mal, tal vez tengan algún objetivo en mente. Otra forma de clasificar dichos objetivos es verlos como niveles de mala conducta, variando en una escala desde levemente molesto hasta seriamente irritante, peligroso y mortal. Los cuatro objetivos (causas) de mala conducta son:

1. Llamar la atención.

2. Utilizar el poder para controlar.

3. Evitar presiones y anhelos.

4. Buscar revancha.

A medida que profundicemos en cada una de estas motivaciones de mala conducta, veremos con claridad que la autoimagen de los niños siempre juega un papel clave en lo que ellos hacen para molestar, controlar o incluso lastimar a sus padres.

La búsqueda de atención puede ser positiva o negativa

Todos nosotros nacemos con una necesidad básica de atención. Tal como lo expresé en otro de mis libros, todos los niños comienzan con esta habilidad básica, que luego desarrollan mientras se dedican al oficio de crecer.[1]

Debido a que todos los niños empiezan la vida con el deseo natural de complacer a los padres, usted tiene una oportunidad de oro. Cómo los niños buscarán su atención:

—Oye, papá, ¡mírame!

Tal vez podría también enseñarles cómo ser un buscador de atención positivo en lugar de uno negativo. Cómo interactuar con sus hijos mientras estos buscan su atención es el tema crítico.

Por algún motivo, tenga cuidado con la palabra "no". No digo que nunca la use, pero le sugiero que la utilice con discreción. Se sorprenderá por cuán a menudo puede cambiar su natural inclinación a la negativa simplemente volviendo a reformular el mensaje para decir: "Eso está bien, pero ¿por qué no pruebas de esta forma?" o, "Sería mejor si hiciéramos esto".

Mediante el control de la negativa, usted establece un cambio automático sobre la posibilidad de castigar o de enjuiciar. A medida que interactúe más positivamente con sus hijos, se encontrará a sí mismo tomándose el tiempo necesario (aquí tenemos nuevamente dicha palabra) para amarlos, mantenerlos cerca, jugar con ellos y estar interesado en sus vidas. Como regla general, la palabra "no" dice "No deseo estar contigo... Estoy demasiado ocupado para ti... No quiero que me molesten." Pero cuando usted utiliza frases tales como "¿Por qué no podemos probar a hacerlo así?" usted está diciendo "Tengo tiempo para ti... Te quiero... eres importante para mí."

Dos de las mejores estrategias para animar a sus hijos a que atraigan una atención positiva son estas:

1. No reaccione en exceso por lo que su hijo diga o haga.

2. Muestre verdadero interés sin ejercer presiones.

Por ejemplo, Tommy de siete años se acerca a su padre y dice:

—Mi amigo Kenny quiere jugar al T-bol. Él quiere que yo juegue también. Papá... ¿qué es el T-bol?

—Es béisbol, hijo, ya sabes. Tú a veces juegas con papá a tomar y batear la bola.

—Oh, me gusta el béisbol.

—Bueno, tal vez te guste el T-bol. No sé. Supongo que podrías probar. ¿Sabes los que es una T?

—No.

—Bueno, esta tarde iremos a una tienda de deportes y papá te lo enseñará; de todos modos, ellos colocan la pelota en la "T", tú la golpeas y luego corres alrededor de las bases. Es como el béisbol, salvo que no hay bateador. Y tienen uniformes.

—¿Uniformes?

—Creo que los niños de tu edad llevan una camiseta y una gorra. Y tienes un representante y entrenadores, prácticas y juegas partidos. Y los padres van a verlos.

—Oh... ¿tú estarías allí?

—Seguro. Iré a tus partidos.

—Papá... ¿Debo jugar al T-bol?

—No, no tienes por qué jugar. Algunos niños juegan y otros no, es como a ti te guste.

Este tipo de conversación ilustra el acercamiento tranquilo para tratar con los niños. Algunos padres, cuando son abordados por sus hijos sobre el T-bol, podrían comenzar a hablar con ansiedad acerca de que "Tú serás el mejor. No puedo esperar a verte jugar y hacer las carreras." Cuando los niños muestran su interés en una u otra actividad, una reacción típica de los padres es ser muy entusiastas, pero este no es necesariamente el mejor acercamiento.

Observe que Tommy deseaba saber si él *debía* jugar T-bol. Todo el tema resultaba algo atemorizante para él, en particular pensar en entrenadores, representantes, uniformes, partidos y padres que iban a mirar. En este caso el padre fue inteligente al mostrarse interesado, paciente y amable, pero no exigente o presionante.

Llevemos este ejemplo del T-bol un paso más adelante. Suponga que Tommy comienza a jugar al T-bol y decide que le gusta. Descubre que puede arrojar la bola, sacarla fuera de la T e incluso atraparla en ocasiones. Aprende el "puedo hacerlo, soy bueno. ¡Me gusta!" Pero sobre todo, Tommy aprende que puede atraer la atención jugando al T-bol y es el tipo de cosa positiva con la que sus padres se sienten bien. En el caso de Tommy, jugar al T-bol es una forma positiva de llamar la atención y todo esto está bien.

Suponga, sin embargo, que el pequeño amigo Kenny, que lo invitó a jugar la primera vez, comienza a jugar y decide que no le gusta. Descubre que no puede pegarle muy bien a la bola, que casi no puede hacerla cruzar el campo, y que cuando trata de atraparla, le golpea justo en medio de la cara.

Si Kenny es afortunado, sus padres simplemente le dirán: "Bueno, tal vez será mejor que dejes el T-bol por este año. Puedes tratar de jugar cuando seas un poco más grande y veas cómo lo haces". Por el contrario, si tiene padres que lo presionan, tal vez estos reaccionarán en exceso y le dirán: "Mira, tú deseabas jugar; hemos pagado para ello y te has comprometido. Te quedarás allí hasta que termine el año".

El resultado de esto puede ser una muy mala experiencia para Kenny. Tal vez llame la atención, pero no la clase de atención que sea positiva para él o para cualquier otro. Y quizá comience a hacer cosas negativas para que le hagan caso, tales como gimotear, haraganear, tener dolores de estómago, perder el uniforme o el guante. Total, que odiará el T-bol tanto que jamás deseará volver a jugarlo.

Mi preocupación es que los padres sean sensibles a lo que las presiones de las actividades competitivas pueden hacer en los niños. No estoy en contra del T-bol (o de cualquier otra actividad), pero estoy a favor de la familia. Cuando Kevin tenía siete años y jugaba al T-bol, recuerdo estar ayudando al entrenador en los partidos y oír a algunos de sus compañeros de equipo salir del campo y preguntar si se podían sentar y salir del juego en ese momento. No era que desearan descansar mientras el equipo estaba jugando; deseaban salir o posiblemente descansar el resto del partido.

No estoy seguro de lo que motivaba a cada chico a pedir sentarse, pero puedo llegar a adivinarlo. Algunos obviamente sentían las presiones y no deseaban permanecer en el partido, ya que temían cometer errores. En otros casos, sus padres estaban allí y les habían estado dando instrucciones a gritos (y a veces críticas). Otra posibilidad es que algunos estaban solamente cansados, y a los siete años dicho cansancio bien podía ser tanto físico como mental. Los niños tan pequeños pueden estar preparados para "competir" en T-bol, pero la competencia debe mantenerse en un tono bajo.

Mi consejo es limitar las actividades de los niños. Dar prioridad a un juego y, cuando son muy niños, (cinco, seis y siete años) dejarlos participar en una sola actividad. A medida que crecen, diría que dos es el límite, como regla general. Los niños se pueden agotar muy rápidamente en las actividades, en especial los deportes. Y la cantidad de actividades en las que se involucra a los niños puede fácilmente llegar a empujar a la familia en demasiadas direcciones y, en algunos casos, a separarla.

Cómo conseguir que su hijo se porte mejor

Para ayudar a sus hijos a que vean que lo mejor para ellos es atraer la atención de una forma positiva, intente hacer siempre lo siguiente:

Reconozca y anime sus logros. Premie la cooperación. Asegúrese de que el entorno familiar sea creativo e invite a sus hijos a experimentar.
Deje que sus hijos sepan siempre que el fracaso no es fatal.
En todas las situaciones, espere lo mejor de sus hijos. Anímelos a esforzarse en buscar la excelencia

pero no el perfeccionismo. (Consulte la página 130 para ver "La diferencia entre excelencia y perfeccionismo").

Tengo pacientes que están poseídos por los demonios del perfeccionismo. Esto es especialmente cierto en las supermadres que llegan hasta mi consultorio totalmente exhaustas y preguntándose por qué. Para llamar su atención les digo, "El perfeccionismo es un suicidio lento". Y si veo que ellas ejercen influencias perfeccionistas en sus hijos, puedo añadir con facilidad, "El perfeccionismo puede llevar a un asesinato en primer grado de la autoimagen de su hijo."

Las presiones, los anhelos o la tensión son la raíz de muchas llamadas de atención negativas. Cuando los niños comienzan a buscar la atención de una forma negativa, descubra dónde están siendo presionados, dónde la vida se les cae encima provocándoles tensión y malos sentimientos hacia sí mismos. Cuando esto sucede, ellos pasan la fina barrera que existe entre la llamada de atención y lo que yo llamo trampas de poder, usando conductas fuertes para controlar a aquellos que los rodean, en particular a sus padres.

Una trampa de poder es la reacción de su hijo hacia usted

Existe una línea invisible pero verdadera entre la llamada de atención negativa y la trampa de poder. Los niños cruzan dicha línea cuando deciden que *harán* que usted les preste atención en *sus* propios términos.

Es importante recordar, sin embargo, que los niños no "deciden" simplemente tender una trampa de poder. En general, están reaccionando a la forma en que son tratados por sus padres. Los niños necesitan que los conduzcan, pero no les gusta que los dirijan. Cuando los padres utilizan la autoridad sin paciencia ni comprensión, los hijos a menudo reaccionan con una conducta de poder. Recuerdo cuando estuve en un programa con la psiquiatra Grace Ketterman, que ha escrito muchos y muy buenos libros sobre educación infantil, y la oí decir algo bien conocido para los consejeros pero que debería ser aprendido de memoria por los padres:

"Siempre que vea un niño con poder, sabrá que existe un padre con poder".

Cuando los padres utilizan su autoridad sin paciencia o comprensión, ellos mismos están tendiendo su propia trampa de poder; y a menudo sus hijos reaccionarán con una conducta poderosa. Tal vez hablen de manera insolente o tengan rabietas. Pero también pueden hacer un uso sutil de las trampas de poder haciéndose los sordos a cualquier orden y no oír cuando se les llame a cenar o se les recuerde que en cinco minutos hay que estar en la cama.

La diferencia entre la excelencia y el perfeccionismo

Tenga siempre presente que existe una gran diferencia entre buscar la excelencia y ejercer demasiadas presiones sobre sus hijos en pos del perfeccionismo.

- La excelencia apunta hacia parámetros altos que son posibles, pero el perfeccionismo intenta hacer lo que es imposible.

- La excelencia se conoce por el "quién soy yo", pero el perfeccionismo puede encontrar un valor personal sólo en "lo que hago yo".

- La excelencia puede superar la decepción, pero el perfeccionismo sucumbe a la depresión.

- La excelencia aprende del fracaso, pero el perfeccionismo cree que el fracaso es un desastre.

- La excelencia aprende de los errores cometidos, pero el perfeccionismo se queda en los errores y no puede liberarse de sus efectos.

- La excelencia se satisface haciendo lo mejor, pero el perfeccionismo cree que ganar lo es todo; el segundo lugar o más abajo es la nada.

- La excelencia posee una buena autoimagen sin importar donde esta termine, pero el perfeccionismo debe ganar o de lo contrario su autoimagen sufre.

Rudolf Dreikurs señala que los hijos

"se resisten a nuestros intentos de someterlos y nos muestran a cambio su poder. Así se desarrolla una pelea perversa en la cual los padres intentan hacerse valer y los hijos se declaran en guerra. Ellos no serán completamente dominados ni doblegados. Todos los intentos de someterlos serán inútiles. Los niños son mucho más inteligentes en la lucha de poderes; el hogar se convierte en un campo de batalla. No existe cooperación ni armonía. En lugar de ello, existe enojo y furia".[2]

En muchas de las familias con las que trabajo, los hijos siguen utilizando las trampas de poder porque los padres son incoherentes y oscilan entre ser permisivos y luego perder los estribos y transformarse en seres rudos y autoritarios. En otros casos, tal vez utilicen el poder y el exceso de control mientras creen que "lo hacen todo por amor".

Por ejemplo, recuerdo al pequeño Richey, que provenía de un hogar donde todo se había hecho por él, con una madre protectora que constantemente trataba de allanar los caminos de la vida de su hijo. Cuando traté a Richey tenía nueve años, y era uno de los seres más viles que jamás haya conocido. Richey se portaba mal en la escuela. Siempre se peleaba con los otros niños y, en general, era un problema constante.

Su madre intentó que los maestros organizaran sus clases, sentando a Richey en ciertos lugares. Si él no traía buenas notas en los primeros meses, su madre pedía a los profesores que lo sentaran lejos de cierto niño quien, en su opinión, era un "niño problema".

El primer día que Richey vino a verme, me hizo recordar a Daniel el Terrible, salvo por la ausencia de la honda. En el caso de Richey casi era de esperar un arma o tal vez algo de mayor calibre. La sonrisa afectada de su rostro me decía, " no vas a conseguir nada conmigo".

A medida que fui trabajando con Richey, descubrí que su autoimagen era totalmente negativa. Su madre estaba divorciada y la mayor parte del tiempo él estaba al cuidado de su abuela mientras su madre trabajaba. Además tenía dos hermanas mayores que o bien lo trataban como si fueran sus madres o bien como si fuera una peste.

Su padre estaba totalmente fuera del cuadro y Richey no tenía influencia masculina con la cual identificarse. Al sentirse culpable por su divorcio, la madre decidió hacer todo lo que pudiera por el pequeño Richey, simplemente por amor. Irónicamente, sin embargo, la "actitud de amor" de la madre sólo consiguió ganarse la falta de respeto y la mala conducta de Richey. Cuando se portaba mal, Richey era la víctima de un circulo vicioso que continuaba haciendo que se sintiera rechazado y como si no perteneciera a la familia. Él me dijo que no se sentía capaz de hacer nada por sí mismo ya que su madre o sus hermanas siempre lo hacían por él. Su conducta de poder era su forma de decir "¡Ya os enseñaré!"

Debido a que no tenía ni el amor ni el interés de su padre por su vida, Richey se sentía herido y resentido. El exceso de interés y la interferencia de su madre, provocada en gran parte por su propio sentimiento de culpa por el divorcio, no ayudaba, y tampoco lo hacía la conducta acomodaticia de sus dos hermanas. El resultado final fue un pequeño de nueve años que rechazaba a su madre y a sus hermanas, pero que aún tenía una visión no realista de su importancia en la familia. Su arrogancia beligerante era una forma de encubrir el dolor que soportaba.

¿Existe una forma de evitar las luchas de poder?

Existe una forma de evitar las luchas de poder con sus hijos, pero para conseguirlo debe tener conciencia de que sucede y en particular de sus propias actitudes. Estudiemos el ejemplo típico de un niño utilizando una trampa de poder mientras observamos a la pequeña Suzie, de diez años, cuya madre le pidió que ordenara su cuarto. Suzie y su madre han discutido una y otra vez sobre la necesidad de mantener ordenado y limpio el cuarto, pero este está otra vez tan desordenado que resulta incluso difícil caminar sin tropezar con algo.

—Suzie, por favor limpia tu habitación ahora mismo —le dice la madre con impaciencia.

—Pero quiero ver en la tele *La Casa loca* y luego quiero llamar a Mary y ver si ya tiene el nuevo disco compacto —gimotea Suzie.

—Olvídate de la televisión y olvídate de llamar a Mary hasta que tu cuarto esté limpio y ordenado —le dice la madre con firmeza—. Tengo algo que hacer en la cocina, pero voy a regresar a comprobar que hayas hecho el trabajo.

Veinte minutos más tarde la madre regresa y Suzie está sentada en medio de la cama con cara de enojo y toda la habitación desordenada. Cuando la madre descubre el desorden, su irritación se convierte en verdadero enojo.

—Suzie, creí haberte dicho que limpiaras esta habitación. ¿Por qué no lo has hecho?

—Estaba leyendo un libro; siempre me dices que debería leer más —dijo Suzie perezosamente.

—¡Puedes leer más tarde! ¡Ahora ordena tu habitación!
—Diciendo eso la madre toma a Suzie de un brazo, la arranca
de la cama y la empuja hacia un montón de ropa y de juguetes
que está en el centro del cuarto.

—Oh, muy bien —dice Suzie—. No veo por qué siempre
debo limpiar mi habitación. Es mía y me gusta tenerla así.

La escena podría proseguir indefinidamente hasta que la
madre probablemente recurriera a golpearla o a hacer que el
padre lo hiciera cuando llegara a la casa. Una escena aún más
familiar hoy día sería la madre regresando del trabajo y encontrando que la habitación sigue desordenada. Pierde los estribos
debido a que se siente cansada, con hambre y harta de que se
ignoren sus órdenes.

Este es el ejemplo clásico de una madre que es arrastrada
a una lucha de poder por su hija. ¿Cómo puede ella evitar esto?
Si sencillamente deja que Suzie siga con su desorden, resulta
completamente permisivo. Pero ordenarle, gritarle y finalmente pegarle es autoritario. La respuesta está en cómo la madre ve
su propia actitud.

Observe que la habitación se había transformado en un
desorden imposible y que la madre ya estaba irritada. Así que
habló a Suzie con tono irritado, lo cual era una gran evidencia de
cómo se sentía realmente. Suzie sintió que su madre ya estaba
enojada con ella, de modo que su reacción natural fue resistir.

Siempre que le pedimos algo a un niño en tono de orden,
este se pone tenso. Luego, cuando pasamos a la segunda etapa
y nos enojamos porque el niño no obedece las órdenes, este se
resiste aún más. Tal como Rudolf Dreikurs dice, "La firmeza
en general se expresa tranquilamente, mientras que los enfren-
tamientos de poder son por lo común acentuados con batallas
verbales y palabras cargadas de enojo."

La mejor forma para que la madre evite una lucha de poder con Suzie es sentarse y decir simplemente,

—Suzie, tu cuarto es tu territorio y puedes ser desordenada
hasta cierto punto. Pero cuando la habitación se convierte en un
desorden tal que siempre llegas tarde porque no puedes encontrar
nada, eso está llegando más allá de lo que es aceptable. Es tu habi-

tación, pero las reglas de la casa dicen que todos los martes y sábados debes barrerla. Hasta que no la limpies, no verás la televisión y no llamarás ni jugarás con tus amigos. No te lo repetiré, pero existen límites y debes estar de acuerdo conmigo en eso.

Con este acercamiento, la madre está utilizando un poco de buen humor junto con algunos principios claves de la disciplina de la realidad, a fin de establecer un combinación de amor y límites. Le da a Suzie cierta libertad, pero le hace saber que existen límites, y que cuando los rebase habrá consecuencias. Tal como dije en el capítulo 1, la disciplina de la realidad es una forma coherente, decisiva y respetuosa para que los padres demuestren amor y disciplina a sus hijos. No es el castigo, ni el "amor asfixiante". En el próximo capítulo hablaremos con más detalle de esta disciplina y del concepto de amor y límites.

Cómo saber si se encuentra en una lucha de poder

El evitar una lucha de poder no significa simplemente rendirse y, de forma permisiva, dejar que los hijos hagan lo que quieran. Usted tiene la autoridad. La clave, sin embargo, no es utilizarla como si fuera un garrote o un látigo. En general, todo depende de su *actitud*. Cuando comienza a sentirse arrastrado hacia una lucha de poder, pregúntese lo siguiente:

1. ¿Cuál es, en este preciso momento, mi actitud general? ¿Estoy tratando de mantener el orden o, en realidad, trato de imponer mi autoridad?
2. ¿Tengo algo en juego en esta situación? ¿Siento el "no me atrevo a perder"? ¿Se encuentra involucrado mi prestigio o mi propia autoimagen?
3. ¿Estoy tranquilo o siento en realidad un fuego de furia en mi interior?
4. ¿Cuál es el tono de mi voz? Una de las mejores mediciones de mi actitud y de cómo me siento

es el tono de la voz. ¿Soy insistente, exigente e incluso amenazante? ¿O simplemente demuestro un gran enfado? Si es así, definitivamente me encuentro en una lucha de poder.

Si la forma negativa de atraer la atención o la conducta de poder de su hijo realmente lo ha alcanzado, ¿qué puede hacer? Varias cosas que describiré al final de este capítulo. Primero es necesario observar otras dos clases de mala conducta y la razón de que estas sucedan.

Falta de adecuación: El niño totalmente desanimado

Los niños que demuestran lo que se ha dado en llamar "total falta de adecuación" se encuentran en una forma sutil de trampa de poder. Actúan de una forma pasiva por su falta de ánimo. En lugar de rebelarse abiertamente con contestaciones insolentes, malas palabras, provocando discusiones, desobediencia flagrante y actitudes por el estilo, los niños que se sienten completamente inadecuados simplemente se rinden.

El niño que sufre una falta total de adecuación tiene dificultades en la escuela. Se atrasan en todas las materias y suspenden algunas. No practican deportes y rehúsan ayudar en la casa. La madre ha intentado conseguir la ayuda de Irvin el Inepto, pero el niño es tan torpe, tan lento o hace tan mal cualquier cosa que se le pida que sus padres sencillamente han desistido.

El pequeño Irvin parece haberse dado por vencido completamente. Se encuentra tan extraño que incluso no desea hacer el intento, ya que esto conllevaría iniciativa y esfuerzo. Encuentra que la mejor manera de hacer frente a su falta de autoimagen y autoestima es mostrarse indefenso.

Asimismo, exagera cualquier debilidad, en particular quejándose a menudo de no sentirse bien o de sentirse cansado.

Tiene habilidad en ofrecer "fiestas de lástima" en las cuales él es el invitado de honor.

Los niños totalmente desanimados frecuentemente parecen estúpidos, pero son cualquier cosa menos estúpidos. Lo que en realidad hacen es jugar un juego bastante sutil. Tienen tanto miedo a fracasar que harán cualquier cosa para permanecer alejados de una situación en la que deban intentar algo o hacer algún esfuerzo. Ellos creen que, "Si yo hago o intento hacer algo, mamá descubrirá lo inútil que soy. Prefiero que ella me deje tranquilo."

Cuando los niños se dan por vencidos a este nivel, los padres en general dicen lo mismo: "¡Me rindo!". Deciden que no tiene sentido el pedirle al pequeño Irvin que haga nada, ya que simplemente terminará en un desastre y en una molestia.

Esto, por supuesto, es exactamente lo que Irvin desea. Si puede convencer a papá y mamá de que él es un inútil, ellos se alejarán y dejarán de molestarlo. Pero es necesario conseguir que la presión desaparezca de su vida. La autoimagen de Irvin seguirá siendo insignificante a menos que se lo estimule y lentamente se lo saque de su coraza. A veces puede ayudar "ponerse duro" con algo de disciplina de la realidad, tal como se hizo en el caso de un niño llamado Carl, que consiguió que su maestra creyera que él era tan inepto y falto de motivación que no se podía casi mantener derecho en su pupitre.

Parecía que Carl tenía un espíritu roto

Una maestra que escucha con regularidad "Diálogo con los padres" llamó un día para hablarme sobre Carl, un niño del que todos opinaban que simplemente "no estaba motivado". La maestra y otras como ella anteriormente habían intentado todo lo que pudieron para estimularlo, pero nada funcionó. En realidad, este pequeño parecía ser tan inepto que ¡ni siquiera podía mantener erguida la cabeza! Era como si Carl tuviera el cuello débil y ¡el espíritu roto! No respondía a nada.

Un día esta maestra le contó a su director el problema y luego le preguntó:

—¿Qué debería hacer con este niño?

—Envíelo a su casa —dijo el director—. Si no desea estar aquí, no tiene por qué hacerlo.

Un poco impactada por la respuesta, la maestra sólo podía pensar para sí, *"¿Qué? ¿Debo hacer algo tan drástico?"* Durante un par de días no hizo nada y luego, mientras escuchaba "Diálogo con los padres" nos oyó hablar sobre un tipo de niño similar. Yo recomendaba la misma solución: "Envíe al niño a su casa."

Eso decidió a la maestra. A la mañana siguiente, se acercó al niño, que como de costumbre estaba todo acurrucado en su asiento, con la cabeza cayendo hacia un costado como si tuviera el cuello roto.

—Muy bien, Carl —le dijo—. Vamos.

—¿A dónde vamos? —preguntó Carl.

—Te vas a casa —le dijo—. Toma tu cartera y la gorra.

Carl se sintió asombrado. Su apatía se convirtió al instante en una agitada desesperación.

—Por favor, por favor, déme otra oportunidad —le rogó, y luego comenzó a llorar.

La maestra llevó a Carl hasta la oficina del director y le contó lo que pensaba hacer.

—Haga que telefonee a sus padres —dijo el director—, y pídales que vengan a buscarlo.

Carl habló con su padre. Cuando el padre se enteró de que "¡la maestra lo enviaba a casa!" le pidió al niño que le dejara hablar con ella. Cuando ella le dijo que, sí, que la escuela planeaba verdaderamente enviar a Carl a su casa, el padre respondió:

—Bueno, ¡apuesto a que a él le encantará!

—No, no le gustará —respondió la maestra—. Ya está llorando y suplicando que le dé una segunda oportunidad.

La madre y el padre de Carl dejaron el trabajo y se presentaron de inmediato en la escuela, donde tuvieron una larga charla con la maestra y el director, *en presencia de Carl*. Después de explicar lo que sucedía y por qué, la maestra le dio a Carl una lista de los deberes. Luego el director dijo:

138

—Carl, cuando hayas hecho todo este trabajo, puedes regresar a la escuela si lo deseas.

Carl regresó perfectamente bien, a las ocho y media de la mañana siguiente, diciendo:

—He hecho todo lo que usted me dijo.

Según la maestra, el enfrentarse con la disciplina de la realidad hizo que Carl se transformara en un niño completamente nuevo. Dio un cambio de 180 grados. Ahora conversa en clase con una sonrisa en el rostro. Ya no se recuesta en su asiento; su cabeza está erguida, el "cuello roto" completamente curado. Participa de la clase, levanta la mano siempre que tiene oportunidad para contestar preguntas o toma parte de una conversación. Obtiene buenas calificaciones, casi todas de primer nivel, y es un niño más feliz. La maestra le dijo lo contenta que se sentía con su nueva actitud y luego agregó:

—Apuesto a que tu mamá y tu papá están también contentos.

Carl asintió y sonrió, luego la maestra dijo:

—Apuesto a que tú también estás más contento.

Carl volvió a sonreír. Todo lo que pudo decir fue "Sí", pero esa simple afirmación era más que suficiente. Carl fue el producto de un sistema educacional que lo empujaba sin desafiarlo o que no lo hacía sentir partícipe de lo que hacía (o dejaba de hacer). Les hizo creer a todos que era un inepto total, sin motivación y desanimado hasta que dos educadores comprometidos, la maestra y su director, decidieron desenmascarar al farsante. Cuando quisieron terminar de una vez por todas con el problema, observen que no le enviaron simplemente a su casa. Lo enviaron con deberes, con tarea, con "algo de todos los libros que tenía sobre su pupitre".

Este es un gran ejemplo de la disciplina de la realidad, ya que por una vez se le pidió a Carl que asumiera su responsabilidad y que existiera. La maestra y su director fueron firmes pero cariñosos al decirle "Todavía creemos en ti. Depende de ti. Es tu elección." Carl respondió y se transformó en un niño diferente.

Venganza: Cuando las trampas de poder
se convierten en algo serio

Más allá de las trampas de poder y de la conducta inadecuada están los niños que buscan venganza. No es agradable
tratar con los niños que se encuentran en una trampa de poder
activa o pasiva, pero aquellos con afán de venganza pueden ser
directamente aterradores. Cuando la lucha de poder se intensi-
fica y aumenta, puede provocar que los niños busquen venganza. Aún cuando el objetivo último es en general uno de los
padres o ambos, tal vez ataquen a un hermano o, posiblemente
a amigos, a fin de conseguir lo que desean.

Por ejemplo, un niño de cinco años atacó a su hermano
de tres mientras los padres se encontraban en otra parte de la
casa. Estos llegaron corriendo cuando oyeron los gritos del más
pequeño y descubrieron que el niño mayor le estaba clavando
un alfiler en el brazo. El niño de tres años resultó con algunos
pinchazos y el mayor llamó la atención que deseaba; ser reconocido como "realmente malo".

Un niño con voluntad de clavarle un alfiler en el brazo a
su hermano pequeño una y otra vez se encuentra en un estado
de ánimo descorazonador. Debido a que se siente insignificante y sin importancia, busca venganza como último recurso. Es
muy probable que el hermano pequeño lo eclipse y obtenga
mayor atención de la madre y el padre. Finalmente se siente tan
desanimado que recurre a algo horrible. Está convencido de
que él no le gusta a nadie, de que no tiene ningún poder, de que
sólo es importante si puede lastimar a otros tanto como él siente que lo lastiman a él.

¿Qué deberían hacer los padres en este caso, con el niño
de cinco años? ¿Castigarlo? Si lo hacen, su autoimagen dismi-
nuirá aún más y su sentido de autoestima también, sino llega a
desaparecer por completo. De todas formas, ya ha desaparecido. Además, el niño mayor verá el castigo como una venganza
contra de él y sencillamente, cuando sea su turno, tomará otra
venganza. La lucha de poder se transformará en una represalia,
contectada por más represalias.

De lo que los padres deben darse cuenta es de que su hijo de cinco años está dando rienda suelta a su rabia. Se siente literalmente resentido con la presencia de su hermano pequeño en su propia vida. ¿Qué pueden hacer los padres? Algunas buenas sugerencias incluirían lo siguiente:

Recuerden cómo tratan a su hijo mayor. ¿Debe él irse a dormir a la misma hora que su hermano pequeño o se puede quedar levantado por lo menos durante media hora más?

¿Tiene su hijo mayor algunos privilegios por ser el hijo mayor ¿Le agobian a veces los padres por ser él el mayor de la familia?

¿Lo obligan siempre los padres a "hacerse cargo" de su hermanito, de cuidarlo, de hacer cosas con él cuando él en realidad prefiere jugar solo o con amigos de su edad? Si es así, los padres están creando en el hijo mayor una necesidad de poner distancia entre él y "la Cosa" que lo ha molestado desde el momento en que llegó del hospital.

Los padres que detecten en sus hijos cualquier clase de conducta vengativa deberían tomarla con *mucha* seriedad. La mayoría de los niños que alcanzan el nivel máximo de venganza no se recobran. Nuestras prisiones están llenas de adultos que son prueba de este hecho terrible. Cuando los niños responden físicamente por venganza, tal vez deban ser examinados por un profesional competente.

Sin embargo, esto no significa que todos los niños que posean un estado de ánimo de venganza no tengan remedio. El nivel de desánimo de un niño vengativo es una de las claves. Los jóvenes que tienen serios problemas en su casa o con la ley están casi siempre desanimados. Se dicen a sí mismos, "Me lastimaron y por lo tanto yo tengo derecho a lastimarlos."

Todo lo que Kristy necesitaba
era confianza y amor

Me trajeron a Kristy, de catorce años, después de que se hubiera embarcado en toda clase de tácticas vengativas. Su madre se había divorciado cuando Kristy tenía seis años y se había vuelto a casar con un hombre que se esforzaba lo que podía en la difícil posición de padrastro. De todos modos, Kristy se rebelaba en todo tipo de formas. Eligió no enfrentarse con sus padres abiertamente, con contestaciones insolentes y gritos, sino que en lugar de ello ya se había escapado de casa dos veces, la habían expulsado de un colegio privado y la habían transferido a una escuela pública.

Kristy admitió ante mí que era testaruda, perezosa, egocéntrica, traviesa y que "se juntaba con agitadores aunque ella no era una de ellos". Kristy también "había hecho novillos" y la habían encontrado bebiendo alcohol tanto en el colegio como en casa de amigos. Aun cuando ella jamás peleó con sus padres en la casa, se había involucrado en varias peleas en el colegio.

¿Cuál era la causa de toda esta conducta vengativa? Después de conversar con Kristy y con sus padres, decidí que cualquiera que fuera lo que la molestaba estaba bien por debajo de la superficie. En una sesión a solas con Kristy, le pregunté si algo en su interior la molestaba. Trató de mostrar indiferencia encogiéndose de hombros y actuar como si nada sucediera. Sin embargo, no me di por vencido y le volví a preguntar:

—¿Hay algo bien profundo, Kristy, algo que te gustaría contarme?

De pronto Kristy rompió a llorar y luego me contó la historia. Cuando tenía seis años, una niñera de catorce años la había violado. Esto fue cuando sus padres se habían divorciado. Jamás se lo había contado a nadie, pero desde que estaba en la escuela secundaria se había comportado conducida por todo el dolor y rechazo que sentía. La autoimagen de Kristy había caído por el divorcio, y la violación simplemente había completado el trabajo.

Afortunadamente, pude acercar a Kristy y a su madre para que conversaran sobre esto y finalmente también mostró deseos de hablarlo con su padrastro. Debido a que este hombre se preocupaba por Kristy, demostró voluntad de cambiar algunas de las reglas algo militares que había instaurado en su casa. Ella pudo comenzar a confiar en sus padres. Ellos respondieron dándole mayor responsabilidad y flexibilidad, por ejemplo, a la hora de llegar a casa por las noches.

Otra cosa que hicieron fue dejar de enfrentarse con ella por sus tareas de la escuela. En lugar de ello, simplemente le delegaron la responsabilidad de ocuparse de su trabajo sin que la tuvieran que reprender o recordárselo. (Por sugerencia mía, la madre hizo un seguimiento de Kristy llamando una y otra vez a la escuela y hablando con los profesores sobre lo que sucedía. La nueva organización funcionó maravillosamente. Todo lo que Kristy deseaba era algo de confianza y que la ayudaran a creer que era capaz de hacer las cosas por sí misma.)

Recuerde: Toda mala conducta tiene un propósito

Para recapitular, cuando sus hijos se comporten mal no será nada bueno reaccionar con irritación, enojo o sentimientos heridos. En lugar de ello, usted debe responderles a sus hijos de modo que pueda identificar la razón de su mala conducta. Las dos formas más comunes de mala conducta a las que la mayoría de los padres se enfrentan son la atracción negativa de atención y las trampas de poder. Los niños prueban a sus padres todos los días en estos dos importantes campos de batalla. Recuerde, la forma en que los niños se comportan bien o mal es un reflejo directo de su autoimagen. Si desea mejorar o reforzar la autoimagen de sus hijos, necesita una estrategia para reconducir la mala conducta. Uno de los mejores conceptos que conozco es una técnica que llamo:

Deténgase, mire, escuche y aprenda.

Supongamos que se encuentra en una situación diciendo: "¡Oh, no! Me dije a mí mismo que no dejaría que mi hijo me arrastrara a una lucha de poder, pero aquí estoy con luz roja encendida y mi estómago retorciéndose...". En lugar de dejar que se produzca esta negativa conversación con uno mismo ("Soy un padre miserable"), haga un esfuerzo y anímese a cambiar. Está consiguiendo adelantar algo, para expresarlo de alguna manera, lo cual significa el primer paso hacia el cambio de su conducta innata al actuar de manera diferente. Un término psicológico de fantasía para esto es "autodisciplina cognoscitiva", pero yo lo llamo "Deténgase, mire, escuche y aprenda." Aquí tiene un ejemplo de cómo funciona.

Suponga que acaba de limpiar la casa. Varias de sus amigas llegarán dentro de cuarenta y cinco minutos para celebrar un almuerzo especial que usted ha preparado para una de las mujeres del grupo. Da la espalda por unos minutos y su hijo de siete años aparece con sus juguetes. Cuando regresa hay una fila de juguetes desde el pasillo hasta el comedor y parte de las escaleras.

Por si fuera poco, a alguien evidentemente se le ha caído de su bocadillo de jalea y mantequilla sobre la alfombra del comedor y la mancha se encuentra en medio de un pequeño lago de Pepsi. No sólo su hijito disfrutó de sus juguetes, sino que también saboreó un aperitivo antes del almuerzo.

Su reacción rotuliana normal, y las madres de todo el mundo lo comprenderán, es "¡Lo mataré!". Después de todo, sus amigas vendrán a almorzar dentro de menos de cuarenta y cinco minutos. Comienza a gritar: "¡JAMES ALLEN! ¡VEN AQUÍ IN-MEDIATAMENTE!", sin embargo luego se detiene y se contiene "¡Oh, no! Dije que jamás le gritaría a mi hijo...".

James Allen asoma su cabeza desde un rincón. Tiene una expresión de horror en el rostro, seguro de que será condenado. Pero en lugar de caer sobre James Allen con toda la furia, sencillamente le dice: "¡Por favor, siéntate aquí! Volveré dentro de un minuto". Luego salga al patio, quizás, o a otra habitación donde pueda pasearse o, si lo prefiere, siéntese tranquila y tómese tiempo para pensar. Su objetivo es estudiar con calma la situación, para escuchar la voz de su yo que le dice que gritar, pegar y "perder el control" no le servirá de ayuda.

Regrese en menos de cinco minutos. James Allen todavía se encuentra en la silla, preguntándose cuál será su destino. La isla de mantequilla y jalea todavía están en medio del lago de Pepsi. Normalmente, ante la primera visión del desastre, usted habría corrido pidiendo a gritos un trapo y una espuma limpiadora de alfombras. Esta vez ha decidido detenerse, mirar, retirarse para meditar durante unos minutos y ahora ha llegado el tiempo de escuchar a su hijo.

—Jimmy, quiero saber por qué esta casa es un desastre. ¿Qué ha sucedido aquí?

—Lo siento, mamá —dice Jimmy entre lágrimas.

—Sé que lo sientes, pero ¿por qué? ¿Por qué sucede todo esto cuando mamá espera a unas amigas a almorzar dentro de unos minutos?

—Quería jugar con mis juguetes —le explica Jimmy con lógica... para él.

—¿No tenemos una regla sobre que antes de sacar tus juguetes, debes pedirme permiso y decidir dónde puedes armarlos? —le recuerda la madre a Jimmy—. ¿Y no tenemos una regla que dice que no debemos comer ni beber sobre la alfombra del comedor?

—Sí, pero tenía hambre.

—Bueno, también hay una regla acerca de comer algo antes del almuerzo. Me habría gustado prepararte una tostada con mantequilla y jalea y un vaso de gaseosa en la cocina. Te diré lo que haremos. Tengo todavía algunas cosas que hacer en el comedor. Te dejaré aquí con un recipiente con agua, un trapo y una espuma limpiadora de alfombras. Quiero que limpies esto y luego que recojas todos los juguetes y los guardes en su caja. ¿Sabes cuánto tardan en pasar diez minutos?

—Creo que sí —dice Jimmy.

—Entonces quiero que lo hagas en diez minutos.

Mamá sale para terminar de poner la mesa y Jimmy se queda solo para limpiar el desorden. La madre regresa en diez minutos, encuentra casi todos los juguetes en la caja (se le han

145

olvidado algunas piezas debajo de una silla). En cuanto a la mancha sobre la alfombra, Jimmy no ha hecho un trabajo perfecto, pero para un niño de siete años se ve bastante bien. No deseando "mejorar lo hecho" delante de su hijo, ya que disminuiría con seguridad su autoimagen, la madre dice:

—Has trabajado mucho. Gracias por tu ayuda. —Jimmy se va feliz a jugar y luego la madre da un retoque al lugar, sabiendo que Jimmy jamás notará la diferencia.

Durante todo este episodio, Jimmy ha aprendido que provocar desorden trae consecuencias, y la madre ha aprendido un poco más sobre cómo mantener la calma y no gritar, pegar y castigar, para luego pasar todo el almuerzo hablándoles a los invitados sobre el problema.

¿Qué sucede con los adolescentes?

La técnica "Deténgase, escuche y aprenda" funciona bien casi en cualquier edad, pero tal vez lo hace mejor con chicos más grandes, que a menudo sienten que nadie los escucha. Por ejemplo, suponga que su hijo de diecisiete años sale una noche con el coche y regresa bien pasada la hora y veinte minutos del horario estipulado. Como la mayoría de los padres, usted ha estado tan preocupado por su hijo que desea matarlo cuando llegue a casa. Pero en lugar de gritarle, prohibirle sacar el coche por lo menos por dos años, y otras represalias, simplemente le pregunta:

—¿Qué ha pasado?

—Bueno —responde el adolescente—, Bart no tenía coche, de modo que lo llevé a su casa. Vive en las afueras y cuando regresaba me di cuenta de que casi no me quedaba gasolina, de modo que entonces tuve que dar unas vueltas buscando una estación de servicio que todavía estuviera abierta. Y la verdad es que no me di cuenta de la hora, pero vine tan pronto como pude.

—Dejémoslo ahí —le contesta usted a su hijo. (En este caso, el "dejarlo ahí" es equivalente a la madre que sienta a

Jimmy en una silla y se retira durante unos minutos para meditar sobre el tema.)

A la mañana siguiente, usted vuelve a plantear la situación con su hijo adolescente y luego dice simplemente:

—¿Por qué no nos llamaste cuando supiste que llegarías tarde?

—Bueno, no estoy seguro de que tuviera monedas para hacer la llamada y detenerme para llamar me hubiera retrasado más, de modo que pensé que era mejor no molestarlos.

—De aquí en adelante —dice usted—, lleva siempre monedas para llamar a casa si vas a llegar tarde. Y nunca te preocupes por perder tiempo al hacer una llamada telefónica. Estábamos preocupados por ti. No teníamos idea de dónde podrías estar o de lo que te podría haber sucedido y no hace mucho tiempo que conduces un coche.

Tal vez usted desee de aquí en adelante retener a su hijo por lo sucedido la noche anterior. Tal vez no pueda utilizar el coche para el partido del viernes por la noche, pero si esta es su decisión, asegúrese de que sea una consecuencia lógica que haya tomado antes de permitirle conducir un automóvil. O tal vez desee darle otra oportunidad para que actúe de manera madura y responsable. No le haga advertencias, simplemente recuérdele lo acordado y déjelo que resuelva él solo el problema. (Para tener más ejemplos de consecuencias lógicas, consulte el capítulo 6.)

Cualquiera que sea su decisión, este tipo de enfrentamiento con su hijo lo ha ayudado a detenerse, mirar y escuchar en lugar de lanzarse a toda velocidad con una reacción desafortunada que sólo hará que su hijo adolescente sea más rebelde o por lo menos que esté menos interesado en actuar responsablemente en el futuro.

Asimismo, le ha hecho saber a su hijo cómo piensan los padres. Tal vez crea que usted es tonto al preocuparse. Como la mayoría de los adolescentes, cree que es un buen conductor, que nada podría sucederle, que es indestructible. Y así sucesivamente, pero deténgase ahí. Con tono humorístico, dígale a su hijo: "Mira, sé que crees que tus padres somos algo antiguos. Sé que nuestras células cerebrales se mueren rápidamente, pero el hecho es que tus padres realmente se preocupan por cosas como esta. Ahora ya deberías conocernos, de modo que ten un poco de paciencia, ¿está bien?".

Al mostrarle con tanta naturalidad cómo se sienten como padres, usted está plantando más semillas que algún día harán que tenga más responsabilidad y consideración de su parte. Usted se ha detenido, ha mirado y escuchado. Y, en este caso, tal vez su hijo sea el que tiene la mayor oportunidad de aprender.

En los ejemplos utilizados en este capítulo, tal vez haya notado que los hijos de cualquier edad pueden ser tomados en cuenta y hacerlos enfrentarse a las consecuencias lógicas por su conducta, sin que los padres deban castigar, gritar, golpear, utilizar malas palabras y cosas por el estilo. Los principios que padres y maestros emplean provienen de un concepto relativo a la educación de los hijos, sobre el que me he referido en varios lugares como la disciplina de la realidad. Soy un convencido de que es la mejor forma de disciplinar a los hijos y, a la larga, de formar su sentido de autoestima.

Con la disciplina de la realidad usted posee una estrategia probada para que, a través de esta educación, los hijos se transformen en seres maduros, responsables, seguros y capaces de tener éxito en la vida. En el próximo capítulo, estudiaremos con mayor detenimiento la disciplina de la realidad, a fin de ver cómo y por qué funciona.

Algo para recordar...

- La autoimagen de los hijos posee efectos directos sobre la buena o mala conducta.

- Toda conducta tiene un propósito, y cuando los niños se comportan mal, tienen en mente uno de estos cuatro objetivos:

  1. Llamar la atención.

  2. Usar poder de control.

Cómo saber qué es lo que
se propone un hijo

La mala conducta siempre proviene de objetivos equivocados que el hijo trata de alcanzar. En general, usted puede identificar cuál es el objetivo de su hijo por su reacción personal, por cómo se siente usted antes y después del acto de mala conducta. Aquí mostramos una forma de organizar estos cuatro objetivos:

Objetivo 1: Llamar la atención
El objetivo del hijo es mantenerlo ocupado. Su reacción es de molestia.

Objetivo 2: Poder
El objetivo del hijo es demostrar que él o ella son los que mandan. Su reacción es el enojo.

Objetivo 3: Venganza
El objetivo del hijo es desquitarse. Su reacción es sentirse herido.

Objetivo 4: Retiro
El objetivo del hijo es que lo dejen solo.
Su reacción es rendirse.[3]

3. Evitar presiones y expectativas haciéndose ver como un inepto.

4. Buscar venganza.

Todos los niños nacen para atraer la atención. La forma en que usted responda a esos intentos de atraer la atención tiene una relación directa sobre si la conducta para dicha acción será negativa o positiva. No sobreactúe respecto de lo que su hijo hace o dice y trate de demostrar interés sin ejercer presión.

149

- Para educar una positiva atracción de atención, trate de hacer siempre lo siguiente:

  ... Reconozca y anime los logros de sus hijos, sean estos grandes o pequeños.
  ... Premie la cooperación. Enseñe a sus hijos que son parte de un equipo.
  ... Asegúrese de que el entorno familiar sea creativo e invite a sus hijos a experimentar.
  ... Deje que sus hijos sepan siempre que el fracaso no es fatal. El fracaso es la piedra fundamental para el éxito futuro.
  ... No recompense o anime la competencia entre hermanos. (¡En general ya son lo suficientemente competitivos!)
  ... Espere lo mejor de sus hijos en todas la situaciones, pero siempre esté preparado para perdonarlos si no son perfectos.

Si desea matar la autoimagen de sus hijos, enséñeles a ser perfeccionistas.

- Cuando los hijos caen en una trampa de poder y buscan involucrarse en una lucha de poder, tal vez estén reaccionando a la conducta autoritaria que usted tiene hacia ellos. En general, puede hacer derivar la conducta de poder de sus hijos de su propia impaciencia o falta de comprensión.

Acciones para probar...

- La próxima vez que se sienta arrastrado hacia una lucha de poder, trate de darse tiempo y alejarse de la situación por unos momentos, a fin de hacerse las siguientes preguntas:

...¿Cuál es mi actitud en este momento? ¿Trato de mantener el orden o en realidad trato de imponer mi autoridad?

...¿Siento que no me animo a perder en la discusión con mi hijo? ¿Están involucrados mi prestigio y autoimagen?

...¿Estoy tranquilo o ardo de furia en mi interior?

...¿Cuál es el tono de mi voz? ¿Soy insistente, exigente o amenazador? ¿O mi voz suena simplemente alta y enojada?

Cuando sepa que se encuentra en una lucha de poder con su hijo, guíese por el principio de que usted debe "Retirar las velas de los vientos de su hijo." Los hijos que buscan una lucha de poder protestarán y refunfuñarán, tratando de involucrarlo en una discusión e incluso gritando y protestando. En lugar de desplegar las velas y entrar en batalla, pliéguelas. No se embarque en una batalla. En lugar de ello:

...Desacelere el conflicto hablando tranquilamente pero con firmeza. ...No discuta con sus hijos. Sencillamente exprese lo que sea necesario y luego salga de la escena (o retire a los hijos, enviándolos a otra habitación).

...Si los hijos son lo suficientemente mayores y tienen un carácter receptivo, siéntese y hable razonablemente, señalando lo que usted espera y permitiéndole a los hijos algún tipo de libertad en la toma de decisiones.

...Con hijos más pequeños que muestran una conducta de poder rehusando obedecer, simplemente hágalos elegir:

...¿Deseas irte a la cama por voluntad propia o deseas que yo te lleve?

...¿Te pondrás el jersey o la chaqueta?

...¿Dejarás de quejarte (de llorar, de jugar a la pelota por la casa, de molestar a tu hermano) o quieres que te encierre en tu habitación?

151

De esta forma usted le da al niño una elección, pero no importa lo que él o ella elijan, lo importante es que obedezcan sus deseos. Un viejo proverbio español dice: "El toro inteligente sabe cuándo embestir". Elija sus batallas. No vale la pena discutir sobre algunas cosas. Por ejemplo, usted lleva a su hija de tres años a la escuela o a la iglesia. Ella lleva puesto un jersey, pero usted desea que se ponga también una chaqueta. No hace mucho frío, y al ir en coche es suficiente con el jersey para no enfriarse. En lugar de forzarla a ponerse la chaqueta, lo que probablemente la haría ponerse a gritar y tenderse en el suelo sin querer moverse, simplemente dígale: "Puedes llevar la chaqueta en el coche. Si en el camino tienes frío, te la pones".

- Utilice menos palabras y más acción. No siga constantemente con las lecciones, discusiones, críticas o quejas sobre todos los problemas que usted debe soportar como padre. Explique lo que es necesario hacer y también las consecuencias si el hijo se niega a cooperar u obedecer. Y luego prepárese para ser consecuente con lo que dijo. (Para obtener mayor información sobre esto, consulte el capítulo 6, en particular el Principio 4 de la disciplina de la realidad.)

6

CÓMO EDUCAR HIJOS
RESPONSABLES

*La combinación del poder
del amor y los límites*

Las cartas y las llamadas telefónicas jamás dejan de llegar a nuestro programa "Diálogo con los Padres"

...una adolescente de trece años le mintió a su madre,

...un niño de tres años sigue mojando la cama,

...un niño de siete años se niega a limpiar su habitación,

...dos hermanos de ocho y nueve años respectivamente enloquecen a la familia con sus discusiones y peleas,

...un niño de cinco años le hace creer a su madre que morirá de hambre debido a su inapetencia.

Los problemas parecen no terminar nunca y siempre las soluciones están en los dos extremos del ejercicio de la paternidad. Los padres pueden seguir la ruta permisiva y ser todo *amor,* conviviendo simplemente con los problemas. O pueden elegir el camino del autoritarismo, caer sobre sus hijos con la cólera de la rectitud y ser todo *límites.*

El peor destructor de la autoimagen de los hijos es el autoritarismo, seguido muy de cerca por la permisividad. Sin embargo, el escenario más típico es el sube y baja de la permisividad y el autoritarismo. Aquí el acercamiento básico de los padres hacia sus hijos es la permisividad o, por lo menos, ser suaves al imponer reglas debido a que desean asegurarse de que los hijos los aceptarán. Pero finalmente, después de ser provocados más allá de los límites de la paciencia, los padres los castigan con la furia del autoritarismo. La palabra para definir esta atmósfera pendular es la incoherencia. A mí también me gusta llamarla el síndrome del yo-yo. Se tironea a los hijos constantemente hacia arriba y abajo, hacia atrás y adelante, entre un acercamiento y otro.

Tal como hemos visto, ninguna de estas dos conductas sirve para formar la autoimagen de los hijos (ni por supuesto la de los padres). Debe haber un equilibrio entre el amor y los límites. No hay amor a menos que existan límites y tenga por seguro que no hay amor si todo lo que los padres hacen es imponer límites a sus hijos, tomando todas las decisiones e intentando controlar cada uno de sus movimientos.

Debe existir una media que sea sensata, saludable y, por encima de todo, efectiva. Creo que esta media es la disciplina de la realidad, que yo defino como una forma coherente, decisiva y respetuosa para que los padres amen y disciplinen a sus hijos.

A medida que usted hace uso de la disciplina de la realidad, automáticamente forma el A-B-C de la autoimagen en las vidas de sus hijos. Debido a que estos son considerados por sus acciones, aprenderán entonces que son capaces y están habilitados para complacer a sus padres y a sí mismos. Al mismo tiempo, sus hijos aprenderán que sí pertenecen a su familia, que se sienten valiosos por ser parte de la misma. Sabrán que están adaptados al lugar. Y, finalmente, sus hijos se sentirán afirmados y aceptados a pesar de recibir disciplina.

La siguiente nota está enmarcada y cuelga de una de las paredes de mi consultorio. Me la escribió mi hija Holly, ahora una alumna de segundo curso en la universidad. Cuando tenía

siete años, Holly escribió las siguientes palabras con su inimi-
tables garabatos:

> Para el papá más importante del mundo Mi papi es
> el más importante, para todos el mejor, el más cari-
> ñoso, bueno ¡EL MEJOR!!!!! Incluso cuando me re-
> tas, yo te quiero lo mismo.
>
> Con amor, Holly

Además de esas líneas que dicen que soy el "más
importante", la mejor parte de la nota de Holly es que ella utiliza la palabra "retar" en lugar de "castigar". Aun a la tierna
edad de siete años, ella ya detectaba la enorme diferencia que
existía entre las dos.

Como puede ver, la disciplina de la realidad se refiere
al entrenamiento y guía de los hijos. La palabra "disciplina"
proviene de la palabra "principio," que significa "enseñar,"
y eso es precisamente lo que debería ser disciplinar a los
hijos: enseñarles lo que es mejor, más productivo, la forma
más satisfactoria de convivir en familia y también con el
resto del mundo.

Con veinte años de experiencia en mi profesión, jamás
me he enfrentado con el tan temido "niño problema" que no
tuviera solución posible, en tanto los padres del niño mostra-
ran voluntad de utilizar la disciplina de la realidad. Esto sólo es
una declaración y usted puede pensar, *Muy bien, Leman, díga-
me cómo funciona la disciplina de la realidad.* Para ofrecerles
una visión rápida, me gustaría compartir seis principios de dicha disciplina que se desarrollarán con mayor detalle en *Forme
la conciencia de sus hijos sin perder la suya.* La piedra fundamental de la disciplina de la realidad es la siguiente simple,
aunque a menudo mal interpretada, verdad:

Usted posee una autoridad saludable
sobre sus hijos

Muchos libros, artículos, grabaciones y vídeos que se pueden encontrar hoy sobre la educación de los hijos no utilizan la palabra "autoridad" y la sustituyen por términos tales como "liderazgo" y "guía". En esta era de la democracia se les dice a los padres que no pueden esperar ser obedecidos simplemente por el hecho de ser padres. Si desean tener éxito, deben ganarse la cooperación de sus hijos. Existe una cierta verdad en esta premisa. También creo que es una buena idea ganar la cooperación de mis hijos, pero también opino que un líder sin autoridad no es para nada un líder, mientras que uno que utilice mal su autoridad puede transformarse en un dictador o tirano.

Sin embargo, la autoridad saludable no somete a los hijos para "enseñarles mejor". La cólera y el enojo provienen del miedo y de estar en una posición defensiva. Si usted ejerce una autoridad "sana", no hay necesidad de enojarse porque no hay razón para tener miedo.

Una autoridad sana rechaza la conducta errónea, pero siempre transmite amor al hijo. En cierto sentido, cuando usted ejerce una disciplina saludable sobre sus hijos les está ofreciendo exactamente lo que ellos desean, ya que los hijos, a pesar de lo que puedan decir y hacer, desean disciplina.

Uno de los mayores problemas que yo veo en muchas familias es que los padres realmente disciplinan a sus hijos pero fracasan en comunicarles su amor. Es como si no pudieran hacer bien el trabajo de disciplinarlos a menos que se enojen, se muestren fríos o distantes o sean serios. Luego, cuando se tranquilizan, encuentran que es posible volver a ser amistosos y cariñosos con sus hijos.

El problema reside en que los hijos son implacables. Jamás dejan de probarnos y, sí, incluso de rebelarse. Detrás de los objetivos básicos en la atracción de atención, que puede convertirse en trampas de poder, una forma de actuar inadecuada e incluso de buscar venganza, es un objetivo aún más básico que cualquiera de estos: *descubrir si usted realmente los ama.* Esa es la razón por la que el equilibrio es tan importante. Tal como escribí en mi libro *Forme la conciencia de sus hijos sin perder la propia:*

"El equilibrio es la palabra clave cuando utiliza la disciplina de la realidad. El niño se comporta mal y usted debe manejar la situación. Si lo hace de una manera demasiado permisiva, su hijo pronto decidirá que es él el que dirige la casa. Sin embargo, si usted lo hace con demasiado autoritarismo, el hijo sentirá que lo está pisoteando y esperará su oportunidad para vengarse de alguna forma. Esa forma de rencor puede abarcar desde ser insolente o desobediente hasta llegar a tener una conducta suicida. La tragedia que yo veo repetidamente suceder es la de chicos rebeldes que literalmente destruyen sus vidas mientras tratan de vengarse contra el autoritarismo de sus padres."[1]

Mientras usted intenta caminar sobre la fina línea divisoria que existe entre la permisividad y el autoritarismo, debe ser coherente y estar siempre listo para la acción (otro principio que describiré en detalle más adelante).

En otras palabras, *no se guarde las cosas para sí mismo.* Cuando lo hace, va guardando resentimiento y enojo y, finalmente, cuando da rienda suelta, es posible que se muestre severo y desagradable. En lugar de eso, cuando los hijos se comporten mal, lleve cuentas cortas. Solucione el problema en el momento, no después o "cuando tu padre regrese".

El hacerlo ahora puede parecer como que estoy sugiriendo que la única forma de manejar la mala conducta es con una reprimenda o una paliza, pero no es así. En realidad, tal como lo explicaré más tarde, las reprimendas o palizas deberían ser el último recurso, no el primero. Muchas otras maneras de disciplina son mucho más efectivas a la hora de conseguir el objetivo final, que es ayudar a los hijos a ser responsables, sensatos, personas que sepan cómo autodisciplinarse, que puedan vivir con autocontrol y consideración por su prójimo. Para enseñarles a los hijos a ser considerados y responsables, ponga en práctica el segundo principio de la disciplina de la realidad:

Haga que sus hijos sean responsables de sus acciones

Cuando les digo a los padres que "deben hacer que sus hijos" sean responsables por lo que hacen, a veces creen erróneamente que lo que quiero decir es que deben ser castigados. Nuevamente, permítame recalcar el hecho de que *la disciplina de la realidad no significa castigo*. Por ejemplo, usted se encuentra hablando por teléfono y su pequeño de cinco años la está molestando, deseando, por supuesto, llamar su atención. Usted trata de mantener la calma, pero no puede ignorar al pequeño. El bullicio se hace tan intenso que casi no puede oír a la persona que habla en el otro extremo de la línea. ¿Qué debería hacer?

Si desea usar un castigo, la solución es simple. Dígale al que llamó que regresará en un momento, deje el teléfono, tome del brazo al pequeño, colóquelo sobre sus rodillas y aplíquele tres azotes para luego enviarlo a su habitación. Le "ha enseñado una lección" ¿o no? Ahora él se encuentra herido, resentido, inseguro de que usted lo ame. Después de todo, lo que deseaba era a usted y en realidad no comprendía de qué se trataba de su llamada telefónica.

¿Cómo puede trasformar esta escena y utilizar la disciplina de la realidad? La respuesta es igualmente simple. Tal vez le exija mayor esfuerzo, pero no es mucho. Nuevamente, dígale al que habla por teléfono que espere un momento ya que debe hacer algo. Luego tome a su pequeño de la mano y llévelo a otra habitación o fuera de la casa si el tiempo lo permite.

Con amabilidad pero con firmeza dígale a su hijo: "Ahora estoy hablando por teléfono y no puedo jugar contigo en este preciso instante. Tan pronto como termine de hablar, volveré y haremos juntos el rompecabezas (o el juego, libro, vídeo

158

o merienda)". Luego deje solo al pequeño mientras regresa al teléfono. No ha habido golpes ni enojos, sólo un contacto visual directo y una palabra firme sobre lo que usted desea que él haga.

Ahora sé lo que está pensando. ¿Qué sucede si el pequeño no la escucha y vuelve a molestarla mientras está en el teléfono? Nuevamente, deberá pedirle a la persona que habla que espere unos minutos mientras lleva a su hijo a su habitación y lo deja allí diciendo: "Como has decidido no permitirle a mami hablar por teléfono, deberás quedarte un rato aquí solo y salir cuando mami termine de hablar".

La clave para manejar este tipo de situaciones de mamá en el teléfono y el niño molestando es sacando al niño de la escena. No permita que su hijo permanezca presente mientras trata de calmarlo y trata de mantener una conversación inteligente con la persona que llama. La única razón por la que su hijo seguirá molestándola es que él sabe que la insistencia dará resultado. Él sabe que finalmente mamá se "rendirá".

Pero mamá no debe rendirse. Como padre, debe ser paciente, tranquilo pero resuelto. Siga retirando al niño de la situación y dejándole saber que él es responsable de sus actos, además de que usted no tolerará la rudeza ni la irresponsabilidad.

Estamos de acuerdo en que hacer que los hijos sean responsables de sus acciones exige un poco más de tiempo, pero vale la pena hacerlo. El castigo puede "resultar más rápido," pero no ayuda a los hijos a desarrollar el tipo de conciencia que los hará responsables. Tal vez aprendan a tener miedo, a ser cautelosos e incluso inteligentes, obedeciendo a mamá o manteniéndose alejados cuando ella está presente, pero no teniendo autodisciplina cuando la madre está fuera de la vista. Una conciencia saludable proviene de ser responsable y de aprender a seguir reglas, ya que es la forma más satisfactoria de comportarse en la vida, tanto si uno tiene cinco como si tiene cincuenta años.

El uso del dinero para enseñar responsabilidad

Una de las mejores herramientas para enseñar a los hijos a ser responsables de sus ideas y acciones es el dinero. Hace poco dediqué una hora entera de "Diálogo con los padres" para hablar del tema de los hijos y el dinero. Le pedimos a los padres que llamaran y nos dijeran cómo administraban ellos el dinero en la familia. ¿Recibían sus hijos asignaciones simplemente por ser parte de la familia o debían "ganárselas" por hacer determinadas tareas?

Nos enteramos de que ambas acciones podían funcionar con éxito en la familia siempre que los hijos fueran responsables de una u otra forma. Por ejemplo, Bob, nuestro invitado al estudio y padre de tres hijos de cinco, ocho y diez años, les daba a sus dos hijos mayores la misma asignación de dos dólares todas las semanas. No debían hacer ningún tipo de tarea por ello, pero se les enseñaba que, junto con el privilegio de beneficiarse del ingreso total de la familia, todos sus miembros tenían obligaciones que incluían el respeto mutuo, mantener las habitaciones de cada uno limpias, la higiene personal y cosas por el estilo. Si los dos hijos mayores deseaban tener más dinero, tal vez podrían elegir hacer tareas adicionales si lo deseaban.

Una de las cosas que Bob y su esposa hacen es ofrecerles a sus hijos una guía cuidadosa de cómo ser buenos administradores de su dinero. Ellos dejan que sus hijos decidan sobre la cantidad de dinero que desean dar como ofrenda en la iglesia y también los invitan a contribuir con 25 centavos por semana con lo que llaman el "fondo de capital" de la familia. Los padres igualan estos 25 centavos y de esta forma el fondo se va formando para cada hijo. Más tarde, si el hijo necesita algo importante, tal como una bicicleta, una pelota de baloncesto, o lo que fuera, él puede recurrir a su parte del fondo para comprárselo.

Bob y su esposa trabajan mucho para enseñarles a sus hijos a hacer buenas compras. Constantemente les hacen una misma pregunta básica siempre que ellos desean comprarse algo: "¿Es esta una buena o una mala compra?".

Una vez, la hija de ocho años deseaba un panda gigante que casi era tan grande como Bob. Bob estuvo en contra de la compra, diciendo simplemente que era demasiado grande para tenerlo en la casa y que era una inversión demasiado grande para su hija. Su madre, por el contrario, pensaba que el panda gigante sería un juguete maravilloso para la niña, ya que sabía cuánto la pequeña lo deseaba y además cómo lo cuidaría.

La decisión fue "esperar y ver". De modo que la niña observó y esperó durante un par de meses. Luego, un día, vio un panda gigante que estaba en liquidación, a un 30 por ciento menos. En ese momento, ella volvió sobre el tema y señaló que tenía lo suficiente como para pagar la mitad del precio rebajado del oso. De modo que los padres decidieron que pagarían la otra mitad, mientras la niña hacía uso de su parte del fondo familiar.

—Creo que todos nosotros aprendimos algo del panda —observó Bob—. Mi hija aprendió a ser paciente en relación con las compras, y a esperar las liquidaciones. Y yo aprendí a respetar sus opiniones y gustos personales con respecto a lo que ella desea tener en su habitación.

Otra forma de tratar el tema de los hijos y el dinero fue representada por Kris, madre de cuatro niños, que llamó para contarnos que ella y su marido no les daban asignaciones a sus cuatro hijos. En lugar de ello, los niños debían hacer ciertas tareas, tales como vaciar el lavaplatos, pasar la aspiradora, vaciar el recipiente de residuos y tareas por el estilo. Si deseaban ganar dinero para gastos personales, podían hacer ciertas tareas opcionales, tales como limpiar la "suciedad" de los perros en el jardín trasero de la casa, barrer el garaje y otras. El principio que Kris y su marido ponían en práctica era "Sin trabajar no hay dinero. Debes ganarte el dinero que consigas en la vida. No se obtiene dinero simplemente por estar vivos".

Ambos conceptos tienen su mérito, pero yo prefiero el plan de Bob, que hace que las asignaciones sean un beneficio económico por ser parte de la familia. También creo que al

161

darle una asignación de dinero para que el hijo la maneje de una forma más o menos independiente, el niño aprende mucho más rápidamente acerca de cómo la vida nos hace ser responsables dc nuestras decisiones.

Y no olvide que una asignación es un gran formador de autoimagen. Existe algo en tener unos cuantos dólares o incluso centavos en el bolsillo para tener sentimientos de autoimagen positiva, en particular en esta sociedad donde el tener dinero es tan importante.

Cómo funcionan las asignaciones de dinero de los Leman

En la casa de los Leman, cada hijo comienza a tener una asignación cuando tiene cinco años. Además de la asignación, se les asignan a todos los hijos responsabilidades propias que deben asumir cada semana por ser parte de la familia. Sin embargo, si las tareas no se hacen, entonces los hijos deberán pagarle a alguien de la familia para que las haga, a Sande, a mí o a un hermano o hermana. Esta forma de actuación proporciona una excelente palanca para ayudar al niño a que aprenda la importancia de hacer una tarea sobre una base regular.

No hace mucho tiempo, nuestro hijo que está en la escuela secundaria, Kevin, tenía dificultades para terminar de hacer su trabajo de sacar las basuras del garaje hasta la carretera para que los recogiera el servicio de recogidas a domicilio. Llamé a Kevin para hablar con él y simplemente le dije:

—Te doy seis días para que lo pienses. Si no deseas sacar los residuos, puedes pagarle a tu hermana Krissy, para que haga el trabajo. He hablado con ella y está más que dispuesta para ganar algún dinero extra.

Los ojos de Kevin se cerraron un poco, pero no dijo nada. En lugar de ello, decidió pensarlo. Al sexto día, justo antes de que pasara el recolector de basuras, anunció su decisión. Siempre sacaría él las basuras. La idea de que su hermana mayor se llevara parte de su asignación realmente fue más de lo que podía soportar.

Con los hijos más jóvenes que comienzan a comprender el valor del dinero, el escenario típico puede ser encontrar a la pequeña Sally y a Jimmy gastándose toda su asignación en uno o dos días de la semana, probablemente en caramelos, aunque podría ser en una cantidad variable de otros artículos tentadores, tales como chucherías, un peine especial, cromos de béisbol o en la liquidación de garaje de algún vecino.

A medida que avanza la semana, los niños están quebrados económicamente. Cuando salen de compras con mamá, se encuentran con algo en una tienda, que realmente ellos desean, tal vez con un cucurucho gigante de helado.

—¿Puedo tomar uno? —preguntan con anhelo—. Bueno, creo que sí —tal vez responda la madre—. Has almorzado bien y falta bastante tiempo para la cena. Puedes pagarlo de tu asignación. Una asignación típica para un niño de cinco años es de 1,50 dólares por semana; en la casa de los Leman añadimos a esto 25 centavos.

Los niños bajan la cabeza y Sally dice:

—Pero si me he gastado toda mi asignación hace tres días. Y Jimmy también se la ha gastado.

Aquí es donde mamá debe mostrarse firme. Sentirá una gran tentación de comprar a los niños estos manjares, en particular si ellos se han comportado bien, siendo serviciales, comiendo todo lo que se les ofrecía y siendo buenos con el hermano menor, Harley, de sólo tres años. Pero si la madre desea que la asignación resulte verdaderamente una herramienta de enseñanza, ella dirá: "Eso está muy mal, chicos; no tendréis más remedio que esperar hasta el sábado. Estoy segura de que volveremos aquí la semana que viene. Puede que entonces volváis a venir conmigo y os podréis comprar los helados".

En este simple escenario, podemos ver tanto el poder de la responsabilidad como el poder del dinero. Los niños que obtienen todo lo que desean en cualquier momento, sin interés por haber gastado sin cuidado su asignación, crecen para ser personas derrochadoras que sencillamente hacen lo mismo con sus ingresos, salvo que en mayor escala. Pero los niños que aprenden los rudimentos del presupuesto y ahorro para un viernes lluvioso tienen una mejor oportunidad de crecer sabiendo cómo manejar la responsabilidad de un presupuesto, a cualquier edad, desde los cinco hasta bien entrada la edad adulta.

El caso de la tonta estudiante de primer año

Una madre llamó a nuestro "Diálogo con los padres" para contarnos que su hija, que era una estudiante de primer año en una universidad privada ubicada en otro estado, había estado gastando dinero de su fondo de estudios. La joven de diecinueve años tenía acceso directo a este dinero y era responsable de gastarlo con inteligencia a lo largo de todo el año. Desafortunadamente, se excedió en los gastos y se encontró con un déficit de 400 dólares para el siguiente trimestre de facultad. En este punto, sus opciones eran: (1) regresar a la casa y concurrir a una facultad pública para el siguiente semestre; (2) Pedir dinero prestado y pagar ella la diferencia; (3) Debido a que sus padres no habían prestado a sus gastos la suficiente atención, dejar que ellos pusieran primero la diferencia.

Nosotros le señalamos que la número tres no era una opción válida en absoluto. Los adolescentes de diecinueve años no deberían ser vigilados por sus padres, en ningún caso. Le pedimos con firmeza a la madre que dejara que su hija se hiciera responsable del problema. En lugar de regresar a la casa, ella podría pedir dinero prestado del fondo financiero de la universidad, aprendiendo todo lo que significa firmar sobre una línea de puntos para pedir un préstamo estudiantil y luego tener que pagarlo en fecha futura.

Vale la pena destacar otro punto. Cuando se enseña la responsabilidad, la disciplina debería siempre solucionar la infracción. Gastar en exceso de una asignación da por resultado no poseer dinero para satisfacer algún que otro capricho que uno quiera darse. Interrumpir a mamá mientras está hablando por teléfono da como resultado que le pidan a uno salir de la habitación, de modo que ella pueda tener tranquilidad para hablar.

Tal como vimos en el capítulo 3, la disciplina de la realidad es una estrategia simple para practicar la primera de las seis reglas magníficas para tener una familia funcional: Ser firme pero justo. Cuando se aplica la disciplina de la realidad, no existen ni lecciones ni sermones. No existe una arenga verbal con los hijos, lo que me está llamando la atención como un problema serio en muchas familias. En lugar de ello, usted muestra respeto por sus hijos aun cuando tal vez ellos no hayan tomado una muy buena decisión y esta deba ser corregida.

La clave está en *mantener siempre la responsabilidad centrada en los hombros de los hijos*. Tome la menor cantidad de decisiones posible. Cuando exista la posibilidad, evite decirles exactamente qué hacer. Lo que debe hacer es decirle a sus hijos lo que usted espera y luego dejarlos que decidan solos. Usted los deja aprender de sus errores, lo cual resulta un maestro mucho mejor que la voz del padre diciendo: "Te dije que deberías haber ahorrado algo de tu dinero... ¿Cuántas veces te dije que no interrumpieras a mamá cuando habla por teléfono?...". En lugar de ello, usted hace uso del tercer principio importante de la disciplina de la realidad:

Deje que la realidad sea la maestra

El término técnico para dejar que la disciplina de la realidad discipline a sus hijos es consecuencia natural o lógica, conceptos desarrollados extensamente en los escritos de Rudolf Dreikurs y otros. Una de las cosas que oigo a los padres decir es: "Si el pequeño Jonathan fuera *responsable*..." Yo les respondo que no se enseña a los hijos a ser responsables; usted les da a sus hijos la responsabilidad y deja que aprendan a manejarla a través de la prueba y el error. Cuando ellos cometen un error, las consecuencias lógicas o naturales comienzan a tener importancia, si *usted les permite que así sea*. Pero si le da a sus hijos responsabilidad, tendrá que hacer varios compromisos:

1. Deberá retroceder y dejar que sus hijos hagan cosas por sí solos, aun si lo que hacen no siempre es perfecto o acorde con sus "patrones".

2. Deberá tomarse tiempo para entrenar a sus hijos. Correr para quitarles responsabilidades debido a que va mal de tiempo no funcionará.

3. Deberá aprender a preguntar o pedir en lugar de ordenar o exigir. Los padres sienten naturalmente que pueden ordenarles a sus hijos. Tal vez lo hagan agradablemente, pero lo que dicen es todavía en forma de exigencia, no de una petición amable. Existe una gran diferencia entre decir bruscamente: "¡Entra aquí y límpialo de inmediato!" a decir, "Harley, hijo, realmente necesito que me ayudes. ¿Me puedes dar unos minutos de tu tiempo?". Entonces, cuando él ayuda, usted puede decir: "Gracias, Harley, has sido una verdadera ayuda y has mejorado mi día".

Deberá aprender a utilizar las consecuencias lógicas o naturales como herramienta de enseñanza, no como arma para castigar. En lugar de dar lecciones, regañar o molestar, deje que la realidad se encargue de la enseñanza cuando sus hijos no llevan adelante sus responsabilidades. El mejor acercamiento es decir lo menos posible y simplemente retirarse de la situación y dejar que los hijos experimenten las consecuencias de su propia irresponsabilidad. Eso tal vez parezca complejo y un poco siniestro, pero es en realidad bastante simple.

Por ejemplo, si el pequeño Mickey habitualmente se olvida de llevarse el almuerzo que su mamá le prepara para la escuela, la madre tiene dos elecciones básicas que hacer: una, puede seguir repitiéndoselo a Mickey y reprendiéndole por su olvido, después de correr hasta la escuela para asegurarse de que el almuerzo llega hasta la clase. O puede sencillamente colocar el almuerzo en el frigorífico y dejar que Mickey sienta apetito.

Sin duda, Mickey estará molesto cuando no consiga que su madre haga sus tareas habituales, pero esta podrá simplemente sonreír y decir: "Es tu responsabilidad. Estoy segura de que podrás hacer algo para solucionar esto". La madre puede, por supuesto, hacerle saber al personal de la escuela que nadie le preste a Mickey dinero. Si él se olvida de su almuerzo, simplemente deberá pasar sin él.

O suponga que Mickey destroza uno de sus juguetes favoritos. Nuevamente, mamá tiene dos elecciones: puede reemplazar el juguete o bien decirle a Mickey: "Esto está muy mal. Tú querías mucho ese juguete. Si quieres otro como ese, puedes ahorrar y comprarte uno de tu propia asignación".

La clave de ambos ejemplos está en la forma en que la madre le habla a Mickey; no sólo lo que dice sino en el tono de voz en que lo dice. Si ella hace el comentario diciendo por ejemplo: "Tal vez esto sea una lección para ti" o "De aquí en adelante tendrás más cuidado", ella habrá transformado las consecuencias lógicas en una forma de castigo, y será menos efectivo, e incluso es posible que no tenga ninguna efectividad.

La disciplina de la realidad siempre le ofrece al hijo una elección

La idea que subyace detrás de la disciplina de la realidad es ofrecerle a los hijos una elección y dejarlos decidir si ellos desean ser lo suficientemente responsables para proseguir. Por ejemplo, suponga que Billy llega habitualmente tarde para la cena ya que se queda mucho tiempo en la casa de un amigo donde se lo pasa muy bien jugando. La madre debe hacerle saber a Billy que "Nosotros servimos la cena a las seis de la tarde. Si para esa hora no llegas aquí, deberé suponer que esta noche has decidido no cenar."

Por supuesto que Billy probará a mamá y llegará a la casa a las siete menos cuarto deseando saber lo que hay para comer. Entonces la madre debe decir con firmeza, pero en tono amistoso: "Billy, parece evidente que tú has decidido no llegar a la hora de la cena y ahora ya hemos terminado. Por la mañana te prepararé un buen desayuno".

Observe que en esta situación no existe un sermón, no existe el "de nuevo tarde" y "vete a la cama sin cenar". Billy sencillamente ha tenido que enfrentarse a la realidad de no llegar a tiempo a su casa para cenar y, por lo tanto, no tendrá qué comer (o ningún tipo de merienda antes de irse a la cama) durante el resto de la noche.

Cuando uno hace que la realidad sea la maestra, se establece un equilibrio entre la necesidad de orden y la de estar conforme con el fracaso o con cometer un error. El orden y la organización son importantes en la disciplina de la realidad de una casa, pero si los hijos deciden pasar por alto la necesidad de tener un orden en la vida, no se los ridiculiza ni castiga. Simplemente aprenden mediante el duro camino de la experiencia personal que está bien fracasar y que también es bueno aprender de esos fracasos.

Una parte importante de dejar que la realidad se encargue de la enseñanza está íntimamente ligada con un cuarto principio básico de la disciplina de la realidad:

Utilice acciones y no palabras

Aun cuando es importante hablarles a los hijos con suavidad, tranquilamente y de una forma amistosa, cuando se utiliza la disciplina de la realidad es igualmente importante mantener la discusión y el debate a un mínimo. Cuanto más se dialogue con sus hijos sobre la razón de hacer algo y por qué algo es justo o injusto, más se entra en una lucha de poder, descrita en el capítulo 5.

Obtendrá mejores resultados si se limita a actuar con rapidez y decisión, con un mínimo de conversación innecesaria. Mi forma favorita de explicar esto cuando hablo en seminarios es decir, "Quitar el felpudo de golpe y dejar que los pequeños villanos se tambaleen." No existe intento alguno de lastimar a estos "pequeños villanos". El objetivo es comunicarles las consecuencias de ignorar la realidad.

Suponga, por ejemplo, que usted tiene dos hijos de ocho y cinco años. Mientras usted se encuentra en el comedor viendo la televisión, su hijo de cinco años decide molestar a su hermana mayor. La primera vez el pequeño crea una situación de enojo: usted lo lleva aparte y le dice: "Jeremy, tienes que elegir. Te puedes quedar aquí sentado y mirar el programa con nosotros o te vas de esta habitación. Debes decidir".

Jeremy regresa al comedor. Si él persiste en molestar a su hermana, entonces usted usa la acción, no las palabras. Simplemente dice: "Veo que has decidido que prefieres irte a quedarte con nosotros. Cuando estés listo para ver el programa, puedes regresar".

Si Jeremy grita que no desea irse o que ha sido su hermana la que ha provocado el problema, simplemente dice: "¿Quieres irte tú solo a tu habitación o necesitas alguna ayuda?". Si Jeremy no desea irse, usted con firmeza pero gentilmente lo saca de allí y lo lleva a su habitación por una estipulada cantidad de tiempo; diez o quince minutos deberían ser suficientes. Luego vaya y pregunte a Jeremy si le gustaría regresar al comedor. Si está de malhumor y se niega, déjelo estar donde se encuentre pero dígale que puede regresar cuando quiera.

Este concepto requiere de una acción rápida y decidida, pero en todo momento usted está bajo control, no amenazando, sermoneando, gritando o posiblemente golpeando a Jeremy por su mala conducta. Simplemente lo deja aprender mediante consecuencias lógicas que no puede provocar disturbios cuando la familia está tratando de ver un programa de televisión.

Sin embargo, a veces un hijo puede comenzar una discusión y no hay tiempo para negociar u ofrecerle una elección. Por ejemplo, su hija de tres años tiene una rabieta en medio de la sala, delante de sus invitados. Usted no dialoga con ella, simplemente la toma del brazo y la retira de la escena. En un momento así, las acciones son siempre mejor que las palabras.

O suponga que su hija de trece años descuelga el teléfono supletorio de su habitación cuatro o cinco veces en menos de cinco minutos, mientras usted está en el teléfono de la cocina hablando con una amiga. Le ha dicho con claridad que no la interrumpa cuando está hablando por teléfono. Usted sabe que no habría sido difícil para ella venir a la cocina y esperar a ver que usted ha colgado, luego regresar a su habitación y utilizar el supletorio especial que le instaló especialmente para ella hace unos meses.

En lugar de ello, sin embargo, la ha interrumpido con impaciencia cuatro veces. ¿Cuáles serán las consecuencias?

Después de que cuelgue, usted se dirige a la habitación de su hija y, sin sermones, lecciones (o gritos) le dice que tendrá que quitarle el teléfono supletorio durante una semana.

—¿Una semana? —dice su hija—. ¿Por qué?

—Por no haber cumplido con nuestro acuerdo —le dice con jovialidad—. Tú sabes que no debes interrumpir mientras otros están al teléfono y lo has hecho cuatro veces en pocos minutos mientras yo estaba hablando. De modo que durante una semana te quedarás sin tu teléfono. Tal vez puedas llamar desde la cocina, pero sólo cuando los demás no utilicen el teléfono.

Estamos de acuerdo en que la madre debió utilizar algunas palabras para la explicación, ya que ella necesitó de la disciplina de la realidad en esta situación, pero el énfasis estuvo en la acción, no en discutir o sermonear.

Y están aquellas ocasiones en que lo mejor es la falta total de acción. Por ejemplo, suponga que Becky, de nueve años, no hace su tarea de la escuela y viene a usted pidiendo ayuda justo antes de la hora de irse a dormir o posiblemente antes de que llegue el autobús de la escuela. En lugar de correr como loca tratando de ayudar a Becky a hacer su tarea de matemáticas o de gramática, dígale sencillamente: "Lo siento, pero deberías haber hecho antes tu tarea. Deberás ir a la escuela sin terminarla".

Por supuesto que en la escuela la niña pronto experimentará la realidad del disgusto de la maestra por los deberes sin hacer. En este caso, su "acción" es el rechazo a ayudar a su hija con la tarea.

¿Cuándo resulta adecuado dar un azote?

Algunos padres creen equivocadamente que cuando yo hablo de "acciones y no palabras" quiero decir que cuando los niños se comportan mal hay que pegarles. Aun cuando creo que existe el momento y lugar para un azote y posiblemente para una paliza consistente en unos cuantos azotes seguidos, siempre remarco que la paliza es en general el último, no el primero, de los recursos y siempre se debe hacer con el control absoluto de las emociones. Asimismo, el mejor lugar para pegar son las nalgas. Los padres *jamás* deberían golpear a un niño en el rostro o en la parte superior del cuerpo.

Aun cuando sea difícil poner una edad límite para la paliza, como regla general, la paliza es más efectiva con los niños pequeños de dos a cinco o seis años. Cuando los niños llegan a los siete, los azotes son menos efectivos y para cuando son preadolescentes o incluso adolescentes, son completamente inadmisibles.

Sin embargo, cuando un pequeño de dos años y medio lo mira cara a cara de manera desafiante y le dice: "¡No, no quiero!" después de haberle pedido algo amablemente varias veces, tal vez sea tiempo de darle un azote rápido para hacerle saber al rebelde de inmediato que usted todavía cuenta. Luego, por supuesto, prosiga con un abrazo, un beso y una explicación de por qué debió darle un azote y de cuánto lo ama.

Cada niño requiere de una disciplina diferente, pero, como regla general, si usted se encuentra pegándole a su hijo día tras día, tal vez deba detenerse y comenzar a preguntarse: ¿Es esta realmente la mejor solución? ¿Será esto bueno a la larga?

Wendy despreciaba las recompensas o los castigos

Algunos niños poseen una personalidad muy fuerte y poderosa, y buscan constantemente involucrarse con comportamientos potentes para hacer que uno de los padres entre con ellos en una lucha de poder. Mi colega Randy Carlson y yo dedicamos el último programa al tema de las palizas. Karen, la madre de una hija de doce años, llamó para pedir ayuda. Su hija, Wendy, había sido una niña de una personalidad fuerte desde que nació, muy precoz y avanzada. Pero después de cumplir los diez años, fue casi imposible motivarla en lo que se refería a la limpieza de su cuarto o al cumplimiento de sus tareas en el colegio. Karen había probado toda clase de castigos, desde las palizas a quitarle privilegios. Comentó que su hija era "Una niña excelente con sus amigos y con otros padres, pero que peleaba con nosotros cuerpo a cuerpo por todo".

Después de señalar a Karen que pegarle a una niña de doce años tendría poco o nulo resultado y que sólo podría conseguir el resentimiento de la misma (sin mencionar la destrucción de su autoimagen), le pedimos que utilizara el control. ¿Trataba Karen realmente de controlar (dominar) a su hija? Aun cuando ella no lo tratara de hacer conscientemente, ¿no era esto lo que la niña percibía?

Karen le explicó que Wendy no estaba en abierto desafío contra las reglas y patrones vigentes en su casa, pero por alguna razón se resistía a dos cosas: hacer los deberes y mantener limpia la habitación. Parecía que estas dos obligaciones le consumían el tiempo libre a Wendy, y ella sencillamente no tenía interés en hacerlos.

Karen también nos contó que su primogénita de doce años tampoco respondía bien a las recompensas o castigos. La promesa de cualquiera de los dos no conseguía los resultados deseados.

—Se enfrenta con nosotros todo el tiempo —nos explicó Karen—, o calcula cuál será el castigo y a menudo prefiere dicho castigo a hacer lo que se supone debe hacer.

—La recompensa y el castigo a menudo funciona durante un tiempo con los niños pequeños —comenté—, pero no aconsejo utilizarlos como principio de largo alcance en la paternidad. El objetivo de una buena paternidad es producir hijos que sean capaces de tomar decisiones responsables por lo que deseen hacer, no porque obtendrán recompensas o serán castigados por eso.

—¿Entonces qué se supone que debo hacer? —deseaba saber Karen.

—Utilice la disciplina de la realidad, deje que las consecuencias lógicas se hagan cargo. Lo crítico que usted debe hacer, sin embargo, es descubrir qué consecuencias realmente harán algo diferente en la vida de Wendy. ¿Qué es lo que realmente le gusta hacer? ¿Existe algún tipo de actividad que no se perdería por nada del mundo?

—Bueno, le gusta mucho el trabajo de su grupo de parroquia, pero no nos gustaría decirle que no vaya allí.

—¿Por qué no? Si eso es lo que realmente disgustaría a Wendy, entonces tendrá una consecuencia verdadera. Si se pierde una o dos reuniones del grupo no será vital, pero le enviará un mensaje.

—¿Pero no será eso un castigo?

—Sólo si usted invoca las consecuencias en forma de castigo. La ecuación de la disciplina de la realidad en este caso es: "Si no se hace cierto trabajo, entonces no puedes hacer ciertas actividades que realmente disfrutas, ya que no has sido responsable". Si Wendy comprende esto y usted permanece firme pero amistosa, entonces no la estará castigando; simplemente estará dejando que las consecuencias lógicas tomen su curso.

Karen aceptó probar la solución de la disciplina de la realidad y hacernos conocer los resultados, pero yo sabía que no sería fácil. El trabajo con una testaruda primogénita de doce años requeriría paciencia, muchísima paciencia. La disciplina de la realidad no garantiza una clase de solución rápida y fácil. Pero una vez que Karen tomara una decisión sobre las consecuencias lógicas que estarían relacionadas a una falta de conducta por parte de Wendy, ella debía sentirse absolutamente decidida. En otras palabras, un quinto principio, que debe siempre utilizarse si queremos que funcione la disciplina de la realidad, es:

Mantenga su decisión

En un sentido verdadero, todo el sistema de la disciplina de la realidad se basa en este principio. No será nada bueno para sus hijos hacerlos sentir que ellos son responsables y dejar que la realidad pueda estar a cargo de la enseñanza, si usted en el último segundo les pone un cebo y los deja escapar del anzuelo.

Es cierto que es difícil mantener su decisión. A veces, es doloroso tanto para usted como para sus hijos. ¿Qué es lo que desean papá y mamá cuando dejan que su hijo se vaya a dormir sin cenar? ¿Qué padre disfruta al ver a su hijo sentarse triste en su habitación hasta que esté preparado para reunirse con su familia en términos de paz? ¿Y qué padre está ansioso por enviar a su hijo al colegio con los deberes sin hacer, reflejo no sólo del hijo sino también del padre?

Sin embargo, a menos que usted permita a sus hijos sufrir el dolor implicado en las consecuencias de actuar con irresponsabilidad, jamás aprenderán a ser lo contrario. Simplemente usted vuelve al péndulo de ser permisivo por un lado y autoritario por el otro. ¿Cómo puede preparar su mente para poder mantener su decisión sin sentirse como un ogro sin corazón?

Primero, siempre mire un gran cuadro, que es, ¿cómo será su hijo cuando él o ella sean adultos? Tal vez resulte duro poner ahora en práctica la disciplina de la realidad, pero recuerde que lo hace porque no desea que sus hijos crezcan teniendo rabietas delante de sus profesores o jefes algún día.

Y junto con este pensamiento de sus niños creciendo, piense también en todo lo que se relaciona con la conducción de un automóvil. Si jóvenes de dieciséis o diecisiete años son irresponsables en la casa o en la escuela, no hay forma de permitirles conducir el coche de la familia (o cualquier otro) bajo ninguna circunstancia. Todo padre que deje que sus hijos crezcan sin desarrollar una actitud responsable, está llamado a que algo terrible suceda en el futuro.

Además, recuerde que su objetivo como padre no es resolverle todos los problemas a sus hijos. En realidad, son ellos los que deben resolverse sus propios problemas. No existe la madurez al instante, ni la felicidad al instante. En realidad, existe una regla en la vida que dice que no se puede ser "feliz" todo el tiempo. Sin embargo, me encuentro con muchos padres que creen que lo contrario es verdad, que su misión en la vida es "hacer que sus hijos sean felices". La verdad es que la disciplina de la realidad a veces puede provocar infelicidad durante un breve período, pero ayuda a los hijos a desarrollar la madurez que conduce a la verdadera felicidad y a la satisfacción en la vida futura.

Sobre las paredes de los gimnasios de todo el mundo encontrará el lema, *SIN DOLOR NO HAY BENEFICIO*. Esto es también verdad en el hogar. Si debe existir verdadero crecimiento y desarrollo emocional, es necesario algo de sufrimiento. Los padres deben preparar a sus hijos para que se enfrenten con la

174

realidad de que, en la vida, no siempre se tiene lo que se desea. El hogar debe ser el terreno propicio para esta profunda verdad. Y ¿qué mejor lugar para que los hijos aprendan sobre la realidad que en los límites protegidos de su propia familia, donde hay amor, interés y apoyo?

Tal vez haya notado que todos estos consejos apuntan en la dirección del último principio de la disciplina de la realidad. Algunos padres arquean las cejas cuando lo escuchan, pero yo todavía abogo por él de todo corazón, ya que es la mejor garantía que conozco para formar una saludable autoimagen en cada uno de los hijos. La clave del equilibrio entre el amor y los límites es que:

Las relaciones están por delante de las reglas

Josh McDowell, quien todos los años habla con miles de jóvenes de universidades y colegios secundarios, tiene una frase favorita: "Las reglas sin relaciones conducen a la rebelión." Tiene razón. Imponer límites sin comunicar amor no sólo erosiona el sentido de autoestima de un hijo, sino que conduce a crear una división cada vez mayor entre ustedes dos.

Es bastante probable que lo mejor que Karen pueda hacer con su testaruda hija es tratar de establecer una relación mejor. Lo ideal es que los padres comiencen a construir una buena relación con sus hijos desde el día de su nacimiento, pero no importa en qué etapa se encuentre usted criando a un hijo, si es a los dos o a los doce, siempre puede mejorar reforzando la relación entre ustedes.

En el caso de Karen, su mejor posibilidad podría ser sentarse con Wendy y conversar con ella sobre sus tareas y la limpieza de su habitación. En lugar de darle una lección o de acusarla, Karen podría preguntarle a Wendy: "Explícame qué tienes que hacer. Yo no debo hacer deberes prácticamente todas las noches". Con respecto a mantener limpia la habitación, mamá puede hablar con Wendy sobre ello. La madre debe mantener

175

limpias otras *varias* habitaciones y sabe lo aburrido que es el trabajo de la casa. Dejar que su hija sepa que a ella tampoco le gusta limpiar podría ser de ayuda.

¡Relájese, nadie es perfecto!

Asimismo, si Karen desea establecer una mejor relación con su hija hará bien en recordar una cosa: *Wendy todavía es una niña.* Sí, tiene doce años y está entrando en la adolescencia. Es cierto que debería ser más responsable que Tommy, su hermano de siete años. De todos modos, no hará las cosas perfectas. Una regla elemental de la paternidad es recordar que usted no está tratando con robots o máquinas. Está tratando con personas, y eso significa que no siempre conseguirá el cien por ciento del esfuerzo o del éxito. Tal como dice un viejo adagio del béisbol: "nadie batea mil veces seguidas". (Por supuesto, eso también lo incluye a usted, el padre.)

Tenga siempre expectativas realistas y saludables con respecto a sus hijos, pero tenga dichas expectativas en equilibrio esperando que no siempre se alcancen los patrones deseados. En otras palabras, *tome las cosas con tranquilidad.* No quiero decir que adopte una actitud permisiva o de holgazanería. Pero lo que digo es que es probable que no esté mal relajarse un poco.

Ahora me doy cuenta de que es fácil para un benjamín de la familia como el doctor Leman ofrecer un consejo juicioso, pero ¿qué sucede con el padre que por alguna razón no esté tan relajado? Tal vez usted sea primogénito o hijo único, y aprendió a ser un poco perfeccionista desde la cuna. No es natural para usted colocar la relación delante de las reglas, ya que las reglas son *muy* importantes. Seguro que usted trata de tomarse las cosas con tranquilidad, pero existe siempre una vocecita que le susurra en el oído "¡Cuidado! Si dejas que tus hijos se salgan con la suya, ¿les enseñas verdaderamente a ser *responsables*?"

He tratado a miles de padres que han sentido el "no puedo relajarme ahora. Si lo hago, toda la familia puede destrozarse".

Si esta relajación no se produce en usted de una forma natural, le sugiero que la próxima vez que su hijo se comporte mal se haga esta pregunta: "¿Cuál es la diferencia que esto producirá dentro de siete, diez o quince años?" Si lo piensa, el crecimiento es verdaderamente una cuestión de prueba y error. Los hijos cometen muchos errores y los padres sienten que esto es una prueba.

Pero Karen, por ejemplo, debería tratar de mirar el gran cuadro. No debería concentrarse en el deber que no se hizo o en la habitación desordenada. Debería disciplinar a su hija tan bien como pueda, siempre comunicándole su amor y perdón, y luego enseñándole los patrones correctos. *Nunca* deje de tener expectativas, pero también deje que la imperfección o incluso la lisa y llana rebelión le alcance. Recuerde que usted está para formar los músculos psicológicos de sus hijos, el tipo de músculos que sostendrán su autoestima en un nivel alto y los preparará para un mundo que no es exactamente amistoso.

Otro buen consejo que me gusta compartir con los padres es estar siempre dispuesto a compartir sus propios errores. Parece natural que la mayoría de los padres teman compartir su propio yo. Ni siquiera desean que sus hijos sepan que ellos solían meterse en problemas cuando eran jóvenes. Tal vez alguna vez en la escuela secundaria se hayan emborrachado o posiblemente hayan perdido la licencia de conducir porque se entusiasmaron demasiado con el pedal del acelerador.

Trate de compartir con su hijo luchas personales que haya tenido mientras crecía. Tal vez se sorprenda con lo que esto pueda aportar a su relación, y seguramente sirva para mejorar la actitud de su hijo respecto de las reglas de la familia.

Tome las cosas con tranquilidad, luego tire del felpudo

Para hacer un resumen apretado de la disciplina de la realidad, aprenda a tomar la vida con tranquilidad mientras hace sentirse responsables a sus hijos. Esto sí funciona. Hace poco, el padre de un niño de ocho años, que había sido muy irresponsable en la casa, vino a verme para contarme la siguiente historia:

—*Doctor Leman, hice exactamente lo que me sugirió. Billy desobedecía y no hacía las tareas que le encomendábamos. Un día deseaba ir a ver a los Wildcats de la Universidad de Arizona. Yo le dije que como desobedecía, no podía ir al partido de béisbol ese día. Billy se tiró al suelo y se quedó de espaldas dando gritos. Por un momento no pude creer que yo le estuviera haciendo algo tan horrible. Pero me planté en mi decisión. Le dije que lo quería mucho, pero que un trato era un trato. Cuando no se cumplía con el trabajo, no se podía tener privilegios especiales. A la semana siguiente, hizo sus tareas a tiempo y bien. Pude ver la verdadera diferencia. Creo que finalmente comprendo lo que significa disciplinar a mis hijos con amor.*

Eso es precisamente de lo que trata la disciplina de la realidad. Para hacer la paráfrasis de la nota que mi hija Holly escribió cuando tenía sólo siete años: "¡Aun cuando usted discipline a sus hijos, ellos todavía saben que usted los ama igual que siempre!"

Algo para recordar...

• Para formar la autoimagen del hijo, debe existir equilibrio entre el amor y los límites.

• Los seis principios básicos de la disciplina de la realidad son:

   1. Usted posee una autoridad saludable sobre sus hijos.
   2. Haga que sus hijos sean responsables de sus acciones.
   3. Deje que la realidad sea la maestra.
   4. Utilice acciones y no palabras.
   5. Mantenga su decisión.
   6. Las relaciones van delante de las reglas.

El miedo y el estar a la defensiva son el semillero de la rabia y el enojo. Una autoridad saludable rechaza la mala conducta pero siempre le transmite amor al hijo.

• Una clave para la disciplina de la realidad es mantener siempre la responsabilidad en los hombros del hijo.

• No puede enseñarles a sus hijos a ser responsables; usted les da una responsabilidad y deja que ellos aprendan a manejarla.

• La disciplina de la realidad ofrece a los hijos una elección y les permite decidir si desean ser lo suficientemente responsables como para seguir adelante y obedecer.

• La disciplina de la realidad no se basa en sermones largos ni en arengas, es rápida en las acciones.

• La paliza es el último recurso, no el primer curso de acción a seguir. Jamás le pegue a su hijo antes de los dos años y rara vez después de los cinco o seis años. Si no se puede controlar completamente mientras da unos azotes, no lo haga. Una o dos palmadas en las nalgas es en general suficiente para tranquilizar la situación. Después de esto debe haber gran cantidad de abrazos, besos y de comentarios acerca de cuánto ama usted a su hijo.

• Déles a sus hijos oportunidad de resolver sus propios problemas tanto como sea posible

• No es su trabajo "hacer que sus hijos estén felices todo el tiempo".

• La disciplina de la realidad no funciona a menos que usted mantenga su decisión y haga que sus hijos asuman la responsabilidad, incluso si algo resulta doloroso para ambos.

- Las reglas son importantes, pero las relaciones lo son más.

- Tómese con tranquilidad la mala conducta de sus hijos dentro de lo posible. Disciplínelos, pero con tranquilidad y amor.

Acciones para probar...

- La próxima vez que uno de sus hijos trate de arrastrarlo a una lucha de poder, deténgase y pregúntese: "¿Ejerzo una autoridad saludable sobre mi hijo?". Entonces utilice la disciplina de la realidad para alejar o evitar la lucha de poder.

- Siguiendo el ejemplo de la madre que disciplina a su hijo de cinco años cuando este se porta mal mientras ella habla por teléfono (ver páginas 158-159), utilice la misma idea general para que su hijo asuma la responsabilidad cuando no se comporte bien. Manténgase tranquilo y hable con firmeza pero suavemente. Que no haya gritos ni reproches. Mírelo directamente a los ojos y con firmeza explíquele lo que usted desea que se haga o lo que debe suceder si él o ella se portaron mal.

- Si todavía no lo hace, utilice la asignación de dinero de sus hijos como una forma de enseñarles responsabilidad. Utilice los ejemplos de este capítulo o desarrolle su propia idea para ayudar a que sus hijos aprendan a ser buenos administradores de su dinero. Si sus hijos malgastan el dinero y desean más antes de tiempo, *MANTÉNGASE FIRME* y no les haga préstamos ni se haga cargo usted de sus gastos.

- Si tiene más de un hijo y uno de ellos no está cumpliendo con su responsabilidad, como por ejemplo hacer una tarea asignada, pruebe la idea Leman pagándole a otro de sus hijos por hacer la tarea, utilizando el dinero de la asignación del hijo negligente. Esto tal vez ayude a que este último se comporte bien de inmediato.

• Haga un intento consciente para utilizar menos órdenes y exigencias con sus hijos. En lugar de ello, trate de pedirles amablemente su ayuda.

• Aplique el Principio N° 4 de la disciplina de la realidad: "Utilice acciones y no palabras," estableciendo menos discusiones con sus hijos y más acciones, a fin de aplicar las consecuencias lógicas o cualquier otra cosa que sea necesaria. Recuerde que cuando los niños buscan una lucha de poder, su objetivo principal es entrar en un intercambio verbal y dejar que siga adelante.

• Para invocar las consecuencias lógicas, utilice los consejos de las páginas 291 a la 294 a fin de recordar por qué hacer esto es absolutamente necesario. No olvide que usted mira el "Gran cuadro", lo que sus hijos serán cuando lleguen a la edad adulta. Y siempre tenga presente que su trabajo no es resolver los problemas a sus hijos y hacerlos felices. Su trabajo es ayudarlos a aprender cómo manejar la realidad y satisfacer las responsabilidades.

• Si fuera posible, hable con su pareja sobre cómo ambos piensan disciplinar a sus hijos. ¿Piensan igual o de forma diferente? ¿Están los dos de acuerdo en que la relación con sus hijos es más importante que "las reglas de la casa"? ¿Comprenden ambos que establecer que las relaciones son importantes no significa menoscabar las reglas? ¿Necesita uno de ustedes o tal vez los dos relajarse en la forma de educar a sus hijos? ¿Consiguen algunas veces tomarse las cosas con tranquilidad?

7

LA CRUCIAL DIFERENCIA ENTRE EL ELOGIO Y EL ESTÍMULO

Cómo formar la autoimagen de su hijo a largo plazo

Llegó la hora de adivinar y existe sólo una pregunta:
El aspecto más importante en la educación de los hijos es:
a. Amor.
b. Estímulo.
c. Disciplina.

Sería fácil marcar el "Amor", ya que no existe nada más importante que el amor, ¿correcto? No necesariamente. Ya hemos visto que si todo lo que trata de hacer es amar, amar y amar al pequeño Buford, puede llegar a terminar con un monstruo en sus manos. Por todo lo que he dicho en los dos últimos capítulos acerca de la disciplina, tal vez la "c" sea la respuesta correcta. Después de todo, eso es lo que hace al verdadero amor. No puede existir el amor verdadero sin límites.

La respuesta correcta, sin embargo, es la "b", el Estímulo. Rudolf Dreikurs, el padre de las consecuencias lógicas, escribió:

"El estímulo es más importante que cualquier otro aspecto de la educación de un hijo. Es tan importante que su falta puede considerarse la causa básica de la mala conducta. Un niño que tiene mala conducta es un niño sin estímulos. Todos los niños necesitan de un estímulo continuo, de la misma forma en que una planta necesita agua. No puede crecer, desarrollarse y tener sentido de pertenencia sin estímulo."[1]

Si usted desea desanimar a sus hijos, existe una gran variedad de armas a su disposición: críticas, retos, comentarios severos, hacer todo por ellos (o ayudarlos demasiado porque no son lo suficientemente grandes, inteligentes o capaces de hacerlo correctamente según *sus* propios patrones). Pero si desea ser un poco más sutil cuando desanima a sus hijos, intente elogiarlos.

Sí, he dicho que el elogio desanima a sus hijos. Tal vez piense que Leman realmente ha perdido el tiempo. ¿Qué hay de malo con un poco de elogio honesto y su prima hermana, la recompensa? ¿No funciona el elogio con todo el mundo? ¿No es esta una manera sensata de motivar a sus hijos y formar su autoimagen?

Tal vez pensará que yo deseo entrar en una discusión semántica, pero no creo que el elogio sea lo correcto para utilizar con cualquiera, en especial con los hijos. En síntesis, no estoy aquí para *elogiar* a Buford, sino para *estimularlo*. Créame, existe una gran diferencia.

Es irónico que tanta gente crea que el elogio es todo lo que sus hijos necesitan. A la hora de la verdad, puede producir mucho desánimo y dañar la autoimagen de sus hijos a largo plazo. A menudo les digo a los padres que llaman a nuestro programa de radio, "Diálogo con los padres": Estímulo, sí; elogio, absolutamente no.

Por qué no ayuda elogiar
al pequeño Harlan

Examinemos algunos ejemplos para ver por qué el elogio, que parece una idea perfectamente atractiva y buena, no lo es en absoluto.

Imagínese la escena. Estamos en cualquier calle de cualquier ciudad de los EE.UU. La señora Smith entra en la habitación de su hijo de once años y descubre que él la ha limpiado de punta a punta. Puede ver la alfombra limpia, la mesa del escritorio y ¡maravilla entre las maravillas!, ¡la cama está hecha!

Y por si todo esto fuera poco, el pequeño Harlan se encuentra en un rincón haciendo su tarea.

—¡Qué bueno eres! —dice mamá—. Mamá ni siquiera ha tenido que pedírtelo. Eres el mejor niño del mundo. ¡Te quiero tanto por hacer todo esto sin pedírtelo!

Ahora, ¿qué es lo que está mal en lo que mamá dijo? Le dijo a su hijo que era un buen muchacho, que era el mejor niño del mundo y que lo amaba mucho. ¿No necesitan todos los niños oír eso?

Sí, nuestros hijos necesitan de verdad oír que los amamos y que nosotros pensamos que son los mejores. Pero en esta situación, la madre no usa los mejores términos ya que están expresados en el lenguaje del elogio. Y los hijos pueden interpretar el elogio de muchas maneras distintas. Cuando utilizamos el elogio para estimular a los niños por la buena o mejor conducta, sus reacciones pueden variar desde el gozo triunfal, hasta el "¿Y qué?" o "¡Bueno, por fin!" en el extremo opuesto del espectro, que puede dejarlos al borde del pánico.

En este caso, la reacción típica del pequeño Harlan ante el desborde de elogios de su madre podría ser que él pensara para sí *"Ummm, mamá me quiere porque yo he limpiado mi habitación y he hecho mi tarea. ¿Me amaría de esa forma si no lo hiciera?"*

Aunque el elogio parece lo suficientemente inocente e incluso beneficioso, afecta la autoimagen de los hijos de una forma drástica. Los hijos pueden fácilmente tener la impresión de que su valor personal depende de cómo ellos midan lo que mamá desea. Cuando ella los elogia, su valor personal es alto. Pero si las habitaciones son un desorden y ella les regaña, su valor personal caería drásticamente.

Siguiendo esta línea, cuando el pequeño Harlan se hace adulto y llega al mundo de la alta tecnología, su capacidad para desenvolverse y actuar bien dependerá, en gran medida, de cómo él cree que se encuentra con respecto a las opiniones de los demás. Cuando los otros le dicen que lo ha hecho bien, su autoimagen estará en alza, y cuando lo critiquen o lo ignoren por hacer también algo bien, su autoimagen decaerá. Vivirá en un ascensor emocional.

Además, observe que en esta escena en particular, el elogio de la madre centró la atención en el pequeño Harlan en la limpieza de la habitación. Harlan entonces piensa: "¿Cómo mido esto? Supongo que lo he hecho verdaderamente bien porque mamá está feliz". El elogio enseña al niño a pensar: "¿Qué ocurriría si no lo hubiera hecho bien?".

El elogio parece llevarse bien con las recompensas, pero...

Tomemos otro ejemplo de cómo el elogio puede ser más perjudicial que beneficioso, en particular cuando está vinculado con una recompensa. Alejémonos unos metros de la casa de los Smith y escuchemos lo que sucede. La señora Jones, que acaba de llegar a su casa después de un difícil día de trabajo, descubre que su hija de nueve años ha doblado y guardado todo un montón de ropa lavada, aun cuando esta no es una de las tareas que tenía asignada para la semana. La señora Jones encuentra a su hija en la entrada y dice:

—¡Qué buena niña eres por haber guardado toda la ropa limpia! ¿Lo has hecho sola o te ayudó tu hermana?

—Lo he hecho sola, mami —responde la pequeña Cindy.

—¡Maravilloso! Desearía que tu hermano fuera un poco como tú. Te diré lo que haré por todo este espléndido trabajo:

aquí tienes dos dólares más que tu asignación de la semana. ¡Yo siempre puedo contar contigo para que me ayudes!

¿Qué puede estar mal en esta escena? Después de todo, la pequeña Cindy se ha excedido en su deber: guardar toda la ropa de la lavandería, en realidad todo lo que se había lavado durante la semana, haciéndolo sola cuando no era parte de sus tareas habituales. ¿Por qué no le iba a decir mamá que eso era maravilloso? ¿Y quién podría culparla cuando se le escapó decir que deseaba que el hermano mayor de Cindy fuera un poco como ella? ¿Y qué hay de malo en darle un par de dólares extra por el trabajo realizado?

Nuevamente vemos a mamá concentrándose en Cindy y vinculándola con el trabajo maravilloso que había realizado. Permítame repetir: no ayuda elogiar a los hijos diciéndoles que son maravillosos *porque* han hecho algo. Pronto los niños verán el elogio como su derecho, algo que se les debe a ellos por cualquier pequeño esfuerzo que hagan. Y ¿qué sucede si no reciben un elogio, lo que es la situación más típica de la vida? Entonces verán la vida como algo injusto y comenzarán a tener sentimientos de lástima, diciéndose a si mismos: "Pobre de mí, nadie me aprecia".

Cuando un padre basa la educación en los elogios, les está enseñando a sus hijos que ellos son importantes en la vida sólo si ganan la atención y la aprobación de los demás. Si se hace esto no se los prepara para la vida como verdaderamente tendrán que vivirla. Aunque el elogio y las recompensas pueden resultar placenteros en el momento, cuando uno ve la mirada de placer en las pequeñas caritas, uno los está incapacitando de poder desenvolverse más tarde en sus vidas.

Esa es la razón por la cual yo digo que el elogio puede ser perjudicial en lugar de beneficioso. Cuando se elogia a los niños con regularidad, pronto ellos piensan, "este es un buen negocio. Mamá y papá son generosos con todo esto". Con hacer tareas, comerme lo que no me gusta, lavarme las manos antes de sentarme a la mesa. Muy pronto los hijos esperan el elogio por todo lo que hacen y cuando no lo consiguen comenzarán a suponer que cualquier cosa que hagan no está bien. Deciden que "no vale el esfuerzo" y simplemente se dan por vencidos.

El elogio puede crear un perfeccionista

Otro de los problemas que existen con el elogio es que puede con facilidad crear una mentalidad perfeccionista. Los niños deciden que lo que ellos hacen es lo que son y que lo deben hacer cada vez mejor y mejor. Incluso los más pequeños pueden fijarse patrones excesivamente altos para ellos. Pero ¿qué sucede cuando un niño perfeccionista hace un dibujo y su madre le demuestra su valoración usualmente efusiva? Para un niño encerrado en el perfeccionismo, el elogio puede parecer burla o menosprecio, no sólo algo que da ánimo o ayuda.

Tenga especial cuidado con los primogénitos que tal vez sean arrastrados hacia el perfeccionismo. Si su primer hijo recibe mucha presión por parte de un segundo hijo muy competitivo y capaz, tenga aún mayor cuidado.

Frank, de diez años, tiene muchos intereses pero es famoso por comenzar cosas para luego no terminarlas (signo seguro de perfeccionismo). El hermano menor de Frank, de ocho años, Ralph, compite constantemente con él, obteniendo buenas notas y terminando cualquier proyecto que emprenda. Una noche, Frank se encuentra en el garaje trabajando con una pajarera cuando su padre entra y le dice:

—Frank, eso sí que se está quedando bien. Eres un excelente carpintero.

Frank lo mira extrañado y luego, para total asombro de su padre, arroja la pajarera al suelo del garaje, haciéndola pedazos.

—¡Es horrible! —grita Frank—. Es probable que Ralph pueda hacer una mejor. —Luego sale corriendo hacia su habitación y no abandona el lugar durante el resto de la noche.

El padre de Frank se siente completamente desconcertado y no se puede imaginar por qué su pequeño y honesto elogio ha producido tal enojo en su hijo. De lo que el padre no se da cuenta es de los sentimientos de Frank hacia su hermano menor y, más importante, hacia él mismo. Frank siempre se ve a sí mismo como alguien que nunca alcanza la medida de lo que sus padres esperan de él o de lo que él mismo espera.

Elogiar a un niño como Frank es como meterse en la boca del león. Frank no necesita del elogio; necesita de un estímulo realizado con tacto, hecho con total conciencia de lo que está sucediendo en su vida.

Ejemplos de estímulo en lugar de elogio

¿Qué significa entonces estimular a un niño? El estímulo no se centra en los niños y en lo "maravillosos" que ellos son. El estímulo se centra en lo que los niños deben hacer y en la satisfacción que pueden obtener por el solo hecho de hacerlo. Para ser honestos, el estímulo en lugar del elogio es un asunto engañoso. No siempre obtendrá resultados perfectos, pero ciertos principios y técnicas pueden hacer maravillas.

Volvamos a revivir las escenas en las casas de los Smith y los Jones para ver lo que se podría hacer. Tal como recordará, mamá Smith ha descubierto que su hijo Harlan, de siete años, limpió su habitación y se encontraba haciendo los deberes, todo esto sin que se lo pidiesen. ¿Qué puede decir mamá que fuera estimulante en lugar del simple elogio?

—Esta habitación se ha quedado estupenda, y seguro que te encuentras a gusto en ella.

—Estoy muy contenta de que empieces a pasártelo bien con los libros, Harlan.

O, con un poco de humor, el cual admito que a veces puede resultar contraproducente, mamá podría decir:
—Bueno, ¡por fin veo una alfombra limpia en esta habitación! Menos mal que me he enterado. ¡Llamaré al servicio de fumigación para decirles que ya no los necesitamos!

Observe que en cada uno de los ejemplos la madre se ha concentrado en el trabajo realizado. La habitación está espléndida. Ella ve que su hijo disfruta estudiando. Se ha dado cuenta de que toda la suciedad que había sobre la alfombra había sido limpiada. En el último ejemplo, la madre trató de infundir un poco de humor. El humor debe utilizarse con discreción. Todo depende del sentido del humor de su hijo y de cuánto él aprecia que se rían un poco de él mientras se lo estimula al mismo tiempo. En ninguno de estos ejemplos, sin embargo, la madre le dijo a Harlan que él era maravilloso. En lugar de ello, le habló del trabajo realizado. Estimuló a Harlan en lugar de elogiarlo.

Una forma de establecer la diferencia entre elogio y estímulo es este. El elogio dice: *"Tú* eres maravilloso *porque* has hecho algo". El estímulo dice: "Es maravilloso que hayas hecho algo y yo lo aprecio."

La diferencia es sutil pero muy importante. Ofrecer estímulos no es simplemente una cuestión de elogiar a los hijos para que hagan lo que deben. Todos los padres deben estar atentos a la fina línea divisoria que aquí existe. Mucha gente, adultos y niños, creen que "A menos que yo haga, a menos que yo consiga, a menos que yo haga lo que le gusta a la gente, no recibiré amor ni aprecio. No seré nada."

La clave para estimular a sus hijos es su propia percepción de lo que dice. Cuando ellos hacen algo correcto, bien o productivo, debe concentrarse en lo que hicieron, pero *la forma* en que usted comente lo que se hizo es absolutamente crucial.

Por ejemplo, suponga que Harold de doce años ha limpiado el garaje sin que se lo pidan. Papá sale y dice:

—Harold, ¡el garaje está estupendo! —El padre no ha hecho mención alguna sobre que Harold es un "buen muchacho" por limpiar el garaje. En lugar de ello, ha hecho una observación. Aceptado está que es una observación cálida y entusiasta, y Harold puede ver que papá está contento. De esto puede deducir *para sí mismo* algo parecido a lo siguiente: "Papá y mamá valoran lo que hago... Ellos aprecian mi trabajo... Soy un niño capaz... Puedo conseguirlo... Contribuyo con mi familia... Puedo pensar por mí mismo... ¡Puedo hacerlo!"

189

Cuando usted estimula a sus hijos, los ayuda a sentir que ellos son *aceptados,* que ellos *pertenecen*, que ellos son *capaces,* en suma, el A-B-C de la autoimagen. Los comentarios estimulantes refuerzan el A-B-C de la autoimagen. El elogio, que es una forma de amor condicional, destruye dicho A-B-C.

El elogio tiende a reconocer al actor. A menudo se expresa en forma de mensaje en segunda persona que dice "Tú eres maravilloso, *tú* eres importante, *tú* eres sobresaliente." En la otra cara de la moneda, el estímulo se expresa en forma de mensaje en primera persona que reconoce el acto sin expresar juicio de valor, calidad o precio de la persona que realizó dicho acto. El estímulo dice, "Buen trabajo, aprecio tu idea y tu esfuerzo." Cuando se los estimula adecuadamente, se deja en los hijos el sentimiento de que tanto si ellos tienen éxito como si fracasan, pueden siempre intentarlo de nuevo sin miedo a ser criticados, regañados o a que se espere de ellos que den un salto más alto la próxima vez.

Ahora vayamos a la casa de los Jones. Allí Cindy, de nueve años, acaba de colocar toda la ropa lavada de la semana. En nuestro primer ejemplo, la señora Jones no sólo la elogió, sino que la premió con dos dólares extra para su asignación de la semana, una pura y simple recompensa por los servicios prestados por encima y más allá del deber. Para estimular en lugar de elogiar, sin embargo, mamá Jones podría decir:

—Cindy, realmente es estupendo tener colocada toda la ropa lavada. Esto hará que todo mi día se haga más fácil. Gracias.
—Cindy, no te has olvidado de nada al colocar la ropa. Yo misma no podría haberlo hecho mejor. Gracias por tu ayuda.

Observe que no encontramos a la madre diciendo algo acerca de cómo le gustaría que el hermano de Cindy se pareciera un poco a ella. Ni tampoco dice: "Tú eres la única que me puede ayudar". Estos dos comentarios son del tipo que pueden dar al niño una idea equivocada y, francamente, aumentar las percepciones de su propia importancia. Aunque alguien alguna vez haya dicho "nunca digas nunca", yo diré esto: *"Nunca* compare a uno de sus hijos con el otro". Esta es una forma segura de causar problemas de autoimagen.

Pero ¿qué sucede con Frank y su destrozada pajarera? Recreemos la escena y congelemos la acción cuando el padre de Frank entra al garaje y encuentra a Frank dando los últimos toques. Él desea estimular a Frank pero no irritarlo con lo que parece ser un elogio falso para el primogénito perfeccionista. ¿Qué puede decir papá?

—Frank, veo que te gusta trabajar la madera. ¿Hace mucho que trabajas en esta pajarera?
—Esa pajarera parece que está tomando forma. ¿Qué te parece hasta ahora?

Francamente, si es un hecho que Frank se siente muy amenazado por su hermano menor, incluso estos comentarios pueden provocar que reaccione de manera negativa, pero esta es la clase de cosas que el padre debe descubrir y hablarlas con su hijo.

Esta madre obtiene resultado con fichas

Es cierto que el elogio puede ser bueno y, en algunos casos, dar buenos resultados. Una madre llamó a nuestro "Diálogo con los padres" para hablarnos sobre su sistema de fichas, que funcionaba muy bien con su hijo Brandon, de seis años. Brandon había tenido toda clase de problemas para levantarse por la mañana, vestirse para ir a la escuela, tomar el desayuno a su hora. También tenía verdaderos problemas con la limpieza de la habitación todos los sábados y se frustraba con sus deberes, en particular con la ortografía.

Todos los días parecían ser una prueba, de modo que mamá inventó lo que llamó un "sistema de recompensa por fichas". Las reglas eran simples. Cada vez que Brandon escribía bien una palabra, obtenía una ficha. Cada vez que se vestía a tiempo, obtenía otra ficha. Al llegar a tiempo al desayuno se le daba otra ficha por día. Los sábados, si limpiaba su habitación, conseguía el premio mayor, diez fichas de golpe.

La recompensa por las fichas, por supuesto, era lo que su madre llamaba el "gran premio". Cuando el hijo obtenía de cuarenta a cincuenta fichas, iba a la juguetería y elegía un nuevo juguete. Brandon había ganado fichas suficientes como para comprarse un nuevo juego, pero como todavía no había limpiado su habitación, la orden de mamá era que no podría jugar con el juego hasta que hubiera terminado las tareas de la semana. Cuando llegó de la juguetería, lo primero que hizo Brandon fue limpiar y ordenar su habitación. Luego se puso a jugar con su nuevo juego.

Todo esto se veía muy positivo. La madre obtenía resultados con las fichas y ¿qué más podía ella pedir que eso? Le hice una sola pregunta:

—¿Qué haría usted cuando Brandon tuviera dieciséis años?

—No lo sé —respondió la madre—, pero ahora las fichas funcionan muy bien.

Con el sistema de fichas, Brandon respondía bien a pequeños plazos tales como, "Brandon, ya he puesto el cronómetro, tienes diez minutos para levantarte, vestirte y sen'arte a la mesa para desayunar." Brandon aparecería antes de tiempo, diciendo, "¿Es la hora, mami?"

En cierta forma, el sistema de fichas de la madre parecía casi milagroso. El pequeño que no se podía levantar, vestirse y sentarse a desayunar a tiempo, que no podía limpiar su habitación, que tenía mala ortografía, había hecho un cambio total. ¡Las fichas parecían funcionar definitivamente bien!

Le expliqué que *realmente* las fichas funcionaban bien. Puede utilizar fichas, premios, recompensas, dinero y montones de elogios para hacer que los hijos hagan cosas, pero la pregunta es la misma: "¿Desea usted que sus hijos crezcan buscando fichas o desea que aprendan a ser responsables e independientes, capaces de funcionar plenamente en un mundo que no es demasiado benévolo a la hora de ofrecer fichas o recompensas por cada pequeño logro que hacemos?"

192

Sí, existe toda clase de formas de chantajear a los hijos para que se levanten a tiempo para desayunar, pero el mejor concepto es la disciplina de la realidad mezclada con mucho estímulo. Puede ser más doloroso para Brandon aprender que si no se levanta a tiempo para desayunar, luego tendrá hambre, pero a la larga se beneficiará. Y cuando comience a levantarse a tiempo, en ese momento la madre podrá decir:

—¡Te has levantado y ya estás listo para ir a la escuela! Me parece muy bien. Hace que servir el desayuno sea más fácil.

No estoy seguro de haber convencido a esta madre para que dejara sus fichas y tratara de estimular a su hijo en lugar de eso. Cuando corté la comunicación, pareció tener algunas dudas. Tal vez haya optado por obtener resultados a corto plazo con las fichas, lo que parecía estar funcionando tan bien. Pero lo que yo pretendía era que pensara a largo plazo.

Sus elogios y los premios harían que Brandon centrara la atención sobre sí mismo. A largo plazo, no obtendrá satisfacción o realización, ya que tarde o temprano comenzará a preguntarse qué más debería hacer para recibir mayores elogios o por qué no obtiene un premio por cada cosa positiva que logra en su casa o en el mundo exterior, la escuela, por ejemplo.

Es lo que se ha llamado "el principio de la saturación".[2] Cuando se motiva a la gente con recompensas, tarde o temprano estas personas se "saturan con las recompensas". En otras palabras, "llenan su cuota" de recompensa y su interés decrece junto con el rendimiento.

Luego, para mejorar el interés y rendimiento, debe usted hacerle a sus hijos otro ofrecimiento mejor que el primero.

Lo básico es que, con recompensas, los hijos no son responsables de su rendimiento, sino que lo es el padre. En lugar de aprender que existe una gran satisfacción intrínseca en ser serviciales, obedientes y productivos, los hijos simplemente aprenden que "si hago esto o aquello, obtendré una recompensa".

¿Cómo hay que tratar el fracaso?

Antes de dejar el tema del elogio y la recompensa contra el estímulo, debemos hacer una buena observación de la competencia y el fracaso. Este es un mundo competitivo y los hijos descubren esto bastante pronto, en general en el jardín de infancia o tal vez la primera vez que van al parque. Con mucha frecuencia, lo descubren en el hogar a través del simple hecho de tener hermanos.

El problema mayor de vivir en un mundo competitivo es que constantemente se experimenta una de dos cosas: éxito o fracaso. Pero ¿qué sucede cuando los hijos parecen fracasar todo el tiempo? ¿De quién es el problema?

Una de las cosas que los padres deben evaluar es las expectativas que tienen de los hijos y qué tipo de presiones ejercen sobre ellos. Cuando los hijos no compiten bien, a menudo la causa se puede encontrar en los padres que han establecido patrones que son demasiado altos o, tal vez, los critican y culpan en demasía. La confianza de los hijos en sí mismos se ve erosionada con rapidez y entran en un espiral descendente de la cual no existe escapatoria. Una pérdida o fracaso conduce a otra; su autoimagen se menoscaba.

Puedo recordar a una madre que vino a verme muy preocupada por la autoimagen de su hijo de cinco años. Siempre que lo corregía o le recordaba algo que el niño se suponía debía hacer, el ponía "cara larga" y decía que era tonto, estúpido o que nunca hacia nada bien. Se quedaba allí, parado sin hacer nada, con el aspecto del niño más miserable de todo el mundo.

—¿Qué hace usted entonces? —pregunté a la madre.

—Oh, trato de decirle cosas como "Cariño, tú sabes que no eres estúpido y nada tonto. Mami te ama y eres un niño bueno..."

—Sé que usted le dice esas cosas por amor, pero es lo peor que puede decirle a un niño pequeño —le dije—. Lo cierto es que esta clase de comentario no le hace nada bien, aunque es lógico que los padres digan estas cosas a sus hijos cuando ellos dicen que son estúpidos, tontos o que no saben hacer nada.

Seguí explicándole que su hijo estaba tirando de la soga. Ella haría mucho mejor en decirle:

—Siento que tú te veas de esa forma, cariño, yo no creo que seas así en absoluto.

En este tipo de comentario, no existe recompensa para el niño. Cuando él dice "pobre de mí", tiene una conducta de víctima, lo que se puede ver a menudo en los niños pequeños que sienten un poco de temor por la vida.

Es incuestionable que este niño de cinco años tiene un problema de autoimagen. La única forma en que su madre puede cambiarla sería estimulándolo, no tratándolo como a un bebé o ayudándolo a sentir lástima de sí mismo. Le expliqué a la madre que lo que ella debía hacer era impulsar al pequeño Buford a tener éxito. Debía descubrir algo en lo que él no fracasara. Entonces, cuando él tuviera éxito, no debería expresarle lo maravilloso que es. En lugar de ello, debería decir algo como:

—Gracias por ayudarme... Te encuentras en el camino correcto... Ahora lo has logrado... Apuesto a que te sientes mejor... Parece que esa pequeña práctica está dando sus frutos...

Cualquiera de estas son palabras de estímulo para el niño de cinco años o para uno de diez o de quince, según sea el caso.

Cuando los hijos fracasan, es importante separar lo *que* hicieron de *quiénes* son. Es el viejo síndrome de odiar el pecado pero no al pecador, aunque sea toda una verdad. En lugar de decir cosas tales como "Lo has echado todo a perder esta vez. ¿Qué te sucede? ¿No recuerdas las reglas?". Intente hacer comentarios similares a estos:

—Es una pena que no funcionara... Es difícil tener que recordarlo todo el tiempo... Tal vez se te olvidó: yo también me olvido de las cosas, sé cómo te sientes.

Lo que es importante es ayudar a los hijos a comprender que un "fracaso" simplemente significa falta de destreza o experiencia. Lo que no significa es que una persona que fracasa tiene, como persona, menos valor. El fracaso es simplemente un medio para alcanzar un fin, que es aprender y eventualmente tener éxito. Tal como Anthony Robbins, especialista en desarrollo humano que con frecuencia aparece por televisión, señala:

"No existen los fracasos, sólo los resultados."

Debemos enseñar a nuestros hijos a tener el coraje de ser imperfectos, a cometer errores y luego aprender de esos errores y fracasos en lugar de menoscabar nuestra autoimagen o incluso llegar a destruirla. Cuando los hijos fracasan o cometen un error que parece ser resultado de una conducta descuidada o irreflexiva, es muy fácil perder la calma y caer sobre ellos con toda nuestra fuerza, lo que los hace sentir peor y más fracasados que nunca.

Por ejemplo, papá encuentra todas sus herramientas desparramadas por el taller. Puede ver que el pequeño Jason ha estado tratando de arreglar su bicicleta, pero ahora el lugar es un desastre y Jason no aparece por ninguna parte. Después de buscarlo por toda la casa, el padre lo encuentra jugando con el *Nintendo*. Lo toma de un brazo, lo hace ir con él hasta el garaje y le dice:

—¿Qué es todo esto? ¿Cuántas veces te he dicho que guardes las herramientas cuando las uses?

El pequeño Jason se siente mortificado (sin mencionar que está petrificado). Ahora recuerda. Había estado trabajando con la bicicleta cuando mamá lo llamó a la casa porque lo llamaba un amigo por teléfono. Después de colgar, por alguna razón no regresó al garaje. Se había olvidado de su bicicleta y decidió jugar al *Nintendo*. Pero ¿cómo puede decirle eso a papá? En lugar de ello, Jason simplemente se dice a sí mismo: "Papá está enfadado conmigo. Supongo que no soy capaz de hacer nada bien".

Pero ahora cambiemos de escenario un poco y veamos al padre que encuentra desordenado el taller, entra y ve a Jason jugando con el *Nintendo*. El padre le pide a Jason:

—Jason, ¿puedes venir conmigo al garaje un minuto?

Una vez allí, papá y Jason miran el desorden y el padre dice:

—Parece que has estado tratando de arreglar tu bicicleta.

—Sí —dice Jason, algo avergonzado—. Luego me fui a la casa por algo y me olvidé de terminar lo de la bicicleta; además, de todas formas, no pude hacerla andar bien.

—Bueno, déjame ver lo que sucede con tu bicicleta —puede decir papá. Y luego puede ayudar a Jason a hacer el ajuste que él no podía hacer por no tener fuerza o experiencia para hacerlo solo. Y mientras está en esto, el padre podría añadir—: Ahora déjame recordarte que debes dejar las herramientas en su sitio, ¿de acuerdo?

De esta experiencia, Jason puede aprender que arreglar su bicicleta no es imposible; todo lo que él necesita es un poco de ayuda e instrucción. Puede también aprender que papá no muerde si se olvida de guardar las herramientas. Acepto que todo esto suena un poco idílico y depende casi enteramente del padre el mantener la calma. De todos modos, es el tipo de cosas que los padres deben hacer si desean que sus hijos aprendan de sus errores y no sientan que lo único que hacen es ir de fracaso en fracaso.

Me gusta lo que mi amigo y colega, John Rosemond, dijo en una de sus columnas para padres, que apareció en los periódicos de todo el país, así como también en la revista *Las mejores casas y jardines.* Rosemond observa que la autoestima (una saludable autoimagen) no se inyecta: se descubre. Los hijos pueden darse cuenta de que, a pesar de sus miedos, frustraciones y fracasos, son capaces de sobrevivir. Pueden aprender a manejar con éxito sus reveses, lo que a todos nosotros nos sucede a diario.

Cuando la hija de Rosemond estaba en quinto grado, su maestra le preguntó si sus padres le permitirían hacer una prueba para determinar si ella podría ser candidata para un programa de superdotados. Los Rosemond le dijeron a Amy que dependía de su elección. A medida que estudiaban las ventajas y desventajas, descubrieron que en el lado positivo habría un trabajo interesante, un desafío y posiblemente una puntuación académica más alta para Amy. En el lado negativo, el trabajo sería mucho más difícil y habría mucha tarea que le quitaría tiempo libre a la niña.

Pero lo más importante de todo es que le dijeron a Amy que en lo que a ellos concernía, no les importaba si ella estaba o no en un programa para superdotados. Tal como Rosemond lo veía, Amy era una superdotada en sí misma y sus padres eran bien conscientes de ello. Si sus talentos se ponían o no de relieve en el programa era algo que resultaba irrelevante.

Amy hizo la prueba y no pudo pasarla. ¿Se sintió fracasada? Para nada. Siguió con su vida, y en su momento entró en una de las universidades más importantes del país donde obtuvo las mejores calificaciones. Lo más importante para Rosemond es que Amy sabe que el "fracaso no es para siempre". Lo que es para siempre es la "decisión de triunfar".[3]

Cuando Sande y yo criamos a nuestros hijos, cuando hablo con los padres en consulta o en "Diálogo con los padres" o en seminarios a lo largo de todo el país, cada vez me convenzo más de que el elogio hace que los hijos se dirijan hacia el fracaso, mientras que el estímulo les enseña a digerirlo. Pero tal como dije antes en este capítulo, cuando usted trate de estimular a sus hijos, debe conocerlos a ellos y saber que percibirán lo que será elogio hipócrita y verdadero estímulo.

Para cada hijo, la ecuación es un tanto diferente. Depende de usted, el padre, descubrirlo. Sin embargo una buena guía es que no se deje a los hijos pensando, "¿Quién soy yo?" Esto es, no decir algo que haga que los hijos se pregunten, "¿Soy bueno? ¿Soy malo? ¿Soy pobre? ¿Soy maravilloso?" En lugar de eso, ayude a que sus hijos piensen en cómo contribuyen ellos a la situación total en la que se encuentran inmersos. Diga lo que diga, siempre dirija su ayuda a que ellos comprendan que son parte de una unidad funcional y que pueden contribuir, cooperar, participar y ayudar a que las cosas funcionen mejor.

El estímulo se centra en la capacidad de cada persona para ser parte del grupo, del equipo, de toda la familia. Con el estímulo, los hijos aprenden que son parte de algo mayor que ellos mismos y que pueden ser parte para hacer que ese algo sea más grande, más fuerte y mejor. En ello, ellos descubrirán que la vida puede ser verdaderamente divertida.

Esa es la clase de estímulo que los hijos necesitan para poder aprender que *tal como son,* son lo suficientemente buenos. No deben ser perfectos; sencillamente deben ver que existe una gran satisfacción personal en tratar de hacer cosas. De eso es de lo que trata una saludable autoimagen.

Una tendencia creciente en la educación pública ha sido el establecimiento de programas y currículum para ayudar a los estudiantes a formar su autoestima. Estos programas se encuentran en estados como los de California, Florida, Hawai, Kentucky, Luisiana, Maryland, Nueva York, Ohio y Virginia. Una reciente encuesta realizada sobre mil profesores dio como resultado que el 73 por ciento de ellos estaban de acuerdo en que la formación de la autoestima y el crecimiento personal "es uno de los aspectos más importantes de la enseñanza para ayudar a los estudiantes a aprender".[4]

Robert Reasoner es un superintendente de escuelas, ahora jubilado, que pasa su tiempo ayudando a desarrollar programas de autoestima en las escuelas. Según Reasoner, la investigación demuestra que la gente necesita sentirse afortunada por lo que ellas hacen, por lo menos un 75 por ciento del tiempo, si lo que desean es mantener la motivación. Si la tasa de éxito decae a un 50 por ciento, comienzan a desanimarse e incluso a sentir desesperación.[5]

Siempre que fracasamos, tanto adultos como jóvenes, nos reprendemos con conversaciones negativas tales como:

—Bueno, eso ha sido realmente un fracaso total.

—¿Ves? La verdad es que no puedes hacerlo.

—Apestas. No es de extrañar que no le gustes a nadie.

Pero cuando usted estimula a los jóvenes, ellos pueden aprender a aceptar el fracaso y los errores como parte del ser humano. En lugar de la reprimenda negativa, pueden decirse a sí mismos:

—He hecho mal esto. Pero tengo otras oportunidades.

—Lo he echado a perder esta vez, pero sé que puedo lograrlo y la próxima vez ¡lo haré!

—Cualquiera puede cometer un error. Mis amigos lo comprenden y a ellos todavía les gusto.

O, tal como un niño de ocho año que recibe instrucción sobre autoestima, lo expresó:

—Tal vez no *sea perfecto,* pero soy sorprendente.[6]

En este capítulo nos hemos concentrado en la diferencia crucial que existe entre elogio y estímulo, y en por qué el estímulo es una herramienta mucho mejor para ayudar a los hijos a enfrentarse a la vida, lo cual incluye un cierto número de fracasos. Pero hay mucho más que decir acerca de cómo utilizar el estímulo para formar la autoimagen de su hijo. En el capítulo 8 trataré el tema de la falta de estímulos, así como también de sentimientos y emociones, y aprenderemos a hablar con nuestros hijos de manera que les demos seguridad en lugar de destruirlos.

Algo para recordar...

- Todos los hijos necesitan estímulos como una planta necesita del agua. Nada es más importante.

- El elogio y las recompensas a menudo desaniman a los hijos antes que estimularlos.

- El elogio puede hacer que los hijos crean que su valor personal depende de cómo alcanzan lo que sus padres esperan de ellos.

- Una "recompensa" puede ser un soborno encubierto. Ofrecer premios puede transformar a los hijos en "buscadores de recompensas". Creerán que merecen un reconocimiento por cualquier cosa positiva que hagan en la vida.

- Tenga especial cuidado en elogiar a los primogénitos que son a menudo perfeccionistas. Para ellos, el elogio puede parecer hipócrita, como la burla.

- Los estímulos se centran en lo que el hijo ha realizado y enfatiza su aprecio.

- El elogio dice, "Tú eres importante porque has hecho algo." El estímulo dice, "Es maravilloso que hayas hecho algo y yo lo aprecio."

- El estímulo hace que los hijos piensen: "Puedo hacerlo... Soy capaz... Mamá y papá confían en mí."

- El elogio puede llevarlo a comparar a un hijo con otro. El verdadero estímulo nunca hace comparaciones.

- Si su hijo fracasa más de lo que triunfa, verifique sus propias expectativas y lo crítico que usted es.

- Nunca deje que el fracaso de sus hijos se refleje en su autoimagen o autoestima. El fracaso por un lado implica aprender y eventualmente triunfar.

- El estímulo ayuda a los hijos a saber que son buenos *tal como son*.

- Las recompensas, premios, insignias y montones de elogios funcionan durante un período corto, pero no ayudan a los hijos a desarrollar la madurez que necesitan para enfrentarse a la vida.

Acciones para probar...

- Trate de hacer un seguimiento de cuán a menudo utiliza palabras y frases de elogio con sus hijos. Tal vez se sorprenda.

- Para ayudar a los hijos que se sienten fracasados, ponga a su alcance situaciones donde puedan triunfar: luego estimúlelos diciéndoles: "Ahora lo has conseguido... ¡Eso es maravilloso! ¡Sigue así!".

- Cuando su hijo haga algo bien, utilice cualquiera de las siguientes frases para estimularlo:

  ¡Buen trabajo! Aprecio tus esfuerzos... ¡Eso es! Te encuentras en el camino correcto... El garaje (o lo que fuera) está estupendo. No te has olvidado de ningún detalle. ¡Gracias!... Estoy feliz de que disfrutes del trabajo. Apuesto a que también te sientes feliz... Mira esto, es un verdadero progreso. Apuesto a que te sientes bien ahora...

8

El factor de los sentimientos

Cómo escuchar y luego responder a sus hijos

Otro día comienza y, mientras usted mira a sus hijos que todavía duermen en sus camas, se promete que este será un día mejor que el de ayer. En lugar de la rivalidad, habrá armonía; en lugar de la rebelión, habrá cooperación. La bondad y el amor aplacarán los fuegos de la discordia y los celos. En lugar de terminar el día en un desgaste de frustración, estará sereno y en paz.

Si el problema aparece, lo resolverá rápidamente y con eficiencia poniendo en acción la disciplina de la realidad. En lugar de entrar en luchas de poder, las pasará por alto, permaneciendo firme pero justo, impartiendo disciplina pero no sermones, caminando por la fina cornisa entre permisividad y autoritarismo. En síntesis, estará tan contenido y bajo control que ¡leerá el periódico de hoy, *hoy!*

Y entonces suceden dos cosas. Los niños se despiertan y usted también. Su sueño de cómo podría ser el día ha terminado y la realidad le cae como un jarro de agua helada en el rostro.

—¡Te odio!

—No puedo hacerlo, me moriré si tengo que ir.

—Me duele el estómago, no puedo ir hoy al colegio.

—No es justo, ¡él siempre hace lo que quiere!

—Yo quería la roja, ¿por qué *ella* siempre tiene que tener la roja?

—Yo *no* le pegué; me molestó y sólo lo empujé.

La mayoría de estas frases son conocidas para todos los padres. Existen palabras típicas en todos los niños que tienen una cosa en común: el desánimo. Todos los hijos (y todos los padres) son un cúmulo de sentimientos. Uno de los secretos para educar a los hijos sin destruirlos (o hacer que usted se destruya) es comprender cómo manejar el factor de los sentimientos; de los sentimientos de ellos y los suyos.

Si la falta de estímulos hace que los hijos estén de mal humor y se comporten mal, lo siguiente es que el estímulo los ayudará a enfrentarse con lo que el día tiene para ofrecerles. Rudolf Dreikurs mantiene que, a medida que un hijo atraviesa por un día típico, está:

> "expuesto a una secuencia de experiencias desalentadoras. La estimulación deliberada es esencial para contrarrestarlas. El hijo se comporta mal sólo si se lo desalienta y no cree en su capacidad de triunfar con medios útiles. Los estímulos implican que usted tiene fe en su hijo. Se la comunica. Le comunica que usted cree en su fuerza y capacidad, no en su "potencialidad". A menos que tenga fe en él *tal como es,* no podrá estimularlo".[1]

Ahora la mayoría de los padres que conozco hacen todo lo posible por estimular a sus hijos y declaran que tratan de hacerlo constantemente. Pero sus buenas intenciones a menudo se oscurecen rápidamente, si no desaparecen del todo, al tener que soportar los sentimientos negativos del hijo expresados en frases repentinas tales como "Te odio... Esto es un asco... ¿Por qué tengo que hacer esto?..." y cosas por el estilo.

Es increíble cuán rápidamente puede cambiar el clima. Antes de que se dé cuenta, ya no es un estimulador benévolo; de pronto se ha transformado en alguien que debe imponer el peso de ley, mantener la paz y tratar de administrar disciplina con la sabiduría de Salomón. De una u otra manera, un padre debe rebobinar para aplicar presión a fin de que sus hijos se comporten. Pero tal como Don Dinkmeyer señala:

> "Las presiones externas rara vez consiguen una conducta deseable. Rara vez puede uno *hacer* que su hijo se porte bien, estudie, sea aplicado, si él decide no hacerlo. Las presiones externas deben reemplazarse por la estimulación interna. La recompensa y el castigo no producen una estimulación interior o, si lo hacen, es de corta duración y necesita de continua repetición. Esto es diferente de la estimulación interior. Una vez que el hijo se mueve por voluntad propia en la dirección correcta, como resultado de una motivación intrínseca, las posibilidades son que continuará haciéndolo así, sin ningún tipo de influencia externa."[2]

Lo que resulta un desafío es hacer que se muevan en la dirección correcta. ¿Por qué los niños no quieren levantarse por la mañana? Y por extraño que parezca, ¿por qué esa misma cama que ellos encuentran difícil de dejar por la mañana, es un lugar desagradable para ir por la noche? ¿Por qué los niños no comen adecuadamente o no comen nada? ¿Por qué no guardan sus pertenencias y dejan de pelear con sus hermanos y hermanas? ¿Y por qué no pueden ser puntuales y por lo menos ser un poco de ayuda en la casa? ¿Puede todo esto atribuirse *verdaderamente* a la falta de estímulos? Muchos padres dirían: "¡no es el hijo el que está desanimado, *yo lo estoy*! Y si mis hijos sencillamente se portaran bien, todos seríamos más felices".

Pero pedir que los hijos se comporten o preguntarles por qué no cooperan un poco más no es la forma de hacer funcionar los estímulos. Aun cuando todos aceptamos que queremos alentar a nuestros hijos, el estímulo es un proceso bastante complejo. Debemos aprender cómo hacer el tipo de estímulo que realmente pueda ayudar a los hijos a sentir que nosotros realmente comprendemos y sabemos lo que es sentirse desanimado, de mal humor, irritado, e incluso enojados con el mundo. Después de casi veinte años de experiencia, he decidido que lo mejor para comenzar con el estímulo de los hijos es:

Reconocer sus sentimientos

Aunque parezca extraño, muchos padres creen que su tarea es negar los sentimientos de sus hijos.

Un niño dice que odia a su hermano. Nuestra típica respuesta es decir: "No es verdad que sientas eso" o "No debes tener ese sentimiento".

El niño dice que no irá al colegio y nosotros le respondemos:

—Oh, lo dices porque es lunes.

Una hermana mayor saca al hermanito de su habitación, diciendo a gritos que él no tiene derecho a estar allí. Nosotros le regañamos diciendo:

—No tienes que enfadarte tanto, sólo porque haya entrado en tu habitación.

La verdad es que una gran parte de nuestra paternidad se centra en corregir a nuestros hijos, rechazando aceptar sus sentimientos. En realidad, les enseñamos que ciertos sentimientos (la ira, en especial) son inaceptables. Ellos rápidamente determinan que cuando tienen estos sentimientos *son* también inaceptables.

Es un círculo vicioso. El enfrentarse a las presiones de la vida, los plazos y las exigencias es ya suficiente para provocar en los hijos muchas situaciones de desaliento. Pero cuando ellos reaccionan con ciertos sentimientos y esos sentimientos son negados por sus padres, su desaliento sólo aumenta. A continuación, se muestran unos ejemplos de cómo los padres niegan los sentimientos de sus hijos. Tal vez se reconozca a sí mismo mientras los lee o pueda pensar en algo similar que quizá le haya dicho a su hijo.

HIJO: —Cindy siempre se mete en mis cosas, ¡la odio!

PADRE: —¿Cómo puedes decir algo así de tu propia hermana? Tú no la odias y quiero que te disculpes ahora mismo por haberle dicho una cosa así.

HIJO: —La excursión ha sido aburrida, no ha sido nada divertida.

PADRE (después de gastar tiempo y dinero para que el día de campo resultara un éxito): —¿Cómo puedes decir que la excursión ha sido aburrida? Ha sido un día perfecto y te has comido tres perritos calientes. Creía que todos lo habíamos pasado genial.

HIJO: —No quiero ponerme ese vestido, ¡los vestidos son para los bebés! ¡Además, es horrible!

PADRE: —Es un vestido muy bonito. Todas las niñas de tu edad usan vestidos. Es muy parecido a los vestidos que llevan tus amigas.

HIJO: —Mi entrenador es un idiota. Sólo porque llegué dos minutos tarde a la práctica, me hizo hacer dos carreras.

PADRE: —No digas que el entrenador es idiota. Las reglas son las reglas. Si llegas tarde a la práctica, ¿qué esperas? ¿Una medalla?

Estos son ejemplos típicos. Podría darles docenas de ellos, pero observemos estos cuatro escenarios para sacar algunas conclusiones y desarrollar algunos principios para una mejor comprensión del factor de los sentimientos. En cada ejemplo, el padre comete dos errores básicos.

Primero, el padre no escucha realmente los sentimientos del hijo, lo que hace que el padre no escuche muy bien nada de lo que el hijo le dice. Sólo oye la palabra o frase negativa e inmediatamente reacciona: "Mi hijo está equivocado y debo corregirlo".

Segundo, al ser tan rápido en corregir lo que se percibe como error o mala actitud, el padre no reconoce cómo el hijo se siente. En realidad, se ignora completamente cualquier sentimiento que tenga el hijo y es tratado como si nada sucediera. Siempre que se ignoran los sentimientos y se los trata como si no existieran, es lo mismo que decir "tú no te encuentras allí" y ¿qué puede ser más desalentador que eso?

¿Cuál es la respuesta? Obviamente, su primer tarea es detenerse y *escuchar verdaderamente* lo que sus hijos dicen. Deje de escuchar con la mitad de su sintonía en la frecuencia "¿Y *ahora* qué sucede?" "¿Qué debo corregir ahora? En lugar de ello, escuche con cuidado no sólo los hechos, sino también los sentimientos de sus hijos. Los especialistas en comunicación llaman a esta clase de atención, "atención activa" o "atención con empatía". La idea es que usted se proyecta hacia lo que sus hijos dicen, se pone en sus lugares, por decirlo de otra manera.

Esta clase de atención *no* es fácil. La mayoría de nosotros no lo hace naturalmente o muy bien. Estamos demasiado ocupados en nuestro propio mundo, con nuestros propios pensamientos o, lo que es posible, estamos conectados al televisor y, por supuesto, nuestro hijo se ha aproximado justo cuando el partido, la escena, el programa de entretenimientos o las noticias se están poniendo interesantes. Los hijos siempre pueden saber si realmente los estamos escuchando. Si tratamos de hacerlo con los dos ojos clavados en la pantalla de la televisión y no en ellos, y uno de nuestros oídos puesto en el audio de la tele, no es de extrañar que nuestros hijos se sientan desatendidos, además de insignificantes y desanimados.

Para escuchar con total atención, trate de hacer lo siguiente:

1. Deje de hacer lo que hacía. Vuélvase hacia su hijo y mírelo a los ojos para escuchar lo que dice; no sólo los detalles que su hijo desea transmitir, sino también los sentimientos. Con franqueza, los detalles no siempre tendrán mucho sentido lógico para un adulto, pero eso no es lo que realmente importa. Los sentimientos son los que en verdad cuentan.

2.   Trate de reconocer los sentimientos de su hijo con sólo
      una palabra o dos. Tal vez pueda o no identificar la emo-
      ción exacta que el niño está experimentando, pero lo que
      es importante en el intercambio inicial es por lo menos
      dejar que el niño sepa que usted lo está escuchando al
      hacer expresiones de asentimiento tales como: "Oh..." o
      "Ah..." o "Ya veo...".

Otra técnica útil cuando escucha a sus hijos de una forma
activa y con empatía es tratar de darles a los sentimientos que
ellos parecen tener un nombre. Por ejemplo: "Suena como que
te sientes muy enfadado". O sino: "Dios mío, eso debe haber
sido muy embarazoso".

Los padres a veces creen que si ellos identifican los sentimientos de sus hijos en voz alta, sólo harán que estos sean peores.
Por supuesto, lo que sucede es exactamente lo contrario. Por ejemplo, una vez hablaba yo con un abuelo cuyo nieto de diez años
había recibido como regalo de cumpleaños una costosa cacatúa.
Alrededor de dos meses después, el niño le dijo a su abuelo:

—¡Mi pájaro se murió!

—Oh, eso es terrible —dijo el abuelo—. Tú lo querías
mucho; me imagino que estarás muy triste.

—No sé por qué se murió —prosiguió el niño—. Tenía
agua y comida y yo la miraba todo el tiempo.

—Sí, tú la cuidabas mucho —dijo el abuelo—. Debes
sufrir mucho por haber perdido a tu amiguita.

El abuelo escuchaba activamente los sentimientos del niño
y deseaba darle a esos sentimientos un nombre. Si el abuelo
hubiera negado los sentimientos de su nieto, le habría dicho
cosas como: "Ahora no te sientas mal. Los pájaros se mueren.
No hay nada que puedas hacer. Tal vez puedas volver a tener
otro pronto".

Ese tipo de comentarios probablemente tendrían la
siguiente respuesta del niño: "No quiero otro. Me gustaba este".

Y en este punto, es típico que un adulto responda: "Ahora no seas ilógico. No puedes tener este; está muerto y simplemente deberás aceptarlo".

Otra buena técnica es la recomendada por el ya desaparecido Haim Ginott, que fue una de las autoridades en psicoterapia para niños y autor de éxitos tales como *Entre el padre y el niño* y *Entre el padre y el adolescente*. Una vez presencié un coloquio, en donde Ginott hablaba, diciendo que una buena forma de reconocer los sentimientos de los hijos es "conseguir en la fantasía lo que uno no puede tener en la realidad".

Por ejemplo, suponga que a causa de la lluvia su hijo de cinco años no puede salir en todo el día. Se está transformando en un león en miniatura enjaulado y por fin grita: "La lluvia lo arruina todo. Yo quería jugar hoy con Tommy y ¡tengo que quedarme encerrado! ¿No puedo salir por un ratito?".

El padre que no reconoce los sentimientos responderá: "Sabes que no puedes salir cuando llueve y mojarte. A veces es necesario que llueva. Mañana podrás jugar con Tommy".

Esta clase de lógica práctica sólo hará que el niño de cinco años se sienta rechazado y tal vez un poco enojado. Puede responder con facilidad: "Quiero salir. ¡Nunca dejas que me divierta!".

Más explicaciones por parte de mamá sólo provocarán más protestas, y el pequeñito tal vez golpee con los puños el suelo en un arranque de mal humor.

En lugar de la explicación lógica y racional, lo que los niños necesitan oír es que mamá sepa cómo se sienten. Cuando un niño de cinco años se queja de la lluvia, la madre puede decir: "Es verdad que te sientes cansado de estar en casa por la lluvia. Sé que te gusta mucho jugar con Tommy y hubiese sido divertido...". Luego la madre tal vez podría complacer los deseos de su hijo y decir con entusiasmo: "Ojalá pudiera detener la lluvia y hacer que el sol salga con el cielo azul y las nubes. Entonces tú y Tommy podríais divertiros mucho".

Esta comprensión no proporciona una garantía segura de que su hijo de cinco años decidirá, de pronto, que le gusta mucho quedarse en su casa cuando llueve, pero es muy posible que responda: "Sí, entonces podríamos jugar con los soldaditos en el patio. ¿Puedo tomar leche con galletitas? ¿Quieres jugar al 'Veo Veo' conmigo?".

210

Obviamente, usted no puede detener la lluvia ni controlar el aspecto del sol, el cielo azul y las nubes, pero el ser sincera con su hijo al decirle que lo haría, si pudiera, para que se sintiera mejor, es todo lo que él busca. Hará que su realidad, el tener que quedarse dentro porque llueven sapos y culebras, sea mucho más fácil de manejar.

Volvamos a los cuatro ejemplos de cómo los padres pueden con facilidad negar los sentimientos de sus hijos. Nuestro objetivo es aplicar estas cuatro técnicas, que fueron diseñadas para animar, no para desalentar a los hijos. Para recapitular, estas cuatro técnicas son:

1. Prestar toda la atención a lo que sus hijos le dicen y escuchar tanto los hechos como los sentimientos.
2. Dejar que sus hijos sepan que usted los está escuchando, al darle respuestas con expresiones de asentimiento elementales tales como: "Oh...", "Ah...", "Ya veo...".
3. Cuando identifique los sentimientos de sus hijos, déles un nombre en voz alta, de modo que ellos sepan que usted sabe cómo se sienten. ("No me extraña que te sientas molesto... que te sientas realmente herido.")
4. Cuando sea apropiado, complazca los deseos de sus hijos con la fantasía, aún cuando no pueda hacerlo en la realidad de la situación.

Tomemos cada uno de los cuatro ejemplos de "negación de los sentimientos" y veamos cómo podríamos modificarlos.

Ejemplo Nº 1
—Cindy siempre se mete en mis cosas, ¡la odio!

En este caso, mamá negó los sentimientos de su hija preguntándose cómo podía decir algo como eso sobre su propia hermana. Entonces la regañó diciéndole que no odiaba a su hermana y que sería mejor que se disculpara con ella de inmediato.

Pero si la madre desea reconocer y no negar los sentimientos de su hija mayor, llamémosla Amy, podría utilizar cualquiera de estas tres muestras de respuesta:

1. —Pareces muy enfadada.

2. —A nadie le gusta que los demás se metan en sus cosas, puedo comprender lo molesta que te sientes.

3. —A veces las hermanas menores pueden ser un castigo. Apuesto a que quisieras colocar un gran candado en tu puerta para evitar que Cindy entre.

Ahora, en cada una de estas respuestas, mamá no "corrigió" el enojo de Amy contra su hermana, y tal vez Amy no esté segura de que la conversación pueda proseguir de allí en adelante. Una clave para reconocer sentimientos, sin embargo, es no tener el objetivo secreto de corregir eventualmente al hijo por sentirse enojado, deprimido, aburrido o cualquier emoción que pudiera conmoverlo. A fin de hacer que la técnica de atención activa funcione, la madre debe comprometerse con el principio de que los sentimientos no son ni buenos ni malos. Estos simplemente *son*.

Amy debe saber que actuar dejándose llevar por sus sentimientos, golpear a Cindy o algo peor, es algo que no está permitido. Pero al utilizar la respuesta número 1, mamá le otorga a Amy la libertad de sentirse enojada y ella también pone en movimiento procesos que ayudarán a Amy a tranquilizarse y finalmente llegar a perdonar a la pequeña Cindy por sus transgresiones.

Las respuestas 2 y 3 son particularmente útiles, ya que incluyen una nota de empatía. Cuando una madre puede comunicarles a sus hijos que ella sabe cómo se sienten, está haciendo mucho para formar su autoimagen. En este caso, también disipará el enojo que Amy siente contra su hermanita. Si se la sermonea o alecciona, Amy se sentirá más enojada y resentida. Que comprendan y escuchen que ella está enojada la ayudará a calmarse y a manejar la situación de una manera constructiva.

Más tarde la madre puede hacer que Amy sepa que ella hablará con Cindy y le dirá que si sigue metiéndose en las cosas de su hermana, tendrá que atenerse a las consecuencias de este proceder.

Ejemplo Nº 2
—¡La excursión ha sido aburrida!

En este caso, papá ha gastado mucho tiempo y dinero para hacer que el día de campo fuera una buena diversión y él negó los sentimientos de su hijo al preguntarse cómo este podría llegar a pensar que fue un aburrimiento. Había sido un día perfecto, su hijo se comió tres perritos calientes y obviamente todos lo habían pasado muy bien.

En este punto, el pequeño Rosco probablemente se retirará a su habitación o a algún lugar seguro, ya que ahora tiene a su padre en contra y sabe que está vencido. Además, tal vez se dé cuenta de que su padre tiene "razón". Fue un perfecto día de sol y él se comió tres perritos calientes. Pero todavía se siente aburrido y ese es el sentimiento que él está tratando de transmitir. Si papá quería ayudarlo a manejar dicho sentimiento, podría haber utilizado respuestas tales como:

1. —¿Entonces no te has divertido? Eso es malo.

2. —¿Te has aburrido? Cuéntame, ¿qué es lo que te aburrió?

3. —Es una lástima. Además, tú tenías muchísimas ganas de hacer esa excursión.

Con cualquiera de estos comentarios, el padre ha evitado con éxito la trampa de sentir indignación paternal porque un hijo ingrato no aprecia sus esfuerzos. Cuando los hijos dicen que están "aburridos", pueden parecer impertinentes, ingratos e irritantes. Es fácil para un padre pensar que "Este niño no sabe lo afortunado que es. ¿Qué derecho tiene a sentirse aburrido?"

La verdad es que Rosco tiene todo el derecho a aburrirse, si eso, en realidad es cómo lo ha hecho sentir la excursión. Para repetir, los sentimientos no son ni buenos ni malos, sencillamente son. Tal vez el pequeño Rosco no puede explicar por qué se sintió aburrido, pero es lo suficientemente honesto como para compartir tales sentimientos. Al reconocerlos con respuestas tales como la 1 y 2, papá hace mucho para construir una mejor relación con Rosco en lugar de hacerlo sentir desanimado, solo e incomprendido.

Nuevamente, no existe una garantía mágica de que Rosco se lance de inmediato a dar una larga explicación de por qué él se aburrió. Tal vez todo lo que diga sea algo como: "Oh, creo que jugar a la pelota es aburrido", o tal vez, "Siempre vamos todos los años al mismo lugar". Por otra parte, con un poco más de estímulo, Rosco quizá revele la razón secreta de por qué pensó que el día de campo fue aburrido. Había invitado a su mejor amigo, Jason, quien jugó con otro y lo ignoró durante todo el día, lo cual fue realmente descorazonador.

Observe que la respuesta 3 está hecha para mostrarle a Rosco empatía. Su padre le hace saber que se da cuenta de que no es divertido estar molesto. Rosco tal vez proteste o simplemente responda: "Sí, en general me gustan las excursiones. Tal vez la próxima vez podamos ir a otro lugar".

Ejemplo Nº 3
—¡Los vestidos son para los bebés!

En este caso, la madre niega los sentimientos de su hija con la típica respuesta de un adulto, a la idea de que un vestido perfectamente bueno es para bebés. Todas las otras niñas usan vestidos, de modo que ¿por qué su hija no iba a hacerlo?

La típica respuesta de la niña a esta clase de lógica adulta es: "Oh, no lo comprendes, odio los vestidos". Ahora, tal vez sea verdad que mañana o el lunes de la semana próxima los vestidos volverán a estar de "moda", pero hoy los vestidos no se usan y eso es lo que mamá no puede oír. Si la madre desea reconocer los sentimientos de su hija con respecto a llevar cierto vestido, podría utilizar cualquiera de las siguientes respuestas:

1. —Parece que esta mañana no tienes ganas de ponerte este vestido en particular. ¿Podrías explicarme la razón?

2. —Parece que me quieres decir que eres demasiado grande para usar vestidos, pero tu hermana mayor los lleva. Tal vez hoy quieras ponerte unos pantalones con una camiseta.

3. —Parece que este vestido no te gusta. Me gustaría tener una varita mágica para darte el vestido que a ti te guste.

En las respuestas 1 y 2, la madre reconoce los sentimientos de su hija y le pide una aclaración. Podría ser simplemente que existe algún detalle en particular que a ella no le gusta del vestido. O podría ser que ahora no le gustan los vestidos por lo que dijo alguna amiga de la escuela o por alguna otra razón. Al pedirle a su hija que le explique y le diga lo que prefiere ponerse hoy, mamá le otorga cierta libertad de elección. Le permite a su hija que tenga sus propias opiniones y gustos y, obviamente, sus propios sentimientos. Más aún, trata de idear un compromiso que sea satisfactorio para ambas.

En la respuesta 3, la madre trata de complacer con la fantasía lo que no puede proporcionar con la realidad. Tal vez sería mejor para la madre llegar a este tipo de comentario con un par de pruebas preliminares para reconocer los sentimientos (como en las respuestas 1 y 2). Según la respuesta de la hija, la madre podría sugerir que ella desea poder crearle el vestido perfecto para hoy. Por otra parte, si la niña está realmente en contra de los vestidos, la especulación acerca del vestido perfecto quizá no consiga nada.

El asunto es que, aunque siempre trate de atender activamente a sus hijos, no puede depender de cierta cantidad de frases y respuestas y esperar que los hijos respondan a la perfección en cada ocasión. Debe indagar y descubrir lo que realmente pasa por sus mentes. Tratar de conferir empatía y verdadero interés en lo que los hijos dicen, aun cuando puedan parecer insultantes e irritados.

Ejemplo Nº 4:
—¡Mi entrenador es un idiota!

El padre le contestó rápidamente a su hijo en este intercambio. Los hijos nunca deben llamar idiotas ni insultar a los adultos. Más aún, su hijo rompió las reglas y no llegó a tiempo para la práctica. ¿Esperaba realmente que el entrenador le sonriera y dijera "Está muy bien"? ¿Se da cuenta el muchacho de que la vida no funciona de esa manera y de que si no tiene cuidado, algún día lo expulsarán de algún lugar por no llegar a tiempo?

Todo este tipo de lógica tal vez resulte excelente para un padre, pero no ayudará a su hijo demasiado, ya que el niño se encuentra molesto por habérsele avergonzado al obligarle hacer carreras. Quizá, también, el entrenador no le dejará jugar en el próximo partido. Papá podría haber conseguido mucho más de su hijo si hubiera utilizado cualquiera de las siguientes respuestas:

1. —Siempre te ha gustado tu entrenador, pero ahora parece como si realmente te sintieras disgustado con él.

2. —Debe haber sido una vergüenza para ti correr delante de todos tus compañeros; no me extraña que te hayas enfadado.

3. —Correr todo eso debe haber sido un papelón... Recuerdo cuando me sucedió lo mismo, cuando una vez llegué tarde para una práctica.

En la respuesta 1, el padre simplemente reconoce los sentimientos de su hijo. Si es verdad que siempre le gustó su entrenador hasta ese momento, papá está dejando la puerta abierta para aprender más acerca de por qué su hijo está tan enojado con la disciplina que se le impone.

En la respuesta 2, el padre indaga para saber si la verdadera emoción de su hijo no es otra cosa que vergüenza por tener que correr delante de los otros miembros del equipo. Si en realidad él fue el único que debió correr, esto podría ser la clave para conocer lo que le irrita tanto.

En la respuesta 3, el padre demuestra empatía ya que él también sabe lo que es correr delante de todo el mundo después de haber llegado tarde. El hijo, tal vez, desee oír más acerca de cómo fue cuando su padre jugaba a la pelota. Por otra parte, si el hijo está verdaderamente enojado por su experiencia con el entrenador, tal vez no esté interesado en saber por lo que su padre pasó hace años cuando era joven. Todavía se siente demasiado involucrado en lo que sucedió hace una o dos horas. Mostrar empatía ayuda, pero cuidado con salirse por la tangente; sus hijos quizá piensen que usted no está verdaderamente interesado en sus experiencias y sólo quiere hablar acerca de los "viejos tiempos".

El factor de los sentimientos
está siempre presente

La paternidad incluye muchas cosas, pero una de las mayores tareas es aprender a manejar el factor de los sentimientos. En un sentido, se le desafía a reconocer y aceptar los sentimientos de sus hijos todos los días. Lo que usted está intentando aprender es sencillamente lo que los desalienta. Entonces conocerá la razón por la cual sienten enfado, vergüenza o cualquier otro tipo de emoción. Una vez que lo sabe, debe decidir sobre qué es lo que puede decir o hacer para alentarlos a regresar a la lucha de la vida y a intentar probar nuevamente.

Poder manejar el factor de los sentimientos es más un arte que una ciencia exacta y uno jamás llega a saberlo todo, aun cuando se tenga una placa de psicólogo colgada en la puerta. Con cuatro hijos cuyas edades varían desde el segundo año de facultad a los cinco años, yo poseo una serie de oportunidades para tratar con los sentimientos.

Cuando comenzó su último año de la escuela secundaria, nuestra hija Krissy regresó a casa durante los primeros días de colegio con lo que yo llamo "cara larga". Finalmente, un día rompió a llorar y, dijo que no regresaría al colegio; que ella deseaba cambiar porque lo odiaba.

Esperé después de la cena y fui a su habitación donde Krissy ya estaba en la cama y parecía más triste que nunca.

Me senté a sus pies y le pregunté:

—¿Qué sucede?

—No sucede nada —me contestó.

—Bueno, me quedaré aquí sentado hasta que quieras hablar conmigo.

Una sonrisa comenzó a dibujarse en la boca de Krissy. Ella sabía que no podría esconder que algo le molestaba. En realidad, toda la familia sabía que algo no funcionaba, ya que lo había dejado ver tan pronto como había llegado a casa del colegio. Finalmente, comenzó a hablar.

—No tengo ningún amigo —gimió—. Todos los que estuvieron conmigo hasta el año pasado ya están en la universidad, incluso Holly. Mi novio ha regresado a Nueva York y probablemente no volveré a verlo hasta el próximo verano. Incluso nadie come conmigo. No regresaré a ese colegio. ¡Quiero cambiarme ahora mismo!

—Nadie que te acompañe a la hora de comer... eso debe ser duro —observé.

—Todos son egoístas y antipáticos. Me voy a cambiar, no quiero regresar.

—Creo que puedo entender por qué te sentiste así. A mí también me sucedió lo mismo.

—¡No regresaré y eso está decidido!

Después de haber reconocido los sentimientos de Krissy y tratar de mostrar alguna empatía, me pareció haber chocado contra una pared de piedra. Krissy no salía de su encierro. La verdad era que no deseaba regresar al colegio; quería solucionarlo todo de una sola vez, y era saliendo del colegio. Iría a algún otro donde, en su mente, todos la aceptarían de inmediato.

Debido a que conocía a Krissy muy bien, tuve la certeza de que era el momento justo para un consejo amistoso. Corría el riesgo de que lo rechazara, pero pensé que valía la pena.

—Cariño, te comprendo. Yo me sentí igual una vez, pero aprendí hace mucho tiempo que cuando uno tiene un problema en el colegio, debe enfrentarse a él, si es posible a las ocho de la mañana del día siguiente. Cuanto más se mantenga uno alejado y más tarde en enfrentarse a él, peor será. El cambiarse a otro colegio no es la mejor respuesta. Allí no serías más que una extraña.

—No me importa. ¡Sería mejor! —me contestó bruscamente Krissy.

—Ve al colegio mañana. En el almuerzo, busca una mesa sola y no trates de besar a los compañeros que te dan la espalda. No te expongas a un fracaso. Sólo espera.

—Muy bien —dijo Krissy—. Probaré otra vez, pero todavía quiero cambiarme.

Krissy regresó al día siguiente del colegio sin mostrarse ni molesta ni feliz. Pero no dijo nada de cambiarse.

A la noche siguiente, mencionó que un par de compañeros se habían sentado con ella en el almuerzo. Para el fin de la semana, por lo menos tenía dos buenos amigos y varios compañeros que estaban cerca.

Mientras tanto, Sande llamó a otro colegio privado en la zona de Tucson y averiguó que si Krissy deseaba verdaderamente cambiarse, podría hacerlo sin problemas. Hicimos esa llamada no porque fuéramos permisivos con los humores de Krissy, sino porque deseábamos demostrarle que respetábamos sus sentimientos y, si el problema iba a empeorar, entonces ella podría decidir si se cambiaba o no. Pero tuvimos la corazonada de que no habría necesidad de cambio. Tuve razón en ello.

Cuando Krissy iba a salir para un partido de fútbol el viernes por la noche, la detuve y le dije:

—Krissy, mamá ha hecho algunas llamadas y ha encontrado un colegio para que te cambies si realmente lo deseas. No habría problema. ¿Todavía quieres hacerlo?

—¿Cambiarme? ¿Cambiarme adónde? —dijo Krissy con una sonrisa sumisa—. ¿Por qué iba a querer cambiarme? Hace cuatro años que voy al mismo colegio. Todo está tranquilo ahora, papá, de modo que no te preocupes.

Comparto con los lectores este trozo verdadero de la vida de la familia Leman como ejemplo de cómo una conversación con atención activa pueda tal vez no resultar perfecta, pero demuestra cómo todavía puede allanar el camino y luego dejar que sus hijos resuelvan sus propios problemas. Esa primera noche, cuando traté de reconocer los sentimientos de Krissy, ella se mostró inflexible. Odiaba su colegio y deseaba cambiarse. Pero Krissy es amistosa, del tipo sociable, y yo sabía que si ella conseguía amigos rápidamente, solucionaría su problema.

Todo lo que Krissy buscaba cuando regresaba a casa para decirnos "Odio la escuela... quiero cambiarme," era un oído amistoso, atento y razonable que reconociera sus sentimientos. Como tenía diecisiete años y era razonable, sentí que podía darle un consejo. Fue sin presiones, sin sermones ni lecciones. Pero, aún cuando la aconsejé, dejé que ella supiera que tenía el control y que podía tomar sus propias decisiones.

Por qué Kevin enfermó de "viernitis"

Kevin, nuestro otro hijo adolescente, nos dio otra oportunidad de escucharlo activamente no mucho después de comenzar la escuela, cuando entró al último grado de la primaria. Las primeras semanas del nuevo período escolar fueron bien. En realidad, Kevin fue elegido como presidente de la clase. No mucho después, sin embargo, desarrolló "viernitis" y comenzó a quedarse en casa los viernes, aduciendo que no se sentía bien. Después de haberse perdido el tercer viernes, decidí tener una pequeña charla con él.

—Es muy curioso que últimamente no te sientas bien los viernes —le dije como de pasada—. ¿Podrías ayudarme a comprender esta extraña coincidencia?

Kevin me miró y supo que era hora de rendir cuentas, de modo que decidió ir directo al grano.

—Papá, la clase de gimnasia es los viernes y la odio. No soy bueno como los otros chicos y ellos se burlan. Y además, el profesor la ha tomado conmigo.

Habría sido simple descartar lo que Kevin estaba diciendo, simplemente no escuchándolo y por lo tanto no reconociendo sus sentimientos. Podría haberle dicho que eso era una tontería, que debía ir a la siguiente clase.

En lugar de ello, traté de pensar en lo que realmente Kevin sentía y pensaba. Él no es lo que se llama un buen atleta. Le gusta el arte y es un excelente dibujante. Además adora la magia y siempre se gasta toda su asignación en los últimos trucos, los que ejecuta para todos nosotros con gran entusiasmo y sorprendente habilidad.

—Debe ser duro sentir que no eres igual que los otros chicos —respondí—. A veces supongo que debe ser bastante embarazoso.

Kevin me miró con alivio reflejado en los ojos.

—No sabes ni la mitad de eso, papá —dijo—. Odio la clase y no quiero ir.

—Puedo comprenderlo. Es verdad que probablemente no seas uno de los mejores atletas de la clase, pero tú sabes, algunos de tus amigos atletas también están en tu clase de arte y ellos ni pueden dibujar un palote, pero apuesto a que aún así tratan de hacerlo lo mejor que pueden.

—Bueno, sí, hay dos o tres chicos que son así, como tú dices —admitió Kevin—, pero yo no me burlo de ellos porque no puedan dibujar.

En este punto decidí que Kevin era lo suficientemente maduro como para aceptar un consejo, tal como su hermana había hecho con su "odio al colegio y sus deseos de cambiarse". Le dije:

—No es divertido que se burlen de uno y sé cómo te sientes porque el profesor la ha tomado contigo, pero tenemos un problema. No creo que tengas ningún problema físico para no hacer gimnasia, y si eres tan popular como para que te elijan presidente de la clase, *no todos* pueden burlarse de ti. Tal vez lo mejor sea que lo intentes nuevamente. Estos problemas no desaparecen y me gustaría verte ir a esa clase e intentar hacerlo lo mejor que puedas, se burlen o no de ti.

Kevin me miró con duda. Finalmente dijo:

—Creo que puedo intentarlo, pero no me gustará.

Lo rodeé con mis brazos y le dije:

—No tiene por qué gustarte, sólo quiero que lo intentes. Creo que te sentirás mejor si lo haces. La vida está llena de cosas que no nos gustan, pero debemos intentar hacerlas de cualquier forma.

El viernes siguiente, Kevin fue al colegio y acudió a su clase de gimnasia. Más tarde cuando le pregunté cómo le había ido, me dijo:

—Muy bien, papá. No fue difícil.

Muchos de los problemas que a los hijos les parecen difíciles un día, no lo son al siguiente si ellos tienen voluntad de encararlos y darles solución. Pero lo último que los hijos desean oír, y esto por cierto incluye a los hijos adolescentes, es que su problema no es nada y que por qué ellos no pueden solucionarlo. Los adolescentes, en especial, necesitan mucha atención activa y reconocimiento de sus sentimientos. Las cosas más insignificantes se pueden transformar en algo de grandes proporciones para un adolescente. No estoy seguro de la *verdadera* razón de los "viernitis" de Kevin. Tal vez alguien lo *había* molestado. Tal vez el profesor le *había* hablado con rudeza cuando lo instó para que llegara a la meta con mayor rapidez. Cualquier cosa que hubiera sucedido, fue suficiente para hacer que pensara en un montón de formas para esquivar el problema. Pero una vez que lo encaró, este, entonces, ya no fue importante.

Algunos puntos claves para recordar la próxima vez que su hijo adolescente aparezca con un "problema serio" son: (1) Escuche con cuidado y óigalo hasta el final. (2) Mantenga la calma y no interrumpa de inmediato a su hijo o le dé lecciones sobre lo que debería y no debería hacer. (3) Mantenga el equilibrio y ayude al equilibrio de su hijo, reconociendo los sentimientos que expresa. Déjelo saber que usted lo comprende y sabe que no es fácil. (4) No trate de resolver los problemas de su hijo adolescente. Si es aceptable un consejo, ofrézcalo sin insistencia, como una sugerencia, no como una orden.

Hannah se sintió amenazada y algo más

Descubrir los sentimientos de la pequeña Hannah, nuestra preescolar, es un juego diferente. A los tres años, Hannah ya era una buena comunicadora de sentimientos. Siempre que quería dormir una siesta, solía acercarse a Sande, la tomaba de la mano y le decía:

—Ahora cansada. —Luego Hannah llevaba a su madre a la habitación para que la pusiera a dormir.

Cuando Hannah cumplió cuatro años y tuvo su primera experiencia preescolar, le dijo a Sande un día en que regresaba a casa:

—¡No iré al jardín mañana!

Molesta, Sande dijo:

—¿No irás al jardín? ¿Qué sucede?

La pequeña Hannah se encogió de hombros y no quiso decir nada. Sande no tocó el tema, decidiendo dejar que Hannah se lo contara cuando lo creyera conveniente.

Más tarde, esa noche, Kevin se acercó a Sande y le dijo:

—Sé porque Hannah no quiere ir al jardín.

—¿Sí? —respondió Sande—. ¿Qué te ha dicho?

—Creo que debería decírtelo —respondió Kevin.

Kevin se fue y trajo a Hannah, que se acurrucó en los brazos de Sande, y comenzó a decirle:

—A veces la escuela puede dar miedo... ¿es esa la razón por la que no quieres ir mañana?

—Sarah y yo estábamos jugando en el arenero y un niño se acercó y me dijo que traería un revólver y me dispararía en un ojo —dijo Hannah con una mirada muy sería en su carita—. Mami, tengo miedo.

—Oh, mi amor —dijo Sande—, no me extraña que estés asustada. Eso suena muy feo, pero no te preocupes. Hablaré con tu maestra mañana y veremos qué podemos hacer.

Al día siguiente, Sande llevó a Hannah al jardín como de costumbre y de inmediato fue a hablar con la señora Turtle, la directora del jardín. Después de escuchar el problema, la señora Turtle pensó por un momento y luego dijo:

—Hay un pequeñito que está con Hannah bastante a menudo. Lo observaré.

Ese día más tarde, cuando Sande pasó a recoger a Hannah, la señora Turtle la llevó aparte y le dijo:

—He hablado con Jimmy. Supongo que estaba ayer de muy mal humor. Le dije a Hannah que él estaba arrepentido y él le dio un gran abrazo.

Miremos nuevamente este pequeño drama y veremos qué sucedió. Primero, observe que cuando Hannah no deseaba decir lo que estaba mal, Sande no la bombardeó con pregunta tras pregunta. A menudo le aconsejo a los padres hacer la menor cantidad de preguntas posible, ya que los interrogatorios de los adultos provocan en general que los niños se encierren. Es como si se prometieran a sí mismos:

—Mamá y papá no oirán nada sobre *mí*. —Sande inteligentemente se quedó en silencio y decidió dejar que Hannah se acercara cuando estuviera lista.

También observé que Hannah "probó el agua" al contárselo primero a su hermano mayor. Luego, con una urgencia amable, él se acercó a la madre, pero la batalla no había terminado. La forma en que mamá le hablaría a ella tenía que ver con cuánto ella le diría y sus reacciones.

Algunos adultos podrían sentir que en el mundo de un arenero de una guardería las amenazas no significan mucho, pero lo que ellos olvidan es que una amenaza resulta muy real para un niño pequeño. Estos se toman las cosas de manera literal y Hannah creyó de verdad que el niño la lastimaría. Al reconocer sus sentimientos, Sande pudo calmar a Hannah y hacer que ella regresara a la escuela. Luego ella indagó y descubrió cuál era el problema, lo que hizo sentir a Hannah aún más segura.

Cuando sus propios sentimientos se encuentran

Una cosa es hablar tranquilamente y con control sobre los sentimientos de sus hijos cuando ellos tienen un problema con algo en la escuela, con un compañero de juegos, algo externo a su relación personal con sus hijos. Pero suponga que ellos lo involucran con una acusación o comentario encolerizado. Uno favorito sobre el que las madres a menudo me preguntan es el "¡Te odio!" ¿Qué debe hacer una madre cuando un hijo grita "Te odio"? Las lecciones y los retos sólo consiguen que los hijos se enojen aún más y, con frecuencia, ellos amenazan también con escaparse.

Si su hijo grita "¡Te odio!", trate de dar un paso hacia atrás en la situación y analice lo que sucede. En primer lugar, usted se encuentra sin duda en alguna clase de lucha de poder. Su hija quiere hacer una cosa y usted quiere que ella haga otra. Debido a que la hija se siente vencida y sin otra arma, finalmente recurre a utilizar lo que podría ser su último recurso. Si le dice a su madre que la odia, tal vez mamá se someta bajo presión.

En lugar de esto o de dejarse caer al nivel de su hijo con su propio enfado, debe replegar las velas y rehusar enojarse.

Después de todo, su hija no la odia. Simplemente trata de controlarla y dejarle saber que ella quiere hacer su deseo.

Incluso si usted tal vez siente un poco de enojo, conseguirá mucho más respondiendo al "Te odio", con: "Pareces muy enfadada conmigo, dime lo que sucede". O: "Bueno, yo no te odio y quiero que me digas por qué te sientes de esa manera".

Siempre que tenga que enfrentarse con el enojo de sus hijos, o incluso con su ira, es mejor ser transparente, abierto y vulnerable. Después de todo, usted es el padre, el adulto.

Cuando traté a una pareja que finalmente decidió seguir adelante con el divorcio, ellos me hablaron de su hijo de trece años que había tenido todo tipo de reacciones, tales como rechazar hacer sus tareas del colegio, buscar peleas, gritarles a ambos padres, y cosas por el estilo.

—Obviamente su hijo expresa la forma en que él ahora ve la vida —dije—. El ve que todo es muy injusto y está luchando contra esa injusticia.

—Pero él dice que no le importa —dijo la madre—. Dice que no le molesta que nosotros nos divorciemos.

—Usted sabe muy bien que le molesta. Lo está destrozando y no sabe cómo manejarlo emocionalmente. El mundo lo está golpeando y entonces él responde de la misma forma.

—¿Entonces qué es lo que podemos hacer? —preguntó el padre.

—Traigan a su hijo la próxima vez que vengan. Nos sentaremos todos a hablar acerca de lo que sucederá con las vidas de ustedes. Ustedes deben estar bien preparados para afrontarlo. Ayúdenle a comprender lo que sucede, no le oculten todo.

—Me doy cuenta ahora de que debería haber tratado de conocer mejor a mis hijos —admitió el padre—. Debería haber pasado más tiempo con ellos y menos en el trabajo.

En mi interior, yo moví la cabeza cuando oí a otro padre darse cuenta demasiado tarde de que había descuidado a su familia y que estaba pagando el precio. Durante nuestras consultas, su esposa me había contado con amargura que su principal prioridad había sido siempre el dinero. Era irónico que uno de sus mayores objetivos fuera conseguir suficiente dinero para asegurar la educación universitaria de sus hijos.

Seguimos adelante con la reunión y, aunque fue muy emotivo y duro para todos, fue también muy beneficioso. El niño tenía poco que decirle a sus padres, y ellos lo escucharon en silencio e indefensos. Y luego ellos le explicaron que se iban a divorciar. Se dieron cuenta de que era frustrante, pero deseaban que su hijo supiera de alguna forma que ellos todavía serían una familia y que lo amaban.

Una de las cosas más duras de comprender para un adulto es que los niños tienen percepciones, y que a menudo dichas percepciones no concuerdan con las de un adulto. Y debido a que mamá y papá están bastante seguros de que sus percepciones son superiores a las de sus hijos, no prestan atención a lo que sus hijos dicen. Esto puede ser verdad con respecto a los miedos de los hijos. Un hijo se queja: "No quiero ir al médico. Me va a hacer daño".

Y ¿cuál es la respuesta típica de mamá?: "¡Por supuesto que no te hará daño! Está para ayudarte. ¡No te comportes como un bebé!".

Cuánto mejor es decirle a un niño: "Comprendo que tengas un poco de miedo de ir al médico. Tal vez te ponga una inyección y esto duele. Pero sólo serán unos segundos y luego te sentirás mejor".

Con este comentario tan simple, usted reconoce los sentimientos de su hijo, de simple y puro miedo. ¿Quién no ha sentido alguna vez temor de ir al médico o al dentista? ¿Quién no se ha sentido inquieto cuando el doctor entra en el consultorio? ¿Es realmente muy difícil para un adulto proyectarse hacia el pasado y comprender la percepción del hijo con respecto al médico y cómo el niño asocia a los médicos y dentistas con el dolor?

Decirle a un niño "No te dolerá," "Los niños grandes no lloran," o "Después te compraré un chupete," no mejorará la situación como hacerle saber al niño que usted lo comprende, pero que estará allí para acompañarlo y ayudarlo.

Una regla final para agregarla al banco de la memoria es:

Confíe siempre en las percepciones de sus hijos.

Puedo oír lo que esta pensando. ¿Qué sucede si las percepciones de los hijos son *incorrectas?* Sí, eso es posible, pero el asunto es que esas son las percepciones de sus *hijos y* son los sentimientos de ellos lo que está tratando de reconocer, a fin de comunicarlos mejor.

Recuerde que hay veces, más de las que los adultos admiten, en que las percepciones de los niños son *correctas.*

Mientras escribía este capítulo, hablé con Krissy y Kevin y les dije:

—Podría utilizar un buen ejemplo de cuando vosotros tratasteis de decirme cómo os sentíais y yo *no* os escuché.

—Bueno, papá —se burló Kevin—, eso debería ser fácil. ¿Cuántos ejemplos necesitas?

—Uno estaría bien —le dije, no seguro de que ser vulnerable fuera siempre divertido.

—¿Qué te parece cuando tú y yo salimos a cenar con tus amigos, Tom y Wendy, y yo te dije que no me sentía bien? Tú simplemente me dijiste, "Oh, bueno estarás bien. Vamos a cenar."

Recordé que fue en una Navidad cuando Kevin tenía once años. Sande debía ir a un lugar a encontrarse con Krissy, de modo que Kevin quedó conmigo cuando invité a Tom y Wendy, unos viejos amigos que eran nuestros invitados en aquel momento, a comer a uno de mis restaurantes favoritos. Kevin se había estado quejando de no sentirse bien cuando entramos al lugar, pero yo estaba ocupado conversando con mis amigos y sencillamente no le presté atención.

Unos minutos después de que hubiéramos pedido la comida Kevin se quejó de tener frío. Tom llevaba puesto un abrigo, se lo quitó y se lo puso sobre los hombros, pero el problema no se resolvió. Kevin tenía unas ojeras muy feas, pero yo todavía me negué a darle importancia al problema. Los niños a menudo se sienten mal y luego se les pasa.

Sin embargo, la esposa de Tom, Wendy, no estaba tan segura.

—¿Te importa si llevo a Kevin al baño? —me preguntó.

—No, si crees que es necesario, pero estoy seguro de que

estará bien —respondí y luego, aún preocupado, me volví para hablar con Tom.

Wendy y Kevin dejaron la mesa, pero no pudieron dar más que unos pasos cuando los sentimientos de mi hijo fluyeron con toda su fuerza. Él vomitó de tal forma que cubrió toda la delantera del abrigo de Tom y gran parte del suelo del restaurante. Todas las camareras se detuvieron para observar el desastre. Yo también miré, preguntándome por qué había ignorado la clara advertencia de Kevin acerca de cómo se sentía.

Mientras ayudaba a limpiarlo, le pedí perdón por no haberle prestado atención. Esto fue un recordatorio muy gráfico de algo que yo sabía pero que había olvidado debido a que estaba preocupado con los "intereses de los adultos": *Nunca quite importancia a las percepciones que un niño tiene de la realidad.* Existe una cantidad enorme de veces en que las percepciones de los niños son correctas, tal como las de Kevin en el restaurante.

Sí, también existen muchas en que son las equivocadas, debido a la falta de experiencia o madurez, pero, de todos modos, preste atención. Si está preocupado por los sentimientos de sus hijos, si su hijo tiene o no razón no es el tema. El primer trabajo de un padre es manejar el factor de los sentimientos. No existe una manera más importante de formar la autoimagen y sentido de autoestima de su hijo.

Algo para recordar...

- Todos los niños que se quejan, protestan, critican, discuten o simplemente "se les escapa la lengua" son víctimas del mismo problema: el desaliento.

- Para alentar a sus hijos, aprenda a manejar el factor de los sentimientos, los sentimientos de sus hijos y los propios.

- Las presiones externas (de usted) rara vez consiguen una conducta deseable que sea duradera por parte de los hijos. Ellos necesitan estimulación interior.

- La mejor forma de estimular a sus hijos es reconocer sus sentimientos. Cuando usted niega los sentimientos de su hijo y dice cosas tales como: "Ya basta, ¿cómo puedes decir una cosa así?", sólo consigue aumentar más el desaliento.

- Siempre que un padre ignore los sentimientos de sus hijos a fin de corregir "un error o mala actitud," es igual que tratar a sus hijos como si no existieran. Nada es más desalentador que eso.

- Para escuchar a los hijos se necesitan dos cosas: estar realmente allí, no ausente o pensando en cualquier cosa, y escucharlos con empatía, colocándose en el lugar de ellos.

- Cuando trate de escuchar activamente a sus hijos, no dependa de una serie de frases o respuestas ni espere que los hijos respondan de manera perfecta en cada situación. Con gentileza, indague para descubrir lo que realmente pasa por sus mentes.

- Manejar el factor de los sentimientos es más un arte que una ciencia exacta.

- Confíe siempre en las percepciones de los hijos. En muchos casos, ellos tal vez tengan razón.

Acciones para probar...

- Para la semana próxima (los próximos treinta días serían mejor, ya que para la atención activa se necesita mucha práctica), trate de verificar las veces que usted quita importancia a los sentimientos de sus hijos. Cuando encuentre que está tentado a hacer esto, deténgase y trate de reconocer esos sentimientos.

- La semana que viene trate de hacer un seguimiento sobre con qué frecuencia le dice a sus hijos: "La verdad es que no te sientes así," o "No deberías hablar así".

- En lugar de quitar importancia a los sentimientos de sus hijos, utilice las cuatro técnicas explicadas en este capítulo para reconocerlos:

  1. Preste total atención a lo que sus hijos dicen y escuche tanto los hechos como los sentimientos.
  2. Deje que sus hijos sepan que usted los está escuchando, mediante expresiones tan simples como, "Oh" y "Ah...", o "Ya veo..."
  3. Cuando identifique los sentimientos de sus hijos, afírmelos en voz alta para que ellos sepan que usted sabe cómo se sienten. Por ejemplo, diga: "Puedo ver que te has enfadado", o "Eso debe ser realmente doloroso".
  4. Cuando sea adecuado, complazca los deseos de sus hijos con la fantasía, aun cuando no pueda hacer mucho para cambiar la realidad de la situación. ("Desearía poder detener la lluvia y hacer que el sol salga y brille especialmente para ti".)
  Utilice los muchos ejemplos de este capítulo para demostrar empatía. Sentirse comprendidos, en especial por los padres, ayuda enormemente a la formación de la autoimagen.

- Cuando la atención activa y el reconocimiento de sentimientos parece no funcionar (lo miran sin hablar o le responden en forma impertinente), no se rinda. Lleva tiempo aprender a reconocer los sentimientos de *sus* hijos. Algunas cosas funcionan mejor que otras.

- La próxima vez que sus hijos griten "¡Te odio!" utilice las técnicas sugeridas para replegar las velas, al rechazar enojarse.

Tercera Parte

Qué hacer cuando la disciplina de la realidad choca contra la realidad

...Desde el entrenamiento para controlar esfínteres hasta las rabietas y mucho, mucho más: mediación para resolver dificultades y sugerencias específicas a fin de resistir los "años del por qué", desde el nacimiento hasta los cinco años.

...Cuando el juego de la paternidad comienza a ser interesante... como guiar a sus hijos en los "años de las torpezas", desde los seis a los doce.

...Cómo ayudar a sus hijos adolescentes a sobrevivir a los "años de tormenta" con su autoimagen intacta.

9

La creación de la imagen

Preguntas y respuestas: para padres de lactantes hasta niños de cinco años

Ser padres de preescolares es la cosa más cercana al "Doble peligro" que yo conozca. Primero, usted tiene la terrible responsabilidad de alimentar y entrenar a su hijo en el período más crítico de la vida. Siempre que pienso en niños pequeños me viene a la mente el título de un libro encantador sobre educación de los hijos, escrito por Anne Ortlund, *Los niños son cemento líquido*. Ella tiene razón. Los niños pequeños son impresionables y maleables, capaces de moldearse, formarse y recibir influencias de mil maneras.

La personalidad, el plan y estilo de vida de un niño se forman entre un 85 y 95 por ciento a los cinco años. A los siete ya está terminado, y su forma de ser ya está completamente establecida. Todo esto sería por sí solo un desafío, pero si añadimos que las madres y los padres de los preescolares son, en general, nuevos en este juego de la paternidad, entonces los niveles de tensión aumentarán todavía más.

Para el primogénito, los padres no pueden ofrecerle experiencia alguna. Ellos aprenden mediante la prueba y el error, y los primeros hijos aprenden junto a ellos. Tengo especial preocupación por todos los primogénitos del mundo. A veces, creo que es un milagro que sobrevivan.

Después de "aprender con el primer hijo", los padres en general deciden tener uno o dos más. Luego ellos se enfrentan con otro duro despertar. Lo que aprendieron con su primer hijo, no siempre funciona con el segundo. Los padres a menudo piensan, *Nuestro próximo hijo será como el primero.* ¡Buena suerte! Rápidamente se enteran de que todos los niños son diferentes, a veces sorprendentemente diferentes. Lo que funciona con uno será seguramente un fracaso con el segundo.

Recuerdo mi conversación con una madre de tres bebés que recordaba haber tenido "ideas románticas" acerca de la maternidad. Ella planeaba tener "niños perfectos" quienes rara vez se portarían mal. Preveía tener días ordenadamente organizados, con los niños durmiendo la siesta mientras ella se ponía al día con las cuentas de la casa o tal vez tenía unos momentos de "paz" a solas.

Luego, llegó su primer hijo. Nació "dando gritos" y continuó gritando durante los primeros meses de vida. Bienvenida a la realidad, lo que a menudo es seguido rápidamente por una mala combinación de culpa y fatiga, que puede erosionar la autoimagen o sentido de autoestima de los padres.

¿Qué madre de un lactante no apretó los dientes (o al menos mentalmente) cuando el pequeño Festus arroja su sopa o los spaghetti por todo el suelo recién encerado? Mamá piensa (o tal vez grita): "¡No puedo creer que hagas eso! ¡Todo sobre el suelo limpio!". Y luego, tratando de calmarse, dice: "Muy bien, Festus, vamos a limpiarlo". En su interior, sin embargo, la madre tiene una batalla contra la frustración, o incluso la rabia, y el deseo muy vívido de querer limpiar el suelo con Festus.

Más tarde, ella se siente culpable por su enfado y su autoimagen cae un poco más. Irónicamente, aquellos que se supone deben formar una personalidad y autoimagen saludables en sus pequeñitos, a menudo se asombran al darse cuenta de que criar a estos pequeños implica destruir la propia autoimagen.

Mary, madre de tres niños menores de cinco años, explicó que sus peores ataques de frustración, culpa y baja autoimagen llegarían, irónicamente, el sábado a la mañana cuando tratara de que todos se prepararan para ir a la iglesia. Su esposo, que era ayudante en los servicios, siempre se marchaba más temprano para abrir y preparar el edificio para los dos servicios religiosos de la mañana.

Mary, sintiéndose "como una madre sola", se quedaba con sus hijos para levantarlos, vestirlos y darles el desayuno a tiempo para estar presentes en el servicio de las 9. A medida que fue creciendo su familia, Mary descubrió que era necesario levantarse otros treinta minutos más temprano para ayudar a todos a hacerlo.

La peor parte era cuando llegaba a la iglesia y trataba de encontrar un lugar para sentarse cerca de la puerta. Luego, Mary caminaba con dificultad, cargando al bebé, la Biblia, la bolsa de pañales y otras cosas mientras los dos más pequeños se colgaban de su falda o trataban de escaparse.

Mary admite sentirse "como una idiota", fuera de control e indefensa.

—Estoy segura de que me veo como una tonta.

Tal vez usted tenga los mismos sentimientos, en la iglesia, el supermercado, el centro de compras o simplemente cuando trata de llevar a todos a la plaza de la esquina para jugar en los columpios durante una hora o algo así.

Nadine, madre de dos niños de cuatro y dos años, lucha con muchos sentimientos de culpa. Dijo:

—Los niños la empujan a una hasta límites en los que no se enfrenta con adultos. Después de todo, los adultos no se tiran al suelo, gritan, patalean y lo provocan... todas esas cosas que son parte de ser bebé.

Cuando le pregunté si echaba de menos las conversaciones con adultos durante el día, Nadine se rió y me contó cuando asistió a un retiro de fin de semana para mujeres. Tan pronto como llegó al lugar donde se hacia el evento, se "volvió loca" y comenzó a conversar con otras mujeres, con cualquiera que deseara escucharla.

—Tenía un apetito tal de conversaciones adultas que prácticamente hablé sin parar durante cuarenta y ocho horas —admitió—. Cuando regresé a casa, me sentía exhausta.

Tal vez podamos sonreír y comprender a esta mamá, pero me gustaría por un momento volver a la frase que ella utilizó: "parte de ser bebé". Es fácil recordar las partes negativas que son frustrantes, pero existe otro aspecto de los bebés, y casi todas las madres serían las primeras en decirnos que ellas aman y disfrutan de sus hijos y no los cambiarían por nada del mundo (la mayor parte del tiempo). Admitámoslo, tener bebés, en general, proporciona muchos momentos que son invalorables.

Una vez me enteré de una madre que trataba de escaparse de su pequeña para tener unos momentos de tranquilidad. Ella, en realidad, trataba de rezar para pedir la inteligencia de ser una buena madre cuando su pequeña hijita entró en la habitación. La madre trató de no prestarle atención y siguió rezando, pero la niña de cuatro años no deseaba por nada del mundo ser ignorada. Se acurrucó junto a su madre y comenzó a frotarle la pierna. De pronto, dijo en voz alta:

—¡Oh, oh, mami! ¡Es hora de afeitarse!

La madre rompió a reír y luego decidió dejar de rezar. Simplemente le dio gracias a Dios por su hija y siguió con sus tareas del día.

En varios lugares, yo he mencionado a nuestro pequeño paquete de sorpresas, Hannah, quien llegó a nuestras vidas cuando Sande tenía cuarenta años y yo cuarenta y cuatro. El tener a Hannah renovó nuestra empatía por los padres de hijos pequeños, pero al mismo tiempo me recordó lo divertidos que pueden ser los niños de corta edad. Holly, que en aquel momento era una alumna del primer año de la universidad, llegó a casa para las vacaciones de Navidad y, mientras hablábamos con ella una mañana, oímos ruidos en el dormitorio principal. Nos dirigimos hacia allí para encontrar a nuestra pequeña Hannah, de cuatro años, saltando sobre nuestra cama matrimonial. Tal como lo haría cualquier buen padre y psicólogo de familia, rápidamente me hice cargo de la situación y dije:

—Hannah, hija, no saltes sobre la cama. Las camas son para dormir, no para saltar. Te puedes caer y hacerte daño.

Hannah dejó de saltar por un momento, pero por la expresión de su rostro pude ver que había puesto a andar la máquina. De pronto, comenzó a saltar una vez más y entonces yo le dije con mayor firmeza:

—Hannah, deja de saltar sobre la cama.

A mitad de vuelo, Hannah dijo:

—Pero, papi, si estoy saltando del lado de mamá.

Holly y yo comenzamos a reírnos y luego, recobrando la compostura, pudimos decir:

—Hannah, no saltes más. —Hannah dejó de saltar, pero, para ser honestos, no pude dejar de sonreír el resto del día.

A medida que avanza en la formación de la autoimagen que su hijo llevará de por vida, debe recordar los momentos divertidos y encantadores junto con los frustrantes y enloquecedores. Todo esto es "parte de ser padres de un bebé," lo que es, tal vez, la tarea más importante del mundo: la formación de un adorable bagaje de "cemento húmedo" que se transformará en una personalidad sana y en una autoimagen sensata.

En lugar de sentir desmayo ante la imponente responsabilidad de educar un hijo, creo que la mayoría de las madres y los padres están decididos a hacerlo de la mejor manera posible. El resto de este capítulo cubrirá los problemas y preocupaciones comunes (y algunos no tan comunes) a los que se enfrentan los padres de niños que tienen una edad comprendida entre el nacimiento y los cinco años. Las respuestas que yo sugiero a estas preguntas provienen de mi propia experiencia como padre o de la consulta con otros padres. No todo lo que sigue puede ser bueno para usted. La paternidad es un arte impreciso, pero realmente tengo esperanzas de que usted extraiga algunas ideas que le ayudarán a educar a sus hijos sin destruirlos.

P: Nuestra hija de dos años es en general muy cariñosa, pero últimamente ha desconcertado a su padre y a mí, diciendo cosas tales como "No me gusta mi papá", o "No quiero sentarme al lado de papá" (en la cena, por ejemplo). Nos preguntamos por qué ella se expresa de esta manera. Mi marido y yo trabajamos todo el día, y nos preguntamos la razón de que nuestra hija demuestre una preferencia tan fuerte por mí, pero ahora esté tan en contra de su padre. ¿Es esto normal?

R: Es muy normal. Sin embargo, no es inteligente que los padres presten demasiada importancia a este tipo de declaración de una pequeña de dos años. Los niños pequeños están extremadamente apegados a sus madres y el hecho de que ustedes dos trabajen fuera de la casa hace que usted sea el premio mayor a los ojos de su hija. La edad de los dos años es una etapa de mucho apego, con mamá como la favorita.

Al mismo tiempo, usted verá a su hija comenzar a buscar cierta independencia ("No quiero sentarme al lado de papá"). Ella se encuentra atravesando una etapa muy natural y, antes de que pase mucho tiempo, en un año más o menos, verá que su hija mostrará preferencia por estar cerca de su papá. Las niñas de tres o cuatro años a menudo se vuelven muy apegadas a sus padres y es importante para estos establecer una buena relación con sus hijas.

Papá es el primer maestro de su hija en lo concerniente a lo que son los hombres. Las hijas que crecen en una buena relación con sus padres en general hacen mejores elecciones a la hora de buscar marido. Lo mejor que su marido podría hacer ahora es ser cariñoso, paciente y amable con su hijita. Ya le llegará el momento de ser "popular".

P: Nuestra hija tiene tres años y tiene una inteligencia fuera de lo común para su edad. Posee un vocabulario rico, habla claramente y puede expresar lo que desea de manera bastante satisfactoria. Algunos amigos nos dicen constantemente que deberíamos inscribirla en un jardín de infancia muy popular en nuestra comunidad que se especializa en "niños superdotados". ¿Qué opina sobre esto? ¿Está nuestra hija preparada para un lugar así?

R: La razón de que su hija hable con claridad y posea una inteligencia fuera de lo común no implica que se vean tentados a anotarla en alguna prestigiosa "universidad para niños". Recuerde que para los primogénitos, los padres son los principales modelos y ejemplos. Por lo tanto, no es nada fuera de lo común que el primer hijo tenga una capacidad de expresión más temprana que los niños que luego vendrán.

Preste atención, sin embargo, a los jardines de infancia que son conocidos por sus trabajos con niños muy inteligentes ("Los superdotados"). David Elkind, autor de *Nuestros hijos apresurados,* ha escrito una clara advertencia contra el moderno concepto popular de "Superdotado". Elkind escribe:

> "Como Superman, el Superdotado posee poderes espectaculares y una seguridad precoz aún cuando es un niño. Esto nos permite pensar que podemos presionar a esta pequeña caja de poderes con impunidad... El niño de hoy se ha transformado en una víctima, sin voluntad ni intención, de tensiones sobrecogedoras, las tensiones que nacen de un rápido y asombroso cambio social y las expectativas de crecimiento constante."[1]

Tenga cautela cuando decida enviar a su hijo a un jardín de infancia. Trate de mantenerse alejado de las escuelas donde la competencia puede ser feroz. Nosotros matriculamos a nuestra hija menor, Hannah, en un jardín de infancia cuando ella tenía tres años, dos mañanas por semana, tres horas cada mañana como máximo. Algunos jardines admiten niños desde las 9 de la mañana hasta la 3 de la tarde, pero yo creo que eso es demasiado para la mayoría de los niños. Con respecto al jardín de infancia de Hannah, esperamos para inscribirla hasta bien pasado su tercer cumpleaños. Insistir en llevar al jardín de infancia a un niño más pequeño que eso es también buscarse problemas. Y nosotros examinamos antes el jardín con mucho cuidado, a fin de asegurarnos de que no tuviera los puntos claves y más importantes puestos sobre la capacidad académica. No estoy en contra de los jardines de infancia, pero estoy en contra de los que ponen demasiado énfasis en lo académico.

Mi consejo general para padres de preescolares es dejarlos que tengan tiempo de crecer. No existe prueba alguna de que las "universidades para chicos" ayuden verdaderamente a los niños cuando ellos entran al primer grado o más adelante. En realidad, tal como David Elkind señala, después de una generación de jardines de infancia especializados, vemos que en los Estados Unidos ha crecido la tasa de embarazos de adolescentes más que en cualquier otra sociedad occidental. Nuestras tasas de suicidio y homicidio entre adolescentes menores de veinte años se ha triplicado con respecto a veinte años atrás. Los estudiantes de la escuela secundaria consiguen, cada año, menores calificaciones para la educación superior. Y, en el otro extremo del espectro, entre un quince y un veinte por ciento de los niños pequeños están "dejando" los jardines de infancia. Tal como Elkind dice, "Es claro, el concepto de Superdotado no ha sido algo sensacional para los niños".[2]

Yo sugiero que ustedes se relajen y disfruten de su pequeña durante estos preciosos años preescolares. Ella muy pronto ya estará inmersa en la carrera educacional.

P: Nuestro hijito tiene dieciséis meses. Casi desde el día en que nació, mi esposa le ha estado comprando todos los "juguetes didácticos" y novedades ingeniosas que ha podido encontrar. Ahora ella trae a casa juguetes con la indicación "Para edades de tres o cuatro años en adelante". Estoy esperando encontrarme en cualquier momento con alguna pequeña computadora en su cuna. Le digo a ella que los niños pueden ser felices con una cuchara de madera o con una sartén, pero se enfada, especialmente cuando le señalo que todas estas cosas son muy costosas. ¿Es esto realmente necesario?

R: Esto se puede interpretar como que su esposa tiene buenas intenciones, pero ha exagerado las cosas. Los móviles de colores brillantes y otros juguetes sencillos son buenos para los niños, pero los padres a veces se sobrepasan y comienzan a traer a casa todos los juguetes que pueden encontrar. Estoy de acuerdo con usted y le sugiero que abra el aparador y saque las cacerolas, los platos y las cucharas, en particular ahora que su hijo entra en la etapa de los dieciocho y veinticuatro meses. No digo que no pueda comprar juguetes y juegos didácticos, ya que en el mercado existen excelentes productos. Pero estudie con cuidado lo que compra y no ponga énfasis en juguetes que lo hagan todo. En lugar de ello, ofrezca a su hijo un juguete simple con el que pueda jugar *para divertirse.*

Es importante dejar que los niños descubran y creen por sí mismos en lugar de ser observadores pasivos de juguetes, televisión, o lo que fuera. Cuando los niños deben crear su propio entretenimiento, esto los ayudará a obtener confianza en su capacidad, lo cual representa el factor clave en la construcción de la autoimagen.

P: Tenemos una única hija de tres años. Cuando le pedimos que haga algo, como guardar sus juguetes, por ejemplo, ella nos pregunta, "¿Por qué?" Después de repetírselo alrededor de tres veces, me levanto, tomo un palo y entonces de inmediato hace lo que le pedimos. Me pregunto si debería proseguir y pegarle para demostrarle que debería haberme obedecido la primera vez o si simplemente debería dejar el palo y dejar que ella crea que puede seguir llevándonos hasta el límite antes de hacer lo que se le pide.

R: Usted le ha enseñado a su hija que crea que no debe hacer nada hasta que le pida por lo menos tres veces hacerlo y luego tome el palo. Ella es lo que yo llamo una "poderosa pequeña villana," y está más que deseosa de probarlos hasta el límite. Existen varias formas de reconducir esta situación.

Primero, cuando usted le pida que guarde sus juguetes, pídaselo una vez. Déle el tiempo apropiado para que reaccione y, si ve que no presta atención y sigue haciendo otra cosa, acérquese y tómela en brazos o de la mano y llévela hasta donde se encuentran los juguetes. Siéntese con ella en el suelo y dígale "Bueno, ahora juntaremos los juguetes".

Al hacer este simple acto, usted ya ha disciplinado a su hija. Pero debe hacerlo de una forma didáctica, no como castigo.

En un nivel de igualdad, si usted se sienta en el suelo con su hija, la niña comenzará a juntar los juguetes. Recuerde que con los niños de tres años debe tomarse un tiempo para enseñarles. No puede esperar que un niño de esa edad acepte gustoso y haga todo lo que se le pide con la primera orden. Eso no es típico de ningún niño de tres años, tanto si es primogénito o el bebé benjamín de la familia.

La clave es que la madre y el padre deben hacerse el firme propósito de que no le dirán a sus hijos que hagan las cosas más de una vez. Si el trabajo no se hace, deben entrar en acción, tal como yo acabo de explicar.

Pero suponga que usted se encuentra en una situación en donde se deben guardar los juguetes y usted ya va a llegar tarde a una cita con el médico. Usted le pide a su hija de tres años que coloque los juguetes en su sitio, porque dentro de unos minutos se debe ir al médico, pero ella se entretiene y no desea hacerlo. En lugar de repetírselo varias veces, de darle una lección y entrar en una lucha de poder, sencillamente tome a la niña, suba al coche y vaya a su cita. Cuando regrese a casa, hágale saber a su hija que tiene algo que hacer. Tiene una elección: recoger los juguetes o quedar en penitencia en su cuarto por un rato. Aclare a su pequeña que es necesario que guarde los juguetes antes de que pueda volver a hacer algo como jugar, ver la televisión o cosas por el estilo.

Si su hijo preescolar tiene hermanos o hermanas mayores que son sus compañeros de juego favoritos después de que regresan del colegio, trate de explicar las consecuencias que traería si no se guardaran los juguetes antes de que regresaran: el no jugar con ellos hasta que este trabajo se hubiera cumplido.

Otra forma es que le diga a su hija que debe guardar los juguetes antes de la cena o no podrá sentarse a la mesa. El principio que usted le está enseñando es que este debe hacerse antes del juego o de la comida. Es una vieja solución que en general funciona muy bien con los niños (y con los mayores también).

Un principio definitivo a aplicar es el "tratar a los niños de la forma en que uno espera que ellos se comporten, y las

242

posibilidades son que ellos lo harán exactamente de esa manera". Aunque a veces los niños actúan como si estuvieran conspirando para volverlo loco, su deseo natural es el de complacer a sus padres. El tener expectativas sanas, razonables y realizables es una excelente manera de dar a sus hijos oportunidades para complacerlo y formar su autoimagen y sentido de autoestima.

P: Nuestro primer hijo de cuatro años y medio siempre desea ser el "jefe". Incluso es el que manda en todo momento. ¿Cómo podemos utilizar la disciplina de la realidad y permitir que sienta que pertenece sin que tenga la batuta?

R: Parece que su hijo primogénito ha desarrollado un lema que le dice a él: "soy importante solamente cuando tengo el control". Deben mostrarse firmes pero hacerlo con gentileza, de una forma que lo ayude a aprender que no siempre puede hacer su capricho y que en la vida ninguno de nosotros "tiene siempre en su mano la batuta".

Recuerde el Principio 1 de la disciplina de la realidad: "Usted ejerce una autoridad saludable sobre sus hijos." Esto significa que ellos no le dicen qué cereal debe comprar, a qué restaurante hay que ir o qué espectáculo de televisión ver. Tienen voto, es cierto, pero es sólo eso, un voto, no la palabra final. Siempre que sea posible, ofrezca a los otros miembros de la familia la oportunidad de hacer oír sus opiniones. Esto incluye a ambos padres y a cualquiera de los hermanos y hermanas. En algunas ocasiones sería muy saludable dejar que los hermanos y hermanas menores "descalifiquen con su voto" a un hermano mayor. En otros casos, usted y su pareja tal vez deseen descalificarlo a él.

En todas las situaciones, sea amable, firme y justo con todos los interesados. No "ataque en conjunto" a su hijo de cuatro años para "enseñarle una lección". En realidad, él debería conseguir quedarse levantado durante más tiempo que sus hermanos menores y tener otros privilegios que normalmente se les permite a los primogénitos. Sin embargo, lo que usted persigue es el equilibrio. Su hijo primogénito debería darse

243

cuenta de que él es especial, pero no mejor que los demás. Si le permite desarrollar un estilo de vida de control o de mando, lo está exponiendo a tener muchos conflictos en su vida futura. Usted desea que su hijo mayor tenga una buena autoimagen, pero al mismo tiempo no desea que se crea el mito de que siempre debe hacer su capricho.

P: Nuestro primogénito de cinco años es muy inteligente. Si hay una película del oeste por televisión, él va y busca su caballito de madera. Si la película es sobre coches, él saca sus cochecitos y los coloca en fila. Si hay un espectáculo para perros, ¡hace que nuestro perro lo mire! ¿Qué significa todo esto?

R: Básicamente, significa que ustedes tienen un niño muy inteligente. Tal vez también tengan un perfeccionista. Observe que colocar con cuidado sus cochecitos en fila y hacer que concuerde cualquier cosa que haga con el tema de la televisión pueden ser signos tempranos de perfeccionismo. Algunas formas de cambiar estas tendencias perfeccionistas incluyen:

1. No corrija a su hijo en exceso. Verifique sus propias tendencias a ser perfeccionista. Siempre que sea posible, comparta sus imperfecciones con su hijo mientras este crece. Déjele saber desde sus modelos de adulto (recuerde, los primogénitos siempre ven a los adultos como modelos) que usted no es perfecto y que tiene defectos. Hágale conocer que está bien tener defectos, no ser perfecto.

2. Evite elogiar a su hijo por su "inteligencia" cuando pone en fila sus cochecitos, trae el caballito de madera o hace que su perro mire la televisión. Quite importancia a estas actividades y estimule a su hijo en otras áreas (Consulte el capítulo 7).

3. No haga juicios acerca de lo que su hijo hace. Tal vez le pregunte a su manera de niño de cinco años: "¿Te gusta esto? ¿Qué piensas de lo que he hecho?". Siempre que sea posible, contéstele con otra pregunta, como: "Hijo, ¿qué piensas tú de ello? ¿Cuál te gusta más?".

De todas las formas posibles, transmita a su hijo el mensaje "sabemos que eres capaz. Tú decides. No siempre debes

244

complacernos o hacer exactamente lo que deseamos". Tal vez parezca contradictorio al principio, pero al estimular a su hijo a que tome decisiones, en realidad está cambiando su tendencia al perfeccionismo, ya que usted ya no juega el papel del "modelo sabelotodo".

P: Nuestra hija de dos años es el bebé de la familia. (Tenemos tres hijos). Ella es tan extrovertida y amistosa que a veces me coloca en situaciones embarazosas (probablemente porque soy del tipo de persona tímida). Además, estoy preocupada porque sea tan desenvuelta con los extraños. ¿Qué podemos hacer para ayudarla a comprender que no todos los desconocidos son necesariamente amigos y que debe estar atenta al "Peligro de los extraños"?

R: Enseñarle a una niña de dos años el "Peligro de los extraños" es difícil, si no imposible, ya que sus procesos conceptuales no están todavía maduros. Si está preocupada por el Peligro de los extraños, mi mejor consejo es: "Nunca deje a su hija sola". A menudo tiemblo cuando veo a las madres dejar a sus hijos de dos años y aun mayores, solos en los carritos del supermercado mientras ellas se ocupan de elegir los productos que están lejos y también en una esquina de los pasillos, donde el niño está fuera del alcance de la vista.

A la edad de cuatro y cinco años y, desde luego, a los seis, comience despacio a hablar con su hija sobre el Peligro de los extraños. Explíquele que hay gente que no es buena, no todos son como mamá y papá. El niño debe aprender a ser cuidadoso. Jamás debe subir al coche de un extraño. Si un coche estaciona junto a la carretera, jamás debe acercarse demasiado. (Muestre a su hijo cuán lejos debe estar.) Enséñele que siempre debe estar preparada para correr a lugar seguro (por ejemplo, su propio jardín o la puerta de un vecino).

Debido a que su hija es del tipo precoz, extrovertida y amistosa, será importante que le hable acerca del Peligro de los extraños; pero ahora mismo, cuando sólo tiene dos años, relájese. Muchos padres se sentirían sumamente complacidos de tener una hija extrovertida que se lleva bien con la gente. Tome conciencia de que esto es una habilidad social que ya es parte de su personalidad y estilo de vida básicos. Algún día, a lo largo del camino, tal vez haga un buen uso de esa capacidad al dedicarse a las ventas o relaciones públicas. En el presente, siéntese y disfrute de su hija: la enseñanza sobre el Peligro de los extraños puede esperar.

P: Mi hijo de cinco años visita la casa de un amiguito y disfruta maravillosamente durante todo el día. Cuando lo voy a recoger, sin embargo, comienza a pegar. A veces se siente tan mal que llora y dice cosas hirientes hacia mí y su amiguito. ¿Qué clase de disciplina sería la adecuada?

R: Primero, tranquilícese por el hecho de que los niños pueden ser ángeles en casas extrañas y cuando mamá entra pueden transformarse en terremotos. La pregunta es ¿por qué? Podría ser una señal de que usted lo controla demasiado en la casa, cuando están juntos. También podría significar que su hijo desea atención o poder. Él disfruta y, aparentemente, tiene éxito en arrastrarla a luchas de poder.

Cuando usted entra en la casa del compañero de juegos de su hijo y este comienza a hacer una escena, significa que su hijo está acostumbrado a entablar luchas de poder con su madre, y cuando mamá aparece, se transforma en Jekyll y Hyde.

En cuanto a lo que usted puede hacer acerca de esto, la disciplina específica de la realidad que se necesita, es sencillamente tomar a su hijo (y quiero decir esto literalmente, si es necesario) y marcharse de inmediato. No negocie, chantajee o discuta. Márchese al instante.

Luego, la próxima vez que su hijo le pida ir a la casa de su amiguito, usted le dirá que no y le recordará la escena que provocó el día anterior. Unos días después, probablemente vuelva a preguntarle si puede ir a ver a su amigo y usted puede contestarle que desea dejarlo ir, pero que espera una mejor conducta cuando pase a buscarlo.

Si su hijo se comporta de mejor manera cuando usted aparece en casa del amigo, puede decirle cuando estén de regreso: "Sabes, ha sido realmente bueno llevarte hoy a casa de tu amigo y luego pasar a recogerte. Hoy no ha sido como la última vez. Creo que podrás volver a ver a tu amigo pronto".

De esta manera usted refuerza, de una forma muy positiva, la conducta responsable que su hijo ha mostrado y lo estimula a comportarse igual la próxima vez.

P: Mi hija tiene cuatro años y se niega a irse a dormir sola. Siempre quiere que me acueste con ella ya que dice que tiene miedo, incluso si le dejo la luz encendida y la puerta abierta. ¿Qué puedo hacer para que se vaya a dormir sola?

R: Me temo que, como muchos padres bien intencionados, usted le ha enseñado a su hija un mal hábito. Tal como a menudo suelo decir a los padres, no fomenten hábitos que no desean que continúen en sus hijos hasta que salgan de la escuela y más.

La protesta de su hija de que tiene miedo y de que usted debe quedarse con ella antes de que se duerma es un medio para llamar la atención. Cuanto más conciliadora sea con ella, cuanto más la recompense por su conducta irresponsable, más será el apetito de tal atención innecesaria. La solución es simple, pero será difícil, por lo menos por un tiempo corto, ya que su hija se resistirá a que se desafíe el control que ejerce sobre usted. No se acueste con su hija. Simplemente, déle un beso de buenas noches, dígale que la quiere mucho y que usted sabe que de ahora en adelante puede dormirse sola. Luego, *¡manténgase firme en su decisión!*

Cuando su hija se dé cuenta de que usted habla en serio, probablemente tratará de negociar. Tal vez le diga que se quedará en la cama siempre que usted le deje encendida la luz y no cierre la puerta. Puede probar esto, pero si su hija posee verdadero poder y parece que esta es la situación, podrá salirse de la cama y buscarla en cualquier momento. Como ve, un niño con poder siempre insiste. Este no tiene interés en irse a dormir, sólo en ejercer el control sobre usted.

Si este es el caso y dejar la luz del pasillo encendida y la puerta entreabierta no ayuda, entonces debe seguir el "Plan B". Debe dejar que su hija sepa que usted ejerce una autoridad sana sobre ella y que posee de verdad el poder para hacer que se quede en su habitación. Con amor y amabilidad vuelva a decirle que debe irse a la cama y que ahora, ya que ella no cumplió con lo que dijo, usted le dejará la luz encendida pero la puerta cerrada.

En este punto, debe tener paciencia y asegurar el picaporte de la puerta. Su hija gritará, llorará y tratará de salir, pero usted debe mantener la puerta cerrada y ser paciente, fuerte y también un poco sorda. El registro mundial, no oficial, para los gritos y llantos de niños pequeños que no pueden hacer lo que quieren es algo así como dos horas cuarenta y siete minutos. Pero sea paciente, su hija dejará de llorar.

Para algunos padres, "mantener la puerta cerrada" suena frío y brutal, *pero usted hace esto sólo cuando está segura de que su hija utiliza una conducta de poder para controlarla*. La buena noticia es que lo deberá hacer sólo una o dos veces. Cuando se produzca el cambio, llamará la atención de su hija y ella aprenderá a irse sola a dormir con la puerta cerrada y la luz apagada o tal vez con una luz encendida.

Si su hija es como la mayoría de los niños, deberá sostener la puerta durante unos cuantos minutos. La niña se dormirá, tal vez del otro lado de la puerta, sobre una alfombra con su osito debajo del brazo como una pelota de fútbol. Levántela, acuéstela y déjela sola. Si se despierta, tal vez deba pasar nuevamente por toda la rutina, pero esta vez por un tiempo más corto. Mantenga claro su objetivo principal: hacer que su hija sepa que usted tiene todos los ases y que, en una apuesta, puede ganar y lo hará.

Mientras su hija está aprendiendo que debe dormir en su cama mientras que usted duerme en la suya, puede afectarle sus nervios, pero no deje que ella le pegue un revés en esta lucha de poder. Si lo hace, usted estará atrapada en la idea de que su hija "la necesita". Si deja que esto suceda, tal vez deba interrogarse acerca de sus propias necesidades de dependencia como padre. Tal vez usted "necesite que la necesiten". La regla es: los niños y los adultos se quedan cada uno en su cama.

Por supuesto, aun cuando las reglas no deberían quebrantarse, pueden a veces modificarse. Por ejemplo, el niño tiene una pesadilla o tal vez acaban de mudarse a una casa extraña donde todavía no hay cortinas y las ventanas oscuras asustan al niño. En ocasiones como esa, usted los consuela, pero luego la regla vuelve a estar en vigencia tan pronto como sea posible: cada uno se queda en su cama.

Los niños poseen una increíble capacidad para romper las reglas. De nuestros cuatro hijos, posiblemente Krissy sea la que tiene más talento para hacerlo. Cuando era niña, cerca de los cuatro o cinco años, a veces se acostaba en nuestra cama sin que nos diéramos cuenta. A la mañana siguiente, yo me despertaba con unos golpecitos en mi rostro. Pero aun así nos mantuvimos firmes en nuestros patrones y Krissy pronto aprendió que debía dormir en su propia cama.

P: Un consejero profesional me dice que yo espero mucho de mis hijos (de tres y cinco años) al insistirles en que deben responder a lo que les pida la primera o segunda vez. Él afirma que no poseen suficiente desarrollo como para obedecer los mandatos de los adultos. ¿Es esto cierto?

R: No, no es verdad. Los niños de tres y cinco años tienen bastante capacidad para responder a muchos mandatos. Es cierto que antes de los dos años se encuentran extremadamente limitados en sus capacidades conceptuales y no son capaces de obedecer los mandatos más simples. En realidad, alrededor de los dieciocho meses el niño típico es lo que se llama "oposicional," lo que significa que, por ejemplo, si usted se dirige hacia él, el niño retrocede. Si usted desea que un niño de dieciocho meses venga hacia usted, debe tratar de retroceder.

Pero a los tres y cinco años e incluso a los dos y dos años y medio, el niño es bastante capaz de satisfacer muchas responsabilidades cuando se lo instruye paciente y amablemente. Tal como lo muestra la lista de las páginas 266 y 269, los niños de dos y tres años pueden recoger sus juguetes y guardarlos, guardar los libros y ayudar a poner la mesa, colocando servilletas, platos y cubiertos en los lugares correctos. Pueden también aprender a limpiar la mesa e incluso ¡limpiar las manchas que ellos mismos hacen! Los niños de cuatro y cinco años pueden aprender a guardar las compras del almacén, limpiar zapatos, ayudar en el jardín o hacer las camas y pasar la aspiradora. Consulte las listas para obtener algunas ideas adicionales.

P: *Hace poco nos mudamos y mi hija de cuatro años llora y se comporta muy mal siempre que la trato de dejar en su jardín de infancia. Pensé que tal vez podría ser por la mudanza, pero incluso antes de trasladarnos, ella lloraba cuando yo trataba de dejarla en el jardín. ¿Cómo puedo cambiar esto?*

R: Usted se encuentra en una lucha de poder con su hija y ella parece que está ganando. Comenzó esta lucha cuando tenía tres años y ustedes vivían en otra casa. Ahora que se han mudado, continúa la misma situación en el nuevo jardín.

Si usted tiene hijos menores, podría considerar lo siguiente, a fin de prepararlos para cualquier experiencia de jardín de infancia. Varios meses antes de cuando su hijo deba entrar al jardín, llévelo a ese lugar para un "día de observación". Deje que el niño conozca a la maestra y pase un tiempo con los otros niños. Por supuesto, usted se quedará en la sala todo el tiempo en esta ocasión particular. Cuando su hijo regrese varios meses después, no será un entorno completamente extraño. Por ejemplo, tal vez desee que su hijo visite la escuela en el mes de mayo, pero no tiene planes de matricularlo hasta setiembre.

Además, mientras prepara a su hijo para el jardín, no exagere haciendo comentarios tales como "¡te divertirás tanto en el jardín!" o "Te gustará muchísimo ir al jardín". Su hijo tal vez no tenga tanta seguridad y usted ya lo está preparando para un fracaso. Es mejor esperar a que el niño diga algo como "Soy grande y muy pronto iré al jardín." Y usted puede decirle, "Sí, eso va a suceder cuando termine el verano." Tome el jardín de infancia por etapas. Entonces el niño estará más apto para hacerlo así también.

Sin embargo, todas esas ideas preparatorias no lo ayudan a resolver su problema actual, el cual es el llanto y las quejas de una niña de cuatro años que le suplica que no la deje en su clase del jardín cuando usted intenta hacerlo. En este caso, lo que debe hacer es evitar ser arrastrada a una batalla. Bese a su hija, asegúrele que regresará muy pronto, déjela en manos de la maestra o ayudante y márchese *rápidamente*. En la gran mayoría de los casos como este, el niño deja de llorar casi tan pronto como el padre ha desaparecido. Algunos niños tal vez lloren unos minutos y en ocasiones pueden llorar durante más tiempo la primera o segunda vez que su madre se muestra firme y los deja rápidamente. Después de esto, el niño se ajusta a la situación y está bien.

No obstante, existen casos en donde el niño continúa llorando y protestando cuando se los trata de dejar en el jardín. Si este es el caso, tal vez la mejor solución sea retirar al niño del jardín y dejarlo en su casa durante otro año. (Es posible que retirando al niño durante unos días, una semana o dos tal vez consiga engañarla; y después de eso se muestre deseoso de quedarse.)

Una cosa que muchos padres deben enfrentar es que poner al niño en un jardín es para conveniencia de ellos y no de los niños. Si el niño no se encuentra realmente preparado para asistir a un jardín de infancia, el dejarlo allí sería una forma de abuso. Es mejor sacar al niño del jardín y volver a probar al año siguiente.

P: Nuestro hijo tiene tres años y medio y nosotros deseamos saber cómo manejar sus enojos, en particular cuando tratamos de corregirle. Grita, golpea y se niega a hablarnos. ¿Es buena idea aislarlo cuando hace esto? ¿Está bien que niños tan pequeños expresen un enfado tan fuerte?

R: Los padres deberían asegurar a sus hijos la oportunidad de expresar su enojo, pero la clave está en ayudarlos a expresarlo correctamente y en una forma que los ayude a resolver sus sentimientos. En este caso, lo primero que yo verificaría es la forma en que corrijo a mi hijo. Su enojo indica que usted tal vez sea demasiado severo, demasiado rudo y también autoritario en sus métodos. Se dice que "Si hay un niño muy enojado, lo más probable es que exista un padre fuerte y posiblemente enojado."

Usted dice que él se enoja después de que tratan de corregirlo. Si corregirlo casi siempre significa castigarlo con palizas o gritos, debe reconsiderar la situación. O si su disciplina gira en torno del uso de consecuencias lógicas, debe analizar cómo invoca tales consecuencias. ¿Cuál es el tono de voz cuando le habla a su hijo?

P: Mis hijos (de tres años y medio y cinco años y medio) tienen amigos en el barrio de su misma edad que no son de buenas influencias. ¿Deberíamos prohibir a nuestros hijos que jueguen con estos chicos o simplemente tratar de modificar el tiempo que comparten y concentrarnos en contrarrestar las cosas que suceden, tales como malas palabras, actitudes, mala conducta y cosas por el estilo?

R: La mayoría de las madres están preocupadas por quiénes juegan con sus hijos y la influencia que esos amigos ejercen sobre ellos. Puede tratar de prohibir a sus hijos que se vean con los niños del barrio, pero esto puede llevar a situaciones extrañas, malos sentimientos con los vecinos y otros problemas. Prefiero que se concentre en contrarrestar lo que sus hijos oyen de sus amigos. Una de las mejores maneras sería inscribirlos en una serie de programas que están a disposición en su comunidad. Estoy pensando en los programas para niños de las iglesias. Si puede solventarlo, podría probar con hacer que sus hijos practiquen gimnasia deportiva, danza o actividades de esa naturaleza.

La idea, por supuesto, es exponer a sus hijos a lo que tiene esperanza de que será una compañía más saludable, pero aún entonces no podrá estar segura de lo que ellos verán y oirán. La verdad es que sus hijos conocerán constantemente amigos de su edad que no serán buenas influencias. La mejor manera de contrarrestar esto es permaneciendo cerca de sus hijos, comunicándose con ellos, haciéndoles saber que "nuestra familia no es como la familia de Johnny. No tienes por qué ser como los otros chicos. Puedes ser diferente".

P: Mi hija de tres años siempre trata de hacer cosas que para ella resultan casi imposibles y siempre debo decirle, "No, todavía no tienes edad para hacer eso". No me gusta, pero no quiero que se lastime. ¿Tendría alguna sugerencia sobre lo que le puedo decir?

R: Una de las primeras señales que un niño pequeño desarrolla adecuadamente es la actitud: "Quiero hacerlo solo". Esto en general comienza a la edad de dos años, cuando el niño empieza a rechazar la mano de ayuda del adulto. Mi consejo es encontrar tantas cosas seguras para que su hija de tres años haga sola como le sea posible. No la coloque en situaciones de riesgo, pero sí arriésguese a enfrentarla al orden perfecto o la limpieza perfecta, a fin de permitir que su hija aprenda que ella también es capaz. Nada ayuda más, a la autoimagen de un niño, que esto.

Hay que admitir que arriesgarse puede ser problemático y también costoso. Una noche nosotros habíamos invitado a cenar a los abuelos y Sande preparó spaghetti con albóndigas de carne, uno de los platos favoritos de nuestra hija de cuatro años, Hannah. Nuestros hijos mayores sirvieron los platos con generosas porciones para luego llevarlos al comedor que está a unos metros de la cocina. Sande iba a tomar el plato rebosante de Hannah cuando esta insistió: "¡Lo llevo yo!".

Sande y yo nos miramos y entonces yo le guiñé el ojo para darle seguridad:

—Muy bien, cariño —dijo—, ahora lleva el plato con firmeza. Está muy lleno de spaghetti y albóndigas.

Hannah logró cruzar la puerta de la cocina, pero a dos pasos del comedor y sobre nuestra alfombra beige, perdió la concentración y dejó deslizar el plato. Todo el contenido de este cayó, justo en toda la delantera de su vestido blanco, golpeando el suelo y desparramando la comida con salsa en todas direcciones. El gesto de Hannah en su rostro era incalificable. Estaba segura de haber cometido un pecado imperdonable. El resto de nosotros nos quedamos allí de pie en silencio, pero sólo durante unos segundos. Yo rápidamente respondí diciendo:

—No te preocupes, está bien. Lo limpiaremos.

Sande trajo un rollo de toallas de papel y todos nos pusimos manos a la obra sobre el desastre, incluyendo a Hannah. Lo que verdaderamente fue gratificante para Sande y para mí fue que nuestros hijos mayores, Kevin y Krissy, consolaron a Hannah diciéndole que todo estaba bien.

—Todos nosotros derramamos cosas —dijeron—. Suele suceder.

—Desafortunadamente, nuestra alfombra beige no se limpia tan fácilmente cuando la mancha es tan importante, sobre todo de salsa de tomate roja. Hicimos todo lo que pudimos y proseguimos con nuestra cena, pero a la mañana siguiente llamamos al limpiador de alfombras y por treinta y seis dólares la mancha desapareció totalmente.

Sin embargo; valió la pena dejar que Hannah probara. Y creo que vale la pena dejar que su hija de tres años trate de hacer todo lo que pueda. Cuando quiera hacer algo que usted considere peligroso, tenga cautela para decir que no. En lugar de ello diga: "¿Por qué no lo hacemos las dos?", o tal vez puede decirle: "Mamá hará la mayor parte de esto y tú el resto". El principio general es siempre darle a su pequeña hija todas las oportunidades para aprender que ella es capaz, que puede hacerlo. Esto es lo que la ayudará a desarrollar una autoimagen saludable y segura.

P: Mi esposa está esperando nuestro primer hijo, que nacerá dentro de unas semanas y las ecografías nos dicen que será un varón. Yo no sólo deseo ser un buen padre para mi hijo; deseo ser su mejor amigo en todo el sentido de la palabra. ¿Cómo puedo comenzar a desarrollar esta clase de relación desde el principio?

R: Si usted desea ser el "mejor amigo" de su hijo, no trate de ser su compinche, sea su padre. Durante los próximos dieciocho años, usted debe ejercer una autoridad saludable sobre su hijo. Cuando él alcance la edad adulta, su papel cambiará, de padre que ejerce la autoridad al padre que es amigo y consejero.

Ejercer una autoridad saludable significa sacar muchos seguros de imagen para su hijo, pasar el tiempo que lleva llegar a tener una familia funcional y conseguir un buen equilibrio entre el amor y los límites. Todo esto está explicado en detalle desde el capítulo 1 al 6.

Desde luego, usted debe ser felicitado por desear involucrarse en la vida de su hijo. Se encuentra dentro de una pequeña pero creciente cantidad de padres que se dan cuenta de que criar a un hijo no es sólo "trabajo de mujeres". Un padre tiene el papel clave de ser el primer modelo masculino en la vida de su hijo, y si no está allí para desempeñar ese papel, deja un vacío en la autoimagen del niño.

P: Mi marido cree que yo trato a nuestro hijo de cinco años como a un bebé al protegerlo de sus hermanos mayores (un niño de nueve años y una niña de siete). A menudo lo molestan y se burlan de él. ¿Qué se supone que debo hacer? A veces los niños mayores pueden ser realmente egoístas.

R: Lo primero que yo verificaría es si su hijo de cinco años no es el que "origina el conflicto" con sus hermanos. En otras palabras, si no es él el que los molesta, se burla de una manera sutil o no sutil para conseguir que ellos lo ataquen, ya que sabe que mamá vendrá a rescatarlo, castigando a su hermano y hermana. Hable por separado con sus otros hijos. Haga comentarios tendenciosos tales como: "A veces los hermanitos pueden ser verdaderas plagas", o, "Últimamente te has enojado mucho con tu hermanito. Cuéntame qué hizo".

Luego escúchelos con atención para ver lo que puede aprender. (Para hacer una revisión sobre la técnica de atención activa, vuelva a leer el capítulo 8.)

Obviamente, si los dos hermanos mayores realmente están lastimando al menor sin ningún tipo de provocación de su parte, debe intervenir, pero las posibilidades son que su hijo más pequeño se encuentre involucrado en el problema.

Otra solución es reunir a los tres hermanos y hablar sobre lo que los molesta. Hágales saber lo que deben hacer para evitar problemas y luego apártese de los contendientes tanto como sea posible. Tenga cuidado de no estar siempre allanando el camino de los hijos pequeños. Su hijo debe aprender a desenvolverse con sus hermanos mayores, así como con el resto de su vida, y a la larga debe aprenderlo en la propia, si desea desarrollar una saludable autoimagen.

P: Mi marido y yo tenemos un solo hijo que ahora tiene dos años y medio. Muchos de nuestros amigos están decididos a tener un solo hijo y nosotros estamos considerando hacer lo mismo. En estos días es demasiado costoso criar niños. He oído que existen peligros en tener hijos únicos, ¿qué son y cómo se puede contrarrestar?

R: Allá por los años cincuenta, en los días de la "familia nuclear", los hijos únicos eran una minoría definida. En años recientes, millones de parejas han decidido tener un solo hijo, en general por razones económicas.

Una mujer dijo lo siguiente: "Es duro llevar adelante a una familia con esta economía y yo no creo que pueda trabajar todo el día y darle a otro niño el tiempo y atención que se merecería."

Su esposo añadió: "Nuestra hija tiene sólo tres años y ya estamos pensando cómo le pagaremos su educación superior... Ambos trabajamos y estaríamos locos si tuviéramos más de un hijo. Las mañanas son de verdadera locura: hay que vestir y darle el desayuno a la niña, prepararse para el trabajo y llevarla al jardín maternal. Ella desea estar con nosotros, nosotros con ella y esto tiene una cuota emocional."[3]

Sin embargo, ¿es un buen negocio ser hijo único? Hable con adultos que son hijos únicos y obtendrá respuestas variadas. Uno podría decirle que él se sintió apartado y solitario y otra le diría que le ofreció confianza para tener papeles de liderazgo, ya que tenía mayor atención. Según una mujer que como adulta es segura, confiada e independiente, ella no cambiaría su situación de hija única, pero admite que existieron compromisos:

"Cuando se es sólo uno, ese uno puede ser... absorbido por las vidas de sus padres y por cualquiera de sus intereses. Una está muy concentrada en complacerlos."[4]

Como consejero, yo estoy a favor de tener más de un hijo, si es posible. Los hijos únicos están destinados a ser perfeccionistas. Por lo que yo veo, cada vez nos movemos más hacia una sociedad perfeccionista. Mucha gente está viviendo una vida de ritmo muy acelerado y está mordiendo más de lo que puede masticar, cuando son arrastrados por sus deseos de ser los primeros, los mejores, los más rápidos, los más hermosos y los que "lo tienen todo".

256

En mi experiencia, cuando los hijos únicos crecen y se casan, no tienen un solo hijo. Parecen sentir por instinto que ellos se han perdido algo o alguien mientras crecían y por lo tanto optan por lo menos por dos o tres hijos, para asegurarse de que cada uno de sus hijos tenga "el hermano o la hermana que yo no tuve".

Otro problema que puede darse es que en la sociedad, particularmente en el sistema de educación, los hijos únicos a veces tienen mala reputación. Se considera que no cooperan, que son egocéntricos, incapaces de mezclarse con el grupo y cosas por el estilo. Sin duda, existen hijos únicos que concuerdan en esta clasificación, pero también lo hacen muchos que tienen hermanos. He conocido y tratado una cantidad considerable de hijos únicos y he descubierto que son personas simpáticas, competentes, leales y con un gran sentido de la responsabilidad.

Si ustedes deciden quedarse con un solo hijo, estén atentos a la necesidad de un buen equilibrio entre el amor (tener toda la atención) y los límites. Tan pronto como sea posible (desde los dieciocho meses en adelante), busque situaciones en las que su hijo o hija pueda jugar con otros niños y aprenda el fino arte de "dar y recibir". Un jardín de infancia que ponga énfasis en las relaciones sociales y en aprender a estar con otros niños sería aconsejable, pero no comience hasta los tres años.

Y cualquier cosa que suceda, haga todo lo que pueda por desanimar a su hijo único para que se transforme en un perfeccionista. Ayude a su hijo a ver la diferencia entre perfeccionismo y "hacer lo mejor que se pueda".

P: Leí un artículo del doctor Joyce Brothers quien decía que pegar a los niños erosiona la autoestima y se puede crear resentimiento entre el padre y el hijo. ¿Está usted de acuerdo?

R: No estoy de acuerdo con el doctor Brothers. La permisividad que hoy reina en Norteamérica es lo que realmente erosiona la autoestima y las relaciones entre padres e hijos. Los padres responsables que, en ciertos momentos y con el control absoluto de sus emociones, corrigen a sus hijos con una palmada (no golpes) no erosionan la autoimagen del niño; creo que la refuerzan ya que le dan al niño una lección de amor en la realidad.

Sí estoy de acuerdo en que el autoritarismo brutal hace uso indiscriminado de las palizas (lo que yo llamo golpear a un niño) y puede dañar seriamente su autoimagen y promover una pobre relación con el padre que se encargó de golpearlo.

Todos hemos conocido a adolescentes y adultos que "necesitan de una buena paliza," pero, por supuesto, es demasiado tarde. Si se debe dar una paliza, debe hacerse a edad temprana. Por edad temprana no quiero decir antes de los dos años. Pegarle a un niño de menos de dos años carece de sentido, ya que el niño no comprende lo que sucede. Pero desde los dos años en adelante, hasta por lo menos los seis o siete, la paliza puede ser un buen método, según la situación y quién se hace cargo de la reprimenda.

Me doy cuenta de que el doctor Brothers y un gran número de otros psicólogos consejeros y expertos en educación infantil contendrían la respiración al saber que "uno de los suyos" aboga por las palizas. He asistido a muchísimas charlas donde yo fui el único que estaba a favor de las palizas, siempre que se utilicen algunas pautas de conducta.

Tal como dije en el capítulo 6, la paliza es el último recurso, no la primera elección para disciplinar a un niño, El momento de la paliza es cuando usted y su hijo están cara a cara y él o ella dice, en palabras y acción: "¡No! *No* me portaré bien y tú no puedes *hacer* que sea así." En este momento, el padre se enfrenta con este recurso. Comuníquele quién está a cargo o hágale creer a su hijo o hija lo contrario.

Segundo, cuando yo digo paliza quiero decir una o dos palmadas en las nalgas, dadas con la palma abierta mientras se controlan las emociones. No creo que paliza quiera decir tomar una cuchara, un palo, paleta, cinturón o "vara" y golpear al niño quince o veinte veces; en otras palabras, darle "latigazos". Los latigazos ni siquiera son una buena idea para los perros y los caballos y, por supuesto, no tienen sentido para los niños.

Las palizas deben ser dadas por un padre que sea capaz de hacerlo correctamente, no como medio de castigo, sino como una forma de corregir al niño y hacerle saber a él que, "Sí, yo *Puedo* hacer que te comportes porque yo soy tu padre y tengo autoridad y amor sobre ti."

Los críticos de las palizas a menudo señalan con el dedo una cita del Antiguo Testamento mal interpretada: "Suelta la vara y malcriarás a tu hijo." No existe tal cosa en la Biblia. Lo que realmente dice es: "Aquel que suelta la vara odia a su hijo, pero aquel que lo ama debe disciplinarlo con cuidado."[5] Tal como lo señalé en el capítulo 2, creo que, cuando los que escribieron la Biblia utilizaron la palabra "vara", tenían en mente la idea de corrección y guía, no de castigo y paliza.

Por ejemplo, la Biblia está llena de alegorías en las que el Señor es nuestro Pastor. Nosotros somos Sus ovejas y necesitamos la guía. Si usted sabe algo de rebaños, sabe que el pastor utiliza una vara no para golpear a sus ovejas sino para guiarlas y también rescatarlas del peligro. El Salmo veintitrés, una de los pasajes literarios más conocidos del mundo, dice claramente, "Tu vara y Tu cayado, ellos me sosiegan."[6]

Muchas de las personas que acuden a mi consulta no me creen realmente. Han sido educados bajo el autoritarismo y creen que Dios desea fustigarlos en la cabeza y las nalgas con cada falta que cometan.

Pero todo esto conduce a la pregunta. Joyce Brothers dice aún que una "suave paliza", que es lo que yo sostengo, daña la autoestima del niño y la relación padre-hijo. Sí, eso puede ser verdad si es eso lo que el niño recibe todos los días. Una palmada o dos establece límites, pero dichos límites deben ser compensados con el amor. Si usted utiliza la disciplina de la realidad, rara vez debería ser necesario el castigo corporal, pero cuando uno llega a esos momentos en que una palmada es necesaria, siéntese con su hijo inmediatamente después. Abrácelo durante un rato. Dígale cuánto lo quiere y agregue, "Lo siento. No me gusta cuando *estamos* así. No me gusta pegarte, pero esta vez debí hacerlo. Ahora, ¡vamos a divertirnos juntos!"

Obviamente, esa clase de charla es para niños muy pequeños, en su etapa "preescolar". Para un niño mayor de seis años, podría decir, "Lo siento, pero has ido demasiado lejos. Quiero que sepas que te quiero mucho y que por eso no puedo dejar que seas irresponsable. Pero la vida continúa, entonces sigamos juntos, ¿te parece bien?"

Lo que usted diga no es realmente tan importante como su actitud. Antes de pegar a su hijo, deténgase lo suficiente como para hacerse tres preguntas:

1. ¿Es este el momento para una paliza o habrá otro método que funcione mejor?
2. ¿Estoy controlado o realmente muy cansado, frustrado y enojado?
3. ¿Le pego a mi hijo para enseñarle o para controlarlo mediante un castigo?

Su respuesta a la tercera pregunta es la verdadera respuesta a si la paliza daña la autoimagen de su hijo o la refuerza.

P: Soy el padrastro de una niña de cuatro años. Cuando trato de corregirla o aun de pedirle cosas tan simples como bañarse, ella me responde, "Mi mamá dice que no debo hacerlo". ¿Cómo debo manejar esta situación?

R: Usted se enfrenta al misil más común en una familia con padres no biológicos. El niño le está diciendo, "Tú no eres mi padre *verdadero* y no tengo porqué escucharte."

La mejor solución es buscar a mamá y regresar juntos. Entonces *usted* le dice: "Cariño, es hora de ir a dormir. Mamá y yo deseamos que ahora te bañes."

Si la madre desea agregar algo que afirma lo que usted dice, sería mucho mejor. Pero usted debe mantener su papel de padre, aun cuando sea el padrastro no su "verdadero" papá. No abandone el papel y deje que la madre lo maneje.

Jamás podrá ser el "Papi" de la niña, pero sí necesita ser su "padre". Usted y su mujer deben trabajar juntos para criar a la niña.

P: El otro día mi hija de cinco años tomó una golosina del supermercado y no me di cuenta hasta que llegué al coche.

La llevé de regreso a la tienda, le hice pedir disculpas al empleado y luego pagué la golosina. Sentí que tener que enfrentarse al empleado fue suficiente castigo, le dejé la golosina y se la comió de vuelta a casa. Mi esposo me dijo que debería haber dejado la golosina. ¿Tiene razón?

R: Sí, su esposo tiene toda la razón. Al dejar a su hija guardarse la golosina, no hizo mucho por ayudarla a aprender de su error. Ella debería haberse disculpado por tomarla y luego, con su guía, arrojarla a la basura, hubiera o no comenzado a comerla. No sólo eso, pero si su hija recibe algún tipo de asignación de dinero, debería ser multada y pagarle a usted de dicha suma lo que pagó por la golosina.

P: Estamos esperando a nuestro segundo hijo para dentro de dos meses. Mis amigos me han estado contando cómo los primeros hijos se vuelven celosos cuando nace su hermanito. ¿Hay algo que yo pueda hacer para evitarlo?

R: Antes de que nazca el hermanito o hermanita, prepare a su primer hijo para este bendito acontecimiento (que para él tal vez no sea tan bendito). Dígale: "¿Sabes una cosa? Dentro de pocos días, mami irá a un hospital y tú tendrás a una hermanita o hermanito. Creo que sería una gran idea si tú colocas tus mejores juguetes sobre un estante para que el bebé no juegue con ellos. Será mejor que tus favoritos se encuentren en lugar seguro."

Esta clase de conversación tal vez no tenga demasiado sentido para un adulto que debe enseñarles a sus hijos a compartir y a no ser "egoístas". Pero este comentario tiene un perfecto sentido para un niño de tres años. Entonces, para equilibrar las cosas, diga "Sabes, hijo, tú tienes algunos juguetes para los que ya eres bastante grande. Tal vez quieras darle uno al bebé."

Aun cuando es cierto que los niños pequeños pueden ser egoístas y posesivos, también es muy cierto que a ellos les gusta dar. Además, ellos desean complacer a sus padres y estoy seguro de que su primer hijo puede encontrar algún juguete que quiera regalar a su hermanito o hermanita.

Después de que "la Cosa" (desde la perspectiva del primogénito) llega a la casa desde el hospital, interésela de manera positiva con él o ella, de modo que no sentirá que se ha producido una tremenda intromisión en su "campo". Deje que su hijo la ayude lo más posible. Tenga cuidado con la tendencia natural a decirle al primogénito "Cuidado, no toques al bebé". Tan pronto como el pequeño vea que "la Cosa" tiene la etiqueta "no tocar", se habrán establecido las líneas de batalla. En lugar de ello, haga que su hijo la ayude de todas las maneras que pueda. Por ejemplo, que le alcance un pañal o que la ayude a cambiarlo si es capaz de ello. Por "capaz" quiero decir que por lo menos puede colocarle el pañal en la parte inferior del cuerpo. Si el pañal cubre el rostro del bebé, tal vez podría señalarle, "Espera un minuto, cariño, creo que está un poco alto."

Seriamente, respete los esfuerzos de su primogénito. Vuelva a hacer lo que él hizo sólo si es necesario (y cuando él no esté presente). Otra cosa que usted puede hacer después de que el bebé llega a la casa es sentarse con su primer hijo y decirle lo grande, fuerte y capaz que es en comparación con el bebé. Hágale saber cuán importante es él cuando le explica cómo son los bebés: "¿Sabes? Tú duermes una vez al día, pero los bebés deben dormir seis veces al día. (Muéstrele seis dedos.) Tú eres muy grande y fuerte, y te cuidas muy bien. Eres el mejor ayudante de mamá."

Otro consejo es, cuando usted sostenga o le dé de comer al bebé, que *jamás* rechace a su hijo mayor si él desea sentarse en su falda. Puede ser un poco incómodo, pero él desea saber que todavía tiene acceso a usted. Por lo tanto, deje que se le suba, abrácelo y él estará seguro de que todavía lo ama. No deseará quedarse mucho tiempo y se bajará de su falda cuando lo desee.

Lo importante para un primogénito que ve su vida y su territorio invadidos por un segundo hermano es salirse de su camino para hacer que él se sienta aceptado, que pertenece, y que es capaz (el A-B-C de la autoimagen). Vuelva a leer el capítulo 7 con esta pregunta en mente.

P: Nuestro bebé, que ahora tiene tres meses, ha estado llorando desde su nacimiento. Ambos estamos con los ojos desorbitados por la falta de sueño y casi al límite de nuestras fuerzas. ¿Tiene alguna sugerencia?

R: Una suposición obvia es que su bebé sufre de cólicos (continuos problemas estomacales), y para un cólico no existen respuestas fáciles. Hannah, nuestro cuarto paquete de sorpresas, llegó cuando nosotros dos ya teníamos cuarenta años y durante seis meses se despertó llorando. Sande y yo nos turnábamos para pasearla y de alguna manera pudimos sobrellevar la situación. A los seis meses el llanto de Hannah cesó repentinamente y después no tuvimos más problemas. En realidad, a los dos y tres años, cuando llegaba la hora de la siesta, ella venía a nosotros, nos tomaba de la mano y decía, "Ahora cansada," y luego se dormía.

Algunos de los cólicos son fisiológicos y no deben confundirse con un llanto infantil para llamar la atención. Si usted ha comprobado que su bebé no llora de hambre, que no lo pincha un alfiler, que no necesita que le cambien los pañales o cualquier otra cosa que sea evidente, entonces debe analizar si ustedes tal vez no responden demasiado rápidamente cuando ella deja escapar un gemido. En otras palabras, observe los extremos de la forma en que ustedes responden al llanto de su bebé. Si lo hace, el bebé aprenderá que el llanto llama la atención y los mantendrá en vela una y otra vez.

Aquí se aplica el principio básico: equilibrio y buen juicio. Obviamente, un bebé recién nacido necesita mayor atención que un niño mayor. A veces dejar que el niño llore durante cinco minutos, dará por resultado que él mismo se vuelva a dormir o que aprenda a dormir toda la noche.

P: ¿Qué opina de los corralitos? Mi hija de dieciocho meses es muy activa y no me da un momento de sosiego. Algunos días no puedo hacer nada. Tengo una amiga que dice que los corralitos son "medievales". ¿Qué opina?

R: Los corralitos no son medievales. Son muy modernos y extremadamente útiles. He conocido algunos casos en donde un corralito ha salvado a madres de volverse completamente locas. En otros casos, los corralitos han salvado vidas de bebés. Son lugares muy seguros para colocar a un bebé, en particular cuando usted está limpiando, preparando la comida, contestando el teléfono o la puerta y no puede prestarle, a él o ella, toda la atención.

Obviamente, no se puede abusar del uso de un corralito, lo que significa abusar de su bebé. Un corralito no es respuesta para todo el día e incluso para varias horas al día. Es una respuesta cuando en ciertos momentos usted necesita hacer otras cosas y no puede prestarle toda la atención a su hijo.

P: Se acerca el tercer cumpleaños de mi hija y tengo planeado dar su primera fiesta infantil completa con varios amiguitos, decoración, juegos, y todo lo necesario. ¿Cuál es su consejo (aparte de montones de aspirinas)?

R: No necesita aspirinas, lo que necesita es un buen plan, y una de las mejores sugerencias que he encontrado viene de Melanie Kirschner, que trabaja para una compañía de juguetes en la ciudad de Nueva York. Sus ideas incluyen:

1. *Planifique la celebración con su hijo.* Recuerde que es la fiesta de su hija y ella también debe tomar decisiones. Aun una niña de tres años puede ayudar a elegir el tema, hacer la lista de invitados y enviar las invitaciones.
2. *Si es posible, haga la fiesta en casa.* Será más personal.
3. *Hágala adecuada para la edad.* Los niños de tres años y medio y mayores se divierten mezclándose con amiguitos. Pero antes de esa edad, los niños no tienen vocabulario ni capacidad social para disfrutar de una fiesta.
4. *Que la lista de invitados no sea extensa.* Invite a todos los niños de la edad de su hija. Pero si debe asistir toda la sala de su jardín de infancia, no se deje llevar por el pánico. Unos cuantos invitados más se pueden acomodar fácilmente, siempre que usted tenga la ayuda suficiente.

5. *Que la fiesta sea corta.* Para una fiesta de preescolar, incluyendo el refrigerio que tomen, dos horas son suficientes.

6. *No gaste mucho.* No es necesario que una gran fiesta sea costosa.

7. *Busque ayuda.* Una buena proporción es un adulto (además de usted) por cada cinco niños.

8. *Planifique con anticipación.* Libere las presiones permitiéndose unas semanas para planificar la fiesta.

9. *Prepárese para los imprevistos.* Si la fiesta será al aire libre, por ejemplo, decida qué hará si llueve.

10. *Desarrolle un plan de eventos.* Planifique el comienzo, la mitad y el fin de fiesta, asegurándose de tener suficiente cantidad de actividades para llenar los tiempos. Comience con una actividad tranquila para recibir a los invitados. Cuando ya estén todos reunidos, comience con las actividades principales. (Alterne entre juegos tranquilos y alborotados, y no ponga ningún énfasis en ganar y perder.) Tranquilice con comida y juegos tranquilos. Distribuya recuerdos como premio final.[7]

P: Creí que mi hijo de tres años ya había finalizado con el control de esfínteres (casi no aprendió hasta los tres), pero últimamente llega a casa de sus juegos con los pantalones mojados. Él me dice que se "le olvida" entrar e ir al baño. He probado con reprenderlo y hacerle quedar como castigo en su habitación, pero aún continúa "olvidándose". ¿Alguna sugerencia?

R: Para este tipo de problema tengo una respuesta estándar. Diga a su hijo que tiene un solo par de ropa interior y pantalones secos para todo el día. Si se los moja, entra a la casa, se quita la ropa mojada, se pone el pijama o la bata, y su día de juego llega a su fin. Supongo que tener que pasar un día, posiblemente dos, adentro cuando podría estar jugando debería ser suficiente para su falta de memoria.

Consejos para enseñar
responsabilidad

En general, los padres están todos a favor de tener hijos "responsables". A menudo se preguntan, sin embargo, qué temas pueden darles para enseñarles responsabilidad. A continuación se presenta una lista de responsabilidades para niños pequeños, que pueden realizar en el hogar. Estudie la lista y decida qué es lo que podría funcionar con su hijo.

Algunas de las tareas sugeridas tal vez parezcan casi formidables para alguien tan pequeño como un niño de dos años. Tome la lista y converse con su hijo. Haga que el niño elija lo que él o ella desea hacer. Tres o cuatro tareas estarían bien para comenzar. Asegúrese de que su hijo nunca deba hacer más de una tarea a la vez. (Esto es, no haga que el niño realice varias cosas una detrás de otra.) Remarque que una vez que el niño acepta una responsabilidad, él o ella es, de verdad, responsable de eso. Esto no es algo que el niño puede hacer "cuando él o ella tienen ganas de hacerlo".

Responsabilidades en la casa para niños de dos a tres años

1. Juntar juguetes no usados y guardarlos en su sitio.

2. Colocar los libros y revistas en un revistero.

3. Barrer el suelo.

4. Vaciar ceniceros.

5. Colocar sobre la mesa las servilletas, platos y cubiertos. Al principio los cubiertos se colocan, aunque no en los lugares correctos.

6. Limpiar lo que desparraman después de comer.

7. Seleccionar dos tipos de alimentos para el desayuno. Aprender a tomar decisiones simples.

8. Limpiar su lugar en la mesa. Colocar los platos sucios sobre la mesada de la cocina, después de limpiar las sobras.

9. Entrenamiento en el baño.

10. Higiene simple: lavarse los dientes, lavarse y secarse las manos y la cara y peinarse.

11. Desvestirse solo, vestirse con alguna ayuda.

12. Limpiar los accidentes propios.

13. Colocar alguna caja o lata de la bolsa de las compras en el estante apropiado. Colocar algunas cosas en los estantes más bajos.

Responsabilidades en la casa para niños de cuatro años

1. Poner la mesa, incluso cuando se utilice la vajilla buena.

2. Guardar las compras.

3. Ayudar con las compras y a confeccionar la lista.

4. Lustrarse los zapatos y limpiar después.

5. Seguir un plan para alimentar a las mascotas de la casa.

6. Ayudar en el jardín.

7. Ayudar a hacer las camas y a pasar la aspiradora.

8. Ayudar a lavar los platos o a llenar el lavaplatos.

9. Quitar el polvo de los muebles.

10. Extender mantequilla en los bocadillos.

11. Preparar cereales fríos.

12. Ayudar a los padres a preparar los platos para la cena de la familia.

13. Hacer un postre simple (añadir la cobertura de tartas, gelatina, o cubrir con jarabe los helados).

14. Sostener la batidora de mano para hacer mayonesa o mezclar un bizcocho.

15. Compartir los juguetes con los amigos. (Practicar la cortesía.)

16. Traer la correspondencia.

17. Decir a los padres adónde va a jugar.

18. Ser capaz de jugar sin la constante supervisión o atención de un adulto.

Responsabilidades en la casa para niños de cinco años

1. Ayudar con la planificación de las comidas y con la lista de compras.

2. Prepararse un bocadillo o desayuno fácil. Luego limpiar.

3. Servirse una bebida.

4. Preparar la mesa para la cena.

5. Cortar lechuga para la ensalada.

6. Preparar ciertos ingredientes de una receta.

7. Hacer la cama y limpiar la habitación.

8. Vestirse solo y elegir la ropa para el día.

9. Limpiar el fregadero de la cocina, el inodoro y la bañera.

10. Limpiar espejos y ventanas.

11. Separar la ropa para lavar. Colocar la ropa blanca en un montón y la de color en otro.

12. Doblar la ropa limpia y guardarla.

13. Contestar el teléfono y comenzar a marcar los números para usarlo.

14. Trabajar en el jardín.

15. Pagar pequeñas compras.

16. Ayudar a limpiar el coche.

17. Sacar la basura.

18. Decidir cómo gastar su participación en el fondo para diversiones de la familia.

19. Alimentar a las mascotas y limpiar sus lugares.

20. Aprender a atarse los cordones de los zapatos.[8]

Si un niño no puede completar cualquiera de las responsabilidades asignadas, debe utilizar la disciplina de la realidad, a
fin de conseguir lo que usted trató de hacer en primer lugar:
enseñarle responsabilidades. En la mayoría de los casos, la consecuencia de no llevar a cabo una responsabilidad sería la reti-
rada de privilegios, de algo que al niño verdaderamente le guste hacer.

10

REFUERZO DE LA IMAGEN

*Preguntas y respuestas: para padres
de niños entre seis y doce años*

Si los años preescolares son los "años de las preguntas",
la etapa siguiente, de los seis a los doce años, representa los
"años de las torpezas". Ahora los niños salen a la vida en serio
y comienzan a aprender en nuevos niveles de qué se trata la
prueba y el error, en especial el error. Los niños se pueden in-
volucrar en las situaciones más disparatadas. Una de las más
memorables de mis archivos se refiere a un niño de once años
que por error entró en el baño de las niñas en su colegio. De
inmediato se dio cuenta de que su presencia era la única entre
todas las niñas y preguntó incrédulo:

—¿Qué estáis haciendo *vosotras* aquí?

Casi a coro, varias niñas de la misma edad le respondieron: "*¿Qué es lo que haces tú aquí?*".

Y entonces el niño se dio cuenta de algo más: No había
urinarios en las paredes. En un momento horrible fue consciente de su error. Como una flecha, salió disparado por la puerta, con las risas de las niñas en sus oídos y siguió corriendo
hasta su casa.

—*Jamás* regresaré a ese colegio, ¡*jamás!* —le dijo a su madre. Y no lo hizo. Sentía tanta vergüenza que no podía ni siquiera pensar en enfrentarse a la burla y el escarnio que lo esperaban a su regreso al colegio.

Esta historia me la contaron los padres del muchacho, que vinieron a verme para que los aconsejara cuando él rehusó totalmente regresar al colegio. Hablamos durante un rato y ellos decidieron que lo mejor era aceptar sus sentimientos y enviarlo a otra escuela. Creo que tomaron la decisión correcta y salvaron su tierna autoimagen, al evitarle un serio golpe.

El cemento no está totalmente duro... todavía

En el capítulo 9, describí niños de cinco años como de "cemento húmedo" que son fácilmente formados, moldeados e influidos. Pero a los cinco, la mayor parte de la personalidad y estilo de vida de un niño está en desarrollo. A los siete digo que "ya está terminado". Eso es cierto para la mayor parte, pero me gustaría modificarlo un tanto y decir *"Casi* terminado". El cemento está comenzando a endurecerse, sí, pero puede todavía moverse un poquito. Este es el momento para el refuerzo de la autoimagen del niño, ayudando, a él o a ella, a desenvolverse en un mundo siempre en cambio que no sólo representa un desafío; puede ser intimidatorio y a veces egoísta y doloroso.

Los padres deben hacer mucho durante este período, cuando el niño crece y se transforma en un preadolescente. Falta mucho para terminar el juego; en realidad, ¡ahora se está poniendo interesante! Ahora la personita en la que se ha transformado su hijo comienza a interactuar en serio con el mundo. Lo bueno y lo malo (términos estos desafortunados) afloran. Yo prefiero decir que el estilo de vida, cómo el niño o la niña demuestran sus percepciones y valores personales, aflora. Los niños han decidido que ellos poseen una importancia verdadera sólo cuando actúan de una cierta manera que es básica. Quizá se han transformado en florecientes controladores, potenciales complacientes o, tal vez, son pequeños comediantes que necesitan de mucha atención.

Los consejeros adlerianos creen que los seres humanos desarrollan un cierto estilo de vida basado en determinados defectos en su razonamiento. Muy temprano los niños pueden comenzar a decirse que son ineptos ("Me encuentro indefenso.") También pueden descalificarse, diciendo "No soy bueno, no puedo hacerlo, no tengo esperanzas".

Pueden volverse muy pesimistas con respecto a su entorno, el lugar donde deben vivir, y decirse "Este lugar es peligroso". Y otro defecto en el razonamiento que pueden desarrollar muy temprano es el "No puedo creer en nadie, y a menos que la gente haga exactamente lo que yo deseo, ellos no están siendo justos conmigo". O, tal vez, lo cual es muy característico en los benjamines de la familia, los niños comienzan a decirse: "la gente está aquí para servirme; puedo conseguir que hagan lo que yo quiera".

De estos defectos en el razonamiento provienen ciertos estilos de vida. A decir verdad, todos los individuos tienen sus propios y "exclusivos" estilos de vida que son verdaderos sólo para ellos. Pero existen varios "estilos de vida generales" que mucha gente elige en un grado u otro. Yo los llamo "Soy importante sólo cuando..." Y algunos de estos estilos de vida incluyen:

"Soy importante sólo cuando me aprueban."

"Soy importante sólo cuando tengo el control absoluto, cuando tengo en mi mano la batuta."

"Soy importante sólo si soy superior, si yo tengo la razón y los otros no."

"Soy importante sólo cuando los otros me cuidan."

"Soy importante sólo cuando me utilizan, me rechazan o abusan de mí." (Esta actitud puede conducir a que el niño juegue el papel de víctima y, cuando se convierte en algo serio, de mártir.)

Estos son los años en los que los defectos en el razonamiento, que han sido parte del pensamiento de los niños prácticamente desde el nacimiento, comienzan a florecer como problemas de conducta. Gran parte de mi consulta se ha realizado al nivel de los seis-doce años, seguido de cerca por los adolescentes.

"Doctor, no estoy segura de que este sea verdaderamente mi hijo"

Para cuando los padres me traen a su hijo, ellos creen que la situación es seria y, a menudo, lo es. Dichos padres se sienten molestos o frustrados por el problema de su hijo. ¡Se preguntan si sobrevivirán! Tal vez su hijo ha tenido algún tipo de problema de conducta durante bastante tiempo. Quizá le han preguntado al pediatra de la familia qué estaba mal. Algunos se preguntan con sinceridad si su bebé no les fue cambiado por el de otra familia. Este no puede ser *su* hijo, ¿o sí?

—Oh, yo no me preocuparía —los consuela el buen doctor—. Los niños en general pasan por este tipo de cosas.

El hecho es que a veces ellos lo hacen, mientras que otras, no. Tal como escribe Don Dinkmeyer: "Desafortunadamente, existen ahora muchas pruebas que indican que el niño que tiene mal humor, que es nervioso, que no es servicial no cambia necesariamente. En lugar de ello, descubrimos que la conducta responde a un patrón y es predecible".[1]

Las siguientes preguntas y respuestas están basadas en algunos problemas de conducta típicos que enfrentan a los padres con sus hijos entre los seis y los doce años. Tal como en el capítulo 9, mi objetivo es concentrarme en cómo ayudar a formar la autoimagen del niño. Tal como dije antes, deseamos reforzar la autoimagen de jóvenes en edad elemental, porque estos son los años en que ellos descubren lo competitivo que el mundo puede llegar a ser y cuán difícil es agradar a todos.

Hay que admitir que, a medida que ellos exploran, prueban y experimentan, van cometiendo torpezas. Sí, ellos exploraron, probaron y experimentaron cuando eran más pequeños, en los años del preescolar, pero ahora poseen los medios y la capacidad para poder adentrarse más en el campo. Ahora pueden cruzar la calle, caminar una manzana o pasear por la ciudad (si es usted uno de los pocos afortunados que todavía vive en una comunidad pequeña). Y ahora tienen un vocabulario que les permite meterse en toda clase de interesantes apuros.

Por supuesto, no todo entre los seis y los doce años son torpezas; su hijo puede estar tomando su vida paso a paso, obteniendo buenas calificaciones y disfrutando de popularidad entre su grupo de amigos. Si es así, lo felicito, pero junto con eso, le hago una advertencia. Todos los niños en esta etapa necesitan reforzar su autoimagen, si no para desenvolverse con lo que la vida les presenta ahora, sí para que esté preparado para la embestida violenta que supone la adolescencia donde, para muchos, se abre el suelo bajo sus pies. En el capítulo 11 entraremos más en detalles sobre esto.

Sin embargo, ahora, observemos algunos problemas típicos que los niños tienen a esta edad y cómo resolverlos. Tal como dije en el capítulo 9, tal vez no todas mis soluciones se puedan aplicar a sus hijos, pero tengo la esperanza de que usted elegirá muchas ideas para reforzar y desarrollar los músculos psicológicos en esa tierna y preciosa autoimagen que los niños deben llevar durante el resto de sus vidas.

P: Tenemos un hijo de diez años que a veces casi nos hace perder la razón. Este año ya hemos recibido cuatro notas del director del colegio por: (1) hacer ruidos en clase, (2) deslizarse por la baranda, (3) peleas verbales con los compañeros, (4) romper el autobús del colegio. He intentado toda clase de disciplinas, pero él es muy fuerte y nada parece funcionar. Ejemplo: En nuestro jardín tenemos tres árboles y él trepa a uno de ellos. Le dije que no lo hiciera y al día siguiente había trepado sobre los otros árboles. Su respuesta: "Tú me dijiste que no me subiera a ese árbol", mientras me señalaba el árbol al que había trepado ayer. Es el menor de tres varones. Sus hermanos tienen trece y quince años y fueron dóciles comparados con este. ¿Qué es lo que sucede?

R: Esta pregunta me hace recordar a mi propia casa, donde yo era el menor de tres niños. Tenía una hermana mayor que casi era perfecta y un hermano que no era muy distinto de ella. Sally obtenía las mejores calificaciones, estaba entre las líderes de la clase y era una de las niñas más populares del colegio. Jack sacaba en todo nueve y diez, jugaba de defensor en el equipo de fútbol y también fue el "Príncipe encantado" en los últimos años de la escuela secundaria. El único camino que me quedaba (o así me lo decía yo) era ir en otra dirección, de modo que me especialicé en ser el mejor de los peores. Mi madre también tenía notas similares a las que usted recibió hace poco.

Una de las cosas que usted podría comprobar es si ha educado a su hijo basándose en las recompensas y los castigos. En otras palabras, si la recompensa y el castigo han sido los dos medios básicos para controlar la conducta. La razón, por la que yo pienso esto, es por su manera inteligente de "evadir las reglas". Los niños educados con recompensas y castigos son maestros en esto. Dígale a un niño "No lleves ese camión con cemento al acantilado" y lo que hará será volcarlo allí o incluso empujarlo para que caiga. Siempre encontrará la forma de "burlar el sistema".

Otra cosa para considerar es que usted obviamente tiene un hijo de diez años con mucho poder. Eso refleja la fuerte posibilidad de que usted y su marido hayan sido también demasiado exigentes con su hijo. El simplemente les está devolviendo lo que ha visto hacer con él.

Mi sugerencia es no ser tan inflexible en el establecimiento de reglas. En realidad, podría tratar de hacer que su hijo tome parte en el proceso de establecer las reglas de la casa. En otras palabras, trate de ser más democrática. Esto no significa que pierda su autoridad, sencillamente úsela de manera diferente. Por ejemplo, suponga que su hijo pide permiso para dormir en la casa de un amigo. Usted recuerda que la última vez que hizo esto, comenzó a hacer una escena y rompió un costoso florero. Antes de decirle que sí o que no, dígale, "Bueno, por qué no piensas en esto y mañana por la noche, en la cena, nos cuentas cómo será esta visita para quedarse a dormir. ¿Qué deseas llevar y qué clase de reglas te has establecido? Entonces lo hablaremos."

Si su hijo no aparece con las reglas u objetivos de buena conducta, simplemente dígale que no puede ir. Si él pregunta por qué, dígale con amabilidad que él realmente no ha pensado mucho en lo que usted le dijo. Parece no tener la capacidad de decidir cómo se controlará y será responsable. Dígale: "Antes de ir a la casa de alguien, debes pensar en *cómo actuarás y en qué dirás*. Esto es de lo que se trata ser responsable.

Por otra parte, tal vez aparezca con una impresionante lista de reglas acerca de qué tiene planeado hacer y de cómo intenta comportarse mientras permanezca en la casa de su amigo. Es en este punto cuando usted puede desarrollar algunas consecuencias lógicas con la ayuda de su hijo, por supuesto.

¿Cuáles serán los resultados si él no obedece las reglas? Puede usted desarrollar varias "posibilidades lógicas": Si se mete en problemas, no podrá regresar a dormir a la casa de su amigo durante mucho tiempo. Si rompe o daña alguna cosa, deberá pagarlo de su asignación. No sólo no regresará a la casa de su amigo, sino que se suspenderán otras cosas que a él le gustan durante un período estipulado.

La idea que subyace detrás de la disciplina de la realidad es mantenerse alejado de las luchas de poder, lo que hace que no se le preste atención al niño. En lugar de ello, dé a su hijo alguna *responsabilidad* y déjelo que la maneje solo. Si no puede, que sobrevengan las consecuencias lógicas, lo que realmente le golpeará donde le duela. Deje de colocarse en una posición en donde usted debe ser juez y jurado a la vez. Coloque responsabilidades sobre las espaldas de su hijo.

P: Tenemos dos hijos varones de siete y ocho años. Siempre que el menor se interesa en lo que hace el mayor, este lo deja y parece darse por vencido. Esto se aplica en todas las áreas de actividad: lectura, deportes.... ¿Qué podemos hacer para estimular a nuestro hijo mayor? ¿Debemos ponerle límites a nuestro hijo de siete años?

R: Esta es una situación común con los niños que sólo se llevan un año de diferencia. Obviamente, su hijo de ocho años "oye los pasos" de su hermanito. Una de las razones de que su hijo mayor esté teniendo problemas en la vida es que pasa demasiado tiempo mirando por encima de su hombro y no suficiente tiempo mirando hacia adelante, hacia dónde desea ir.

Una de las cosas que puede intentar hacer es tratar a sus hijos de manera diferente. Esto resulta particularmente importante para la autoimagen del niño de ocho años. Hágalos ir a dormir a horarios distintos, consiga que tengan distintas asignaciones y responsabilidades diferentes. Evidentemente, el mayor debería irse a dormir más tarde. Debería tener una asignación más grande y sus responsabilidades deberían ser más exigentes y "extravagantes".

Además, evite las situaciones competitivas entre ellos. Trate de no estimularlos para que se enfrenten. Lo que la conducta de su hijo mayor está en realidad diciendo es esto: "Tengo miedo de que mi hermanito me alcance y luego me pase. Y me da tanto miedo de pensar en esto que prefiero rendirme y buscar otra cosa donde tal vez me deje solo y no me desafíe". El problema es que el hermanito siempre encontrará al hermano grande y lo "desafiará", a menos que usted se entrometa para establecer ciertos límites y proporcionar alguna guía firme.

P: Mi hija, de siete años y medio, se retrasa todas las mañanas antes de ir al colegio. Yo estoy constantemente apresurándola para que se levante, se vista y siempre debo recordarle la hora. ¿Cuál sería una buena disciplina de la realidad para esta conducta?

R: Tome uno de estos dos caminos: (1) Que ella tenga su propio despertador y que se haga responsable de poner la hora y levantarse por la mañana para ir al colegio. Si no lo hace, se enfrenta con varias consecuencias posibles por ser irresponsable: Podría quedarse sin desayuno y tal vez su aspecto no sería bueno y aseado como siempre lo es cuando sale para la escuela. O sencillamente podría perder el autobús y llegar tarde.

Su segunda solución es esencialmente la misma pero no con tanto costo. En lugar de comprarle un despertador, dígale que la llamará sólo una vez por la mañana y, después de asegurarse de que la oyó y de que se despertó, no volverá a llamarla o a recordarle nada. Ella es responsable de estar lista, tomar a tiempo el desayuno y luego tomar el autobús que la llevará al colegio.

Con cualquiera de las dos soluciones, usted se sale del papel de guardiana de la niña. Mientras usted le siga permitiendo a su hija retrasarse y tener que repetirle todas sus responsabilidades, ella tiene el control de hacerle hacer cosas que no son necesarias. En lugar de ello, déle una responsabilidad; luego *usted* apártese y déjele ver lo que puede hacer. No le escriba notas de disculpa. Por teléfono, comunique a la escuela lo que usted está intentado hacer y estoy seguro de que ellos la ayudarán. Llegar tarde no es el fin del mundo. La escuela comprenderá ese problema. Podría agregar que tener que explicarle al director y a la maestra por qué llega tarde será lo que haga cambiar la conducta de su hija.

Yo debí utilizar una estrategia similar de disciplina de la realidad con mis tres hijos mayores, cada uno a su tiempo. Nuestro último hijo, Kevin, que, cuando estaba en séptimo grado no se levantaba a su hora, una vez me pidió que yo le escribiera una nota, explicándome:

—Papi, debo llevar algún tipo de justificante o no me dejarán entrar al colegio.

—Muy bien —dije yo—. Te escribiré una nota. (No dije nada acerca del justificante.) La nota decía: "Kevin llega tarde porque se quedó demasiado tiempo en la cama. Es su responsabilidad el llegar tarde."

A Kevin no le gustó mucho lo que mi nota decía, pero por lo menos consiguió que entrara a la escuela, donde debió enfrentarse con la disciplina que ellos le impartieron. Recuerdo ahora que fue la última vez que se "levantó tarde" para ir al colegio ese año.

P: Mi hija de nueve años está celosa de su hermana de seis quien, francamente, es más atractiva de lo que ella lo era a su edad. ¿Son los celos una señal de baja autoestima? ¿Cómo puedo ayudar a mi hija para que supere ese problema de celos?

R: Los celos entre niños son una señal de competencia. Y, sí, es también una señal de baja autoestima. Estoy seguro de que los celos (es decir, la rivalidad entre hermanas) comenzaron hace mucho de varias formas.

Hace unos cuantos años, Sande y yo estábamos mirando algunos vídeos hechos de viejas películas de "super ocho" de nuestros hijos, cuando Holly tenía tres años y medio y Krissy dieciocho meses. Habían pasado años desde que yo había filmado aquello mientras Sande sostenía a Krissy en su falda y Holly permanecía de pie junto a ellas. Nos sorprendimos de ver, por lo que parecía la primera vez, que, mientras todos sonreían a la cámara, durante unos segundos Holly le daba a Krissy unos golpes en la cabeza o en la cara con su codo. Krissy jamás lloró; seguía sonriendo, y por alguna extraña razón yo estaba ocupado con la película y tampoco lo noté. Pero el verlo allí en la pantalla, me hizo recordar que la rivalidad entre hermanos tuvo sus buenos momentos en la familia, tal como sucede en todas las familias.

En este caso, una cosa que puede tratar de hacer es no prestarle demasiada atención a su hija de seis años. En lugar de ello, trate de halagar a su hija mayor y de darle la atención que probablemente ahora no este recibiendo.

Por ejemplo, tenga actividades especiales con ella sola. (Si papá la llevara a pasear a ella sola sería verdaderamente impactante.) Además trate de darle algunos privilegios especiales acordes a su edad, como por ejemplo, una mayor asignación que la de su hermana. Haga todo lo que pueda por hacer algo acerca de la posición de su hija mayor en la familia.

Sé que algunos padres podrían pensar que esto es injusto para la hija menor, ya que ellos creen que todos los hijos deben "tratarse por igual". Mi lema es "trate a cada hijo de manera diferente, de acuerdo a sus necesidades". No digo que descuide a la niña de seis años; sólo digo que debería hacer un esfuerzo para tratar a la de nueve de una forma en que la ayudará a saber que ella es aceptada, que definitivamente pertenece y que es importante.

De todas las formas posibles, enseñe a su hija mayor que ella no debe "ser igual" o ser más bonita, más inteligente, más rápida que cualquiera para ser aprobada. Simplemente debe ser ella misma. Debe saber que usted la ama tal como es, de forma incondicional. (Consulte el capítulo 1.)

P: ¿ *Cómo se motiva a un hijo para que haga lo que se le ha pedido repetidamente y de una forma cooperativa? Nuestro hijo de seis años no muestra voluntad de hacer las tareas más simples. ¿Qué podemos hacer?*

R: La regla general es que usted se lo pida a su hijo una vez y, si él no lo hace, prosiga con disciplina (no con castigo). Según el Instituto Gesell de Desarrollo Humano, las palabras para describir el típico niño de seis años son *paradoja* y *bipolaridad*. En otras palabras, su hijo de seis años tal vez decida hacer una cosa en un momento y luego haga lo contrario al siguiente. No me sorprende que su hijo no desee cooperar. En este momento, esa es su naturaleza.

Le sugiero que avance despacio con su hijo y le establezca pequeños objetivos que pueda alcanzar con éxito. Si todavía se niega a realizar las más simples tareas, dígale que esto significará que perderá privilegios, que realmente le gustan. Dígale que la regla en la casa es "trabajamos primero, jugamos después". Cuando sí consiga hacer algo, anímelo y hágale saber lo contenta que está usted. (Consulte el capítulo 7.)

Confeccione una lista mental de las cosas que son importantes para su niño de seis años, cosas que realmente le guste hacer, lugares a los que le guste ir. Sin embargo, no sostenga esto sobre su cabeza, diciendo, "A menos que hagas estas tareas, no podrás (hacer lo que sea)". Déle responsabilidades y sencillamente dígale que espera que las haga. Si no lo hace, entonces deje que sobrevengan las consecuencias naturales o lógicas, al perder privilegios.

Cuando utilice la disciplina de la realidad, recuerde el Principio número 4: "Use acciones y no palabras". No amenace, regañe, dé lecciones ni sermones. Simplemente lleve a cabo acciones y deje que su hijo aprenda de la experiencia, lo que es mucho más efectivo que todos los retos y sermones del mundo.

P: Mi hija de siete años es muy fuerte y a menudo se comporta mal. Después de recibir una reprimenda, ella responde y se niega a comportarse bien. La hemos enviado como castigo a su habitación, pero todavía no tiene buena conducta. ¿Qué podemos hacer?

R: Usted y su marido se encuentran en una clásica lucha de poder con su hija. Aquí hay algunas cosas que puede intentar para evitar dicha lucha y ofrecer a su hija una nueva visión de lo que significa comportarse bien.

1. Evite castigarla, lo que parece no tener el efecto deseado. El castigo en su hija sólo promueve una conducta más poderosa por su parte.

2. Recuerde: un niño fuerte implica padres también fuertes. Francamente, suena como si su hija fuera educada por padres autoritarios que le dicen "Por nuestro camino o por la carretera". Su hija aprende a tener poder de usted, y pelea por ello. Su conducta le dice, "No voy a ser todo lo que tú deseas que sea".

3. Cuando su hija se comporta mal, hágala que experimente la realidad de sus decisiones, retirándole privilegios que realmente disfruta y valora. Deberá decidir cuáles son esos privilegios, pero cuando se los retire, debe tener cuidado de que esto no se vea como un castigo. No diga "Como te has comportado mal, no podrás ir a tu clase de baile." En lugar de ello, dígalo así: "Los privilegios se dan cuando uno cumple con sus responsabilidades. Como no has sido responsable, no estás preparada para recibir privilegios y esa es la razón por la que no irás a tu clase de baile."

Luego sostenga su decisión y no se dé por vencida cuando su hija proteste diciendo que usted es injusta y mezquina.

P: Mi hijo de once años ha protagonizado por lo menos diez peleas en el colegio este año. En la más reciente, golpeó seriamente a un compañero en el rostro y su madre presentó una denuncia. Mi hijo debe enfrentarse con un tribunal de delicuencia juvenil. (La policía me dice que lo que verdaderamente desean hacer es "asustarlo".) ¿Es esto lo que realmente necesita? Todavía estamos esperando la carta para que citen a mi hijo a declarar en el tribunal.

R: Me parece que usted no tiene otra elección. Su hijo comparecerá ante el tribunal y tendrá que enfrentarse a él. Antes de que le haga algunas sugerencias para ver la forma de ayudarlo, deseo señalarle que parece que usted es una madre sola, o el padre de su hijo está demasiado ocupado o preocupado y, prácticamente, no existe en la vida del niño. Obviamente su hijo necesita de alguna influencia masculina a fin de trabajar duro con su energía y hostilidad. El hecho de que él se vea a sí mismo como un luchador me dice claramente que cree que la vida lo ha golpeado directamente y, por lo tanto, él tiene derecho a golpear a otra gente. El lema de su estilo de vida es "Soy importante sólo cuando me pongo de pie por mis derechos y le demuestro a la gente quién es el jefe."

Le sugiero que se ponga en contacto con autoridades juveniles y les haga saber que desea cooperar para ayudar a su hijo a fin de que aprenda una lección. Si es posible, en la audiencia, usted debería estar presente, pero trate de mantenerse en segundo plano. No se coloque al lado de su hijo, ni trate de "explicar" lo que sucedió. Su hijo está allí por su propia conducta. Él es el que golpeó al otro muchacho en la cara y él es el que debe enfrentarse al sermón. En mi experiencia, los jueces de menores en general poseen talento y son gente sensata que desea ayudar a los jóvenes, no castigarlos. Una buena conversación sincera con el juez ayudará indudablemente a su hijo.

Después de la audiencia, de regreso a casa, dígale a su hijo que lo ama mucho. Hágale saber que siente que haya tenido que enfrentarse con las consecuencias de su proceder y que, mientras usted se quedó atrás, todo el tiempo estuvo a su lado. Si es posible diga algo como "Cuando nos sentamos, me pregunté cómo te desenvolverías solo. Papá y yo estamos de acuerdo en que lo has hecho muy bien".

Una vez que esto quede atrás, trabaje con su hijo para ayudarlo a desarrollar una autoimagen diferente, una en la que no se vea como un peleador, como alguien que lastima a los demás. Siéntese con él y haga una lista de las cosas en las que es bueno o de algunos de los atributos que él ve en sí mismo. Anímelo en estas áreas y tal vez decida que pelear no vale la pena.

Además, tal como ya le ha sugerido, procure que algún adulto varón tenga influencia en su vida. Si su padre no vive en su casa o rechaza la responsabilidad de ser un verdadero padre con su hijo, trate de encontrar algún pariente o buen amigo, tal vez el maestro o el entrenador en el colegio, que lo ayudará.

P: Tengo un hijastro de ocho años del anterior matrimonio de mi marido, y el niño pasa todos los fines de semana con nosotros. No tiene lo que se dice una buena conducta, pero cada vez que se porta mal su padre se niega a imponerle una verdadera disciplina. En el último minuto, se excusa y deja que Jacob se marche. Estoy segura de que mi marido se siente culpable por haber fracasado en su primer matrimonio, pero no ayuda a su hijo al permitirle que se haga su capricho con mala conducta. ¿Qué puedo decirle a mi marido que le pueda servir de ayuda?

R: Primero, debería considerar consultar con algún consejero familiar ya que usted ha señalado el problema de su marido. Él tiene sentimientos de culpa. Recuerde que la culpa es la fuerza propulsora que provoca la toma de malas decisiones en la vida. Tal como dijo, sin embargo, su marido no ayuda a su hijo al perdonarlo cada vez que se busca un problema. Es responsabilidad de los padres hacer que un niño sienta que se lo tiene en cuenta.

Si esto parece inadecuado, siéntese y converse con su marido acerca de la actitud frente a su hijo. Haga hincapié en que usted no hace juicios ni esta enojada, pero está preocupada por lo que ve. (Si el niño le hace pasar un mal rato con su mala conducta, tal vez podría compartirlo con su marido.) Usted no quiere ser una "madrastra malvada", pero sí necesita mejores condiciones para poder disciplinar a Jacob cuando está con ustedes.

Otra de las cosas que puede hacer es observar las ocasiones en que su marido sí trata de disciplinar a Jacob. Coméntele lo bien que lo hace, incluso si él no hace tanto como usted espera. Su marido necesita estimulo para poder aprender cómo mantenerse firme en su decisión y darle a Jacob la disciplina que necesita, a fin de que pueda desarrollar una buena autoimagen.

P: Nuestro hijo de ocho años es una mezcla de dificultades con la disciplina. Sufre de varias alergias y dolores relacionados con enfermedades. Cuando se siente bien, las técnicas disciplinarias comunes funcionan bien, pero cuando actúan su alergias y tiene dolor, nada parece ser lo apropiado. ¿Qué puedo hacer?

R: Obviamente se encuentra en una situación fuera de lo común y la respuesta no es sencilla. Las consideraciones sobre la salud de su hijo son fundamentales y debe solucionarlas, pero al mismo tiempo no debe dejar que su hijo utilice sus problemas de salud para ejercer poder.

Le sugiero que sea coherente con el niño tanto como sea posible, se sienta bien o mal. Si dice que va a hacer algo, hágalo. Si él desobedece (quebranta una regla, rehúsa cumplir un mandato simple, o algo por el estilo), se merece sufrir las consecuencias, se sienta enfermo o no. Trate de hacerle saber que usted lo quiere mucho y que está muy preocupada por su salud, pero no le permita que se porte mal y utilice su problema de salud como excusa.

Algo más: cuando no se sienta bien, tiene sentido que usted no sea muy exigente y no exagere las cosas que él puede llegar a decir o hacer. Además, si está enfermo, mantenga sus requerimientos en un mínimo. Si siente que le exige mucho, él se negará a obedecer porque está enfermo. En otras palabras, espere una buena actitud, pero no espere que realice tareas con mucho entusiasmo hasta que se sienta mejor.

P: Nuestros tres hijos de nueve, siete y tres años son muy selectivos con la comida. Cometí el error de darles a cada uno lo que les gusta. Muchas veces preparo tres comidas diferentes para los niños y, algo aparte para mi marido y para mí. He tratado de aplicar la disciplina de la realidad y sencillamente no comen. ¿Qué debo hacer?

285

R: ¿Ha considerado presentarse como cocinera en un restaurante? Recuerde que sus hijos no nacieron siendo selectivos con la comida. Usted tiene conciencia de que les enseñó a ser selectivos y ahora debe enseñarles a comer lo que usted decida preparar. El preparar tres comidas diferentes para los tres niños, más otra para su marido y usted es ridículo. Debe poner en orden su casa y aquí le muestro cómo hacerlo.

No "trate" simplemente de aplicar la disciplina de la realidad; póngala en práctica hasta que obtenga resultados. Decida con su marido decirle a sus hijos lo que está preparando de cenar y eso es todo. Si no quieren comerlo, que no lo coman. Pero entonces no comerán nada hasta el desayuno. Aquí es donde se hace difícil mantenerse firme en su decisión y negarse a ofrecerles algún refrigerio cuando ellos comiencen a quejarse a las siete u ocho de la noche de que tienen apetito. Sonría y dígales con buen humor: "Estoy segura de que estáis hambrientos. ¿Podría esto tener algo que ver con no haber cenado? Mañana os prepararé un buen desayuno". Creo que de una a tres noches sin comer deberían solucionar el problema. Además, limite cualquier merienda por la tarde, de modo que tengan más apetito para la cena.

Debe ser fuerte y mantenerse en su decisión o, de lo contrario, la disciplina de la realidad no funcionará. Todo depende de usted.

P: Nuestro hijo primogénito, el pequeño Buford (de nueve años), siempre protesta o tiene una excusa cuando se le corrige. Jamás dice "Está bien" o "Lo siento." Culpa a su hermano o hermana, o nos da una razón de por qué exhibe la conducta por la cual se le corrige. ¿Cómo podemos reprenderlo?

R: Buford parece necesitar "ciertas reparaciones". Su mejor respuesta es no aceptarle su actitud rebelde. Hágale saber que siempre que se comporte mal, el problema no estará resuelto hasta que él se presente y reconozca ser parte de ello. Por ejemplo, suponga que toma algo de la habitación de su hermano y por ello tiene un problema. Entonces suponga que dice: "Sí, tú lo encontraste en mi bolsillo pero yo no lo he puesto ahí. Alguien lo hizo. Es culpa de otro, no mía".

Simplemente dígale a su hijo: "Mira, puedes explicarlo de cualquier forma que te parezca, pero no vamos a aceptar tus explicaciones. Hasta que no digas la verdad, no irás a ninguna parte ni harás nada".

Luego, manténgase firme en su promesa. Buford no puede ir a jugar al fútbol. No puede mirar la televisión. Ni siquiera ir a su grupo de scouts en la iglesia. Nada es sagrado. Cualquier cosa que le guste debe prohibírsele hasta que confiese y dé las excusas lógicas. Sólo entonces el caso estará cerrado. Si usted hace esto unas cuantas veces, habrá llamado su atención y su conducta mejorará.

P: *¿ Qué puedo hacer con mi hijo de diez años? No respeta lo que le pido que haga por primera vez. Me hace gestos o simula no escucharme y desaparece de mi vista.*

R: Su hijo exhibe una conducta extremadamente fuerte. Es como si usted hubiera sido muy permisiva y ahora cosecha esa falta de respeto. Debe comenzar a ser firme pero justa y también diplomática. No le dé órdenes; pídale y asígnele tareas. Obviamente, él la probará para ver si usted "verdaderamente quiere decir eso".

No puede dejar que se marche o que simule no oírla. Si es necesario, sígalo hasta su habitación y dígale que usted se da cuenta de que actúa como un "verdadero fresco" al simular no escucharla, pero que sabe que no es así. Con calma pero con firmeza repítale lo que quiere y dígale que espera que lo haga. Luego déjelo solo para decidir lo que desea hacer con sus responsabilidades. No le dé plazos o lo amenace con castigos si el trabajo no se hace. Esto simplemente la vuelve a colocar en el terreno de la recompensa y el castigo.

Más tarde, si todavía se niega a hacer lo que le pidió, las consecuencias sobrevienen natural y lógicamente cuando él pida que lo lleve a jugar al fútbol o cuando desee hacer algo que realmente le guste. Dígale con amabilidad pero con firmeza: "Tú no hiciste lo que te pedí y esto significa que no podrás hacer lo que te gustaría hacer ahora. La regla en nuestra casa es que 'Todos nosotros trabajamos en equipo'; luego jugamos o hacemos las cosas que nos divierten".

P: Mi hija de once años tiene una fuerte personalidad y constantemente choca con mi marido, que no es su padre biológico y es algo estricto. Para complicar la situación, tiene una influencia muy marcada de un padre muy simpático, que la ve varios fines de semana al mes. ¿Cómo puedo hacer que mi hija obedezca las reglas de la casa y se lleve mejor con su padrastro? La mayor parte del tiempo están riñendo.

R: Ser padrastro nunca es una situación cómoda y simple. Su segundo marido parece autoritario en su estilo de paternidad, mientras que su primer marido, el padre de la niña, parece ser permisivo o por lo menos mucho más flexible.

Hable con su esposo sobre la forma en que él puede "ablandar" un poco las reglas de la casa. Dígale que ninguno de los dos deben dejar que la niña haga lo que quiera, pero que mientras él siga utilizando una conducta fuerte con ella, esta responderá con la misma conducta de su parte. Esa es la razón por la que su marido y su hija están riñendo la mayor parte del tiempo.

Otra posibilidad es trabajar juntos como una familia e invitar a su hija al proceso de establecer reglas. Por ejemplo, con seguridad ella tiene amigos y le gusta visitar lugares y hacer cosas de las que disfruta. ¿Qué sugiere ella acerca de dónde puede ir y a qué hora debería regresar? Sostener un diálogo entre ella y usted puede ser sorprendente por las responsabilidades que puede tomar, *siempre que ella crea que le hacen elegir.*

Pero, por encima de todo, su marido debe aprender a frenarse y a no ser autoritario en sus soluciones. Ninguna sugerencia funcionará mientras su actitud sugiera el "Escucha, niña, puede que no sea tu padre, pero yo soy el que está al frente de esta casa y tú harás lo que te diga mientras vivas bajo el mismo techo". Si ella siente que esa es la forma en que él piensa, continuará teniendo problemas.

288

P: Tenemos tres varones y una niña. Nuestro segundo hijo de ocho años tiene una gran necesidad de aprobación de su hermano mayor de once años, que constantemente lo menosprecia. En contraste, nuestro hijo mayor es bueno con sus otros dos hermanos menores, que tienen cinco y dos años y medio. ¿Cómo podemos hacer que el niño demuestre una actitud más cariñosa con su segundo hermano ? Este está comenzando a mostrar señales de frustración y enfado contra su hermano mayor.

R: Esto parece ser la clásica situación del primogénito que oye los pasos de su hermano menor y un hijo mediano que se siente ahogado y comienza a preguntarse por qué su hermano tuvo que nacer antes que él.

Tal vez no resuelva su problema, pero es bueno saber que es una situación bastante normal. En otro libro yo cuento cuando mi hermano mayor, Jack, que me lleva cinco años, trató de hacer que me perdiera en el bosque cuando éramos niños. Él deseaba salir con su amigo y mi madre le dijo que podría hacerlo sólo si llevaba con él a su hermanito. Bueno, ¿qué haría cualquier respetable adolescente de dieciséis años? Trató de perder a su hermano de once años en el bosque y tuvo éxito. Afortunadamente, yo encontré el camino de regreso.

No existe una receta mágica que usted pueda aplicar para que su primogénito acepte a su segundo hijo, pero aquí tiene algunas sugerencias:

1. Asegúrese de tratar a sus hijos de manera diferente. Su hijo mayor tiene privilegios que están reservados sólo para los primogénitos: es él el que se va a la cama más tarde, el que hace cosas por sí solo que los demás no pueden y así sucesivamente. Esto le ayudará a sentirse más seguro respecto a su segundo hermano, y si no se siente amenazado, tal vez se relaje y trate mejor al pequeño.

2. Tanto como sea posible, no coloque a los dos niños en situación de competencia. Esto es particularmente aconsejable si el niño de ocho años muestra signos de mayor capacidad (por ejemplo, atlética) que el de once. Haga todo lo que pueda por elevar la autoimagen del hijo mayor y siempre déle prue-

bas de que lo quiere mucho y de que su posición como hermano mayor está asegurada. Al mismo tiempo, ayude al hijo de
ocho años a no sentirse aprisionado.

3. Cuando se presente la oportunidad, hable con ellos
por separado, siéntese tranquilamente y escúchelos para descubrir sus sentimientos. Pueden existir muchas cosas entre los
dos hermanos de las cuales usted no tiene conciencia. (Consulte el capítulo 8 para tener algunas ideas sobre atención activa.)

*P: Nuestro primer hijo tiene nueve años y se ha hecho a
la idea de que yo quiero más a su hermano que a él. Trato de
explicarle que, cuando tenía la edad de su hermano, él disfrutó del mismo "tiempo de calidad" que ahora tiene su hermano
menor, pero que ahora mi tiempo con él debe ser diferente.
¿Alguna sugerencia?*

R: Siento curiosidad por lo que usted quiere decir cuando habla de que cuando su hijo mayor tenía la misma edad que
ahora el menor, usted le brindaba el mismo "tiempo de calidad" que ahora le brinda al niño menor. Aparentemente usted
siente que este tiene ciertas necesidades que le exigen mayor
tiempo. Es natural que su hijo mayor sienta que su hermano
recibe mayor atención que él. Él está tirando de su soga y acu-
sándola de ser "injusta". Es probable que usted responda a estos cargos de que "ama más a Hershel que a mí" diciendo cosas
tales como: "Cariño, ¿por qué dices eso? Tú sabes que mami te
quiere mucho".

Ayudaría mucho más tratar de poner en palabras los sentimientos de su hijo. Diga algo como: "Siento que te sientas de
esa manera. Tú crees que paso más tiempo con Hershel que
contigo. Tú sabes que eres muy especial para mí. Eres mi único
Ralphie y no hay nadie que pueda ocupar tu lugar. Nadie tiene
tu forma de decir las cosas y tu sonrisa. Estoy muy contenta de
que seas mi hijo".

Esto la saca del viejo problema de tener que decir que
usted lo quiere tanto como a su hijo menor, que usted los "quiere
a los dos por igual". Su hijo mayor probablemente no le creerá,
pero sí le gustará oír por qué él es especial y único. Enfatice en

cada niño que lo quieren en forma exclusiva por quién es él. Esto le ayudará a deducir que "Mamá realmente me ama. Pasa mucho tiempo con Hershel, pero ella me ama a mí también".

Además, asegúrese de que sus hijos se vayan a dormir en horarios diferentes y de que tengan responsabilidades diferentes acordes a su edad. Su hijo mayor debería irse más tarde a dormir, ir a lugares a los que el más pequeño no pueda hacerlo, lo que sea. No caiga en la trampa de tratar de idear cómo puede "pasar tanto tiempo con su hijo mayor como con el menor". Debe pasar tanto tiempo con cada niño como este lo necesite; en algunos casos su hijo menor tal vez necesite más tiempo que el mayor y, en otros, tal vez sería a la inversa.

En el libro, *Hermanos sin rivalidad,* Adele Faber y Elaine Mazlish realizan una inteligente observación: "Ser amados igual es de alguna manera recibir menos amor. Ser amado de manera exclusiva, por lo que uno es, es recibir tanto amor como necesitamos."[2]

P: Tengo tres hijos, de siete, cinco y cuatro años. Todos tienen dificultades para seguir instrucciones o para obedecer lo que les pido. Parecen no escuchar y a veces debo repetirles las cosas por lo menos veinte veces para que hagan una tarea. Finalmente me canso de gritar y entonces lo hacen. Se enfadan cuando les grito y me preguntan la razón. "Es porque no lo hacéis cuando yo os lo pido con amabilidad" les explico. ¿Cómo puedo salir de esta rutina?

R: Parece que sus hijos han contraído un serio caso de "sordera a la madre". La están controlando bastante bien con dos objetivos en mente: (1) Si soportan lo suficiente, podrán liberarse de hacer algo que no desean; (2) ellos saben que usted realmente no quiere decir eso, hasta que su voz alcanza cierto nivel de decibelios. Además, tienen la pequeña palanca adicional de hacer que usted se sienta culpable por gritarles. Lo que usted debe hacer es utilizar la disciplina de la realidad y enseñarles a sus hijos a comprender que no quiere pedirles más de una vez que hagan algo. Utilice la misma estrategia con los tres niños. Hágales saber que (desde ahora) les pedirá que hagan las cosas una vez y, si no las hacen, perderán privilegios: no jugar con los amigos después de la escuela, no ver la televisión, ninguna merienda especial. O posiblemente, el enviarlos a sus habitaciones solucionará el problema. *Lo que importa es que cualquiera que sea la consecuencia sea importante para ellos.*

La clave está en ser firme y sostener la promesa de las consecuencias que trae consigo el hacer oídos sordos a su madre. Por ejemplo, dígales que debe irse a algún lugar y que deben estar los tres en el coche en unos minutos. Todos tienen conciencia de que usted se ha estado preparando para salir y que debían estar listos. Pídales *una vez* que suban al coche. Si no cumplen, invoque las consecuencias: si es algo para su diversión (ir al cine, la clase de baile, el grupo de scouts, o algo por el estilo), cancélelo. No amenace, no dé sermones ni diga "Os lo he advertido..." Simplemente sonría y diga "Lo siento, chicos, está claro que no queréis salir, de modo que nos quedaremos en casa".

Si es una salida que no se puede dejar de hacer (por ejemplo, una cita con el médico), hágales saber, sin gritos o sermones, que habrá consecuencias. Más tarde, cuando regresen a casa, dígales "Ya que parece que hoy no me habéis oído cuando trataba de haceros subir al coche, sólo puedo pensar que no tenéis interés en ir a ninguna parte, por ejemplo, a la casa de los amigos." Entonces, prosiga invocando las consecuencias o algo que "los golpeará donde les duela". Una vez que sus hijos comprendan que usted hablaba en serio y que no tolera los oídos sordos, les mejorará considerablemente la capacidad auditiva.

P: Nuestro hijo de seis años es muy selectivo con la comida. Mi marido dice que se encuentra en una "trampa de poder", pero yo no creo que sea nada tan serio. Nuestro hijo no tiene rabietas ni nada por el estilo. ¿Qué es lo que sucede y cuál es la mejor manera de manejar esta situación?

R: Es difícil decir si su hijo sencillamente está llamando la atención de una forma negativa o si se encuentra en una "trampa de poder". Las siguientes son algunas de las características que pueden ayudarlo a diferenciar entre las dos.

Cuando la atracción de atención se torna negativa, nos encontramos con el espectáculo, con el payaso que llega demasiado lejos o se vuelve insolente, ostentoso y hasta agresivo. Otros signos de atracción negativa puede ser la vergüenza (aunque debe tener cuidado ya que algunos niños son verdaderamente tímidos). La atención negativa puede también reflejarse en una "falta de capacidad" del niño, conducta inestable, falta de vigor, miedos, problemas en el habla, falta de aseo y autocomplacencia. Otra favorita es plantear dificultades a la hora de comer, es decir jugar con la comida y nunca terminar nada.

Cuando la mala conducta del niño entra en la categoría de lucha de poder, nos encontramos con el niño que discute, contradice, continúa haciendo lo que el padre le ha prohibido o tiene rabietas. Algunos signos son malos hábitos y falta de confianza.

Del lado pasivo, los niños pueden arrastrarlo a una lucha de poder mediante la holgazanería, el ser testarudos, desobediencia u "olvidos".[3]

En cuanto a lo que se debe hacer con el niño selectivo con las comidas, es lo siguiente:

1. Haga todo lo posible por divorciarse emocionalmente de la situación. Todos los pediatras están de acuerdo con que unas cuantas comidas que se pierdan no matarán de hambre al niño.

2. Deshágase de toda la "comida chatarra" que su hijo ha estado comiendo entre comidas, en particular durante las últimas horas de la tarde. Los niños selectivos con la comida, en general, se vuelven peores durante la cena. La principal razón es que están hartos de galletitas, patatas fritas y cosas por el estilo que ellos han comido sólo una o dos horas antes.

3. Si el niño sigue siendo selectivo, no ponga un lugar para él en la mesa. Cuando él le pregunte la razón de esto, de una manera amistosa dígale: "En general tú no tienes apetito, de modo que pensé que no deseabas comer. Te prepararé un buen desayuno por la mañana".

4. Una alternativa a no ponerle un lugar en la mesa es darle pequeñas porciones de lo que ha preparado. Si él prueba

la comida y dice cosas tales como "Odio los spaghetti", quítele el plato de inmediato, antes de que la cena termine, y dígale que se puede retirar de la mesa y que hasta el desayuno no tendrá comida.

P: Mi hijo vive en dos casas. La mitad de la semana está en la casa de su padre, la otra mitad está conmigo y su padrastro. Como vivimos en una comunidad pequeña y nuestras casas están a cuatro kilómetros la una de la otra, mi esposo siempre se encuentra durante la semana con mi ex marido, por ejemplo, cuando atiende algunos de los juegos de mi hijo. Cuando mi hijo está con nosotros y vemos a su padre, él le habla, pero cuando está con él, casi no nos saluda por miedo a que su padre se enfade. ¿Qué puedo hacer con respecto a esto?

R: Aparentemente su hijo se siente intimidado por su padre natural. Indudablemente desea hablarles pero tiene miedo de las repercusiones. La única forma de resolver esto es poner remedio a lo que verdaderamente está mal; que el niño tenga que vivir al mismo tiempo durante la semana con ambos padres. No estoy seguro de que este arreglo se hiciera durante los procedimientos del divorcio, pero es tremendamente desatinado y nada práctico, tal como usted puede ver. En una situación de divorcio, los hijos deben ponerse bajo la custodia de un padre, mientras que al otro se le dan privilegios de visita. Durante los procedimientos de divorcio, los maridos y las esposas pueden a menudo estar tan preocupados por asegurarse de "recibir la parte justa" que incluso llegan a dividir por la mitad a los hijos. Esta no es forma para que viva un niño.

Le sugiero que su abogado se ponga en contacto con el abogado de su ex marido y busquen un nuevo arreglo. Una vez que el niño esté en una de las casas, se sentirá más seguro. Si su padre continúa "intimidándolo", deberá sentarse con su ex marido y conversar lo más civilizadamente posible. Esto puede resultar difícil, en especial si la actitud de él sigue siendo hostil. Por otra parte, tal vez su ex marido sólo necesita que le señalen el problema y él mismo tratará de corregirlo.

294

Lo fundamental de todo esto es que su hijo se encuentra en una situación muy inestable, lo que le resulta extremadamente confuso. En pocas palabras, lo están "destrozando". El no puede dividirse en partes iguales entre ustedes dos durante la semana. No es un objeto; es su hijo, y ustedes están destruyendo su autoimagen con la presente situación.

P: He intentado llevar a la práctica la "atención activa" con nuestra hija de nueve años, pero no la acepta. Me dice que "deje de jugar a la psicóloga" y que "no le repita lo que acabo de decirle". Creo reconocer sus sentimientos, pero no tengo mucho éxito. ¿Qué debo hacer?

R: Aparentemente usted hace mucho de lo que se llama "parloteo" en lugar de practicar la verdadera atención activa a lo que su hija le dice. Por ejemplo, si ella regresa a casa muy enojada con una amiga y dice algo como: "¡Odio a Jennifer!", no le diga, "No te gusta Jennifer" o algo por el estilo, lo que simplemente repite exactamente (como los loros) lo que ella acaba de decir. En lugar de ello, trate de reconocer sus sentimientos diciendo: "Pareces muy enfadada. Cuéntame qué te pasa". Para obtener muchos ejemplos de cómo practicar la atención activa en lugar de parlotear, consulte el capítulo 8.

Asimismo, el hecho de que la atención activa no funcione en ciertas situaciones no significa que no sea una técnica excelente, y yo le recomiendo que siga con ella. No se desanime. Los niños no siempre dan la "respuesta perfecta" en sus intentos de reconocer sus sentimientos. Mis hijos desde luego no lo hicieron. Cuando nuestra hija mayor, Holly, tenía alrededor de diez años, recuerdo haberle dicho:

—¡Apuesto a que estás muy contenta por haber sacado esas notas tan fantásticas!

—En realidad, no —respondió—. Probablemente tú y mamá estaréis muy contentos, pero a mí no me interesa para nada.

Para ser honesto, eso me desconcertó y por el momento no toqué el tema. Más tarde, continué animando a Holly, sin embargo, y le hice saber que esperaba que ella siempre se esforzara todo lo que pudiera en el colegio.

Supe que a Holly le importaba mucho obtener buenas calificaciones. Yo no me desanimé sólo porque ella una vez no sintió que se le prestaba una atención activa.

P: Me he enterado de que usted en un seminario sugirió que se podían utilizar las asignaciones de dinero como una forma de poner en práctica la disciplina de la realidad y enseñar responsabilidad. Yo deseo hacer esto, pero ¿cómo evito que mis hijos vean el signo del dinero cada vez que ellos hacen algo en la casa? ¿Qué sucede con sencillamente brindarse ayuda mutua? Mis hijos tienen tres y siete años.

R: Parece como si usted les diera a sus hijos la idea de que sus asignaciones son una recompensa por el trabajo y siempre que hagan algo desean recibir más recompensas, probablemente por encima de la asignación ya establecida. Siempre que establezca un sistema de asignaciones, los niños deben comprender que todos deben hacer ciertas tareas en la casa. Usted les da a sus hijos una asignación para ayudarlos a que aprendan a ser responsables en la administración del dinero que es parte del presupuesto de la familia.

La idea, detrás de una asignación de dinero, es permitirles a sus hijos que experimenten las consecuencias de "gastársela" en menos de una semana y que no les quede lo suficiente para algún pequeño capricho que quieran tener luego. O también puede enseñarles el concepto básico de que si ahorran su asignación durante varias semanas, podrán comprarse algo más costoso más tarde.

Otra forma en que la asignación resulta una buena herramienta de enseñanza es que cuando los niños no hacen sus tareas en la casa, deben pagarle a alguien para que las haga por ellos de su propia asignación. Ese alguien podría ser un hermano o también usted o su marido. También podría ser el vecinito de enfrente. A muy pocos niños les gusta la idea de tener que pagarle a alguien para que haga una tarea sencilla que ellos pueden hacer. Por lo tanto, el problema se resuelve solo.

La clave está en que el padre utilice la asignación como herramienta de enseñanza, no como un salario o sistema de recompensa. Los niños no deberían nunca hacerse a la idea de que cada vez que hacen algo deben recibir una paga. En algunos casos, los padres establecen "trabajos opcionales" que están por encima de los deberes regulares, que los niños pueden hacer recibiendo una paga extra, si lo desean. Se debe dejar bien claro cuáles son estos trabajos, y también debería quedar claro que cada vez que el niño eche una mano, no necesariamente recibirá un pago. (Para obtener mayor información acerca de cómo usar las asignaciones, consulte el capitulo 6.)

P: Estoy tratando de utilizar la asignación como un medio de enseñar a mi hija de siete años, pero tengo un problema. Cuando ella no hace las tareas y yo le sugiero que contrataré a su hermana para que las haga, debiéndole pagar ella de su asignación, me dice, "Está bien. De todos modos, a mí no me interesa nada el dinero. " ¿Qué puedo hacer?

R: Su problema nos permite ver que una estrategia no necesariamente será la adecuada. Créame, su hija de siete años pronto llegará a una etapa en la que ya no dirá "A mí no me interesa nada el dinero". Mientras tanto, sin embargo, tal vez pueda manejar su falta de voluntad para hacer una tarea, sencillamente diciéndole: "Hija mía, te quiero, pero no saldrás a jugar (o cualquier otra actividad con la que verdaderamente disfrute), hasta que no hayas hecho esta tarea".

Tal como están las cosas, su hija actúa como si realmente creyera que usted no ejerce una sana autoridad en la mayoría de las situaciones. Tal vez sea un poco permisiva y deba pensar y esforzarse por ser firme pero justa. Si a ella realmente "no le importa nada la asignación de dinero," comience a enseñarle con una sola asignación al año, o algo así.

P: Soy madre de tres hijos de diez, ocho y seis años. Mi hijo mayor a menudo se pasa de la raya cuando se le dice que es hora de ir a la cama o cuando no puede hacer su voluntad. Dice cosas como, "Te odio... eres egoísta... no me quieres... me escaparé de casa... " Esto realmente me lastima. ¿ Qué puedo hacer?

R: Trate de aplicar la atención activa con su hijo y reconocer sus sentimientos. Tuve una paciente con el mismo problema. Esta paciente se sentó con su hijo mayor después de un exabrupto en particular y dijo cosas tales como: "Parece que estás enojado conmigo... dime lo que estoy haciendo para que digas que me odias... Yo no te odio, te quiero, pero no puedo dejar que me trates de esta manera... Dime lo que sucede".

Después de un poco más de estímulo, ella hizo que su hijo le dijera lo que sucedía:

—No soy inteligente —lloró—, Jennifer es guapa, Billy es guapo. Pero yo *no lo soy*.

Al poner en práctica la atención activa, esta madre pudo aprender sobre los sentimientos de su hijo con respecto a sus hermanos. Jennifer y Billy *eran* niños llamativamente hermosos y los amigos adultos de mamá hacían todo tipo de comentarios sobre ellos, lo que, obviamente, no había pasado desapercibido a los oídos del niño mayor. En lugar de decirle cosas tales como: "Oh, tú también eres guapo", la madre le dijo:

—Jennifer y Billy son guapos, pero tú eres atractivo. Siempre pensé que eras un niño muy apuesto. Además, tú eres muy especial para mí; Dios te hizo muy especial, no hay nadie como tú y yo te quiero mucho. A los niños pequeños se les dice "bonitos", pero cuando los varones crecen, ellos no desean ser bonitos; se vuelven apuestos y atractivos... Ahora sé que no me odias. Vamos a hablar y trataremos de encontrar la forma de que no te enfades.

P: Le estoy proporcionando a mi hijo de seis años un apoyo escolar en casa, y muchas cosas parecen ser un poco difíciles para él. A menudo hace comentarios tales como: "Soy tonto, soy estúpido", y el otro día incluso dijo, "No soy nada". ¿Cómo puedo solucionar esto? Él es mi primer hijo y tengo otros dos, de cuatro y dos años.

R: La vida puede ser muy difícil para un primogénito, en especial cuando se tienen seis años y se está aprendiendo en casa (o en cualquier otra parte, eso es lo de menos). Los hijos primogénitos "llevan el peso de las cosas". Tienen que soportar el peso de las expectativas de los padres y también la mayor responsabilidad de la casa. Cuando usted tiene un hijo que comienza a decirse a la tierna edad de seis años que es "tonto, estúpido y nada", debe tomar distancia y estudiar lo que sucede. Primero, descubra las cosas en las que su hijo es bueno y déjelo que se destaque en ellas, aunque sean sencillas y básicas. Enfoque la luz en lo que hace bien.

Segundo, quite toda la presión que pueda de este niño. Retroceda un poco y mire "desde fuera". Él ve que la vida significa que debe ser igual y, recuerde, como primogénito, él se mide con la mayoría de los modelos claves en su vida, que son papá y mamá, muy grandes, poderosos, gente muy capaz.

Además, cuando haga algo (por ejemplo su propia cama), no venga usted a tratar de mejorar lo que hizo el niño, diciendo cosas tales como "Cariño, está muy bien, pero vamos a arreglarla un poquito." Todo lo que le dice con esta actitud es que sus esfuerzos no alcanzaron a las expectativas que tenía puestas en él y eso reduce su autoimagen un poco más.

P: ¿ Cómo podemos hacer que nuestra hija menor, una niña de ocho años, alcance su potencial? Las pruebas nos dicen que es muy inteligente, pero sólo obtiene calificaciones bajas en el colegio y no parece interesarse por los estudios. Sus hermanas mayores, que tienen doce y quince años, obtienen excelentes calificaciones. ¿Alguna sugerencia?

R: No se deje llevar por el pánico. Su hija tal vez sea un "retoño tardío" que sólo necesita de otros seis meses o un año para llegar a la vida. Mientras tanto, debe estimularla no ejerciendo presiones en lo que hace.

Su hija menor probablemente se sienta un poco intimidada por sus hermanas mayores que "obtienen excelentes calificaciones". Quizá sienta que no puede ser igual y en forma deliberada no trabaja, para no tener que sentir presiones ni tensiones en su vida.

A menudo veo niños como ella. Los padres dicen "Harley no trabaja de acuerdo con sus posibilidades." Y aún proseguirán diciendo que hace poco la maestra de Harley encontró un examen en su escritorio que fácilmente hubiera sido calificado con sobresaliente. El único problema fue que Harley no se lo entregó.

Para ayudar a su hija con esos sentimientos de inferioridad, anímela con su muestra de amor por lo que ella es, pero diciendo también que usted desea y espera lo mejor para ella. Cualquier cosa que haga, jamás la compare con sus hermanas mayores. Nunca diga cosas como, "¿Por qué no puedes tener las mismas notas que tus hermanas?"

Normalmente, mi consejo sobre las tareas es no ayudar para nada al hijo, simplemente dejar que la realidad haga su enseñanza cuando el niño va al colegio con la tarea sin hacer y debe sufrir un castigo. En este caso, sin embargo, su hija obtiene casi todas calificaciones bajas y no está interesada en estudiar. Debe entonces tomar una táctica diferente, y la mejor solución es animarla a que tenga hecha su tarea, sin que por supuesto usted la haga por ella. Siéntese y converse con la niña acerca de comenzar a hacer lo que le asignaron. Luego una y otra vez vuelva a animarla para que la termine.

Recuerde que los benjamines de la familia a menudo necesitan de un empujoncito extra cuando se trata de asumir responsabilidades. Usted no debe aceptar trabajos de mala calidad, ya se trate de tareas simples en la casa o de terminar alguna asignación importante.

Siempre que sea posible, déle a su hija de ocho años un poco más de responsabilidad, pero no la sobrecargue. Haga que se esfuerce y no acepte excusas de por qué ella no hace algo.

No exagere cuando no termine sus tareas, pero no la deje escapar del anzuelo. Siga diciéndole todos los días, "Nosotros tenemos fe en ti... Sabemos que puedes hacerlo... Siempre esperamos que hagas tu mayor esfuerzo." (Para obtener más ideas sobre cómo estimular a los hijos en lugar de elogiarlos, consulte el capítulo 8.)

P: Muchos amigos y gente del trabajo pasan "tiempo de calidad" con sus hijos. Como soy una madre que trabaja y mi marido también lo hace durante muchas horas, no tenemos mucho tiempo. ¿Qué podemos hacer con el tiempo que contamos?

R: Si tiene poco tiempo para estar con sus hijos, debe planificar con cuidado cómo utilizar los fines de semana, vacaciones y días festivos. Si su presupuesto se lo permite (en realidad, incluso si debe estirarlo un poco), contrate servicio doméstico para ciertas tareas, como para hacer la jardinería, lavar las ventanas, alfombras, y cosas así. Piense en pagarle a alguien habilidoso o a algún adolescente, de modo tal que ustedes puedan estar mayor tiempo con sus hijos. Para ayudarles a pensar en la cantidad de "calidad" del tiempo que tienen con los niños, aquí van algunas preguntas hechas por Paul Lewis, presidente de la Fundación para el Desarrollo de la Familia:

¿Ha llegado a la conclusión de que "sabe" lo que verdaderamente sucede en la mente de su hijo: los sueños, los enfados y confusiones?... ¿Se muestra usted adecuadamente abierto y vulnerable con su hijo?... ¿Hay una buena combinación de trabajo, juego, servicio e investigación, en las múltiples ocasiones en que ustedes han compartido tiempo juntos?[4]

Además de preguntas como estas, Lewis también sugiere que usted conoce las respuestas a preguntas muy sustanciales sobre su hijo. Si es así, esto ayudará a su relación.

• Nombre de la mejor amiga o amigo de su hija.

• Con tres kilos de error, ¿cuánto pesa su hijo?

• ¿Qué es lo que más le enfada y/o cuál es su mayor insatisfacción?

• Si pudiera cambiar una característica física, ¿cuál sería?

• ¿Cuál es la tarea que menos le gusta hacer?

- ¿Cuál es el programa de televisión, entretenimiento o canción favorita?

- Si pudiera irse de viaje por el mundo, ¿adónde iría?

- ¿Cuál diría que es su mejor cualidad?

- ¿Cuáles son las cualidades que sus amigos más admiran en su hijo?

- ¿Qué es lo que más disfruta hacer con usted? ¿Lo han hecho recientemente?

- ¿Cuáles son las materias favoritas y las peores en el colegio?

- ¿Cómo se llaman sus maestras?

- Si pudiera establecer la hora para irse a dormir, ¿cuál sería?

- ¿Qué libros está leyendo en el presente?

- ¿Qué es lo que declara que puede hacer mejor?[5]

Aun cuando todo esto pueda ser de ayuda, recuerde siempre esforzarse al máximo para amar de forma incondicional y aceptar a sus hijos, ya que eso es lo que verdaderamente cuenta. Así, cualquiera que sea la cantidad de tiempo que pasa con ellos este corresponderá a momentos de calidad que formarán la autoimagen de sus hijos.

P: Nuestro segundo hijo, de nueve años, siempre ha sido grande para su edad, muy fuerte y activo. Su hermano mayor, de once años, se parece a mi esposo, que es de contextura delgada y pasivo. Mi problema es que mi segundo hijo se ha vuelto algo pendenciero. Empuja a su hermano y también he reci-

bido notas del colegio por molestar a sus compañeros. ¿Cómo puedo solucionar esto?

R: Parece haber dos problemas. Su segundo hijo está tratando de "dominar" a su hermano mayor. Además, en algún lugar ha aprendido que la conducta de poder rinde sus frutos. El estilo de vida de su hijo de nueve años dice: "Soy importante sólo cuando domino y controlo, cuando ¡yo soy el *jefe!*"

Lo primero que podría hacer es verificar qué clase de modelo es usted, la madre, para sus hijos. ¿Es posible que su segundo hijo haya aprendido de usted esta conducta de poder sin que existiera intención de ello? ¿Qué es lo que sus hijos aprenden de su madre con respecto a cómo trata a los hombres, en especial a su marido? Tal vez, disminuyendo un poco su agresividad, podría ser un buen ejemplo.

Segundo, observe lo que su hijo hace en casa. Deje toda la agresividad que él despliega en el colegio en manos de las autoridades del establecimiento. Haga que ellos sepan, sin embargo, que usted tiene conciencia del problema y que desea cooperar de alguna forma para poder corregir esto.

Tercero, hable por separado con cada niño. Con el primogénito, haga todo lo que sea posible por levantar su ego. Que él sepa que usted sabe lo que sucede y que incluso cuando él no "molesta a su hermano menor más grande", usted desea que él establezca sus derechos siempre que sea posible.

No obstante, su mayor esfuerzo debería estar dirigido hacia su segundo hijo, el "pendenciero" que saca rédito de dominar y lastimar a los demás, en particular a su hermano mayor. Siéntese con él y trate de escucharlo con atención activa. Descubra por qué él siente que debe dominar. Por ejemplo, podría preguntarle: "¿Qué sientes cuando golpeas a tu hermano? ¿Estás enfadado con él?".

Trate de que su hijo se abra y le cuente lo que pasa por su mente. Además deje que sepa lo que usted piensa. Envíele "mensajes" en los cuales exprese sus propios sentimientos, pero nunca ataque su carácter. No lo etiquete como "egoísta" o "pendenciero". En lugar de ello, trate de ayudarlo a ver que puede ser realmente amable y conseguir hacer lo que desea sin utilizar la fuerza.

P: Hace casi cinco años que me divorcié y la autoimagen de mi hija de trece años está todavía hecha jirones. ¿Que puedo hacer para ayudarla?

R: Primero, asegúrese de que su hija no se culpa a sí misma por el divorcio. Hágale comprender que no fue culpa suya, que ella no tiene nada que ver con ello. Lo que sucedió fue entre usted y su padre. Simplemente no podían seguir viviendo juntos y decidieron divorciarse como el menor de los dos males.

Segundo, ayude a su hija a experimentar el A-B-C de la autoimagen para que se sienta aceptada, que pertenece y que es capaz. A la tierna edad de trece años, con todas las presiones de la adolescencia que la golpean por primera vez, puede estar segura de que el divorcio no es lo único que la está destrozando. Dígale a su hija: "Te quiero mucho. Me importas mucho y sé que duele pero estamos juntas y somos una familia. Espero lo mejor para ti. Sé que lo puedes hacer".

P: ¿Cómo un hombre recién divorciado que ve a sus hijos sólo los fines de semana puede mantener una buena relación con ellos?

R: Primero, tome conciencia de que usted no tendrá una relación tan cálida y cercana con sus hijos como le gustaría. Tendrá que ser lo que se llama un "padre de fin de semana".

Segundo, evite la tentación de dejar que la culpa lo lleve a ser el "Papá Disneylandia," lo que significa que le da a sus hijos todo lo que ellos desean mientras están con usted los fines de semana, y que rara vez los disciplina. Si es posible, hable con su ex esposa acerca de cómo disciplinar a los niños; lo ideal sería que ambos estuvieran de acuerdo en utilizar la disciplina de la realidad y las consecuencias lógicas.

Tercero, interésese en la vida de sus hijos como mejor pueda. Acuda a los partidos de fútbol, de baloncesto y a las representaciones del colegio. Trate de estar presente en cualquier cosa que estén haciendo. No les diga simplemente que está interesado en ellos, *demuéstrelo*. Al mismo tiempo, tome conciencia de que la relación entre usted y sus hijos es una calle de doble sentido. No puede recorrerla solo. Confíe en que sus hijos se adapten y carguen con la parte que les corresponde de la relación. No trate de hacer demasiado.

Cuarto, no trate solamente de "pasar el tiempo" con sus hijos. Comparta con ellos. Hágales saber lo que usted ha aprendido en la vida y lo que es realmente importante. Que sus hijos lo vean como a una persona que tiene esperanzas, miedos y errores.

Quinto, evite los triángulos. En otras palabras, no haga que sus hijos sean mensajeros entre usted y su ex mujer. Y, cualquier cosa que haga, nunca hable mal de su madre, no importa qué sentimientos usted tenga hacia ella. Sólo puede hacer daño.

P: Hace ya cuatro años que me divorcié. Ultimamente he estado saliendo con un hombre, pero todavía no lo he llevado a casa. Siempre nos encontramos en cualquier otro lugar. ¿Cuándo debería presentárselo a mi hija de diez años? ¿Qué sucede si ella no lo acepta?

R: Ha mostrado sabiduría al no llevar a su amigo todavía a su casa. Creo que tiene sentido no hacerlo hasta que usted sepa que la relación es seria y puede llegar a algo serio también.

He tratado con mujeres divorciadas que les presentan a sus hijos las nuevas parejas como algo natural y esto sólo provoca problemas y confusión. A veces, los niños abrigan la esperanza de que la nueva pareja pueda ser "el padre sustituto". Y entonces, más tarde, cuando la relación termina, se desilusionan duramente. Por otra parte, a veces los niños no se sienten bien aceptando otro hombre en la vida de mamá y no hay razón para involucrarlos, a menos que usted sienta que la relación podría definitivamente desarrollarse a largo plazo.

Si su relación con este hombre se convierte en algo serio, entonces debería tener el coraje suficiente para compartir sus sentimientos con su hija. Dígale que a usted le gusta mucho "Bob". Él tiene verdaderamente muchas cualidades buenas y usted le gusta; eso es lo importante, usted. Déle oportunidad para que exprese sus sentimientos, pero no base su relación con este hombre en la aprobación o no por parte de su hija. En muchos casos, un niño pasa por malos momentos para aceptar a un padrastro. A veces, la gente se vuelve a casar y los hijos jamás aceptan a sus padrastros aunque el matrimonio funcione bien.

En otras palabras, no deje que su hija le diga lo que debe hacer con el resto de su vida. Dentro de pocos años, ella se habrá marchado y usted tendrá todavía mucho por vivir.

Lo que es imperativo es que le asegure a su hija y le haga saber que, suceda lo que suceda, usted la ama y la aprecia mucho. Si un hombre aparece en su vida, esto podría provocar un gran cambio. Antes de presentar a su nuevo amigo, adviértale a él que "no se esfuerce" para hacer que su hija congenie con él. Él debería moverse lentamente y respetar sus sentimientos. Y siempre asegure a su hija que ese hombre no está allí para reemplazar a su padre. Nadie puede reemplazar a papá.

Memorándum de parte de su hijo

1. No me malcríes. Sé bastante bien que no debería tener todo lo que quiero. Sólo estoy probándote.

2. No tengas miedo de ser firme conmigo. Lo prefiero. Me hace saber dónde estoy.

3. No uses la fuerza conmigo. Me enseña que el poder es lo único que importa. Yo responderé mejor si me conducen.

4. No seas incoherente. Eso me confunde y hace que me esfuerce más en hacer mi voluntad.

5. No me hagas promesas; tal vez no puedas cumplirlas. Eso desanima mi confianza en ti.

6. No caigas en mis provocaciones cuando digo y hago cosas para molestarte. Entonces, yo trataría de tener más "victorias".

7. No te enfades mucho conmigo cuando digo que te odio. No hablo en serio, pero quiero que te sientas mal por lo que me hiciste.

8. No me hagas sentir más pequeño de lo que soy. Trataré de compensarlo comportándome como un "grandulón".

9. No hagas las cosas por mí. Me hace sentir como un bebé y tal vez decida que continúes a mi servicio.

10. No dejes que mis "malos hábitos" atraigan mucho tu atención. Sólo me anima a continuar con ellos.

11. No me corrijas delante de la gente. Me llamará más la atención si lo haces tranquilamente conmigo en privado.

12. No trates de explicar mi conducta en medio del fragor de un conflicto. Por alguna razón mi capacidad auditiva no es muy buena en ese momento y mi cooperación puede ser incluso peor. Está bien tomar acciones, pero no hablemos de eso hasta más tarde.

13. No trates de sermonearme. Te sorprendería saber cuánto sé de lo que está bien y lo que está mal.

14. No me hagas sentir que mis errores son pecados. Yo debo aprender de mis errores sin sentir que no soy bueno.

15. No me reprendas. Si lo haces, deberé aprender a protegerme simulando ser sordo.

16. No me exijas explicaciones por mi mala conducta. En realidad no sé por qué lo hice.

17. No censures demasiado mi honestidad. Me asusto mucho y tengo tendencia a mentir.

18.   No olvides que adoro y hago uso de la experimentación. Aprendo de ella, por lo tanto ten paciencia.

19.   No le prestes demasiada importancia a insignificantes problemas de salud. Tal vez aprenda que con una mala salud, atraigo la atención.

21.   No te enfades cuando yo hago preguntas *honestas*. Si lo haces, te darás cuenta de que dejo de preguntar y busco la información en otra parte.

22.   No contestes preguntas "tontas" o sin sentido. Sólo deseo mantenerte ocupado conmigo.

23.   No pienses jamás que está por debajo de tu dignidad el que me pidas disculpas. Una disculpa honesta hace que me sienta muy bien hacia ti.

24.   Ni siquiera me sugieras que eres perfecto o infalible. Eso hace que sea muy difícil vivir al nivel de ese patrón.

25.   No te preocupes por el poco tiempo que pasamos juntos. *Cómo* lo pasamos es lo que importa.

26.   No dejes que mis miedos despierten ansiedad. Entonces sentiré más miedo. Muéstrame coraje.

27.   No olvides que no puedo prosperar si no cuento con tu comprensión y tu estímulo, pero no es necesario que te lo diga, ¿no es así?

TRÁTAME DE LA FORMA EN QUE TRATAS A TUS AMIGOS, ENTONCES YO TAMBIÉN SERÉ TU AMIGO.

RECUERDA, APRENDO MÁS DE UN MODELO QUE DE UNA CRÍTICA.[6]

Consejos para enseñar responsabilidad

Enseñar responsabilidad a niños de seis a doce años tal vez resulte por momentos tedioso, pero vale la pena por lo que puede hacer por su autoimagen. Cuando los niños aprenden los beneficios del orden que resulta de la cooperación, comienzan a verse a sí mismos como personas que son capaces de hacer contribuciones. Comienzan a decirse "puedo hacerlo... Realmente puedo ayudar a mamá y a papá... Ya no soy un pequeñín". Cuando le asigne responsabilidades a su hijo, tenga en mente estos consejos:

- Varíe las tareas. Los niños se aburren fácilmente cuando deben hacer las mismas cosas una y otra vez. Haga rotación de tareas en la familia y de vez en cuando asígneles una nueva tarea en aras de la variación.

- Comprometa a sus hijos para que fijen límites de tiempo en las tareas que ellos aceptan llevar a cabo. Si ellos toman parte en la fijación de estos límites, tendrán una mayor predisposición para alcanzarlos.

- Tenga siempre conciencia del poder del modelo. No espere que sus hijos sean ordenados y limpios si usted no les da un buen ejemplo.

- Si usted tiene inclinación a ser perfeccionista, ponga empeño en "bajar los estándares" y acepte el rendimiento imperfecto de sus hijos. Lo que sus hijos hacen no es reflejo de su valor personal, pero definitivamente es reflejo del de ellos. Trate de mantener el escepticismo a un mínimo y el estimulo constructivo a un máximo.

- Cuando les enseñe a sus hijos responsabilidad, su objetivo es ayudarlos a crecer, desarrollarse y madurar. Su lema es: "no haré nada por mis hijos que ellos puedan hacer por sí solos".

Responsabilidades en la casa para primer grado (niños de seis años)

1. Elegir la ropa para el día según el clima o la ocasión.

2. Sacudir los felpudos.

3. Regar las plantas y flores.

4. Pelar verduras.

5. Cocinar comidas simples (salchichas, huevos fritos y tostadas).

6. Preparar el almuerzo para el colegio.

7. Ayudar a colgar la ropa mojada.

8. Guardar su ropa en el armario.

9. Juntar leña para el fuego.

10. Barrer las hojas y malezas secas.

11. Llevar a pasear al perro.

12. Atarse los cordones de los zapatos.

13. Mantener limpio el recipiente de las basuras.

14. Limpiar el interior del coche.

15. Acomodar y limpiar el cajón de los cubiertos.

Responsabilidades en la casa para segundo grado (niños de siete años)

1. Engrasar y cuidar la bicicleta y guardarla cuando no se usa.

2. Atender el teléfono y anotar mensajes.

3. Hacer mandados para los padres.

4. Barrer y lavar el patio.

5. Regar el césped.

6. Cuidar bien de la bicicleta y otros juguetes grandes.

7. Lavar al perro o al gato.

8. Entrenar al perro.

9. Cargar las bolsas de las compras.

10. Levantarse solo por la mañana e irse solo a dormir.

11. Aprender a ser amable, cortés y a compartir; respetar a los demás.

12. Llevar dinero para el almuerzo del colegio y traer las notas del colegio.

13. Dejar el baño en orden; colgar las toallas limpias.

14. Planchar ropas sencillas.

15. Lavar paredes y fregar suelos.

Responsabilidades en la casa para tercer grado (niños de ocho a nueve años)

1. Doblar apropiadamente las servilletas y colocar la vajilla en la mesa.

2. Secar el suelo.

3. Limpiar las persianas.

4. Ayudar a colocar los muebles. Ayudar en la distribución.

5. Prepararse el baño.

6. Ayudar a los demás con el trabajo cuando se lo piden.

7. Ordenar el armario y los cajones propios.

8. Comprar y seleccionar zapatos y ropas con el padre.

9. Cambiarse la ropa del colegio sin que se lo pidan.

10. Doblar las toallas.

11. Coser botones.

12. Coser dobladillos descosidos.

13. Limpiar la alacena.

14. Limpiar la suciedad de los animales en el patio y jardín.

15. Comenzar a leer recetas y a cocinar para la familia.

16. Cuidar niños por períodos cortos.

17. Cortar flores y hacer un centro de mesa.

18. Recoger frutas de los árboles.

19. Hacer un fogón, preparar los elementos para cocinar (carbón, hamburguesas).

20. Pintar las verjas y estanterías.

21. Ayudar a escribir una carta sencilla.

22. Escribir una nota de agradecimiento.

23. Ayudar a descongelar y limpiar el frigorífico.

24. Alimentar al bebé.

25. Bañar al hermano o hermana menor.

26. Sacar brillo a la plata o elementos de cobre o bronce.

27. Limpiar los muebles del patio.

28. Encerar los muebles de la sala de estar.

Responsabilidades en la casa para cuarto grado (niños de nueve a diez años)

1. Cambiar las sábanas de la cama y colocarlas en la ropa para lavar.

2. Manejar una lavadora y/o secadora.

3. Medir el detergente y blanqueadores.

4. Comprar alimentos de una lista y hacer compras comparativas.

5. Cruzar solos la calle.

6. Llevar el registro de sus propios compromisos (dentista, colegio, etcétera, si se encuentran a distancia de poder ir en bicicleta) y ser puntual.

7. Preparar una comida para la familia.

8. Preparar pastelitos.

9. Recibir y contestar correspondencia.

10. Servir té y café.

11. Atender invitados.

12. Planificar su propio cumpleaños o una fiesta.

13. Saber dar primeros auxilios sencillos.

14. Hacer trabajos para el barrio.

15. Coser y tejer, a mano o a máquina.

16. Hacer las tareas sin que le deban ser recordadas.

17. Aprender tareas de bancos y a ser económico y confiable.

18. Lavar el coche de la familia.

Responsabilidades en la casa para quinto grado (niños de diez a once años)

1. Ganarse dinero (cuidar niños).

2. Quedarse solo en la casa.

3. Administrar sumas de dinero hasta cinco dólares (con honestidad).

4. Ser capaz de tomar un transporte público (autobús).

5. Mantener la conducta cuando se quede a dormir en la casa de un amigo. Prepararse una maleta.

6. Ser responsable de sus gustos personales.

7. Ser capaz de desenvolverse en lugares públicos, ya sea solo o acompañado por amigos de su edad (el cine).

Responsabilidades en la casa para sexto grado (niños de once a doce años)

1. Ir a organizaciones externas, hacer tareas y atender. Ser capaz de tener la responsabilidad de ser líder.

2. Vestir a hermanos y acostarlos a dormir.

3. Limpiar la piscina y alrededores.

4. Respetar la propiedad ajena.

5. Hacer encargos.

6. Cortar el césped.

7. Ayudar a los padres a construir cosas y hacer los mandados para la familia.

8. Limpiar el horno y la estufa.

9. Ser capaz de programar con tiempo los estudios.

10. Comprarse golosinas.

11. Seguir un mapa de ruta.

12. Comprobar y añadir aceite al coche.

11

Seguimiento de la imagen

*Preguntas y respuestas: para padres
de adolescentes*

Para la mayoría de los niños, los años de la adolescencia, en especial los primeros, son un estremecedor, palpitante, ensordecedor, agonizante e inquietante viaje a través de lo que James Dobson ha calificado muy bien como "el desfiladero de la inferioridad".[1]

Es un tiempo turbulento en el que todo se exagera. Las cosas pequeñas se convierten en grandes. Cierto jersey, zapato, vestido, vaquero, lo que fuera, se vuelve *imprescindible;* ellos sencillamente "tienen que tenerlo". Mañana es "la noche más larga de mi vida," y, por supuesto, la noche siguiente es aún más larga.

Los adolescentes viven el ahora. Ayer es historia antigua, la semana que viene, el futuro distante. El enfrentarse con lo que son, justo ahora, en este minuto, inseguros, viviendo en miedo mortal de la censura de sus compañeros, es ya suficiente desafío.

Jamás olvidaré uno de mis momentos más dolorosos en "el desfiladero de la inferioridad". Cuando estaba en la escuela secundaria, fui uno de los tres que conformaban el equipo de baloncesto. No era muy alto pero era buen jugador (o así lo pensaba). Como cualquier muchacho de quince años, me sometí a la prueba para el equipo titular y, cuando llegó el momento de la elección final, el entrenador nos reunió a todos y leyó en voz alta los nombres de aquéllos que formarían el equipo. Yo no oí mi nombre y, seguro de que había un error, me acerqué al entrenador y le dije:

—Debe haberse olvidado de mi nombre.

—No me he olvidado de tu nombre, Leman, tú no estarás en el equipo —dijo el entrenador directamente y sin ninguna simpatía en su voz.

Luchando por contener las lágrimas me volví y salí corriendo por las escaleras hasta el vestuario, donde tomé mis cosas y corrí a casa en medio de un frío terrible, todavía vestido con pantalones cortos. Jamás volví a jugar baloncesto.

Cuando la autoimagen se ve atropellada

Tal vez no exista mejor emoción que defina a los adolescentes que los corrosivos sentimientos de inferioridad y duda. La misma personalidad de los adolescentes se ve probada en el camino y, tarde o temprano, terminan con dos huellas de neumático justo en el centro de su autoimagen.

El solo paso hacia la pubertad ya es duro. De los años relativamente tranquilos de la infancia emergen a la irritable, malhumorada e impredecible edad de los adolescentes. Y esto prácticamente sucede de un día para otro. De pronto el joven Charlie, que jamás utilizó voluntariamente una esponja en toda su vida, ahora se frota constantemente el rostro, frenéticamente, tratando de deshacerse de esos pequeños objetos negros que le obstruyen los poros. Y la joven Loretta, que nunca se preocupó por los muchachos, ahora se pasa horas lavándose, secándose y peinándose el cabello.

Mezcladas con estos repentinos intereses púberes acerca del arreglo personal están otras características que asombran a los padres. ¿Qué le sucedió al pequeño y feliz Charlie y a la dulce Loretta? Ayer sin ir más lejos tenían buen humor y en ocasiones eran hasta serviciales (con un poco de empuje de disciplina de la realidad). Hoy están de mal humor, siempre cambiantes, así como rudos, distantes e irrespetuosos.

Eso me cuentan muchos padres. Ellos se preguntan: ¿Puedo atreverme a utilizar la disciplina de la realidad con adolescentes? ¿Qué sucede cuando uno "retira la alfombra de los pies" del puñado de nervios inciertos en que se ha transformado mi hija de quince años? ¿Puede uno agarrar por el pico a un buitre de diecisiete años y salir con todos los dedos ilesos?

Creo que se puede. En realidad, sé que se puede porque ahora mismo lo estoy haciendo yo con tres adolescentes propios y parece que funciona. Sí, ellos tienen su carácter, y pueden a veces ser rudos e irrespetuosos. Pero lo positivo sobrepasa en mucho a las ocasionales situaciones negativas. Holly, Krissy y Kevin son inteligentes y a menudo ingeniosos (en particular cuando tratan de esquivar a Sande o a mí). También son serviciales, alegres, llenos de vida y divertidos. Estoy contento de ser su padre y estoy orgulloso de la forma en que ellos manejan los años de la adolescencia.

Y no creo que mis hijos sean únicos o fuera de lo común. Creo firmemente que tienen muchísimos compañeros de su edad que piensan y actúan tal como ellos lo hacen. Creo que la mayoría de los adolescentes no desean quemar todos los bastiones de la autoridad de los adultos, ni que desean dominar ni poner en una jaula a toda la gente mayor. Simplemente desean hacer todo por sí mismos para llegar a las filas de la edad adulta a su propio ritmo y tal vez con "poca ayuda". Quieren separarse de sus padres y comenzar a vivir por sí mismos, pero no completamente. Sus palabras son: "Mamá, papá, dadme espacio, pero no demasiado."

En cuanto a la utilización de la disciplina de la realidad con los adolescentes, creo que resulta muy útil. En realidad, en algunas formas es más útil que nunca, ya que ahora los hijos son capaces de ver la lógica y de comprender el pleno impacto de tener la realidad como maestra. Tal como dije en otro libro, las reglas para usar la disciplina de la realidad son las mismas para los adolescentes que para los niños pequeños, siempre que usted las adapte levemente con un poco de sensibilidad y sentido común:

Use la acción y no sólo palabras, pero *asegúrese de pensar antes de actuar.*
Sea coherente, decidido y respetuoso, *pero recuerde que los adolescentes desean ser tratados como adultos, no como "niñitos".*
Haga que los adolescentes sean responsables de sus acciones, *pero no les eche en cara sus fracasos.*[2]

¿Qué es lo que los adolescentes desean realmente?

Siempre que pienso en los adolescentes y en la disciplina de la realidad, me acuerdo de "Una carta para los padres" que apareció en un boletín titulado "Lo que todo adolescente debe saber", escrito por Abigail Van Buren, autora de la conocida columna "Querida Abby". Abby investigó lo que psicólogos y sociólogos han descubierto en sus conversaciones con adolescentes sobre el tema general de "¿qué es lo que te molesta?" Aquí está lo que dijeron los adolescentes:

AMOR. Queremos padres que nos amen no importa lo que suceda o lo que hagamos. Deseamos que nuestro padre esté con nosotros más a menudo. Queremos que esté en casa a la hora de la cena, de modo que podamos conversar sobre las cosas del día.

COMPRENSIÓN. Tal vez ni siquiera nos comprendamos nosotros. Pero deseamos que nuestros padres lo HAGAN, que nos escuchen y que por lo menos nos dejen explicar.

CONFIANZA. Deseamos que crean en nosotros. Que nuestros padres esperen lo mejor de nosotros... no que teman lo peor.

PLANIFICACIÓN CONJUNTA. Queremos padres que estén JUNTO a nosotros, no POR ENCIMA de nosotros. Apreciamos su guía en asuntos importantes, pero después de habernos probado para tener un juicio relativamente maduro, no deseamos que nos reprendan sobre cualquier insignificancia.

PRIVACIDAD. Necesitamos una habitación para poder estar a solas y un lugar para llevar a cabo nuestros gustos y también para guardar nuestras cosas. No nos gusta que nos lean las cartas o que escuchen nuestras conversaciones telefónicas.

RESPONSABILIDAD. Deseamos compartir las tareas de la familia. Pero nos gustaría saber quién debe hacer cada cosa y por qué.

AMISTAD. Queremos tener el derecho a elegir nuestros propios amigos. Y a menos que tengan reputación de "mala compañía", como ser drogadictos o pendencieros, queremos que sean bienvenidos en casa.

Y así termina la Lista de Derechos de los adolescentes. ¿Cuántas de estas peticiones están decididos a aplicar en su hogar?[3]

En las preguntas y respuestas que siguen a continuación encontrará, espero, sugerencias que respondan a lo que los adolescentes dicen acerca de lo que desean. De una cosa estoy seguro: todos nuestros adolescentes no irán al infierno. Como siempre, una minoría provoca suficientes disturbios y tragedias para hacer que parezca una vasta mayoría que no tiene esperanza, que es desafortunada y hedonista. Tal como sugiere el título de uno de mis libros, existen muchísimos jóvenes inteligentes y algunos de ellos hacen elecciones estúpidas, pero hay muchísimos jóvenes más que desean hacer las elecciones correctas; si hacen las equivocadas, necesitan de comprensión y perdón, no de sermones y de "Yo te lo dije".

P: Tenemos un hijo que está en el medio de tres varones de quince, trece y diez años. Es un buen chico pero parece tener problemas en concentrarse en una tarea, ya sea en la casa, en el colegio o en cualquier otra parte. Cuando le pedimos que haga algo parece mostrar voluntad y decide hacerlo, pero más tarde, cuando intentamos comprobar si lo hizo, se disculpa diciendo que se le "olvidó" y está haciendo otra cosa.

R: Aparentemente usted no cree que se está rebelando o que se encuentra en algún tipo de trampa de poder, ya que dicen que es "un buen chico". Lo primero para estar seguro de eso es saber si él realmente se ha "olvidado". Existe una posibilidad externa de que su hijo tenga incapacidad para aprender. Un signo de esto es tener asignado un trabajo, decidirse a hacerlo y jamás llevarlo a cabo.

Podría ser bueno hacérselo ver a su hijo, pero háganlo a través de una fuente que esté fuera del sistema educativo. Pónganse en contacto con algún psicólogo/consejero de buena reputación que lleve adelante esta clase de diagnósticos o que les puedan recomendar a algún buen colega. Al salir del sistema educativo, evitan posibles retrasos, tienen acceso directo a los resultados y, debido a que los psicólogos de los colegios tienen exceso de trabajo, en general ustedes pueden obtener un mejor diagnóstico. Además, otra de las ventajas es que pueden decidir si hacen conocer o no los resultados en el colegio.

Si su hijo no tiene ninguna incapacidad de aprendizaje, es posible que simplemente no preste atención, ya que jamás recibió recompensa por prestar atención a lo que ustedes le dicen. Siempre que hace algo o incluso consigue el más mínimo logro, ¿recibe estímulo por su parte? (Consulte el capítulo 7). También es posible que no les preste atención ya que sabe que siempre hay alguien que puede hacer el trabajo por él. O sencillamente espera que ustedes le insistan constantemente hasta que haga dicho trabajo.

Si se descarta una incapacidad de aprendizaje, concéntrense en las otras posibilidades que señalé con las siguientes técnicas de la disciplina de la realidad:

1. Tal como mencioné, traten de estimularlo cuando hace algo. Díganle cosas tales como: "Ahora sí que lo estás haciendo. Apuesto a que te sientes bien por hacer el trabajo".

2. Si simplemente no presta atención porque cree que ustedes harán el trabajo o por lo menos se lo recordarán varias veces antes de que lo haga, quizá deban hacer que la realidad sea un poco más dolorosa. Siéntense con su hijo y señálenle que "Tenemos un problema. La verdad es que nunca haces lo que te decimos, ya sean tareas aquí, en casa, o las del colegio. ¿Qué clase de consecuencia lógica crees que sería justa si no haces estas cosas?"

Esto hace que su hijo reflexione en dos cosas: Primero, él sabe que se acabó la fiesta y que ustedes no tolerarán más su "falta de atención"; segundo, puede pensar sobre las consecuencias por no hacer lo que se le asignó. Esto lo ayudará a "salvar la cara", y ustedes deberían llegar a reforzar su autoimagen en lugar de debilitarla.

P: Mi hija de quince años desea "pasear" por el centro comercial con sus amigas después de salir del colegio. A mí no me gusta la idea. En realidad, últimamente me ha estado pidiendo que la lleve al centro después de la cena y dejarla allí para pasar una o dos horas. Ella me asegura que incluso así puede "terminar de hacer su tarea".

R: Los adolescentes "paseando" en el centro comercial no son una buena idea, ni para ellos ni para los comerciantes. Si su hija quiere ir allí después del colegio, dígale que a usted le gustaría fijar una fecha para llevarla, pero que ir allí a pasear no es factible.

En cuanto a ir al centro comercial después de la cena, esto debería estar completamente descartado los días de colegio por razones obvias.

Siempre me ha gustado la idea de "jugar en el terreno del hogar". Cuando su hija de quince años se vuelve inquieta y desea "salir con los amigos", tal vez podría decirle "Hija, ya hemos hablado de eso. Tú sabes lo que pienso. Pero te diré lo que vamos a hacer. Si quieres invitar a algunos de tus amigos aquí para "charlar, comer palomitas y ver la televisión o un vídeo, eso estará muy bien. Incluso le puedo pedir a papá que vaya a comprar pizza".

Si usted elige un servicio de taxis que su hija pueda llamar en cualquier momento para "que la lleve al centro comercial donde puede pasear con sus amigos", renunciará a la sana autoridad que tiene sobre ella. Los adolescentes siempre prueban a sus padres para ver cuáles son sus valores, hasta dónde pueden llegar y cosas así. En muchos casos, ellos desean que los padres les digan que no, de modo que puedan llamar a sus amigos para decirles, "mis padres no me dejan".

En algunos casos, su hija tal vez desee hacer alguna compra en el centro con sus amigos. Organice una pequeña excursión. Llévela a ella (y a los amigos), déjelos allí y luego regrese a recogerlos a una hora estipulada. Mantenga siempre el control y la autoridad sana sobre su hija adolescente.

P: Nuestro hijo de dieciséis años cree que nosotros le exigimos demasiado al pedirle que mantenga limpia su habitación. Desde nuestro punto de vista, tratamos de convencerlo de que limpiar su habitación no significa "arrojar todo en un rincón". El otro día, cuando le dije que me gustaría que mostrara mayor respeto por nuestros deseos, él me contestó, "Papá y tú no os respetáis mutuamente, ¿porqué os debería respetarlo?" ¿Cómo puedo manejar a nuestro hijo?

R: Su hijo está enfadado porque no existe mucha seguridad en su casa. Incluso a los dieciséis años él se siente inseguro, amenazado y temeroso. Es mucho más importante para un hijo sentir que mamá y papá se aman, que lo es para él sentirse amado. Sé que es una declaración extrema, pero me afirmo en cada palabra.

Cuando el padre no respeta a la madre, un hijo varón aprende que las mujeres pueden ser maltratadas y usadas, y esa es la forma en que él tratará a su esposa cuando se case. Por otra parte, cuando la madre no respeta al padre, las hijas aprenden que se puede empujar a los hombres y que no valen mucho. Y, por supuesto, esa es la forma en que la hija tratará a su marido cuando se case.

Volviendo a su problema original, la habitación desordenada de su hijo, le sugiero:

1. Hable con su marido y resuelvan juntos su situación personal. Comiencen respetándose mutuamente y su hijo "tomará rápidamente conciencia de ello".

2. Una solución para la habitación desordenada es simplemente decir a su hijo: "ya que no deseas mantener tu habitación medianamente limpia, por favor mantén la puerta cerrada. Por supuesto no podré encontrar tu ropa sucia en ese desorden, de modo que tendrás, de ahora en adelante, que ocuparte de lavar tu ropa".

324

3. Otra solución sería que si su hijo de dieciséis años desea una habitación mugrienta, puede tenerla, pero pierde las llaves del coche. Esto supone que su hijo tenga licencia y que use su coche. Si tiene el suyo propio, puede perder el privilegio de conducir si desea vivir con ustedes y ser irresponsable con su habitación. Que su hijo sepa cómo se comporta en su casa es la primera prioridad. Si no puede ser responsable en su propia casa, entonces no se puede considerar responsable cuando está al frente de un volante, en la calle o carretera.

4. Otra forma de manejar a su hijo es decirle "hagamos un trato. Cinco días por semana tú mantienes cerrada la puerta de tu habitación. Sin embargo, los martes y sábados nosotros esperamos que la limpies y pongas un poco de orden". Luego, ofrézcale la oportunidad de llegar a cumplir con esa responsabilidad.

P: ¿Cómo podemos usar la disciplina de la realidad con nuestro hijo de catorce años que bebe cerveza en las fiestas, supuestamente supervisado por los padres que se encuentran en la casa? Tratamos de decirle que es ilegal y que no lo aprobamos, pero no nos escucha. Le gusta la "sensación" que le da beberla. ¿Cómo podemos ayudar a nuestro hijo para que haga una elección mejor?

R: Si pudiéramos dar una respuesta absolutamente a prueba de tontos, podríamos embotellarla y venderla, y hacer lo suficiente como para provocar un buen impacto en la deuda nacional. Ustedes tienen aquí varios problemas:

1. Su hijo de catorce años parece tener el control. Sin mayor información no puedo hacer mejores recomendaciones, pero sólo podría decir que el "amor rudo" sería una verdadera ayuda. Que su hijo sepa que si sigue acudiendo a fiestas con cerveza (aun donde los padres supuestamente supervisan), él perderá ciertos privilegios de los que verdaderamente disfruta. Depende de ustedes el saber cuáles son esos privilegios. Una de las cosas que podrían decirle es que no tienen demasiado interés en ayudarle a conseguir su permiso de conducir en el futuro si él sigue bebiendo, ya que le gusta la "sensación del alcohol".

2. Si enfrentar a su hijo con el amor rudo no parece aconsejable por alguna razón, trate de encontrar a otros padres preocupados a los que tampoco les guste "la bebida supervisada" en las fiestas. No sólo son estúpidos estos "padres supervisores": se están buscando serios problemas, incluyendo las demandas criminales y civiles.

Es difícil creer que algunos padres puedan ser tan irresponsables como para dejar beber a jóvenes menores de edad en sus propias casas. Conozco el argumento: es más seguro que los hijos beban en la casa, supervisados por adultos, antes de que lo hagan conduciendo un coche o saliendo a beber en pandilla y entonces subirse a los coches a pasear por la ciudad. El argumento parece bueno, pero no detiene las aguas. Permitir a un joven de catorce años que beba en una casa privada porque le gusta "la sensación", sólo lo anima a ser cada vez más adicto al alcohol. Además, hace cada vez más fácil el acceso al alcohol y a esquivar la ley.

No tema transformarse en un "sabueso de las calles" con respecto a lo que su hijo hace. Compruebe con otros padres, en especial si oye que su hijo hizo algún comentario fuera de lugar cuando hablaba por teléfono. No digo que deberían espiarlo, revisarle la correspondencia o cosas por el estilo. Digo que sepa escuchar y luego se ponga en contacto con otros padres para ver si ellos saben dónde y cuándo podría celebrarse una fiesta. Luego, todos juntos hablen con los padres que la supervisarán. Díganles, con términos muy claros, que ustedes no desean que se sirva alcohol y, que si se hace, su hijo o hija no ira. No tenga miedo de ofenderlos. ¡Las vidas de sus hijos están en juego!

3. Otra posibilidad es que su hijo compruebe directamente lo que puede hacer el alcohol en la vida de una persona. Llévelo a una reunión de Alcohólicos Anónimos para adolescentes. Que escuche lo que dicen, lo que probablemente incluirá la estadística de que la causa principal de muerte entre jóvenes menores dc veinticinco años es conducir bajo los efectos del alcohol. Señale a su hijo que, mientras no sea lo suficientemente mayor para conducir, verdaderamente no lo es para be-

ber, y que si ahora adquiere el hábito, se está buscando verdaderos problemas para cuando comience a conducir un automóvil.

Otra solución sería ponerse en contacto con alcohólicos reformados que tal vez usted conozca y que puedan conversar con su hijo acerca de lo que el alcohol hizo con ellos. Asegúrese de que le digan que, aún cuando ahora no beban, ellos *siempre* serán alcohólicos y deberán luchar contra la adicción hasta el día de su muerte.

4. Es cierto que como adultos, usted y su marido tienen el privilegio legal de beber mientras que su hijo, que es menor de edad, no lo tiene. Pero si quieren hacer un buen trabajo con su hijo, la mejor solución es que no beban. Si lo hacen, incluso moderadamente, tienen aquí dos caminos. Si beben alcohol le envían a su hijo el mensaje "beber está bien, sólo que tú debes esperar hasta que tengas edad suficiente".

Su hijo ya ha encontrado una forma de esquivar la edad legal para beber o, por lo menos, así lo cree. Si ustedes beben alcohol y desean continuar haciéndolo, entonces deben esforzarse duramente por convencerlo de que él no podrá beber hasta que tenga edad, y entonces lo deberá hacer con moderación. Si continúa bebiendo a los catorce años por las "sensaciones," tendrá serias consecuencias al perder privilegios en la casa. Y, ya pensando en el futuro, tal vez se convierta en un adicto o se encuentre en una cárcel por conducir alcoholizado.

P: Mi hija de quince años siempre dice: "Pero todos los otros chicos lo hacen, lo compran, se lo ponen, etc, etc.," y el "Yo me moriré si mis amigos saben esto." Está comenzando a rebelarse y desobedecer: Supongo que llamamos a esto el "poder del grupo". ¿Hay alguna forma de luchar contra esto?

R: No aconsejo "luchar" ya que esto hará que su hija se haga más rebelde. Sin embargo, sí sugiero que se haga cargo y ejerza una saludable autoridad sobre su hija de quince años. El grupo es una fuerza poderosa. Para ser honesto, el grupo tiene más peso e influencia en los adolescentes que la propia familia. No obstante, eso no significa que usted simplemente se debe dar por vencida y aceptar lo que el grupo desea que haga su hija.

Desde hace muchos años, mi esposa y yo machacamos en nuestros hijos que "No hay nada mejor que nuestra familia," y "No tienes por qué ser como los demás. Puedes defender lo que realmente crees que está bien." Hasta ahora ha dado resultados y nuestros hijos no nos han abordado con el argumento de que todos lo hacen.

El asunto está en que su hija no debe ser como los demás. Su familia no es como cualquier otra familia (o por lo menos un terrible montón de familias que parecen haber perdido el control). Exponga su posición con tranquilidad, firmeza y con absoluta convicción. No retroceda. Mantenga su decisión y tal vez se sorprenda. Su hija puede simplemente estar probándolos para ver si tienen valores verdaderos, mientras ella busca con desesperación los propios.

Aun cuando yo tuve mis propios problemas cuando era estudiante de secundaria (Hice que por lo menos un profesor se jubilara por pura frustración de tenerme en su clase), la verdad es que tomé algo invalorable de mis padres. Cuando era adolescente no fui bebedor y a los cuarenta y ocho años todavía no he tomado una gota de cerveza en toda mi vida.

Fue muy interesante que cuando estaba en la secundaria yo les gustaba a todos los padres de las jóvenes que invitaba. Ellos sabían que yo era un conductor seguro ya que no bebía. Era una rareza, incluso en aquellos años.

Cuando salía con amigos, era el "conductor titular" mucho antes de que el término se pusiera en boga. Se burlaban de que jamás bebiera, pero cuando terminábamos en una fiesta donde ellos llevaban encima más de una copa, siempre me daban las llaves y yo los llevaba a casa. No les daba un sermón, simplemente conducía. Mi trabajo era llevarlos a casa sanos y salvos. Mis amigos a menudo me presionaron para que tomara una copa, pero yo me mantuve firme en mi decisión. Ellos me aceptaron, aun cuando era diferente. Esto fue beneficioso, de muchas, muchas maneras.

P: Nuestra hija de trece años se ha vuelto muy crítica respecto a nosotros. Nada de lo que decimos o hacemos está bien. ¿Cómo podemos evitar que nos sintamos heridos y le contestemos con enfado?

R: Primero, tenga conciencia de que ustedes están en el camino correcto, pero reconozca que no hace mucho bien contestar con enfado a su hija, que ahora se encuentra en serio en los años de la adolescencia y de repente descubre lo "tontos" que son sus padres. Sé que no les brindo mucho consuelo, pero si ustedes lo toleran, dentro de cinco o diez años su hija tal vez se sorprenda por lo "inteligentes" que ustedes se han vuelto. Mientras tanto, aquí van algunos pensamientos y respuestas que puede utilizar cuando su hija se porte de manera crítica e irrespetuosa:

1. El sentido del humor siempre es útil. Asegúrese de desear reírse de ustedes mismos, pero no se burlen de ella. Una de las razones por la que es tan crítica es que es muy sensible y vulnerable ahora. Su autoimagen es frágil, y hacerla el blanco de cualquier broma sólo la dañará más.

Cuando los critique por ideas "antediluvianas," simplemente ríase y diga: "Sí, es cierto, nacimos muchísimo antes del Diluvio, pero así es como pensamos. ¿Por qué tú lo ves tan diferente? Realmente nos gustaría comprender tus ideas".

Con una contestación así, usted hace dos cosas: Primero, desarma a su hija al admitir que ustedes se saben "viejos y antiguos"; Segundo, la invita a compartir sus sentimientos e ideas honestos. Una de las cosas de las que los adolescentes están hartos es por no ser escuchados por sus padres, que están siempre seguros de tener la razón, de tener mayor experiencia y por supuesto más sentido común. Todas estas cosas son probablemente ciertas, pero arrojárselo en la cara no ayudará a hacer que su hija sea más respetuosa.

2. Confíe al pedir a su hija que comparta sus opiniones, invitándola a dar su visión de cómo las cosas podrían ser diferentes en la familia. Que se interese en el establecimiento de reglas; que ella fije las propias "consecuencias lógicas, por no hacer determinadas tareas, quebrantar una hora de llegada, y cosas así.

3. Una forma de disminuir la crítica de su hija es comenzar todas las frases con el "Ya sabes que podría estar equivoca-

do, pero..." y luego dar su opinión con calma y lógica y ofrecerle la oportunidad de que ella dé su parecer.

4. Desenmascare a su hija cuando ella los critica o les dice "salid de mi vida". La próxima vez que venga a ustedes para pedir ayuda, un préstamo o un adelanto de su asignación, dígale, "Cariño, me gustaría ayudarte pero justo ahora tengo un problema tremendo. Estoy segura de que puedes solucionarlo sola".

Siempre que lo haga, es importante no mostrarse como un fresco, ser sarcástico o burlarse de la joven. Además, no le pague su crítica con una crítica ácida de su parte. Siempre trate de apuntar a lo que ella hizo o dejó de hacer y luego deje que ella lo solucione.

P: ¿Cómo puedo convencer a mi hija única de catorce años, que es una perfeccionista de primer grado, para que se relaje? Ella debe controlar, organizar y ser dueña de todas las situaciones de las que toma parte en la casa o, me dicen, en el colegio o entre sus amigos. Cuando no tiene el control, se vuelve abusiva, condescendiente e hiriente. No comprendo cómo todavía le quedan amigos, pero es aún muy popular y a los profesores les gusta, aunque también los critique. Me preocupa su futuro y su salud mental, sin mencionar la mía.

R: Yo también me preocuparía. Su hija está destinada a ser infeliz en la vida. Se está fijando sola objetivos no realistas y exige el mismo perfeccionismo en los demás. Si ahora encuentra defectos en todos, espere a que sea adulta y se convierta en una verdadera buscadora de errores. Dudo que la popularidad de su hija dure por mucho tiempo. La gente descubrirá que ya no es divertido estar con ella.

Una de las mejores maneras en que puede ayudar a su hija es compartiendo su "propio yo imperfecto". Admita sus propias faltas y, cuando se presente la oportunidad, comparta los momentos en que cometió una torpeza, un error o un fracaso.

Busque formas sutiles de señalarle por qué las cosas no siempre son perfectas y que no siempre están bien organizadas. Es hora de que ella se familiarice con la Ley de Murphy.

Probablemente tenga mucho éxito en el colegio, pero no le prestaría mucha atención a dicho éxito. Quítele tanta importancia como pueda, estimulándola en lugar de elogiarla. Dígale cosas tales como, "Cariño, es estupendo ver que disfrutas estudiando," o "¿Te han elegido para el Comité de Bienvenida? Estoy segura de que te hace sentir bien."

No caiga en la tentación de decirle lo maravillosa que es. Ella ya trata de correr cada vez más rápido, de modo que puede ser cada vez más "maravillosa".

Otra de las cosas que podría intentar es conversar con ella acerca de lo que realmente es importante. Comparta con ella sus valores y dígale los que cree que son importantes. Pregúntele lo que ella cree que es importante. Que ella sepa lo que usted desea. Que no parezca una exigencia o algún tipo de plan para controlarla. Simplemente dígale lo que cree que sería mejor y por qué.

P: Nuestra hija de quince años es la segunda del medio, con once meses y nueve días de diferencia con su hermana mayor. Lleva una vida muy organizada y planificada, incluso insiste en que nuestra familia haga reservas para las vacaciones con nueve meses de anticipación. Nuestra hija debe ser la primera en todo lo que haga. Su lema es "Si no puedo ganar, no compito". Siempre trata de hacer más de lo que se le pide y rara vez admite el error. Su hermana mayor es mucho más tranquila y nada competitiva. ¿Qué puedo hacer para que nuestra hija mediana se relaje un poco? ¿Y qué podemos hacer para estimular a nuestra hija mayor, que se ve a sí misma como un fracaso?

R: Lo que parece que ustedes tienen aquí es un cambio total de papeles. La segunda ha "tomado el lugar" de la primera y ha desarrollado las características que son comunes a los primogénitos, pero de una forma exagerada. "Si no puedo ganar, no compito" no es el único lema de su hija. También tiene una "línea de vida" (un lema de estilo de vida) que dice: "Sólo soy importante cuando tengo el control, cuando tengo la razón, cuando lo consigo". Todo esto sugiere que, con todo su aparente éxito, su segunda hija posee una autoimagen frágil. Parece creer que se la aceptará sólo si consigue y realiza y, tal como usted lo presenta, "hace más de lo que se le pide".

En cuanto a su hija mayor, ella es lo que llamamos una "primogénita desanimada". Su hermanita la sobrepasa en todo y le lleva la delantera, para decirlo de alguna forma. Su autoimagen no es sólo frágil; está muy débil y enferma. El lema de su línea de vida dice, "Soy importante sólo cuando puedo hacer que la gente me tenga lástima, cuando soy una víctima."

Es de admitir que a los quince y dieciséis años es un poco tarde para cambiar a sus hijas, pero existen estrategias que pueden utilizar para hacer que sea más fácil vivir con ellas y para ellas vivir con ustedes.

En cuanto a la primogénita desanimada, estimúlela siempre que pueda. Préstele especial atención y mayor responsabilidad. Ayúdela a realizar objetivos factibles y con todo éxito que consiga, estimúlela pero no la halague. (Relea el capítulo 7.)

Además, asegúrese de remarcar que su hija de dieciséis años tiene una asignación mayor, puede volver a casa más tarde y tiene la licencia de conducir. Incluso si ella dice, "Oh, no quiero la licencia, no es necesario que conduzca", insista con gentileza en que es bueno que obtenga su licencia ya que es práctico: nunca se sabe cuándo deberá llevar a alguien en el coche o cosas por el estilo. Sienta o no sienta necesidad de obtener dicho permiso, será un gran empuje para su autoimagen si lo consigue, en particular si lo tiene antes que su hermana, aunque sea sólo por unos cuantos meses.

Respecto de su perfeccionista y controladora segunda hija, no so muestren muy impresionados con sus logros, en particular cuando ella demuestra mucho control cuando lo hace. Probablemente aprendió su perfeccionismo de usted o de su marido, o de ambos. Que sepa que ustedes creen que está bien cometer errores, no tenerlo todo. Además, ayúdela a no "morder más de lo que puede masticar", problema este que es común en los perfeccionistas. La mejor forma de hacerlo, por supuesto, es no mordiendo usted más de lo que puede masticar.

P: Tengo cinco hijos, incluyendo una hija de veintiún años que no está casada, madre de un niño de un año, que todavía vive en casa mientras acude a la facultad del lugar. Mi problema es que termino cuidando al bebé la mayor parte del tiempo mientras ella va a clase, sale con los amigos y cosas así. Trato de ayudar a mi hija en uno de los momentos más difíciles de su vida. ¿Estoy haciendo lo correcto?

R: Su hija es extremadamente afortunada por tener una madre que le permita darle a ella y a su hijo un hogar. Su interés lleno de amor es más que admirable, pero al mismo tiempo la "están tomando por una infeliz", tal como podrían decir algunos jóvenes de veintiún años. Su hija no debe ir por ahí diciendo a sus espaldas, "Mami es una infeliz por cuidarme a mi hijo mientras yo me divierto", pero bien podría hacerlo ya que eso es lo que sucede.

Le sugiero que se siente con su hija y le exponga un esquema más firme en el cual ella tendrán mayor papel en el cuidado de su hijo. En otras palabras, retroceda y dé a su hija la responsabilidad que es de ella. Dígale que tiene voluntad de cuidar al bebé mientras ella va a la universidad o a trabajar en algo a tiempo parcial (lo que supongo que ya hace o hará dentro de poco). Cuando ella quiera salir con amigos, sin embargo, debe contratar una niñera o simplemente dejar de lado el placer y permanecer en la casa cuidando al niño.

Otra idea es esta. Si cualquiera de sus otros hijos es lo suficientemente pequeño como para necesitar de cuidados o supervisión, le debería pedir a su hija que "cuidara" de él en correspondencia al cuidado que usted le brinda para su hijo. Entonces usted también podría salir de vez en cuando, lo que debería hacer menos una o dos veces por semana por su propia salud mental.

Debido a que usted aparentemente es suave, estas sugerencias podrán sonarle "frías y despiadadas", pero en realidad no lo son. En realidad, para su hija es una amable introducción a la realidad por haber actuado de manera irresponsable. Sus objetivos a largo plazo deben incluir que su hija se gradúe en la universidad y que siga adelante sola.

Esto tal vez sea dentro de unos cuantos años, pero son aún valiosos objetivos. ¡Buena suerte!

P: Mis adolescentes (un varón de quince años y una niña de trece) nunca hablan conmigo. Cuando les pregunto, "¿Cómo estuvo la escuela hoy?" simplemente me gruñen. ¿Tiene algún consejo sobre cómo puedo hacer que mis hijos conversen conmigo además de ofrecerme sonidos guturales?

R: Tengo varias sugerencias, comenzando por "No los fuerce." Los adolescentes conversan cuando están preparados y lo desean. Cuanto más presión se ejerza sobre ellos, es más posible que se encierren.

Una de las mejores estrategias para hacer que un adolescente hable es "jamás hacerle preguntas". Sé que es imposible, pero es una buena regla. Por ejemplo, no le pregunte a su hijo, "¿Cómo estuvo la escuela hoy?". En lugar de ello, haga una declaración: "Cuéntame qué has hecho hoy". La invitación o petición directa es más difícil de contestar con un gruñido, un sí o un no, o un encogimiento de hombros. "Dime lo que piensas" es mejor que "¿Qué piensas?" o "¿Cuál es tu opinión?"

A menudo los padres desean transmitir a sus hijos adolescentes cierta información o ideas, pero lo encuentran difícil porque ellos no entran en la conversación. Una forma de llegar con el mensaje es hacer que los adolescentes "escuchen" conversaciones que son para su beneficio, por ejemplo, entre usted y su marido. Otra forma de hacerles llegar información es dejar libros y revistas por ahí, abiertas en la página que corresponda. Si es un tema sobre el que los adolescentes sienten curiosidad, descanse tranquila de que encontrarán la forma de leerlo, en general cuando no hay nadie alrededor.

Otra buena solución es ser vulnerable y abierto. Si hace que su hijo entre en conversación, cuide de no hablar con sermones, moralejas o como si conociera todas las respuestas. Además, cuidado de hablar en tono definitorio o dictatorial. Esto también se puede extender cuando se le pide a los adolescentes que se pongan al día con alguna tarea que todavía no han hecho. "Sé que no deseas oír esto, pero realmente se nece-

sita vaciar la basura" es mucho mejor que decir "¡te has olvidado de nuevo de la basura! ¡Sácala ahora mismo!"

Si su hijo parece estar pidiendo su consejo (o aún su reacción negativa) sobre *cualquier* tema, tenga conciencia de que
en este asunto en particular, por lo menos, su hijo sí respeta lo
que usted dice. Su hijo no preguntaría o haría ningún comentario si, muy profundamente, él o ella no lo respetaran. Tal vez
no suceda muy a menudo, pero cuando sí sucede, dice algo de
sus esfuerzos en la paternidad.

Finalmente, ni iguale automáticamente el silencio de su
hijo adolescente con el fracaso. Sólo porque su hijo actúa en
secreto y no es comunicativo, no significa que usted haya hecho un mal trabajo. Estoy de acuerdo con el psiquiatra Richard
Gardner que señala que los adolescentes sanos tienen terror a
crecer y enfrentarse solos con el mundo. Ellos saben que no
son autosuficientes y que están luchando en su paso por el "desfiladero de la inferioridad". A menudo, los adolescentes están
en silencio porque se sienten amenazados por los adultos. Ellos
tratan de proteger su frágil autoimagen al simular que son
invulnerables, encerrándose. Tenga paciencia. Escuche más y
evite hablar con sermones, críticas y juicios. Y, tal como dice
Gardner, "sea directo acerca del amor que siente por ellos y en
su deseo de ayudarlos".[4]

*P: Mi hijo de doce años, que acaba de entrar en séptimo
grado, está pasando por una etapa difícil. La nueva situación,
el cambio de aulas y cosas así lo ha asombrado. No obtiene
buenas calificaciones, siente que nadie lo quiere y odia ir al
colegio. Hago todo lo que puedo por elogiarlo, sin importar
cuáles sean sus notas. Le digo que conseguirá hacer amigos y
que debe permanecer allí. Pero nada parece funcionar. Sencillamente se aparta con un aspecto más triste que nunca. ¿Tiene alguna sugerencia?*

R: Primero, deje de elogiar a su hijo. En este momento
especialmente, el elogio es una amenaza para él ya que no siente que lo merezca y se pregunta si podrá igualar lo que usted
elogia. En lugar de hacer eso, utilice el estímulo, que es un

juego muy distinto. (Para una mayor explicación de la diferencia entre el elogio y el estímulo, consulte el capítulo 7.)

Segundo, escuche con cuidado a su hijo y reconozca sus sentimientos, en especial siempre que exprese frustración por estar a las puertas de la secundaria. Dígale cosas tales como "El cambio de profesores en cada hora puede ser una carga," o "Es difícil cuando todo cambia a nuestro alrededor".

Deje que su hijo conozca cualquiera de las luchas que usted tuvo cuando estaba pasando por la misma etapa. En un caso tuve en mi consulta a una joven de quince años que no tenía interés alguno en compartir nada conmigo o en escuchar nada de lo que le decía. Finalmente llegué a ella cuando fui a mis archivos y encontré una carta, escrita por mi tutor en la escuela secundaria y dirigida a mis padres, que decía, "Su hijo jamás podrá lograr ir a la universidad". De ahí en adelante, la joven se abrió a mí ya que se enteró de que yo sabía cómo sentía ella la lucha o el fracaso.

Tercero, ayude a su hijo a aprender a "correr hacia el miedo". Siempre les he dicho a mis hijos, "Debéis correr hacia el miedo. Siempre que tengáis miedo de algo, enfrentaos a él o perderéis en la vida". Ayude a su hijo a aprender a desenvolverse con sentimientos tales como que nadie lo quiere, al darle algunos consejos simples. No importa cuán asustado o triste pueda estar, debe sonreír y decir "Hola" a aquellos que encuentra en la escuela. Debería decirles "Hola, ¿cómo estás?" u "Hola, ¿qué haces?" Recuérdele que en su clase hay muchos jóvenes que se sienten *exactamente* como él. Ellos también buscan cualquier rastro de amistad o aprobación.

Que su hijo sepa que cuando se hace de un amigo o aun cuando comienza una relación amistosa y desea invitar a ese alguien a su casa, a cenar o simplemente a "pasar el rato", usted tiene la política de puertas abiertas. Dígale, "Pregúntame si estaremos en casa, pero, en general, ya sabes que está bien que invites a alguien".

Cuarto, estimule a su hijo para que entre en algún grupo de actividad o en alguna organización estudiantil. Una banda, un equipo, un club, cualquier cosa que le permita romper con el grupo masivo (todo el colegio secundario) en grupos más pequeños, donde él se pueda manejar. Haga todo lo que pueda por ayudar a su hijo a "ser bueno en algo", no importa lo común que pueda llegar a ser este algo. Justo ahora su autoimagen está siendo golpeada, y debe encontrar una clave que lo ayude a volver a formarla nuevamente.

P: Tengo un hijo de once años y una hija de trece. Al ser una madre sola, debo trabajar fuera de mi casa y hay cosas que los chicos deben hacer para ayudarme. A veces lo hacen muy bien, pero la otra noche mi hija me dijo que había hecho algo y yo le creí. A la mañana, la verdad salió a la luz: esas cosas estaban sin hacer. Ella me mintió.

No es la primera vez que sucede. No estoy segura de cómo manejar esto. Es demasiado grande para que le pegue. Me siento culpable por tener que hacer tantas cosas sola y tener que trabajar fuera de la casa. Supongo que podría vivir de un seguro de desempleo, pero no quiero eso. Es muy frustrante. Trabajo tanto como puedo. ¿Qué puedo hacer? Por favor, ayúdeme.

R: Tal como parece darse cuenta, sus peores enemigos son la culpa y las tensiones. Usted ahora está llevando una carga muy pesada y desea la ayuda de sus hijos, tal como deberían hacerlo. Cuando ellos la enojan, sin embargo, usted se lo toma muy a pecho y esto sólo hace que su sentido de culpa y las tensiones aumenten. Usted piensa: "Si fuera una madre mejor, ellos serían más obedientes y serviciales".

Por favor, vuelva al capítulo 1 y memorice el Principio 1 del Seguro de imagen: "No tome la mala conducta como algo personal". Ese es un buen consejo para preservar no sólo la autoimagen de sus hijos sino la suya propia. Recuerde que todos los chicos se comportan mal y desobedecen, y que muchos mienten de vez en cuando. Todos los padres a veces luchan sintiéndose ineptos, engañados e incluso sin valor alguno.

Espere siempre lo mejor de sus hijos, pero tranquilice esas expectativas con la conciencia de que ellos fracasarán de vez en cuando porque son seres humanos y distan mucho de ser perfectos.

Para decir esto de otra forma, trate de relajarse, dé un paso hacia atrás y siéntase agradecida por todas las veces que ellos son "maravillosos".

En cuanto a las mentiras de su hija, esto no debería ser pasado por alto. Siempre que sucedan este tipo de cosas, siéntese con su hija, mírela a los ojos, y que sepa que usted sabe la verdad. Dígale que está molesta, pero que desea perdonarla y que realmente quiere confiar en ella y darle responsabilidades. Señale, "quiero que seas feliz, pero si no puedo confiar en ti todo lo que conseguiremos es golpearnos la cabeza y todos sufriremos por ello".

Dígale que usted sabe que el trabajo de la casa es duro, cuando tal vez preferiría estar hablando por teléfono o hacer algo con los amigos, pero ahora usted necesita su ayuda, así como la de su hermano, y toda la familia debe empujar hacia adelante.

Además, déle la oportunidad de compartir sus sentimientos. Dígale, "Dime lo que sucede. ¿Sientes que debes hacer mucho aquí? ¿Hay una forma mejor de dividir las tareas?" Esto tal vez abra una puerta para que su hija le cuente que cree que su hermano no está haciendo lo suficiente y que como ella es la mayor siempre tiene que hacer lo más pesado.

Sea lo que fuere, no sermonee, acuse, interrogue o lleve adelante cualquier tipo de forma que haga que su hija se sienta culpable. Otra cosa para averiguar es saber lo que piensa del divorcio. ¿Se culpa ella por todo? ¿La culpa a usted en secreto? Tal vez sea necesario una buena charla y debe explicarle por qué se divorció y por qué cree que, aunque sea difícil, ser una madre sola es mejor de lo que era antes.

Todas estas ideas tal vez no solucionen la situación, pero elija las que puedan comenzar a dar una dirección correcta. Su objetivo aquí no es simplemente "hacer que mi hija deje de mentir y asegurarme de que me ayude en la casa". Su verdadero objetivo es ayudarla a formar su autoimagen en el momento más crucial de su vida, al comienzo de la adolescencia. Su pregunta da a entender que la mayor parte del tiempo su hija es muy servicial. Construya sobre eso y no haga que sienta que debe hacer cosas en secreto. Hágale sentir su confianza y que usted sabe que es una mujercita muy responsable.

P: Mi hija de trece años ha enloquecido un poco. El año pasado era dulce y respetuosa: este año me desafía en todo. ¿Cuál es la mejor manera de solucionar esto?

R: Bienvenida al gran club de los "Padres de adolescentes". La tormenta adolescente ha golpeado y lo que usted debe hacer es dar un paso hacia atrás pero no rendirse. Su hija está pasando por una etapa típica de su edad. Comienza a romper en serio las cadenas, a pensar por ella, a salir sola y cosas así. Desea que usted sepa que ya "no es una niña".

Ahora parece que su hija no la respeta. Recuerde que usted ya pagó lo que debía como padre y, aun cuando no pueda exigir respeto, puede ser firme pero justa y hacer que su hija decida respetarla. Ella lo hará cuando usted le muestre respeto, cuando reconozca que ya no es una niña. Por supuesto, tampoco es una adulta, pero ahora usted debe hacer un esfuerzo por escuchar más y hablar, amonestar y aconsejar menos. Debe ser abierta en sus ideas (incluso cuando vayan en contra de las propias), hacer menos juicios y estar menos preparada a dar las respuestas correctas.

Lo que su hija ahora necesita es toda su ayuda para preservar la frágil autoimagen que está siendo golpeada en la arena de los adolescentes. Sé que es difícil, ya que la forma en que ella la trata a usted no le hace nada bueno a su propia autoimagen, pero esos son los pesos que los padres deben soportar. Puede hacerlo si recuerda que siempre tiene autoridad sana sobre su hija, aunque ahora su relación haya cambiado y continuará cambiando cuando ella "crezca" en el verdadero sentido de la palabra.

Lo que también podría ayudarle es leer algún material práctico sobre adolescentes.

P: En el colegio secundario de mi hija están repartiendo preservativos. Ella cree que es una buena idea. ¿Cómo puedo hablar con ella de esto?

R: Usted se está enfrentando de cara al fenómeno de "todos lo hacen", que ha barrido nuestra cultura y no sólo entre adolescentes. La "revolución sexual" que, supuestamente comenzó en los años sesenta, ha desembocado en un viento huracanado y ahora, en los noventa, cada vez más adolescentes están teniendo relaciones sexuales a edad más temprana. Además, sufrimos el terrible espectro del sida que se extiende sobre la tierra y amenaza literalmente a millones de vidas, incluyendo la suya y la de su hija adolescente.

Por supuesto que la mayoría de los adolescentes de la edad de su hija creen que los "preservativos son una gran idea". Desean creer que los preservativos los protegerán del sida y de otras enfermedades de transmisión sexual, además de permitirle mantener relaciones con cualquiera que deseen. Según un reciente estudio, "En 1988, el 27 por ciento de mujeres solteras de quince años habían tenido relaciones sexuales, casi la mitad mas que en 1982. (Para los varones solteros, de 17 años, iba del 56 por ciento en 1979 al 72 por ciento en 1988.) Y seis de cada diez mujeres sexualmente activas, entre 15 y 19 años, declararon haber tenido dos o más parejas."[5]

Los varones siempre han sido etiquetados por tratar de conseguir todo lo que pudieran, pero cada vez más asistentes sociales, maestros, enfermeras de escuelas declaran que ahora las jóvenes se han vuelto extremadamente agresivas e invitan a los varones a tener sexo. Una chica dejó el siguiente mensaje en el contestador automático de un joven: "Vamos a acostarnos".[6] La base de toda esta conducta no es simplemente que las jóvenes y los jóvenes son "malos" o "inmorales". Lo que ocurre es que la mujeres invitan a los varones a tener sexo porque piensan que de esta manera ellas encontrarán amor, afecto y cuidado. Muchas adolescentes "sexualmente activas" provienen de hogares en los que no existe mucho afecto, donde los padres están ocupados con sus problemas y dejan que sus hijos se "valgan solos". De modo que ellos se valen solos y cuando en las escuelas se reparten preservativos, le dan la bienvenida al nuevo "equipo".

Para manejar directamente el tema, siéntese con su hija cuando ambas estén tranquilas y de buen humor y conversen

340

acerca de cuán seguros son realmente los preservativos. Que ella sepa que el lema ha cambiado de "sexo seguro" a *sexo más seguro*. Con tanta objetividad y falta de emoción como sea posible, dígale que no existe lo que se llama sexo absolutamente seguro. Lo único seguro es la abstinencia, esperar a casarse y hacerlo con alguien que también haya esperado.

Eso puede parecer tonto o "irreal" para un adolescente, pero no se rinda. Dígale que los más conservadores estiman que un 5 por ciento de todos los preservativos tienen agujeros que son defectos de fabricación y que cuando se usan, se rompen. Algunas estimaciones se remontan hasta un 10 por ciento. Además, haga que su hija sepa que cada vez que tiene relaciones con un muchacho, ella también tiene relaciones con todas las otras parejas que dicho muchacho tuvo, y viceversa.

Infórmese para conversar con su hija sobre el tema de las enfermedades de transmisión sexual, así como también la realidad de lo que significa quedarse embarazada, considerar la posibilidad de hacer un aborto, o tener un hijo y luego "tratar de criarlo sola". Muchas adolescentes creen que ellas tienen las respuestas a todas estas preguntas. Han visto una película en el colegio. Creen que lo saben todo sobre sífilis, gonorrea y sida. En cuanto a quedarse embarazadas, han oído que siempre se puede hacer un aborto. Pero jamás es así de simple. Incluso los que abogan por la libre elección admiten que practicar un aborto puede ser difícil y hasta devastador para una mujer y no debería jamás tomarse tan a la ligera.

Mis valores personales me dicen que las relaciones prematrimoniales no son correctas y que la abstinencia es lo correcto. Mis valores dicen que el aborto está mal y que "el derecho de una mujer a hacer con su cuerpo lo que le plazca" no incluye matar a otro ser humano dentro de su vientre. Tal vez usted no piense de esta manera, pero cuando hable con su hija, deje de lado la moral y manténgase clara en los hechos. Decir a su hija que "los preservativos son inmorales" tendrá poco efecto. Puede ayudarla más si le transmite el mensaje de que la ama mucho y de que está profundamente interesada en toda la cultura en la que está creciendo.

Los preservativos no son la respuesta. Son sólo un vendaje que muchos líderes, profesores y autoridades que deberían saber más, colocan sobre el problema, lo que resumen diciendo, "Bueno, los chicos lo harán de todos modos, de modo que bien podríamos darle alguna protección". La única protección verdadera, la única solución para el sexo es la abstinencia y tener una autoimagen fuerte que permita que usted se respete a sí mismo y no siga simplemente al rebaño, donde corre todos los riesgos de destruir su vida.

P: Mi hija de catorce años es muy madura y físicamente desarrollada para su edad. Desea salir con un muchacho que es tres años mayor. Jamás antes lo hizo con nadie y creo que es demasiado joven. ¿Cuál es la mejor manera de manejar esto?

R: Primero, siéntese con su hija y dígale algo como esto: "Cariño, tal vez no desees oír esto, pero tu padre y yo no estamos de acuerdo con que salgas sola con un muchacho a los catorce años, en particular cuando él es tres años mayor que tú".

Naturalmente, su hija le preguntará por qué y puede simplemente decirle: "Creemos que los dieciséis es una edad mucho mejor para comenzar a salir. Sólo tienes catorce años y es demasiado pronto, sobre todo con un muchacho que es mucho mayor que tú".

Después, su hija probablemente protestará diciendo, "Tú no confías en mí, no soy ese tipo de chica, él tampoco es ese tipo de muchacho", y así sucesivamente.

Dígale, "Cariño, creemos y confiamos en ti. Pero también tenemos la responsabilidad de no dejar que te pongas en situaciones en las que correrías riesgos."

Todas estas son sugerencias para tener una posición y hacer todo lo posible para desalentar esta floreciente relación entre su hija y alguien que es tres años mayor. Cuando "John" descubra que no puede hacer subir a su hija al coche, eso tal vez sea suficiente para terminar con la relación. Tal vez, de pronto, le parezca conveniente interesarse por otra. Por otra parte, tal vez John no desaparezca tan fácilmente. Entonces, usted debe controlar la relación tan bien como le sea posible.

No dude en establecer reglas estrictas sobre lo que está y no está permitido. Pero una cosa: no deje que su hija acepte que John la lleve a su casa en coche desde el colegio, lo que pronto puede transformarse en una "cita" que podría escalar a las mismísimas actividades a las que usted tanto teme. Si John desea ver a su hija, puede venir de visita a su casa para ver la televisión, estudiar y cosas así, pero sólo cuando por lo menos uno de los padres esté en la casa.

Nuevamente, cuando usted sugiera reglas como esta, su hija protestará y continuará usando el argumento de que usted desconfía de ella, que ella no es esa clase de chica, y así sucesivamente. Debe mantenerse firme en su decisión y decir que tiene conciencia de que ella no es esa clase de chicas y que simplemente está tratando de protegerla. Si John es de verdad tan galante y noble como ella piensa, estará feliz de aceptar las reglas a fin de poder estar con ella.

Por encima de todo, aun cuando sea firme, sea cariñosa y gentil. Recuerde que muchos adolescentes desean que sus padres los guíen. Note que su hija podría verse en secreto con John y rebelarse contra sus valores. En lugar de ello, ella vino hacia usted y le pidió permiso para salir con John. En realidad ella le está pidiendo su opinión y aprobación. Por todo lo que sabe, su hija de alguna forma tiene miedo de salir con John, pero tiene problemas al enfrentarse con el grupo, que pensará que es una loca si declina la invitación de un muchacho de diecisiete años con un hermoso coche.

Una cosa más: No importa cuán ingeniosas sean sus sugerencias, su hija y John podrían perseverar en ampliar las reglas que usted fijó. Jamás cambie la regla original: No salir a solas hasta los dieciséis. Las salidas en grupo y las reuniones están muy bien, pero incluso cuidado con las "citas de dos en dos". Estas difícilmente garantizan una conducta adecuada. En realidad, la otra pareja tal vez sirva solamente como modelo para buscarse un problema serio y una situación para la cual su hija no está para nada preparada.

Además, incluso cuando su hija llore y proteste por la casa durante un tiempo, recuerde que los intereses de los jóvenes de catorce años pueden cambiar en una o dos semanas. Su hija sobrevivirá y, a la larga, su autoimagen será mejor por ello.

P: Tengo una relación muy abierta con mi hijo que tiene dieciséis años. Él me cuenta que tiene muchísima presión para "salir" y "probar que es un hombre", tanto por parte de los varones como de las muchachas compañeros de colegio. Lo hemos educado con muy altos valores morales y él no se rinde, pero no sabe qué contestar a sus amigos cuando se burlan. Mi esposa y yo éramos vírgenes cuando nos casamos, pero sé que ahora es más duro. ¿Qué puedo decirle?

R: Obviamente, lo primero que le debe decir a su hijo es que su mujer y usted esperaron hasta el matrimonio para tener relaciones sexuales. Que él sepa que usted sabe que ahora es más duro y que la presión es, en algunos casos, cien veces mayor, pero no debe seguir al rebaño donde puede arriesgarlo todo, incluso su vida.

Señálele que nada jamás cambiará la realidad de los muchachos que se burlan de otros en el vestuario sobre ese tipo de cosas. Ayude a su hijo a dar respuestas que "desarmen" cuando se burlan de él o le preguntan si "ayer por la noche tuvo un poquito". Déle algunas ideas sobre respuestas que no sean defensivas o juiciosas del que lleva a cabo la burla. Por ejemplo:

—Dime qué quieres. Todo está tranquilo.

—Vamos, parece que te preocupas más por mí de lo que lo hace mi madre.

Y, en algunas instancias, él podría incluso decir: estoy aterrado con el sida. Los preservativos no son garantía. Tal vez tú seas valiente, pero yo debo admitir que soy un gallina.

Otra de las ideas a explorar con su hijo es el tratamiento adecuado de una joven y su adecuada conducta sexual en una cita. Si la madre lo desea, que ella hable con él acerca de cómo una joven con una saludable autoimagen ve a los muchachos. Las jóvenes que aprendieron los mismos valores morales que en su familia siempre son atraídas por jóvenes de buenos modales, que muestran respeto. Por ejemplo, él jamás aparece a buscarla con tres o cuatro amigos y trata de burlarse, menos-

344

preciar o actuar como un pelmazo. Además, en una cita él no pellizca, aprieta, acaricia o manosea. Una joven con una auto-imagen sana aprecia a aquel joven que actúa como un caballe-ro. Los modales y el respeto jamás pasarán de moda.

Si su hijo sale con una chica, háblele con franqueza de hasta "dónde llegar". Tomar de las manos, abrazar y un rápido beso de despedida se puede controlar con facilidad. Las caricias y abrazos apasionados no, y pueden llevar a la relación sexual.

Me doy cuenta de que lo que digo provocaría en aquellos típicos hombres de vida sexual muy activa, que tratan de tener todo el sexo que puedan, una risa histérica, pero están jugando con fuego. Dé gracias por tener una buena relación con su hijo; no es algo común, sino raro.

Además, debería saber que cuantas más guías sexuales estrictas fijan aquellos padres que son abiertos, menos activos sexualmente son sus hijos. Un estudio llevado a cabo por un sociólogo sobre 1.100 adolescentes reveló que cuando los pa-dres hablan con sus hijos sobre sexo y valores morales, estos están más lejos de interesarse por el sexo. Además, dicho estu-dio también demostró que cuando la familia de un adolescente acostumbra a hacer cosas unidos, esto ayuda a que esos adoles-centes no necesiten salir a encontrar un sustituto barato para su intimidad.

Los peores extremos son ser permisivos y jamás tener una posición en lo que respecta a lo que está bien o mal en el sexo, o ser muy estricto y jamás hablar con su hijo y explicarle *por qué* usted es tan estricto.

Pero, sobre todo, no quite importancia a la burla que su hijo recibe de su grupo de amigos diciéndole simplemente "sé que pue-des manejarlo". La burla por parte de otros adolescentes puede hacer que los jóvenes más fuertes se sientan inferiores y estúpidos a menos que estén armados con información práctica y la seguri-dad de que los aman, los valoran y premian en sus familias. En suma, y por encima de todo, *eso* es lo que importa.

P: Mi esposa y yo damos vueltas y vueltas con nuestra hija de dieciséis años acerca de cuándo estar presentes, desde

ir a los partidos de fútbol o baloncesto, fiestas, y otros aconte-
cimientos que la hacen salir de noche. Odia la idea de un ho-
rario fijo y dice que no siempre se puede ir porque lleva a
otras amigas y ellas desean quedarse hasta más tarde. ¿Cómo
podemos solucionar esto?

R: Manténgase firme en su posición con respecto al horario, pero déle a su hija maneras razonables para tratar a sus
amigas. En algunos casos, se puede justificar quedarse hasta
más tarde y su hija puede llamar a su casa y decirles lo que
sucede, En otros, deberá decirles a sus amigas que lo siente
pero que debe regresar a las once y que si ellas van en su coche,
entonces se deben ir.

Recuerde a su hija que, ya que ella tiene el coche, posee
el control. Usted espera que sea responsable y considerada, y,
al mismo tiempo, desea trabajar con ella y felicitar su buen
juicio.

Durante el penúltimo año de la escuela secundaria, nuestra hija, Krissy fue a un partido de fútbol fuera de la ciudad. A
las once y media de la noche llamó desde una pizzería y deseaba saber a qué hora debía regresar. Yo le dije, "cariño, tú sabes
a qué hora debes regresar".

—Bueno, papá —respondió—, ¿a qué hora debo regresar?

—A una hora razonable es todo lo que le dije.

—Pero, papá, hemos ganado el partido pero el equipo
todavía no ha llegado.

En este punto yo me imaginaba la escena. El partido había terminado y Krissy con sus amigos esperaban al equipo
para que aparecieran por la pizzería para "celebrar" la victoria.

—Entonces, tú quieres esperar al equipo; esa es la razón
por la que te encuentras allí y por la que me llamas.

—Bueno, sí —dijo Krissy con dudas.

—Bueno, cariño, agradezco tu llamada. Espera al equipo, diviértete y regresa a una hora razonable.

Cuarenta y cinco minutos más tarde Krissy volvió a lla-
marme una segunda vez para recordarme la hora que era y yo
nuevamente le recordé que regresara a una hora razonable. Finalmente lo hizo a la una menos diez.

Ahora todo da la impresión de que fui un padre permisivo, pero no lo creo así. En ese momento Krissy tenía diecisiete años, ya había conducido durante todo el año y demostró ser muy responsable. Me llamó dos veces esa noche para asegurarse de que yo supiera lo que sucedía. Normalmente, la una menos diez es una hora un poco tarde para regresar, pero en aquellas circunstancias, creí que era aceptable. Como puede ver, es demasiado fácil ser prescriptivo e imponer reglas duras al instante. Es mucho mejor poner la responsabilidad sobre los hombros de su hijo y dejar que él lo maneje.

P: Tenemos dos adolescentes, un varón de quince y una niña de trece, así como también una de doce que bien podría ser una adolescente también. Nuestros tres hijos dicen que su padre y yo hablamos demasiado o que les "regañamos mucho". No deseo ser un estorbo, pero, francamente, es necesario recordarle a nuestros hijos que hagan sus tareas. ¿Qué opina? ¿Debería quedarme callada o ser un estorbo si es necesario?

R: Sea un estorbo, dentro de lo razonable. Usted y su marido tal vez hablen un poco demasiado (por lo que sé, demasiado), pero sus hijos tratan de intimidarlos y hacer que no les den consejos. Estoy de acuerdo en que los adolescentes necesitan que les recuerden. No son infalibles ni invencibles y, por supuesto, no saben tanto como creen.

El truco está en preservarles su autoimagen mientras aún fijan las claves. Aquí tienen algunas sugerencias:

1. *No haga más importante las cosas pequeñas.* Fije las prioridades y asegúrese de que son temas importantes, no los superficiales que siempre irritan a sus hijos.

2. *Sea específico.* Si les recuerda a sus hijos algo que usted cree que es importante, no generalice ni se vaya por las ramas.

3. *Sea breve.* Sus hijos tienen razón. Los adultos tienen tendencia a seguir y seguir. Exponga su caso con amabilidad y firmeza, luego *deténgase*. De alguna forma, esto le otorga mayor autoridad y trasmite el sentimiento de que usted sabe que está a cargo de la situación, pero trate de ser agradable al hacerlo.

Volviendo al tema de "ser un estorbo", hay veces en que los padres sienten que algunos temas son tan importantes que merecen una repetición. Conmigo, el tema de repetición es "impulsar las reglas". Confieso que volví loca a Holly y luego a Krissy con mis recordatorios acerca de conducir con prudencia. Sin ir más lejos el otro día comencé a recordarle a Krissy una vez más:

—Y, cariño, recuerda, cuando dobles a la izquierda en el semáforo...

Krissy se rió y me interrumpió.

—Sí, sí, papá, lo sé, "Asegúrate de doblar a la izquierda sólo cuando los *dos* carriles estén vacíos".

—¡Exacto! —dije—. Una de las razones por las que confío en tu forma de conducir es que sé que tomas buenas decisiones. Siempre espero que sigas haciéndolo.

P: *Mi único hijo de catorce años tiene muy poco que ver con mi marido, su padrastro. Me divorcié hace cuatro años y, aun cuando mi esposo no tiene ningún conflicto verdadero con mi hijo, parece no haber intimidad ni comunicación. Se lo mencioné a mi esposo y todo lo que dice es que trata de comunicarse, pero que no llega muy lejos. Cuando hablo con mi hijo, simplemente me dice "Supongo que Georgie es bueno, pero no tenemos muchas cosas en común."*

El padre de mi hijo se trasladó al otro extremo del país y hace dos años que no lo ve. Me temo que mi hijo está creciendo sin un buen modelo masculino. ¿Qué puedo hacer?

R: Su preocupación es comprensible y hasta loable, pero tal vez esté exagerando la situación. Recuerde que su hijo tuvo a su padre como modelo hasta los diez años. El período más importante para un modelo masculino es durante los primeros cinco a siete años, cuando se establece y moldea el estilo de vida.

Además, tenga en cuenta que su hijo tiene catorce años. Dentro de cuatro años, tal vez menos, probablemente no viva con ustedes. No trate de legislar ni de forzar lo que desea que suceda entre su marido y su hijo. Haga sugerencias acerca de lo que podrían hacer juntos, preste atención por cualquier interés que podrían tener, pero no trate de manipular a su hijo ni a su marido.

Si aún está decidida a que su hijo se ponga en contacto con un modelo masculino, busque formas naturales para que su hijo se junte con una persona así, sin darle mucha importancia. Por ejemplo, si tiene un hermano al que le gusta pescar y a su hijo también le gusta la pesca, pídale a su hermano que invite a su sobrino a salir de pesca de vez en cuando. Tal como mi amigo y colega John Rosemond dice, no trate de "empujar al río". Deje que el río encuentre su curso.

P: Nuestro hijo de diecisiete años sacó su permiso de conducir el año pasado y hasta hace una semana siempre fue cuidadoso. Pero, ahora ¡ya le han puesto dos multas por exceso de velocidad! Mi marido piensa quitarle sus llaves "por lo menos durante seis meses". No estoy segura de que esto lo ayudará. ¿Qué nos aconseja?

R: Yo le recomendaría indulgencia y perdón. La disciplina de la realidad de la situación debería estar representada por las dos multas (lo que para un conductor adolescente cuidadoso sería completamente mortificante). Siéntese con el muchacho, dígale que no le gustan las dos multas pero que está segura de que a él tampoco. Por supuesto, deberá pagarlas y también cualquier aumento del seguro. De todos modos, no le quitará las llaves: confiará en él y le dará otra oportunidad.

Algo sé sobre conducir un coche siendo adolescente y sentir el aguijón del fracaso por no obedecer las reglas de tráfico al pie de la letra. A los diecinueve años cuando salía con un amigo para una cita con dos jóvenes, ¡me pusieron tres multas en una noche!

La primera fue cuando me excedí de velocidad al salir de la ciudad para recoger a mi amigo. Luego recogeríamos a nuestras parejas de esa noche. Cuando me acercaba a un semáforo en una zona bastante alejada, vi que cambiaba a amarillo, pero estaba seguro de que podría pasar a tiempo.

Pisé el acelerador pero justo cuando llegaba a la intersección cambió a rojo y yo pasé a bastante velocidad. Miré hacia mi derecha y allí esperando para la luz verde estaba el coche de la policía. Encendió otro tipo de luz roja y en menos de un minuto yo ya tenía la primera multa de la noche.

Fui a la casa de mi amigo a buscarlo y mientras regresaba a la ciudad le conté lo que me había sucedido. Estaba consolándome cuando miré por el espejo retrovisor y ¡aquí descubrí otra luz roja! Era un patrullero diferente y en unos minutos yo tenía mi segunda multa por conducir a 60 km en una zona de 25.

Pasamos a recoger a las jóvenes y durante toda la noche hablamos de mi mala suerte, de cómo en menos de una hora y en lugares bastante marginales había conseguido dos multas. Después de llegar al cine y luego a un autoservicio, llevamos a las chicas a sus casas y luego yo lo hice con mi amigo. No dejé de repetir "Dos multas en una noche... mis padres me matarán".

Dejé a mi amigo a la una de la madrugada y me puse en marcha hacia la ciudad, ansioso por meterme en la cama ya que tenía cosas que hacer temprano. Recuerdo con claridad reírme con él y su advertencia cuando lo dejé: "¡Que no te pongan otra multa!".

Menos de cinco minutos después, mientras conducía por la misma calle en la que me habían puesto la primera multa de la noche, miré por el espejo retrovisor y aquí estaba la tercera, tal vez debería decir la cuarta, luz roja de la noche. Era otro oficial, pero la misma falta: conducir a 60 en lugar de a 25.

¿Cómo un muchacho de diecinueve años le explica a sus padres que le han puesto tres multas en una noche? Con mucho cuidado. Le hablé a mi padre acerca de la "luz amarilla" justo en la intersección, los 60 km por hora en una zona alejada donde no había ningún coche a la vista. Luego proseguí con la zona de los 60/25 km y ser multado por dos oficiales distintos. Agradecí que se lo tomara con calma. Incluso pudo comprenderme y recuerdo que dijo:

—Bueno, es probable que hayas marcado algún tipo de récord. Yo mismo tengo unas cuantas multas. Deberás respetar el límite de velocidad, ya que la policía parece que tiene los ojos puestos en ti.

Mientras mi padre deseaba perdonarme, su compañía de seguros fue una historia diferente. Las multas se informan a las compañías de seguros y no mucho después de mi noche con tres multas, la compañía llamó pidiendo una explicación. De modo que fui al centro para hablar con el agente de mi padre y este me preguntó incrédulo, "¿Es esto *cierto?* ¿Tres multas en un *día?"*

—En realidad fueron tres multas en una noche —le expliqué y luego lentamente le conté lo sucedido.

El agente me escuchó comprensivo pero luego dijo:

—La compañía desea retirar la póliza de sus padres o su padre deberá pagar una suma exhorbitante por dejarlo conducir.

Le supliqué al agente. Yo trabajaba y necesitaba el coche para ir a mi trabajo o seguro que lo perdería. Ya estaba pagando todo lo que podía para permitir que mi padre me incluyera en la póliza. Sabía que no podría aportar más dinero ni él tampoco.

—Mire —le dije al agente—, me equivoqué en realidad, fui un estúpido. Me multaron tres veces, pero no estaba conduciendo como un maniático. De aquí en adelante seré más que cuidadoso ya que sé que la policía tiene puesto el ojo sobre jóvenes como yo.

El agente de seguros me escuchó y me dijo:

—Veré qué puedo hacer. —No sé a quién tocó, pero pudo escribir una carta a la casa central en el Medio oeste diciendo que me conocía a mí y a mi familia y que él personalmente empeñaba su palabra por mí y mi capacidad de aprender la lección por haber tenido tres multas en una noche. No estoy seguro de lo que pensaron en la casa central, pero de alguna forma, "como buenos vecinos", aceptaron. Me mantuvieron en la póliza de mis padres sin aumento de prima y al hacerlo también lo hicieron como cliente de por vida.

Creo que los adolescentes, en especial, se enfrentan con esos momentos en los que necesitan que alguien crea en ellos, confíe y les dé un respiro. Y me gusta creer que los adolescentes jamás olvidan eso.

P: Mi hijo de diecisiete años y su novia de quince mantienen relaciones sexuales. La otra noche me asombró cuando me pidió traer a su amiga a ¡dormir en su habitación! Le dije que debería pensarlo. ¿Qué opina sobre esto?

R: Cuando se enfrentan con esta situación, algunos padres ceden pensando que los adolescentes seguirán adelante y tendrán, de todos modos, relaciones en lugares que no son seguros, de modo que deciden hacer lo mejor de un mal trato. Pero otros padres se niegan a permitir que sus hijos se acuesten con sus parejas debajo de su techo, y dejan toda la responsabilidad en sus hombros. Como dijo una mujer con una hija y un hijo de quince años: "Mi hijo me ha dado a entender que es sexualmente activo, pero yo no pregunto dónde. Si los chicos son lo suficientemente maduros como para mantener relaciones sexuales, ellos no necesitan tener allí a sus padres."

Soy consciente de que mi punto de vista podría parecer antediluviano a los padres que acabo de describir, creo que la mejor respuesta es no tener relaciones con la novia en su casa o en ningún otro lugar. Haga todo lo que pueda para convencer a su hijo de que deje de mantener relaciones de inmediato. Explíquele que al tener relaciones con esa chica, está arriesgando literalmente la salud de ella. Cualquier médico le dirá que cuanto más sexualmente activa es una muchacha de su edad, mayor es la posibilidad de que desarrolle en el futuro cáncer cervical. Además señálele que está arriesgando su propia salud y posiblemente su vida. ¿Cómo sabe él que es la primer pareja de esta joven? Recuérdele que cuando uno tiene relaciones sexuales con alguien, fisiológicamente lo está haciendo con todos los que alguna vez tuvieron relaciones con esa persona.

De esto es de lo que se trata la epidemia de sida; gente que tiene relaciones extramaritales, jugando lo que sería una especie de ruleta rusa y esperando poder salvarse cada vez.

La verdad es que uno nunca se salva. Tarde o temprano hay que pagar el pato. Lo más probable es que su hijo no se case con esta joven, sólo la está usando por un corto tiempo. Por otra parte, ella podría quedar embarazada (los preservativos nunca son un cien por cien seguros) y verse él forzado a un matrimonio temprano que fácilmente puede conducir a su infelicidad y a un divorcio.

Comprendo su problema, pero ha llegado a un estadio en donde no tiene muchas alternativas. Puede dibujar una línea en el lodo y que su hijo sepa dónde se encuentra usted o simplemente se siente y deje que él continúe con el camino que ha elegido, según parece, hace algún tiempo.

Los que defienden el darle preservativos a los adolescentes porque "tendrán sexo de todas formas" creen que son realistas, pero yo no lo creo así. La realidad verdadera es que el sexo premarital siempre es irresponsable y explotador, siempre un riesgo, a menudo el camino hacia la enfermedad e infelicidad, y a veces la muerte.

Otra posibilidad es hablar con los padres de la joven y pedirles su colaboración en la toma de posición contra lo que está sucediendo. Pero cooperen ellos o no, manténgase en su postura a favor de la abstinencia sin sermones morales ni histerias. Tan mala como parece ser la revolución sexual, la nueva revolución de la abstinencia está comenzando, alimentada en su mayor parte por el miedo al sida y a otras enfermedades de transmisión sexual.

Mi amigo y colega el doctor James Dobson, fundador y presidente de "El interés en la familia", aconseja a los adolescentes que, aun cuando ellos sean sexualmente activos, pueden, si están decididos a hacerlo, transformarse en "vírgenes secundarios". Pueden dejar de tener relaciones sexuales irresponsables y practicar la abstinencia hasta que estén preparados a asumir las responsabilidades de un matrimonio. Obviamente, la virginidad secundaria es un mensaje no popular, pero algunos jóvenes están comenzando a escucharlo. Tal vez esa tribu se incremente.

P: Tengo miedo que mi hija de trece años se involucre con las drogas. Cuando la otra mañana hablé con ella, me dijo, "Una vez probé marihuana, pero eso es todo". Estoy aterrada. ¿Cómo puedo llegar a ella y explicarle el terrible peligro de las drogas?

R: Una cosa obvia que los padres pueden hacer es obtener información útil acerca del daño que las drogas pueden hacerle al cuerpo. Se encuentra disponible todo tipo de material. Por ejemplo, la marihuana alguna vez fue considerada por los llamados expertos como "bastante inofensiva". Ahora los expertos han realizado una investigación más profunda que revela que el uso de la marihuana conduce a lo que se llama la "personalidad de la yerba". Cualquiera con dicha personalidad se ve imposibilitado de tener memoria a corto plazo, adquiere depresión emocional y es muy posible que se vea arrastrado hacia el "síndrome del abandono"; del abandono de deportes, estudios, familia.

Además, la personalidad de la yerba se caracteriza por la disminución en la voluntad, incapacidad de concentración, períodos más cortos de atención, menor capacidad para manejar problemas abstractos o complejos y menor capacidad para afrontar las frustraciones. A esto se suma que existe un aumento en la confusión de las ideas, impedimentos en el juicio y hostilidad hacia todo que represente una autoridad.[7]

Sin embargo, explicarle los "hechos" de las drogas es una respuesta parcial y no llega a la raíz del problema, que, no es de sorprender, corresponde a la autoimagen y sentido de autoestima de la persona. Según un estudio que he visto, cuanto *más cerca* los adolescentes se encuentran de sus padres, menor es la posibilidad de que utilicen drogas. Cuanto más independientes o alejados se encuentran los adolescentes de sus padres, mayor es la posibilidad de que utilicen drogas.[8]

Jamás sería tan inocente como para decir que existe una única respuesta a las drogas, pero en cierto sentido este estudio sobre cuán cerca o lejos los hijos están de sus padres lo sintetiza en pocas palabras. Siéntese con su hija, se sienta o no equipada con material para hacerlo, mírela a los ojos, y dígale lo atemorizada que se siente por ella. Dígale que no desea darle un sermón ni una lección: simplemente desea que sepa que usted la ama muchísimo.

Tenga en cuenta que su hija mostró la voluntad de contarle que "una vez probó marihuana". Todavía existe una conexión de comunicación y puede tomar ventaja de ello. Déle información, muéstrele artículos sobre lo que las drogas le hacen a la gente joven. Contrarreste las mentiras y estupideces que el grupo de amigos de su hija le está ofreciendo, llenándola de hechos y lógica. Haga todo lo que pueda para brindarle las municiones que la salvarán de las fauces de dicho grupo.

Por encima de todo, haga todo lo que pueda por reforzar la relación entre su hija y usted, al acercarse mutuamente cada vez más.

Si desea ayudarla, ha de hacerlo ahora. Si no, tal vez reciba una llamada que yo hice hace varios años cuando le notifiqué a una madre y a un padre que su hijo de diecinueve años murió de una sobredosis de cerveza y barbitúricos. Que su hija sepa de drogas. Hay información en todas partes; acuda al médico de la familia, al servicio de salud de la localidad, a la policía, a una biblioteca pública. Pero más importante aún es que su hija sepa cuánto le importa a usted. Si ella se convence de que usted la ama, son excelentes las posibilidades para que ella se abra y comparta con usted lo que pasa por su mente y por su alma.

P: La otra mañana estaba dando la vuelta los colchones y encontré una pila de Playboy *y otras revistas repugnantes debajo de la cama de mi hijo. Todavía estoy impresionada. No le he dicho nada ni a él ni a su padre. ¿Qué debería hacer?*

R: Háblele a su marido sobre las revistas y juntos busquen la forma de enfrentarse a su hijo de una manera constructiva. Lo peor, que tal vez sea la primera inclinación de su marido, es caer sobre el hijo: con gritos, lecciones, sermones, y actitudes por el estilo. Esto sólo lo encerrará más, haciendo que continúe comiéndose con los ojos *Playboy* y otras basuras, pero será más cuidadoso al hacerlo. Le sugiero el siguiente plan, basado en la disciplina de la realidad:

No le diga a su hijo lo que encontró. En lugar de eso, déjele sus ejemplares de *Playboy* y otras revistas similares sobre la mesita de noche, junto con otras revistas a las que estén suscritos. Que él descubra sus revistas "perdidas". (Las posibilidades son que está aterrado preguntándose quién las encontró.) Cuando las descubra sobre la mesita de noche, existen dos escenarios posibles: tal vez las encuentre cuando usted esté presente y, si es así, puede decirle directamente a la cara, "Bueno, encontré estas revistas cuando di la vuelta al colchón de tu cama y pensé que podría ponerlas aquí donde el resto de la familia pudiera disfrutarlas".

En este punto, su hijo se estará derritiendo de vergüenza a medida que sobre su cabeza se amontonan los carbones encendidos. Esperará toda una lección de moralidad, pero, en lugar de ello, siéntese, mírelo a los ojos y dígale, "Tengo plena conciencia de que te encuentras en una edad en la que sientes curiosidad por el cuerpo de una mujer. Eso es una cosa perfectamente natural, pero lo que tú tienes aquí es pornografía. Quiero que sepas que estoy ofendida por tener en mi casa este tipo de material, ya que en él se menoscaba a las mujeres. Este es sólo un ejemplo más de cómo se explota y utiliza a las mujeres en nuestra sociedad de hoy. Quiero que tomes la responsabilidad de deshacerte de estas cosas: sácalas de la casa y no vuelvas jamás a traer una cosa así".

Eso es todo lo que usted debe decir. Dé a su hijo la responsabilidad de deshacerse de ese material pornográfico. No lo condene a los fuegos del infierno por ser un pervertido sexual. Sencillamente, haga que sepa que está haciendo algo que es ofensivo, degradante y que puede tomarse en una adicción si siguen mirándolas.

La alternativa a este escenario es que su hijo encuentre el material cuando usted no está presente. Indudablemente se imaginará rápidamente la situación y es bastante probable que se "deshaga de la evidencia" tan pronto como pueda. Luego es necesario que se enfrente a él diciéndole, "Noté que cierto material de lectura ya no se encuentra en la mesita de noche. ¿Sabes tú lo que ha sucedido con él?"

Más tarde puede proseguir con el escenario ya descrito. Su hijo sabrá que la fiesta se acabó. Es posible que ya lo sepa hace unos días. Si dice, "Ya no las tengo," dígale, "Bien, estoy contenta de oír eso," y luego siéntese y hable con él sobre cuán degradante es la pornografía para las mujeres y qué peligroso y adictivo puede ser. Para alguna gente, en general hombres, la pornografía puede ser una adicción como el alcohol y las drogas. Tienen cada vez mayor necesidad de este material que será explícito e incluso violento.

¿Representa esto que describo una garantía de que su hijo no volverá a ver fotos pornográficas? Por supuesto que no, pero debe contentarse con saber que usted le hizo conocer que: (a) está bien sentir curiosidad sobre el sexo y el cuerpo de la mujer, pero (b) no está bien degradar a las mujeres, no importa lo artísticas y "hermosas" que sean las fotografías, y (c) usted no desea tener nunca más ese material en su casa.

En este punto deberá tomar sus propias decisiones sobre cuánto desea ver y qué tipo de material, cuando por ejemplo salga con los amigos. Continúe hablando con su hijo abiertamente sobre temas sexuales. Déjelo que pregunte. Tal vez sea difícil, pero es mejor que esconder en silencio la cabeza en la arena y esperar de alguna forma que él pase los años de la adolescencia y "supere estos sucios pensamientos".

Responsabilidades en la casa para adolescentes

A medida que sus hijos pasan por los años de la adolescencia, deberían recibir cada vez más mayores responsabilidades, con el fin último de ser plenamente responsables a la edad de dieciocho años. Las responsabilidades, a asumir en la casa por parte de los adolescentes, podrían ser demasiado numerosas de mencionar. Sin embargo, hay dos que son claves, que a menudo conducen a tensiones y luchas de poder, incluyen hasta qué hora se pueden quedar despiertos los días de colegio y los fines de semana para sus fiestas, reuniones y partidos. Los padres y adolescentes deben negociar estas horas, pero siempre coloque tanta responsabilidad sobre su hijo como sea posible.

Otra área importante es el dinero. Los adolescentes deberían ser plenamente responsables de cualquier asignación que reciban o de cualquier suma de dinero que puedan ganarse con algún trabajo que realicen. Algo más que usted podría considerar es darle la responsabilidad a su hijo de administrar algunos fondos de la familia. Nosotros hemos hecho esto con nuestros hijos y nos ha dado excelentes resultados. Es un buen entrenamiento para el futuro, cuando deberán cuidar sus propias cuentas bancarias.

Lo que usted espera ver, cuando sus adolescentes maduren, es su capacidad para anticiparse a las necesidades de los demás e iniciar las acciones que sean apropiadas. Además deben reconocer y aceptar sus capacidades y limitaciones. Obviamente, uno de los mayores desafíos es conocer la diferencia. La mayoría de los adolescentes piensan que ellos tienen grandes capacidades y pocos límites.

Sus hijos deben aprender a respetar a los demás como a sí mismos. Por encima de todo, deben aprender el significado pleno de ser responsables de sus propias decisiones.[9]

En síntesis, se están transformando en adultos, como sus padres. La siguiente lista puede ser una guía útil para encaminar a sus hijos en las responsabilidades.

Los diez mandamientos adolescentes para padres

1. Por favor, no me deis todo lo que digo que deseo. El hacerlo me indica que no os importo. Aprecio los consejos que me ofrecéis.

2. No me tratéis como a un niño. Aun cuando sepan que es la "correcto," debo descubrir cosas solo.

3. Respetad mi necesidad de privacidad. A menudo, debo estar solo para decidir sobre las cosas y soñar despierto.

4. Nunca digáis, "En mis días..." Eso representa una desconexión inmediata. Además, las presiones y responsabilidades de mi mundo son más complicadas.

5. Yo no elijo a vuestros amigos ni vuestra ropa; por favor no critiquéis la mía. Podemos estar en desacuerdo y aún respetarnos las elecciones.

6. Evitad siempre acudir en mi rescate; yo aprendo todo de mis errores. Que yo responda de mis decisiones es la única forma de aprender a ser responsable.

7. Tened el suficiente coraje como para compartir los enojos, pensamientos y sentimientos que tengáis conmigo. Jamás seré demasiado grande como para que dejéis de decirme que me queréis.

8. No habléis mucho. He tenido años de buena educación, así que confiad en la sabiduría que me habéis impartido.

9. Yo os respeto cuando me pedís perdón por alguna acción impensada de vuestra parte. Eso prueba que ninguno de nosotros es perfecto.

10. Mostradme un buen ejemplo tal como Dios quiso que lo hiciérais: yo presto mayor atención a vuestras acciones que a vuestras palabras.[10]

Epílogo

¡ADELANTE CON LA ESTIMA!

Sucedió el verano siguiente a la graduación de la escuela secundaria de Holly. Tal como es nuestra costumbre, habíamos huido de los casi cincuenta grados de calor de Tucson para pasar los meses de verano en el fresco lago Chautauqua, cerca de la casa de mi hermana en Jamestown, Nueva York. Habríamos pasado nuestras idílicas vacaciones como siempre, de no ser por las casi constantes quejas de Sande por la inminente despedida de Holly, que iría a la universidad en septiembre.

—Nunca ha vivido lejos de casa —me recordaba constantemente Sande—. Empezaré a llorar y no podré detenerme.

Yo sonreía y trataba de calmar el exceso emocional de mi esposa:

—Todos los primogénitos en algún momento deben alejarse del nido. Creo que será bueno estar con un adolescente menos para pedirnos el coche.

Sande se encogía de hombros y me miraba con ojos inexpresivos, pero no dejaba de mencionar la inminente partida de Holly por primera vez en su vida. A veces lo hacía sólo una vez por día, otras más a menudo.

A medida que pasaba el verano, comencé a bromear con Sande, diciendo cosas tales como: "No te preocupes, cariño, cuando llegue el gran momento de la partida, te tomaré de la mano". Comencé a decirle a mis amigos: "Sande llorará todo el camino de regreso, después de que dejemos a Holly en la universidad". Los maridos sonreían conmigo, pero la mayoría de las mujeres nos miraban con ojos conocedores que sólo las esposas tienen cuando los maridos no son demasiado sensibles o inteligentes.

Por fin, el gran día llegó. Habíamos decidido llevar a Holly a la universidad, que estaba directamente a ciento noventa kilómetros al sur de nuestra casa de veraneo en el lago Chautauqua y a casi cuatro mil de nuestra casa permanente de Tucson, Arizona. Con dificultad coloqué a Sande, Holly y parte de sus "cosas" en el coche que Holly usaría mientras estuviera en la universidad. Me llevé el *resto* de las pertenencias de mi hija en nuestro coche. Les dijimos a Krissy, Kevin y Hannah que pasaran un buen día con la tía Sally y partimos.

A medida que avanzaba, escuchando música, me preguntaba qué harían mi esposa y mi hija mayor delante, mientras mantenían una última e importante conversación entre madre e hija. Mientras habíamos ayudado a Holly a hacer las maletas para el viaje, bromeé con ella sobre lo bueno que sería tenerla fuera de la casa. Sande trató de unirse, pero no ponía corazón para ello. Pude ver que estaba cumpliendo su profecía del verano. Sus ojos ya estaban llorosos. Durante meses había planeado este día de depresión y ahora lo tendría ¡por completo!

Pobre Sande, pensé. *Este tipo de cosas es muy difícil para las madres. Tendré que acordarme de llevarla a cenar a algún buen lugar para levantarle el ánimo.*

Los kilómetros pasaron y, en lo que pareció ser un tiempo excelente, llegamos al campus de la universidad donde había un enorme cartel desplegado que nos daba la bienvenida:

¡BIENVENIDOS ALUMNOS DE PRIMER AÑO!

Cuando miré a mi alrededor, a los jardines de césped perfectamente recortado, pensé, *Bueno, aquí es donde Holly pasará los próximos cuatro años... Ya no la tendremos cerca de nosotros durante mucho tiempo...* De pronto todo mi machismo comenzó a desaparecer rápidamente y un nudo empezó a formarse en mi garganta.

Avanzamos por un largo camino, siguiendo obedientes los carteles que decían:

PRIMER AÑO POR AQUÍ

Llegamos a la residencia de Holly y aparcamos en la puerta para ser recibidos con entusiasmo por diez jóvenes impecablemente vestidos que se mostraron más que felices de ayudar a la nueva estudiante y a sus padres a descargar el coche y llevar las maletas y cajas hasta su habitación. Sande y yo no tuvimos que mover un dedo; simplemente nos quedamos allí mirando y rápidamente observé que también comenzaban a mirar a mi hija.

Mientras notaba que varios jóvenes apuestos miraban a Holly de pies a cabeza, mi primer instinto fue golpear a dos o tres de ellos y enviar al resto dando gruñidos de indignación paternal, pero, por supuesto, sabía que debía guardar la calma. Me sentí igual que Steve Martin en *El padre de la novia,* en la escena en que conoce al futuro yerno y se da cuenta de que este le acaricia la rodilla a su hija mientras están sentados en el sillón, anunciándole su próximo casamiento.

Y luego me asaltó una idea: *¿Podría ser posible que uno de estos diez jóvenes de camisas azules llegara a ser mi futuro yerno ?* Comencé a darme cuenta de que este día, el día que yo pensé que manejaría como una seda, no sería uno de los más grandes de mi vida.

Más tarde fuimos a la habitación de Holly y conocimos a su compañera de dormitorio y a sus padres. Luego pasamos a saludar al jefe de residentes (trabajo que yo había realizado cuando graduado).

Después hicimos un rápido recorrido por los alrededores, recorriendo el campo de fútbol, el gimnasio, auditorio, biblioteca y algunos de los edificios de aulas. Pusimos rumbo al centro de estudiantes y allí almorzamos. Mientras comíamos, pude imaginarme a Holly encontrándose a menudo en ese lugar, en los próximos cuatro años, para comer con los amigos, contarse chismes y tal vez simular estudiar de vez en cuando.

Mientras todo esto sucedía, miré en ocasiones a Sande, que trataba de sonreír y mostrarse contenta. Con franqueza, no lo estaba haciendo muy bien. Regresamos a la habitación de Holly y dándose cuenta de que esta era su última oportunidad de hacer alguna tarea de madre, Sande procedió a hacer la cama de Holly y a guardarle la ropa.

Finalmente, bajamos al aparcamiento donde teníamos planeado despedirnos, subir al coche y partir sonriéndole todo el tiempo a nuestra hija, para que ella supiera que compartíamos su alegría en este nuevo papel: alumna de la universidad viviendo a miles de kilómetros de nosotros. Pero ya ahora Sande lloraba abiertamente. Ella y Holly se abrazaron y luego mi primogénita se volvió hacia mí. Por alguna extraña razón yo no podía ver bien. Mis gafas estaban empañadas o sucias, o algo así. Sentía claramente que debía irme de allí, lejos de la universidad y rápidamente.

El ojo experimentado de Holly detectó mi actitud de querer que esto pasara y dijo:

—Oye papá, ¿qué prisa tienes? ¿Hay partido de fútbol?

—No, cariño —dije, tragando ese extraño nudo en mi garganta—, simplemente es un poco difícil... —y entonces tomé a mi hija en mis brazos y las lágrimas comenzaron a rodar por mi rostro y sobre ella. No estoy seguro de cuánto tiempo la sostuve así, incapaz de hablar. Pudieron ser cinco minutos, probablemente menos, pero yo deseaba que duraran para siempre.

Holly también lloraba y no dijimos nada de nada. Finalmente me quité las gafas y traté de secarlas un poco. Luego, con extraña voz entrecortada, casi sin poder articular las palabras, dije:

—Bueno, será mejor que te marches. Te quiero mucho. Eres una hija maravillosa. Nosotros creemos en ti. Haz un buen trabajo.

Con una mirada de preocupación típica de primogénita, Holly preguntó:

—Papá, ¿te encuentras bien?

Le aseguré que sí y ella volvió a abrazarme y me besó para despedirse. Sabía que estaba alcanzando mi límite. No podría soportar más de esto.

—Será mejor que te vayas —le dije. Ella asintió y luego se marchó bajando los escalones del aparcamiento hacia su dormitorio. Miré a mi alrededor y vi a muchos padres con sus hijos, todos secándose las lágrimas. Luego miré hacia atrás y vi a mi hija todavía camino de su dormitorio. Aún se estaba enjugando las lágrimas, pero no tenía un andar lento y descuidado. En realidad, se movía rápidamente, con seguridad y con la cabeza algo en alto, "saliendo directamente de nuestras vidas", o así me lo pareció a mí.

Sande y yo salimos lentamente del aparcamiento con nuestro automóvil pasamos el camino de la universidad y luego llegamos a la carretera. El viaje de regreso al lago Chautauqua fue el más largo de mi vida. Aquí estaba con la mujer que amo, pero me sentía muy mal y ella también. Mis gafas se seguían empañando y no podía ver bien el camino. Sande acabó por lo menos una caja de pañuelos de papel y comenzó otra. Una y otra vez hicimos intentos de hablar y nos tomamos con frecuencia de las manos. El resto del tiempo simplemente estuve al volante y luché con mis propios pensamientos.

Me pregunto lo que Holly pensó cuando se alejó de nosotros. Me gustaría regresar y alcanzarla, pero no puedo. Me pregunto cómo estará sin nosotros. ¿Está ella tan triste como lo estamos nosotros? ¿O estará contenta de irse de su casa y por una vez lejos de sus padres?

No podía dejar de asombrarme ante cómo me había destrozado después de estar seguro de que podría manejar la partida de mi hija con un abrir y cerrar de ojos. Allí en el coche me prometí que estaría preparado cuando debiera llevar a Holly hasta el altar para casarse. Cuando el pastor dijera, "¿Quién entrega a esta mujer?" no correría riesgos. Tendría preparado una pequeña grabadora y pulsaría el botón para que la cinta rezara "Su madre y yo lo hacemos," con una voz fuerte y sonora. En ese momento no habría forma de confiar en mí.

Deseaba amarla y retenerla

Y luego me sucedió que, algunas de las frasecitas atracti-
vas que me gusta utilizar en mis seminarios volvían a mi mente
para perseguirme, en especial la que decía "Amelos y déjelos
ir". Yo no *deseaba* dejar marchar a Holly. Algo me decía que
regresara a la universidad y me la llevara de vuelta a casa. Deseaba decirle: "Todavía no eres grande. Queremos que regreses. ¡*Necesitamos* que regreses!".

Por supuesto que sabía que esto era tonto. Nuestra hija
era grande y ya había llegado el tiempo de que dejara el nido y
descubriera de qué estaba hecha esa autoimagen en la que habíamos trabajado durante dieciocho años.

Y entonces volví a pensar en aquellos dieciocho años,
hacia aquella primera noche fría de noviembre cuando la trajimos a casa desde el hospital. Aún en el cálido Tucson, las noches son frescas en noviembre y esta era una muy especial.
Encendí la calefacción para tener en la casa lo que debieron ser
unos cuarenta grados, seguro de que nuestro pequeño bebé
enfermaría de neumonía o de algo peor si no lo hacía.

Y, si, literalmente coloqué un espejo debajo de la naricita
de Holly mientras la observaba dormir, deseando asegurarme
de que ella respiraba. La sorprendente responsabilidad de ser
el padre de este pequeño ser de cincuenta centímetros de largo
me había golpeado duro. Yo estaba a cargo de moldear y dar forma
a la clase de mujer que algún día sería. A dos años de mi doctorado
en psicología, sabía algo acerca de las teorías concernientes a los
padres con sus hijas. Según los expertos, los padres, aún más que
las madres, dan forma a la parte resiliente de sus hijas.

Mientras conducía el coche, recordé uno de mis consejos
favoritos para nuevos padres: "Comience a dejar a su hijo con una
niñera cuando no tenga más de dos semanas. Asegúrese de salir
con su esposa y seguir adelante con el matrimonio, mientras que al
mismo tiempo comienza a enseñar a su hijo una saludable disciplina de la realidad; el que no siempre usted estará allí.

Sí, eso es lo que yo les digo y estoy convencido de que es
verdad, pero eso no hizo que fuera más fácil regresar al lago

Chautauqua. Recordé lo difícil que fue la primera noche en que dejamos a la pequeña Holly con una niñera. Supongo que pasé diez minutos repitiendo las instrucciones que Sande ya le había dado.

Y no había pasado mucho tiempo hasta que supimos que definitivamente teníamos entre manos a una poderosa primogénita. Holly caminó temprano, habló temprano y se metió en todo. Una y otra vez nos probó con su espíritu aventurero. Cuando sólo tenía dieciocho meses, yo me encontraba ocupado en el consultorio con pacientes. Era mi última cita del día, alrededor de las cinco y media y el crepúsculo de primavera comenzaba a caer en las calles de Tucson. Mientras estaba con mis pacientes, un hombre con su mujer, el teléfono sonó y yo atendí, algo sorprendido, dije: "¿Sí?".

—¡HOLLY SE HA IDO! NO PUEDO ENCONTRARLA. KEVIN, ELLA SE HA IDO. ¡NO PUEDO ENCONTRARLA!

Era Sande. Creo que estaría de más decir que estaba algo histérica.

Traté de calmarla, pero yo mismo ya estaba histérico. Le dije a mis pacientes lo que había sucedido y los tres salimos a la calle para buscar a mi hija. En aquel tiempo, mi casa no quedaba lejos del consultorio y sabía que ella debería estar en algún lugar cerca. Más tarde imaginamos lo que había sucedido. Yo había estado en casa hasta avanzada la tarde y luego había regresado a trabajar con mi cita de las últimas horas. No me había dado cuenta de que mi pequeña de dieciocho meses deseaba acompañarme. Había salido por la puerta y, mientras yo me alejaba con el coche y doblaba la esquina, allí estaba mi niña, corriendo por la calle, "siguiendo a su papi que iba a trabajar", pero yo no tenía idea de lo que sucedía.

Mientras recorría frenético a pie las calles y callejones, mi mente discurría entre pensar lo peor y murmurar, "Por favor, Dios mío, que Tu mano proteja a nuestra hija". Finalmente, me detuve y utilicé conmigo un poco de disciplina de conocimiento.

¿Por qué caminas? Puedes cubrir más terreno en coche. Recorre en coche los alrededores y la encontrarás más rápido.

Regresé corriendo al aparcamiento de mi consultorio, subí al coche y comencé a recorrer las calles cercanas a mi casa. Llegué a una calle de cinco carriles, con el del medio utilizado por ambos sentidos para pasar y doblar a la izquierda. Estaba atestada de coches por la hora, y cerca del semáforo visualicé un automóvil estacionado en el carril del medio con la puerta del conductor abierta. Junto a la avenida había una mujer, con una niña de la mano: era *mi niña*. Pisé los frenos, salté del coche y todo lo que atiné a decir fue: "¡Oh, usted tiene a Holly!".

—¿Es usted el padre? —dijo la mujer, algo incrédula.

—Sí, soy su padre. ¿Dónde la ha encontrado?

—No podía creerlo —me contó la mujer—. Su hijita estaba allí en el carril rápido y la gente la pasaba a toda velocidad.

Sin pensarlo dos veces sobre lo que podría decirle un policía por estacionar en el carril del medio, ella había aparcado, saltado y tomado de la mano a Holly, que estaba allí parada con su pañal y su camiseta, mirando alegremente pasar los coches. Sólo Dios realmente supo cómo Holly pudo salir ilesa de ese lugar. Tal vez el sistema de señalización había provocado una detención del tráfico. Tan pronto como fue posible, la mujer se había apresurado hacia el lado en que ella esperaba, sosteniendo de la mano a mi hija y preguntándose, "¿Dónde *diablos* están los padres?"

Le di las gracias a la señora con efusividad (tal vez un poco más que eso) y, llorando de alegría, llevé a Holly a casa, que estaba sólo doblando la esquina y sobre una calle lateral, a menos de cien metros de donde la había encontrado. Se la di a Sande y ambos no pudimos dejar de llorar, sin ni siquiera desear pensar en lo que podría haberle sucedido a nuestra primogénita de fuerte personalidad, que "deseó seguir a su papi al trabajo".

A los cuatro años, Holly "abandonó" el prescolar

Los recuerdos siguieron surgiendo cuando cruzamos la interestatal del estado de Nueva York y finalmente tomamos la autopista 17 que nos llevaría al lago Chautauqua. Cuando Holly creció, su fuerte personalidad se hizo más evidente. A los cuatro años, la anotamos en un pequeño jardín de infancia, que estaba en el campo de la universidad de Arizona donde yo estaba haciendo un trabajo de posgrado. Holly estaba encantada con el jardín y en especial con su maestra, una señora mayor a la que adoraba.

Sin embargo en pocos meses, sobrevino el desastre. La dirección de la universidad decidió traer a un graduado para dirigir el jardín. Esta mujer llena de energía, ambiciones y teorías nuevas, reemplazó a todo el personal del jardín (incluyendo a la maestra de Holly) por otros "especialistas" graduados que la podrían ayudar a transformar lo que había sido un hermoso lugar para aprender y jugar en un "centro experimental de aprendizaje" (es decir en una "universidad para chicos"). En sólo uno o dos días, Holly ya no recibía abrazos en la puerta. En lugar de ello le daban hojas fotocopiadas con tareas que la ayudarían a "prepararse para el aprendizaje".

Holly duró una semana y luego regresó un día y dijo:

—Ya no me gusta el jardín. ¡No quiero regresar!

Como yo sabía lo que había sucedido en el jardín, tuve una muy buena idea de por qué Holly deseaba abandonar. Siempre alerta para las oportunidades de utilizar la disciplina de la realidad, le dije:

—Holly, si no deseas ir al jardín, debes llamar a la maestra y decírselo tú misma.

Mi hija de cuatro años me miró sin pestañear y luego dijo:

—¡Muy bien!

Yo marqué el número, le pasé el teléfono y escuché con interés.

Tan pronto como atendieron, Holly dijo:

—Habla Scholly Leman... Ya no regresaré al jardín.

Y así lo hizo. Holly jamás regresó y nosotros respetamos su decisión, no porque estuviéramos consintiendo un capricho, sino porque estábamos totalmente de acuerdo con su decisión.

Sin embargo, no siempre estuvimos de acuerdo con ella. Cuando Holly entró en la pre adolescencia, chocamos con frecuencia. En uno de los primeros capítulos conté cuando tenía once años y me hizo saber que debería "leer mis propios libros". Y los "años tormentosos" de la adolescencia también tuvieron sus momentos de tensión. Tal vez el mayor fue cuando Holly deseó hacerse una quinta operación de la mandíbula. Cuatro operaciones anteriores para corregir un problema doloroso no habían dado resultado y ella ya deseaba volver a probar.

Estaba a punto de comenzar a hablar cuando yo rugí:

—¡No, absolutamente no! *¡Ningún médico volverá a tocarte!*

Holly comenzó a llorar y luego Sande me tomó de la mano, me calmó y me recordó el increíble dolor que nuestra hija sufría cada hora del día.

—Cariño —dijo—, por lo menos siéntate y escúchala.

Y así, me senté y escuché a mi hija.

—Papá —dijo con seriedad—, esto significa más para mí que nada. El año que viene iré a la universidad y no deseo ir allí con este dolor. Debo tener otra oportunidad.

Después de mucho protestar, finalmente accedí a que se operara. Resultó que Holly tenía razón. La quinta operación fue un éxito.

Finalmente se cortó el cordón umbilical

Estábamos casi llegando a casa cuando me di cuenta de que mi primera hija a menudo había tenido razón y a menudo se había equivocado. El padre, psicólogo y consejero se había sentado a los pies de su hija y había aprendido lecciones importantes. Y ahora ella se había marchado a estudiar y aprender, y a crecer aún más lejos de nosotros, tal como se debe, por supuesto. Las cosas jamás volverían a ser igual. Nuestra relación con Holly ahora había cambiado. Se había cortado el "cordón umbilical entre padres e hija" y ya estaba sola, totalmente responsable de todo, desde lavarse los dientes hasta pagar sus cuentas.

¿Qué pasa contigo, Leman? me dije a mí mismo. El ser responsable es de lo que se trata. ¿No es eso lo que dices en tus seminarios? "¡Criamos adultos, no niños!".

Mis pensamientos se agolpaban y de alguna forma, a pesar de la "niebla" que seguía nublando mis gafas, pude encontrar el lago Chautauqua y nuestra casa.

Dos días más tarde regresamos a Tucson donde nuestros hijos debían volver al colegio y yo a mi consultorio, para darles consejos a mis pacientes así como preocuparme por la fortuna del equipo de fútbol de Arizona.

Después de llegar a casa, esperamos a que Holly nos llamara. En realidad, esperamos sin cesar durante un total de siete días desde el mismo en que la llevamos, pero aún no había llamado. Cada día que pasaba se hacía más difícil. No deseábamos llamarla, ya que no queríamos ser padres preocupados, revoloteando sobre nuestra niña. Además, Holly era la que estaba allí afuera en el mundo y era su responsabilidad establecer contacto. Revisé toda esta maravillosa disciplina de la realidad en mi mente, pero, francamente, no hacía que la espera fuera mejor.

Y luego, una noche, no mucho después de que regresara del trabajo, el teléfono sonó. Era Holly y después de que charlara un poco con su madre, pude hablar con ella y tener la oportunidad de hacerle una pregunta que me había estado quemando el cerebro desde el día en que la vi alejarse de nosotros, por el aparcamiento y hacia su dormitorio.

—Holly, ¿en qué pensabas cuando nos despedimos en el estacionamiento y tú te alejaste caminando? —Traté de hablar como no dándole importancia.

Hubo una pausa mientras Holly recordaba y luego finalmente dijo:

—Bueno, papá, pensé "Bueno, ellos me criaron y ahora yo estoy sola. Debo hacer un buen trabajo".

De pronto toda la pena que había sentido ese día cuando la dejamos me volvió a invadir. Traté de mover la boca, pero no salió ningún sonido.

—Papá, ¿te encuentras ahí?

Finalmente pude emitir un sonido gutural.

—¡Papá! ¿Te encuentras bien? —Holly parecía preocupada. Supongo que pensó que su padre había sufrido un ataque al corazón.

—S-s-sí, cariño, estoy, estoy muy b-bien —pude musitar finalmente. Hablamos un poco más y luego me despedí. Holly me prometió escribir y llamar y nosotros le dijimos que estudiara mucho y todas esas cosas que se dicen a una hija que se encuentra a cuatro mil kilómetros de distancia y en la universidad.

Después de cortar la comunicación, me sentí como un tonto por llorar en el teléfono. No había deseado hacer sentir mal a mi hija, pero supongo que de todos modos lo hice. No pude evitarlo: la pena me había golpeado y me sorprendí con la fuerza en que lo hizo.

Más tarde pude apreciar lo que Holly me había dicho: "La habíamos criado bien y ahora estaba sola y debía hacer un buen trabajo". No sólo era este un hermoso cumplido; era una especie de legado, el legado de una autoimagen fuerte y de una saludable autoestima.

Aquel día en el estacionamiento nuestra hija fue realmente más fuerte que sus padres. Todo el esfuerzo, lucha, alimento y paternidad de nuestra primogénita estaba realmente floreciendo justo delante de nuestros ojos. Le habíamos cambiado los pañales, limpiado la nariz, tirado de las orejas cuando lo había necesitado. La habíamos regañado, dicho lo que estaba bien y lo que estaba mal, educado en los principios de Dios y, por encima de todo, la habíamos amado con todo nuestro ser.

Unos días después de la llamada, la tarjeta me llegó por correo. Por si usted no lo hubiera ya adivinado, es la misma que yo cité en la introducción la que decía: "Gracias, papá, tu fortaleza me ayudó a crecer y tu confianza en mí me permitió ser yo misma". Guardo esa tarjeta como un tesoro y cada vez que pienso en ella agradezco esta hija de fuerte personalidad que está llena de convicciones, que es alguien que siempre será "ella misma". Holly es lo que a mí me gusta decir que es un trabajo de padres bien hecho. No es un trabajo perfecto, Holly no es perfecta ya que nosotros no somos padres perfectos, pero es un trabajo bien hecho, ahora que debemos dar un paso hacia atrás y observarla marcharse y manejar su propia vida.

Si usted es un padre joven que todavía tiene hijos pequeños, en particular del tipo que jamás le da un momento de paz, tal vez se pregunte, "¿Qué sucede contigo, Leman? ¿Por qué todo este lío acerca de que una hija se muda de casa? No puedo esperar a que llegue ese día. Desearía tan sólo tener una tarde para mí, tan sólo una hora de paz".

Comprendo, porque Sande y yo podemos recordar cuando decíamos lo mismo. Pero el día llegará en que esos pequeños serán "grandes" y luego las preguntas serán:

¿Establecimos una fuerte relación de amor con nuestros hijos?

¿Hemos educado adultos responsables que están preparados para hacerse cargo del mundo?

¿Educamos a nuestros hijos sin destruirlos?

Espero que su respuesta sea un gran sí a estas tres preguntas y, sobre todo, espero que pueda decir, *¡Adelante con la estima!*

Notas

Capítulo uno

1. Don Dinkmeyer y Gary McKay, *Raising a Responsible Child: Pranctical Steps in Successful Family Relationships* (Nueva York: Simon and Schuster, 1973), pág. 11.
2. Carol Burnett, *One More Time: A Memoir* (Nueva York: Avon, 1986), pág. 3.
3. Sally Leman Chall, *Making God Real to Your Children* (Tarrytown, NY: Fleming H. Revell Co., 1991).
4. Dorothy Corkille Briggs, *Your Child's Self-Esteem* (Nueva York: Doubleday/Dolphin Books, 1975), págs. 3, 4.
5. Nathaniel Branden, *The Psychology of Self-Esteem* (Nueva York: BantamBooks, 1971), pág. 110.
6. Alfred Adler, *Understandign Human Nature* (Londres: George Allen & Unwin, Ltd., 1928), pág. 19.
7. Dinkmeyer y McKay, *Raising a Responsible Child,* pág. 20.
8. Ibid., pág. 27
9. John Bradshaw, *Bradshaw on: The Family* (Deeffield Beach, FL: Health Communications, 1988), pág. 31.
10. Kevin Leman, *Making Children Without Losing Yours* (Nueva York: Dell, 1987), pág. 9.

Capítulo dos

1. Proverbios 13,24.
2. Salmo 23,4.
3. Publicado por Julie Szekely, "Child Abuse: How It Happens," *Tucson Citizen,* 17 de septiembre, 1987, pág. F1.
4. De una columna escrita-por Ginger Hutton, "Overprotection Harrns Children", *Arizona Republic,* 20 de abril, 1987, pág. B8.
5. Consulte a Zig Ziglar, *Raising Positive Kids In A Negative World* (Nashville: Oliver Nelson/Thomas Nelson,1985), pág. 214.
6. Consulte al doctor Lee Salk, "Frustration, Not Hate, usual Child Abuse Cause," *Arizona Daily Star,* 25 de septiembre, 1984, pág. D1.
7. Consulte a Kevin Leman, *Making Children Mind Without Losing Yours* (Nueva York: Dell, 1987), pág. 27.

Capítulo tres

1. John Bradshaw, *Bradshaw on: The Family* (Deerfield Beach FL- Health Comrnunications,1988), pág.6.
2. Karen S. Peterson, "Are Parents the New Scapegoats?" *USA Today,* 30 de octubre, 1991, pág. D1.
3. Ibíd.
4. Don Dinkmeyer y Gary D. McKay, *Raising a Responsible Child: Practical Steps in Practical Family Relationships* (Nueva York: Simon and Schuster, 1973), pág. 29
5. Linda Albert, *Coping with Kids* (Nueva York: E. P. Dutton, 1982), pág. 16.
6. Ross Campbell, "Haw Do I Love Thee? Let Me Show the Ways." *Parents and Children,* ed. Jay Kesler Ron Beers y LaVonne Neff (Wheaton, IL: Victor Books, 1986), pág. S45.
7. Ibíd., pág. 546.

8. En sus estudios, el doctor James Prescott defiende que la conducta agresiva y violenta estaba directamente asociada con la falta de contacto corporal durante la infancia. Elaborado por el doctor Joyce Brothers, "Childhood Hugs Last a Lifetime," *Los Angeles Times,* jueves, 28 de junio, 1990, pág. E10.

9. *Sydney Simon, Meeting Yourself Halfway* (Niles, IL: Argus Communications, 1974), pág. xi.

10. Ibíd., pág. ix.

11. Cita de Cal Thomas, "Free Love Is a Free Ride to Destruction," *Los Angeles Times,* 11 de noviembre, 1991, pág. E4.

12. Alan Bloom, *The Closing of the American Mind* (Nueva York: Simon and Schuster, 1987), pág. 25.

Capítulo cuatro

1. Consulte a Richard I. Evans, *Konrad Lorenz: The man and His Ideas* (Nueva York: Harcourt Brace Jovanovich, 1975), pág. 13.

2. Cita en ibíd.

3. Ibíd., págs. 14-16.

4. Estos estudios incluyen el trabajo de Marshall Klaus y John Kennell de Case Westem Reserve School of Medicine, Cleveland, Ohio. Consulte Zig Ziglar, *Rasing Positive Kids in a Negative World* (Nashville: Olvier-Nelson Books/Thomas Nelson, 1985), pág. 110.

5. Consulte Marilyn Elias, "More Kids In Declining Day Care," *USA Today,* 7 de noviembre, 1991.

6. Consulte Conne Koenenn, "Juggling the Image of Working Mothers," *Los Angeles Times,* 22 de octubre, 1991, pág. F1.

7. Brenda Hunter, *Home by Choice* (Portland, OR: Multnomah Press, 1991), págs. 32, 33.

8. Ibíd., pág. 35.

9. John Bowlby, *Attachment,* vol. 1 de *Attachment and Loss,* 2da. ed. (Nueva York: Basic Books, 1982), pág. 177. Cita de Hunter, *Home by Choice,* pág. 26.

10. Evelyn B. Thornan y Sue Browder, *Born Dancing* (Nueva York: Harper & Row, 1987), pág. 5.

11. Hunter, *Home by Choice,* pág. 38.

12. Ibíd., pág. 48.

13. Estudio realizado por Mark Clements Research, Inc., para revista *Glamour,* agosto 1987. Vuelto a imprimir en *Public Opinion* (julio/agosto) 1988, pág. 14.

14. Consulte Liz Spayd, "More Women Trading Paychecks for Pay-offs of Full-Time Parenting," *Washington Post,* 8 de julio, 1991, pág. D3.

15. Consulte Hunter, *Home by Choice,* págs. 121-122.

16. Para obtener una lista más completa de las clases de trabajos que se pueden realizar en el hogar, consulte a Paul y Sarah Edwards, *Working From Home* (Los Angeles: Jeremy P. Tarches, 1990). Cita de Brenda Hunter, *Home by Choice,* pág. 130.

17. Consulte Hunter, *Home by Choice,* págs. 124-128.

18. Ziglar, *Raising Positive Kids in a Negative World,* pág. 107.

19. Tim Hansel, *What Kids Need Most in a Dad* (Old Tappan, NY: Flerning H. Revell Co., 1984)

20. Consulte Tim Hansel, "Quality Time Versus Quantity Time," en *Parents and Children,* ed. Jay Kesler, Ron Beers y LaVonne Neff (Wheaton, IL: Victor Books, 1986), pág. 90.

21. Ann Landers, "Cherish Those Precious Years," *Los Angeles Times,* 10 de agosto, 1990, pág. E11.

Capítulo cinco

1. Consulte Kevin Leman, *Keeping Your Family Together While the World Is Falling Apart* (Nueva York: Delacorte Press, 1992), capítulo 9.

2. Rudolf Dreikurs y Vicki Soltz, *Children: The Challenge* (Nueva York: Hawthorne Books, 1964), pág. 146.
3. M.L. Bullard, Centros educativos de padres y maestros de h comunidad, Eugene y Corvalis, Oregon. Cita de Vicki Soltz, *Study Group Leaders' Manual* (Chicago: Alfred Adler Institute, 1967), pág. 78.

Capítulo seis

1. Kevin Leman, *Making Children Mind Wlthout Losing Yours* (Nueva York: Dell, 1987), pág. 110.

Capítulo siete

1. Rudolf Dreikurs y Vicki Soltz, *Children: The Challenge,* (Nueva York: Hawthome Books, 1964), pág. 36.
2. Consulte John Rosemond, "Offering Rewards Teaches Kids How to Manipulate Their Parents," *Buffalo News,* 15 de septiembre, 1991, pág. E2.
3. Consulte John Rosemond, "Adversity Can Be Opportunity," *Buffalo News, 6* de octubre, 1991, pág. E3.
4. Consulte Karen S. Peterson, "Confidence Helps Foster Learning," USA *Today,* 24 de octubre, 1991, pág. 1D.
5. Consulte ibíd., pág. 2D.
6. Ibíd., pág. 2D.

Capítulo ocho

1. Rudolf Dreikurs, Raymond Corsini, Rayrnond Lowe y Manford Sonstegard, *Adlerian Family Counseling* (Eugene, OR: Universidad de Oregon, 1959), pág. 23.

2.   Don Dinkmeyer y Rudolf Dreikurs, *Encouraging Children to Learn: The Encouragement Process* (Englewood Cliffs, NJ: Prentice-Hall, 1963), pág. 2.

Capítulo nueve

1.   David Elkind, *The Hurried Child,* edición revisada (Reading, MA: Addition-Wesley Publishing Co., 1988), págs. xii, 3.
2.   Ibíd., pág. xiii.
3.   "When Only Isn't Lonely," *Buffalo News,* octubre 14,1991, pág. Cl. 4. Ibíd., pág. C2.
5.   Proverbios 13,24.
6.   Salmo 23,4.
7.   Melanie Kirschner, "Ten Rules to Remember," revista *Sesame Street,* pág. 4.
8.   Tomado de "Developing and Sharing Responsibility," monografía del Centro de educación de padres y maestros de la comunidad, Proyecto de educación del consejo cooperativo: Fase II Departamento de consejo y guía, Facultad de educación, Universidad de Arizona, enero,1971. Revisado por Rosemary Hooper, diciembre 1976.

Capítulo diez

1.   Don Dinkmeyer y Gary McKay, *Rasing a Responsible Child* (Nueva York: Simon and Schuster, 1973), pág. 17.
2.   Adele Faber y Elaine Mazlish, *Siblings Without Rivalry* (Nueva York: Avon Books, 1987), pág. 89.
3.   Adaptado de Vicki Soltz, *Study Group Leaders' Manual,* (Chicago: Alfred Adler Institute, 1967), de material aportado por M.L. Bullar, Centros de educación de padres y maestros de la comunidad, Eugene y Corvalis, Oregon, págs. 75-77.

4. J. Kesler, Ron Beers, LaVonne Neff, ediciones, *Parents and Children* (Wheaton, IL: Victor Books, 1986), Paul Lewis, "How Much of Dad's Time Does a Child Need", págs. 101-102.

5. Ibíd.

6. Soltz, Manual de líderes de grupos de estudio, *The Challenge* (Chicago: Alfred), págs. 86-88.

7. Tomado de "Developing and Sharing Responsibility," monografía del Centro de educación de padres y maestros de la comunidad, Proyecto de educación del consejo cooperativo: Fase II, Departamento de consejo y guía, Facultad de educación, Universidad de Atizona, enero,1971. Revisado por Rosemary Hooper, diciembre 1976.

Capítulo once

1. James Dobson, *Preparing for Adolescence (Ventura,* CA: Vision House, 1978), págs. 14-17.

2. Kevin Leman, *Keeping Your Family Together While the World Is Falling Apart* (Nueva York: Delacorte Press, 1992), pág. 229.

3. Abigail Van Buren, "A Letter to Parents," Los Angeles Times, 26 de febrero, 1988, parte V, pág. 2.

4. Cita en Marilyn Elias, "Brindging the Teen Communication Gap," *USA Today, 13* de marzo, 1991, pág. 4D.

5. Informe de Amy Bach, "Girls Becorning Sexually Active at Younger Age, Defying Traditional Rules," *Arizona Daily* Star,31 de diciembre,1991, pág. C1. Las estadísticas citadas fueron recogidas de un estudio realizado por el Alan Guttmacher Institute, corporación de investigación sin fines de lucro.

6. Ibíd.

7. Consulte Peggi Mann, "Marijuana Alert III: The devastation of Personality", Reader's Digest (diciembre 1981), 81.

8. Consulte Cynthia G. Tudor, David M. Petersen y Kirk W. Elifson, "An Examination of the Relationship Between Peer and Parental Influences and Adolescent Drug Use," *Adolescence* (Winter 1980), 795.

9. Adaptado de "Developing and Sharing Responsability," monografía del Centro de educación de padres y maestros de la comunidad, Proyecto de educación del consejo cooperativo: Fase II, Departamento de consejo y guía, Facultad de educación, Universidad de Arizona, enero, 1971. Revisado por Rosemary Hooper, diciembre 1976.

10. "A Teenager's Ten Commandments to Parents" de Kevin Leman, *Smart Kids, Stupid Choices* (Ventura, CA: Regal Books 1987), pág.146.

**Otros títulos de la colección
Vergara Bolsillo**

Dr. Sirgay Sanger y John Kelly
Usted y su bebé

Burton L. White
Los tres primeros años de vida

H. Paul Gabriel y Robert Wool
El mundo interior de los niños

Robin Norwood
Las mujeres que aman demasiado

Steven Carter y Julia Sokol
Logre la armonía en su vida

Barry Neil Kaufman
La felicidad se elige